ch B5 —

LA DANSE DE L'OURS

JAMES CRUMLEY

LA DANSE DE L'OURS

Roman

Traduit de l'américain par
François Lasquin

Albin Michel

Édition originale américaine :

« DANCING BEAR »
Random House, New York, 1983
© James Crumley

Traduction française :

© Éditions Albin Michel SA, 1985
22, rue Huyghens, 75014 Paris

ISBN 2-226-02170-1
ISSN 0290-3326

Pour les « Dump Family Singers » : Orris, Nelon, Eugene le Jeune, Ma et Little Shorty.

... et rappelez-vous, mes petits-enfants, que dans l'ancien temps les ours étaient plus nombreux que les Indiens ; il y avait des ours noirs et des ours bruns, des ours roussâtres et le grand ours gris, et nous n'avions pas de miel, pas de douceur dans nos tipis. Sœur Abeille était tout le temps en colère et allait partout piquant les Indiens. Toujours, les ours trouvaient avant les Indiens les arbres creux où les abeilles font leurs nids, les éventraient, dévoraient les rayons et dérobaient le miel avec leurs langues râpeuses et leurs griffes acérées. Et les abeilles étaient tout le temps en colère parce que ces pauvres ours ne connaissaient pas la fumée sacrée qui sert à les amadouer, parce qu'ils ne savaient pas qu'ils auraient dû chanter des chants de grâces afin de se faire pardonner d'elles et parce que, pis que tout, les ours étaient voraces et prenaient toujours tout le miel sans rien laisser pour les abeilles. Les ours savaient tout du miel, mais ils ne savaient rien des abeilles, et voilà pourquoi les Indiens n'avaient pas de douceur dans leurs tipis.

Et puis un beau jour, mes petits-enfants, un jeune homme pacifique du nom de Chilamatscho — le Rêveur éveillé — vint à passer devant un nid d'abeilles saccagé. Il ne restait plus pour lui une seule goutte de miel dans l'arbre creux, et les abeilles étaient très en colère ; malgré cela, il fuma sa pipe avec elles et chanta des chants de grâces pour toutes les bonnes choses qu'offre la terre. Et quand les abeilles sentirent la fumée sacrée et entendirent les chants, elles s'apaisèrent et reprirent leurs occupations. En retour, la Grand-Mère Abeille fit don à Chilamatscho d'une vision.

Quand Chilamatscho s'éveilla de son rêve, il remercia la Grand-Mère Abeille de sa sagesse, puis il suivit la piste de Frère Ours qui le mena par monts et par vaux jusqu'à l'orée d'un petit bois de pruneliers, au bord des prés où autrefois nous déterrions la tubercule de quamash. Tout au long du chemin, Chilamatscho avait chanté des chants de grâces et des chants de tristesse. Il trouva Frère Ours endormi dans le bois d'arbrisseaux, l'haleine encore suave de tout le miel qu'il avait mangé et, après avoir adressé une prière à son esprit pour qu'il lui pardonne, il lui plongea sa lance dans la gorge. Après quoi, comme il ne faut jamais manquer de le faire, mes petits-enfants, Chilamatscho prononça encore une autre prière afin que notre Mère la Terre lui pardonnât d'avoir tué une de ses bêtes précieuses. Ensuite il dépouilla Frère Ours, mangea son foie et son cœur arrosés de son fiel, racla la graisse qui restait attachée à la peau et la mit à part. Il frotta la peau trois jours et trois nuits avec la cervelle jusqu'à ce qu'elle devînt aussi douce qu'une chemise en peau de daim. Trois autres jours et trois autres nuits, il se purifia par le feu et par le jeûne et se baigna pour faire partir son odeur d'homme. Ensuite il s'enduisit la peau de la graisse de Frère Ours et se mit sa dépouille sur les épaules.

Quand la lune fut haute au-dessus des prés, mes petits-enfants, Chilamatscho sortit du bois et s'en fut à quatre pattes en grognant et en ronflant du nez, parlant le langage des ours ainsi que la Grand-Mère Abeille lui avait appris à le faire. Et quand tous les ours d'alentour se furent rassemblés pour souhaiter la bienvenue à leur nouveau frère, Chilamatscho se mit à danser les pas que la Grand-Mère Abeille lui avait enseignés. La première nuit, les autres ours se dirent que leur nouveau frère venait sans doute d'une contrée d'outre-mont où les ours étaient fous, et ils se retirèrent dans l'ombre des pins pour l'observer. La seconde nuit, il y en eut quelques-uns qui vinrent danser avec lui parce qu'on doit toujours se montrer poli envers nos frères d'outre-mont. Et la troisième nuit, ils se joignirent tous à lui et dansèrent, dansèrent, dansèrent dans le cercle sacré jusqu'à ce qu'il ne restât plus un seul ours debout.

Le lendemain, tandis que les ours dormaient, Chilamatscho conduisit les Benniwahs à la suite des abeilles qui avaient les pattes toutes hérissées de pollen, et les abeilles les menèrent à un arbre creux qui contenait du miel. Les Indiens étaient fous de joie et ils avaient hâte de s'emparer du miel, mais Chilamatscho leur fit d'abord fumer la pipe de l'amitié, puis il les obligea à laisser la moitié du miel pour les abeilles et leur fit chanter les chants de pardon. Les abeilles pardonnèrent aux Benniwahs et cessèrent d'aller partout piquant tout un chacun.

Après cela, nous avons eu de la douceur dans nos huttes, sauf Chilamatscho qui, tout occupé qu'il était à faire danser les ours, ne mangeait jamais de miel ; c'est en souvenir de lui que les Benniwahs renoncent au miel pendant les jours de la Danse de l'Ours avant d'en faire la récolte à l'aide de la fumée sacrée et de chanter les chants de pardon pour la douceur dans leurs huttes.

Certes, comme vous le savez, mes petits-enfants, quelque temps plus tard l'homme blanc est arrivé, si bien qu'à présent il ne reste plus tellement d'Indiens et encore moins d'ours, et que même Sœur Abeille (béni soit son esprit !) habite une petite maison carrée et travaille pour l'homme blanc. Depuis lors, il n'y a plus guère de douceur dans ce monde, ni dans l'autre, et plus guère de danse non plus ; et le Rêveur éveillé, Chilamatscho, s'est lui-même endormi.

Conte Benniwah

1

L'automne avait été exceptionnellement long et clément pour l'ouest du Montana. La neige n'était tombée que deux fois, et si légèrement que tout avait fondu avant midi. Au mois de novembre, nous avions eu trois semaines d'été indien d'une tiédeur si enivrante que tout le monde, même nous autres indigènes, semblait en avoir oublié que l'hiver approchait. Mais dans le canyon du Torrent d'Enfer, où j'habite, quand la brise matinale montait de l'eau glaciale et faisait bruire le feuillage desséché et jauni des peupliers et des saules, on sentait l'haleine de février, le mois que les Indiens appellent la Lune des Enfants qui Pleurent dans les Huttes : février, le cœur aride et gelé de l'hiver, criant famine.

Comme je travaillais dans l'équipe de nuit de la société de surveillance Haliburton, je ne vis ni ne sentis grand-chose des matinées de cet automne-là, puisque je les passai emmitouflé dans une grosse couette en duvet, n'exposant à la bise glaciale qui s'engouffrait par la fenêtre ouverte, en grand sur le torrent que mes narines polluées par le tabac et les remugles doucereux de l'eau-de-vie de menthe.

Mais par ce beau matin de novembre, quand un fracas de tonnerre ébranla les planches disjointes de ma véranda et que le cliquetis violent de ma porte à treillis me tira à demi de mon sommeil d'ivrogne, la sensation de froidure dans mes fosses nasales m'avertit que l'heure de midi était encore loin et qu'il était beaucoup trop tôt pour qu'un être civilisé s'aventurât dehors. Dans l'hébétude du demi-sommeil, il me vint même à l'idée qu'un ours était peut-être en train de farfouiller dans mes poubelles. Et puis je me rappelai que c'était l'automne et que les ours ont coutume de ne descendre des Diablos qu'au printemps après en avoir écrasé tout l'hiver. Au demeurant, la ville de Meriwether avait pris pas mal d'expansion depuis quelques années, et à présent une longue coulée de maisons s'étalait sur des kilomètres au-delà du canyon et de ma petite cabane de rondins nichée à la pointe du parc Milodragovitch, en sorte que les ours ne se risquaient plus guère dans les parages. Et quand bien même ils se seraient faufilés à travers ce dédale de bicoques en contre-plaqué peintes de couleurs pastel, ils n'auraient pas trouvé un repas tout préparé dans une simple boîte à ordures en fer-blanc zingué, mais des déchets hermétiquement bouclés dans une poubelle de deux cents litres munie d'un couvercle à fermoir. Seul un grizzly aurait pu s'offrir un repas comme celui-là, et cela faisait bien quarante ou cinquante ans qu'on n'avait pas aperçu une seule tête-blanche sur ce versant des Diablos. L'unique péril qui menaçait encore mes ordures venait des nouvelles bennes automatiques, d'énormes mastodontes dont les crampons d'acier serraient parfois si fort les malheureuses poubelles qu'elles éclataient comme des fruits trop mûrs et d'autres fois leur aplatissaient les flancs en les choquant contre leurs parois d'un bleu pimpant. C'est ça, le progrès : des ordures à l'abri des bêtes affamées, que la main de l'homme n'a pas à toucher.

Le tambourinage à ma porte de devant me ramena à la réalité, et cette fois j'identifiai clairement le bruit d'un poing s'abattant avec force sur l'écriteau de plastique qui demandait poliment de ne pas me déranger avant midi. Je travaillais pour la Haliburton depuis vingt-huit mois, et la qualité de mon sommeil en avait beaucoup pâti. Le boulot consistait pour l'essentiel à agiter des boutons de porte pour vérifier qu'on avait bien fermé à clé, à faire le pied de grue devant des supérettes de nuit et à tenir la main de gosses qui s'étaient perdus dans des hypermarchés, et il était tellement fastidieux qu'il avait fait naître en moi un engouement subit (et bien incongru chez un individu de mon âge) pour la cocaïne. Je dormais chaque jour jusqu'à midi, d'accord, mais d'un sommeil léger, trouble. J'avais mis la sonnerie de mon téléphone sur la position « silence » et accroché cet écriteau à ma porte, mais j'aurais aussi bien pu pisser dans un violon.

Le cognement continuait et son écho répercuté sourdement à travers l'épaisse paroi de rondins résonnait comme un tonnerre sous mon crâne. Je n'avais pas dormi assez longtemps pour avoir la gueule de bois ; j'étais encore plus qu'à moitié bourré, et je croyais savoir à qui appartenait ce poing qui sonnait le tocsin dans ma pauvre tête. Certains matins, ma voisine d'à côté faisait un saut chez moi aussitôt que son jules était parti bosser. En général, c'était dans le but de me soutirer une ou deux petites lignes, après quoi elle m'entraînait dans la chambre pour une sordide partie de jambes en l'air. Elle était jeune, athlétique et plutôt agréable à regarder dans le genre garce maigrichonne, et j'aurais pris un chouïa plus de plaisir à ses visites si je n'avais pas su qu'elle avait un mari qui était obligé de se farcir deux boulots à plein temps pour qu'elle puisse se payer une collection de tenues de ski multicolores, sans parler des tickets de remonte-pente et des traites mensuelles de sa Corvette blanche neuve. On a peut-être tort de dire que qui rien ne sait de rien ne doute, mais il arrive tout de même assez souvent que le savoir nuise à certains petits plaisirs de l'existence.

Tandis que je me laissais rouler jusqu'au bord de mon lit et que je m'escagassais pour enfiler mon jean, je me triturai désespérément les méninges afin de concocter une bonne excuse pour l'éconduire. J'avais épuisé tout mon stock d'affections vénériennes exotiques et de dérèglements incapacitants de la prostate, et c'est donc résigné à mon sort que je titubai jusqu'à la porte. Mais en l'ouvrant, je me trouvai nez à nez avec un facteur en uniforme d'été qui tenait d'une main une tablette à écrire et de l'autre levait un poing velu qu'il s'apprêtait à abattre une fois de plus pour assener un coup à faire trembler la baraque. Il semblait aussi mal en point que je devais le paraître moi-même et, à en juger par son expression hargneuse, il aurait aussi volontiers écrasé son poing sur ma figure que sur ma porte.

« Savez pas lire ? grognai-je en désignant l'écriteau de mon pouce recourbé.

— Si, je sais lire, éructa-t-il, mais elle m'a dit que je pouvais frapper quand même. »

Et il fit un signe de tête en direction de ma voisine, qui était debout dans son allée de devant, vêtue d'un gros chandail et d'un gilet de duvet, et épongeait sereinement la rosée et les scories de l'usine de pâte à papier qui souillaient sa bagnole bien-aimée. Elle m'adressa une petite grimace malicieuse, sa lèvre supérieure retroussée découvrant une canine luisante.

« Recommandée A.R., annonça le facteur en claquant des dents. Signez ici », ajouta-t-il, et il m'enfonça dans l'estomac la pince de métal froid qui surmontait sa tablette.

Je fis « Ouille » et je le regardai.

Il me fixait de ses petits yeux porcins effroyablement injectés de sang qui brillaient au milieu d'une figure patibulaire, brune et piquetée de poils hirsutes. Sa chemisette d'été et son short étaient d'une propreté douteuse et pendouillaient sur lui comme un vieux sac. Même ses croquenots semblaient beaucoup trop grands, et quand il voulut battre la semelle pour mieux résister au vent glacial qui lui léchait les mollets, ses pieds se soulevèrent, mais les grolles restèrent collées au plancher.

« Signez ici, répéta-t-il.

— De qui ça vient ? » demandai-je.

Jadis, au temps où j'étais enquêteur privé avec un bureau à mon nom et où je ramassais encore assez de fric pour payer les pensions alimentaires de la brochette d'ex-femmes que je m'étais constituée Dieu sait comment, j'avais appris à mes dépens qu'il ne faut jamais donner sa signature quand on vous présente du courrier qu'on n'a pas sollicité.

« Alors, qui est l'expéditeur ? insistai-je.

— Qu'est-ce qu'on en a à foutre ! rétorqua-t-il en appuyant sa tablette contre ma poitrine. Allez, signez-moi ce putain de registre avant que je sois mort de froid.

— Des clous, fis-je, tout en me demandant brièvement si c'était un délit de se déguiser en facteur pour remettre une assignation à comparaître. J'irai la chercher à la poste, ajoutai-je, et peut-être que votre chef sera assez aimable pour me dire le nom de l'expéditeur.

— Mon chef, je me le mets où je pense, dit-il en m'enfonçant à nouveau sa tablette dans le gras du bide. Signez-moi ça, mon bonhomme, sinon moi je la fous aux chiottes, ta bafouille, et tu pourras toujours te brosser pour la récupérer, hé con.

— Je paye mes impôts, pauvre pomme, dis-je, ce qui n'était pas tout à fait vrai. Et je vous trouve bien mal élevé pour un fonctionnaire. Votre nom ?

— Fait chier, marmonna-t-il entre ses dents, et il décrivit un petit cercle sur lui-même en trépignant, sa tablette brandie au-dessus de sa tête. Fait chier, putain de merde ! » répéta-t-il, puis il abattit sa tablette et me la brisa sur le crâne.

L'espace d'un instant, la stupeur nous paralysa tous les deux, puis on roula au sol en poussant des grondements de chiens enragés, grognant, claquant des mâchoires, mordant et griffant avec fureur tandis que nous tombions du haut de la véranda sur le gazon détrempé. Nous nous tenions mutuellement à la gorge, les babines retroussées par d'affreuses grimaces, beaucoup trop exaspérés pour songer à nous battre dans les règles de l'art, et nous aurions sans doute fini par nous amocher sérieusement si ma voisine n'avait pas eu l'idée de diriger sur nous le jet de son tuyau d'arrosage. L'eau glacée nous fit perdre instantanément toute velléité de nous bagarrer plus longtemps.

 Le compte des dégâts fut vite dressé, et dix minutes plus tard on se retrouva au chaud, emmaillottés dans des couvertures et recroquevillés au-dessus de mon comptoir à petit déjeuner sur lequel étaient posés deux tasses de café fumantes et deux petits verres de peppermint, tandis que ma voisine passait dans son sèche-linge l'uniforme du facteur. On compara nos plaies et nos bosses en nous moquant de nous-mêmes ; puis on s'engagea dans une discussion sur les problèmes que soulève une mésentente conjugale prolongée. Il avait passé la nuit à picoler et à s'engueuler avec sa deuxième femme et quand il avait tourné de l'œil dans la cuisine, en caleçon à rayures, sa femme, dans l'exaltation d'une furie vengeresse qui visait à lui faire payer des offenses imprécisées, avait fait un ballot de tous ses vêtements et les avait jetés dans la Meriwether du haut du pont de Dottle Street. Pour comble de malchance, le seul uniforme qu'il avait pu emprunter à la poste ce matin était cette tenue d'été crasseuse et de trois tailles trop grande. Ce n'était pas la première fois, m'expliqua-t-il avec mélancolie, que sa femme lui montait des plans pareils. Un jour, elle avait découpé les jambes de tous ses pantalons et une autre fois élagué les orteils de toutes ses chaussettes. Moi-même, je n'avais fait que trop souvent ce genre d'expériences. Ah! les femmes, pensai-je, quelles divines créatures! Surtout mes cinq ex-femmes. Mais gare à vous si vous les foutez en rogne, car quand elles sont animées d'un désir de revanche elles peuvent se montrer d'une perversité diabolique. Toutefois, je gardai ces réflexions pour moi et quand ma voisine reparut avec l'uniforme, le facteur et moi nous nous serrâmes la louche sinon bons amis, du moins en vétérans des mêmes guerres.

 Tout est bien qui finit bien, me dis-je, l'âme contrite, en me versant une nouvelle rasade de peppermint. Le facteur était reparti avec un uniforme sec et un tantinet plus propre, même s'il ne lui allait pas mieux qu'avant, sa fierté intacte et ma signature ;

j'avais mon courrier, un peu détrempé; et ma voisine avait commencé sa journée en se payant une pinte de bon sang.

Je n'avais jeté qu'un rapide coup d'œil à la lettre pendant que nous bavardions, juste assez pour constater que je ne connaissais pas la personne qui s'était donné tant de mal pour me la faire parvenir. Je la ramassai, palpai la luxueuse enveloppe en papier pur chiffon de couleur crème, et déchiffrai à nouveau l'adresse de l'expéditeur imprimée en relief, en scriptes dorées à l'or fin. Une certaine Mrs. T. Harrison Weddington, demeurant au 14, Park Lane, à Meriwether Montana, avait quelque chose à me dire. Et son message était inscrit à l'encre brune sur du papier à bords Moyen Age, d'une belle écriture à l'ancienne, arachnéenne mais ferme :

« Cher Monsieur Milodragovitch,
« N'étant parvenue à vous joindre par téléphone à votre bureau non plus qu'à votre domicile, je prends la liberté de vous écrire. Si cela vous fait l'effet d'une intrusion dans votre vie privée, je vous prie d'accepter à l'avance mes plus vives excuses. Toutefois, il est impératif que nous nous rencontrions dans les délais les plus brefs. J'ai peut-être une affaire à vous proposer. »

La lettre était signée : « Bien sincèrement vôtre, Sarah Weddington » et, en guise de post-scriptum, une autre main, plus moderne et moins appliquée, avait griffonné un numéro de téléphone. Je relus le petit mot une seconde fois, mais je lui trouvais toujours aussi peu de sens. Le texte était clair, mais les phrases étaient légèrement biscornues, comme si la personne qui avait écrit cela avait appris l'anglais dans un autre pays. Sarah Weddington : le nom avait quelque chose de familier, mais je n'arrivais pas à le situer. Et puis parler d'une « affaire » à me proposer ! Même au temps où j'étais à mon compte, ce n'était pas d' « affaires » que je m'occupais. Une « affaire », c'est bien trop distingué pour un argousin de mon acabit, spécialisé dans les coups tordus et les combines foireuses.

Cela faisait bientôt cinq ans que je n'avais plus de bureau, depuis le jour où les administrateurs de la succession de mon père m'avaient expulsé de mon propre immeuble sous le maigre prétexte de six mois de loyer en retard. En fait, l'immeuble ne m'appartiendrait vraiment que le jour de mon cinquante-deuxième anniversaire, quand j'entrerais enfin en possession de l'héritage paternel.

« Une affaire », me répétais-je. Je vérifiai l'adresse sur mon plan de Meriwether et de ses environs, mais cela ne m'apprit rien que je ne savais déjà. Park Lane était une petite rue sinueuse dans un très ancien quartier résidentiel qui jouxtait la limite ouest du campus de l'université ; les maisons qui la bordaient étaient toutes de vénérables vieilles demeures victoriennes dressées au milieu de parcs d'un hectare ou deux. Avec ce qu'il fallait casquer en un mois comme impôts et charges pour une seule d'entre elles, j'aurais eu de quoi m'entretenir en biftecks et en coke pendant toute une année. Même si cette « affaire » s'avérait n'être en définitive qu'une vieille toquée qui avait perdu son chat préféré, il y avait des chances pour que mes services fussent généreusement rétribués ; j'appelai donc le numéro.

C'est une jeune femme qui répondit au téléphone. Elle m'informa qu'elle n'était pas Mrs. Weddington, mais que cette dernière avait prévu mon coup de fil et qu'elle était prête à me recevoir soit ce matin à onze heures, soit l'après-midi à seize heures. Je caressai un instant l'idée de sauter mon tour de garde à la Haliburton et de m'y rendre à quatre heures après avoir fait un somme, mais finalement j'optai pour le rendez-vous de onze heures. Ç'aurait été trop bête de perdre une journée de salaire pour m'en aller à la chasse au merle (ou au chat) blanc.

« Vous ne sauriez pas de quoi il s'agit, par hasard ? demandai-je à la jeune femme.

— Non », dit-elle en raccrochant.

J'avais encore deux bonnes heures devant moi, mais je me précipitai incontinent sur mon placard pour voir si j'avais de quoi m'attifer convenablement pour aller frayer dans le grand monde. Malheureusement, trois ans plus tôt, j'avais fait un accroc au genou de mon complet bleu à fines rayures blanches et perdu une de mes bottines en chevreau noir au cours d'une bagarre sur les marches du palais de justice, où je venais de témoigner au cours d'un procès en divorce particulièrement sordide, et le chat de ma dernière épouse en date avait vomi les restes d'une couleuvre sur mon unique veste de sport. Je n'avais absolument rien à me mettre ! Là-dessus, j'aperçus mon reflet dans le miroir de la commode : les plus belles sapes du monde n'auraient rien changé à l'effet déplorable que je produisais. De petites bulles de sang aqueux suintaient d'une estafilade à mon front, et mon œil gauche était déjà en train de virer au noir.

Après m'être douché, rasé et débarbouillé du mieux que je pus, je descendis à la cave pour prélever de l'argent dans ma réserve secrète. Mon magot avait bien fondu, mais je pris tout de même le peu qui restait. En revenant sur mes pas, je tapotai affectueusement la croupe de l'élan que j'avais braconné le week-end précédent à l'aide de ma fidèle arbalète. Dépecé et mis à vieillir dans la lumière fraîche de ma cave, ce brave élan allait me fournir de la viande pour tout l'hiver. Des steaks, des rôtis, des saucisses, des ragoûts, et le souvenir des grands yeux noirs de l'élan luisant dans la lumière du projecteur pendant qu'il se penchait sur le bloc de sel. Je lui tapotai le flanc une deuxième fois, avec gratitude, puis je remontai l'escalier, sortis et montai à bord de mon camion à plate-forme, un vieux tout-terrain Ford rouge couturé de bosses et d'entailles.

Carlisle Drive décrivait une longue courbe le long de la limite orientale du parc Milodragovitch, un terrain de sept hectares envahi par une broussaille exubérante qui avait été mon jardin au beau temps où j'étais gosse de riches, puis jaillissait soudain des ombres du canyon pour plonger dans la lumière radieuse qui baignait la vallée de la Meriwether. L'air était translucide, mais une brume haute voilait l'éclat du soleil et le rendait diffus et douloureux aux yeux comme la réverbération de la neige. Je farfouillai dans la boîte à gants pour y trouver mes lunettes de soleil avec les gestes tâtonnants d'un junkie qui émerge brusquement au grand jour après s'être fait un fixe dans une piaule crasseuse et obscure, mais apparemment elles ne s'y trouvaient pas. Je m'arrêtai à la station-service de Main Street pour faire le plein, et je me glissai aux chiottes où je m'envoyai vite fait deux petits sniffs de coke au bout de la lame de mon couteau pliant, puis je continuai ma route jusqu'au centre commercial géant qui se trouve à la sortie sud de la ville, où je claquai cinq cents dollars pour m'offrir une paire de santiags en lézard et une veste en cuir de coupe western. Je me retins in extremis d'acheter par-dessus le marché une cravate cordelière dont le curseur s'ornait d'un cabochon de turquoise de la dimension d'une crotte d'élan. Il paraît que les fringues de style western font fureur en ce moment, même dans l'Est ; quand je remontai à bord de mon camion, dans le parking du centre commercial, j'avais peut-être bien l'air d'une gravure de mode, mais je répandais la même odeur qu'un vieux canapé en cuir culotté et je crissais comme une selle neuve. J'espérais que mes rupins seraient tellement éblouis par ma tenue qu'ils ne remarqueraient pas ma face tassée, labourée, ravinée.

Meriwether est une de ces vieilles bourgades de l'Ouest où les premiers habitants des quartiers résidentiels avaient tenu à exprimer leur foi dans la liberté individuelle donnée par Dieu et garantie par la constitution en se refusant obstinément à concevoir leurs rues dans l'alignement de celles des quartiers préexistants. Et le quartier de Park Lane était le plus capricieux d'entre eux : un dédale inextricable de petites ruelles tortueuses, plein de coins et de recoins, avec des jardins aux formes biscornues, des culs-de-sac, des ronds-points, des parcs publics minuscules dans les emplacements les plus inattendus.

J'avais beau connaître le quartier, cela ne m'empêcha pas de louper le virage à l'endroit où Park Lane débouche brusquement dans Tennessee, et je fus obligé de faire le tour par Virginia Street pour revenir à Park Lane. Quelques-unes des imposantes vieilles baraques de Park Lane avaient été divisées en appartements ou rachetées par des associations d'étudiants, mais la plupart d'entre elles étaient habitées par des profs d'université vénérables ou des descendants de leurs propriétaires d'origine.

La maison du numéro 14 était la plus grande et la plus majestueuse de toutes. C'était une imposante douairière victorienne dont la façade repeinte de frais étincelait sous le soleil d'automne, une grande dame déployant largement ses ailes somptueuses, pareille à une nef immobile au milieu de son petit lac de verdure impeccablement entretenu, mais avec des allures de vieille excentrique sujette aux caprices et aux lubies : le perron était décentré, le toit hérissé de tourelles et de coupoles distribuées au petit bonheur, les fenêtres en rotonde de l'aile gauche, avec leurs vitres bombées, s'échinaient vainement à contrebalancer les grandes portes-fenêtres de l'aile droite, et l'immense solarium entouré d'une triple terrasse accroché sur la façade sud à la hauteur du deuxième étage semblait avoir été prélevé sur une autre maison, plus moderne.

Tout à coup je compris que c'était l'ancienne résidence de la famille McCravey. J'étais un âne de ne l'avoir pas reconnue plus tôt. La maison avait plusieurs fois changé de mains depuis que les McCravey avaient emporté avec eux leur fortune amassée dans les mines et l'industrie du bois pour aller dévaster et piller des horizons économiques plus vastes et plus lointains. Ses actuels propriétaires l'avaient restaurée superbement, et sans lésiner sur la dépense. Il me semblait presque sentir mon portefeuille s'enfler dans ma poche, et l'idée d'aller passer l'hiver quelque part dans le Sud me parut soudain digne d'être considérée.

Au-delà du portail monumental flanqué de deux immenses épicéas, une allée de briques rouges conduisait au perron, mais je ne voulais pas garer mon vieux camion déglingué trop près de cette impératrice douairière, histoire de ne pas gâcher la perspective. Je montai sur l'accotement et le planquai tant bien que mal sous un bouquet de lilas. Après quoi je me dirigeai vers le portail à pas lents, le long de la grille dont les barreaux de fer forgé étaient surmontés de pointes en laiton, en m'efforçant de produire le moins de crissements possible et d'empêcher mes bottes neuves de me scier les doigts de pied. Mais à chaque pause, le silence ne faisait qu'accuser la stridence des couinements de bestiole affolée qui s'échappaient de ma veste, et mes petits orteils m'élançaient déjà comme des panaris.

Le rez-de-chaussée de la maison semblait plongé dans le noir, et de lourds rideaux de velours masquaient les fenêtres. Je m'arrêtai un moment sur l'escalier du perron pour reposer mes panards endoloris. Une faible lueur cligna brièvement dans le verre vitrail de l'imposte en éventail qui surmontait la double porte en chêne massif ; au moment où je tendais la main vers la poignée en cuivre de la sonnette les deux battants s'ouvrirent brusquement devant moi, et une voix dont la propriétaire restait invisible dans la pénombre de l'entrée s'écria :

« Bien entendu, vous êtes en retard ! Elle m'avait bien dit que vous ne seriez pas à l'heure ! Et à présent c'est moi qui suis en retard ! Grâce à vous, j'ai loupé mes T.D. de chimie organique ! Mille mercis ! »

La voix se tut, et je mis le silence à profit pour me demander dans quelle espèce de galère je m'étais encore fourvoyé.

« Eh bien, ne restez pas planté là comme une **souche**, reprit-elle. Entrez donc ! »

Sans me laisser le temps de faire un pas en avant, une jeune femme émergea de l'obscurité, sortit sur le perron et leva les yeux vers la haute brume qui voilait le soleil.

« Ça se gâte », dit-elle avec ce flegme particulier qu'ont toujours les habitants du Montana pour annoncer l'imminence de sérieuses intempéries. Elle était vêtue d'une salopette blanche de peintre, d'un col roulé en cachemire et d'une chemise-veste en peau de chamois et portait, accroché à l'épaule gauche, un petit sac à dos en toile bourré de livres. Elle riva sur moi ses yeux surmontés de lunettes à monture ovale finement cerclées d'or.

« Pardon ? fis-je.

— Je disais que le temps se gâtait, dit-elle. Nous voilà bien ! En plus, vous êtes en retard, et j'ai loupé mes T.D. Bon Dieu, Sarah aurait quand même pu se servir de l'ascenseur. Enfin, ça ne fait rien, j'irai aux T.D. de ce soir, alors vous n'avez qu'à entrer... »

Sans s'arrêter de jacasser, elle me précéda à l'intérieur et referma les lourds vantaux avec un tel fracas que je fus étonné de ne pas voir les vitraux de l'imposte voler en éclats. Pour un homme que ses pieds faisaient si atrocement souffrir, je trouvai que le bond que j'avais fait pour ne pas recevoir le battant en pleine poire était d'une agilité en tous points remarquable. Elle jeta son havresac sur un pupitre de chantre en noyer mouluré et s'engagea dans le vaste corridor qui aboutissait à l'escalier de bois monumental. Les bouts ferrés de ses grosses chaussures de montagne claquaient furieusement sur le parquet et je lui emboîtai le pas, m'attendant à tout moment à recevoir dans la figure une bonne giclée de copeaux et d'échardes. Elle gravit l'escalier quatre à quatre, et je me demandai d'abord où pouvait bien être l'ascenseur, ensuite pourquoi elle éprouvait le besoin de dissimuler un aussi charmant derrière sous cette salopette lâche qui pendait comme une couche-culotte. Arrivée à mi-chemin du palier, elle s'aperçut qu'elle parlait toute seule et se tut. Elle s'arrêta, se retourna vers moi, rejeta en arrière les pans de sa chemise, accrocha ses pouces aux boucles latérales de sa salopette, et ses jeunes seins se soulevèrent adorablement sous la triple épaisseur de tissu qui les recouvrait. Elle secoua la tête, ce qui eut pour effet d'ébouriffer brièvement ses courts cheveux blonds.

« Vous arrivez, ou quoi ? » demanda-t-elle d'un ton coupant et, tandis que j'abordais d'un pas indécis l'ascension des premières marches, elle ajouta : « Ce sont des bottes neuves, hein ? Vous autres bonshommes, vous me faites rigoler avec vos bottes à la con. Vous pourriez aussi bien vous entourer les pieds de bandelettes, comme les putes chinoises.

— Les princesses chinoises, corrigeai-je.

— Quoi ?

— Non, rien.

— Vraiment, je trouve que c'est le plus grave problème de tout ce bon Dieu d'Etat.

— Quoi donc ? demandai-je.

— Les bottes de cow-boy et les bulldozers. De la frime ! De la pure affectation ! Et je mettrais ma main au feu que vous n'avez pas passé plus de dix minutes à cheval de toute votre vie... »

Tandis qu'elle m'attendait sur le palier, elle continua à déverser sur moi un flot de paroles ininterrompu. Comme mes pieds me torturaient et que je me donnais un mal de chien pour empêcher mes narines enflammées par la cocaïne de couler, je n'entendis pas grand-chose de ce qu'elle disait. Il était question du rapport entre le fétichisme du cuir et l'homosexualité latente, et des pauvres iguanes inoffensifs qu'on massacrait pour satisfaire la vanité d'un tas de gommeux. Quand je la rejoignis enfin au sommet des marches, je l'empoignai par le coude et lui dis :

« J'ai fait tellement de cheval que j'ai le cul tout zébré de cicatrices. Vous voulez que je vous les montre ?

— En voilà des façons ! » fit-elle, mais elle souriait.

Le solarium, qui occupait tout le tiers sud du deuxième étage, était plus grand encore qu'il ne paraissait vu de la rue. L'immense pièce était inondée d'un soleil abondant entrant à flots par les grandes baies vitrées qui couvraient trois des murs sur toute leur longueur et les deux énormes tabatières. Cela faisait tant de lumière d'un coup qu'en plus d'être aveuglé, il me sembla que j'étais devenu sourd. Des sièges de rotin blancs avec des coussins couverts de tissu à fleurettes étaient disséminés au milieu d'une véritable forêt de plantes en pots gigantesques où dominaient les citrus et les fougères. Bien que la lumière fût adoucie quelque peu par les tapis d'Orient épars çà et là sur le sol, la réverbération du soleil sur le parquet en chêne clair faisait l'effet de mille petits poignards acérés à mes yeux déjà bien atteints. J'avais pris trop de coke, ou alors je n'en avais pas pris assez, problème qui affecte constamment mon existence.

A travers mes cils qui battaient spasmodiquement, je vis la jeune femme traverser la pièce en martelant le parquet et sortir sur la terrasse où une vieille dame appuyée à la balustrade exposait son visage aux rayons du soleil d'automne. J'entendis le son de leurs voix mais pas ce qu'elles disaient. Elles me paraissaient lointaines, comme si nous avions été sur une plage du Mexique, enveloppés d'une brume de chaleur chatoyante et salée, délicieusement abrutis par le soleil et le bercement langoureux du ressac, et que leurs paroles eussent été emportées par l'air vibrant en même temps que l'écho assourdi des vagues qui se brisaient sur la grève. J'avais envie de me laisser tomber sur le canapé le plus proche et de faire une longue sieste hivernale. La vieille dame mit un doigt sur ses lèvres, qui souriaient. La jeune femme cessa son bavardage et se posa une main sur la bouche, mais un rire cristallin s'échappa d'entre ses doigts comme du vif-argent.

La vieille dame se retourna vers moi, et le soleil accrocha des reflets à ses fins cheveux blancs, au pommeau de la canne de ronce noueuse et polie qu'elle tenait à la main, et à l'acier chromé de l'appareil orthopédique qui enserrait sa jambe gauche. Elle s'avança dans ma direction, lentement, en claudiquant, mais son mouvement avait une grâce qui trahissait une longue habitude et quand elle s'arrêta aussitôt après avoir passé le seuil de la porte-fenêtre pour poser ses jumelles sur un petit guéridon, il me sembla que sa main flottait dans l'air.

« Oh, ça ne fait rien, Sarah, dit la jeune femme, qui avait placé une main sous le coude de la vieille dame. J'irai aux T.D. de ce soir, voilà tout, et puis... »

Soudain, elle se frappa le front de la paume et s'écria :

« Aïe ! J'ai oublié le café ! Je reviens tout de suite », ajouta-t-elle en tapotant l'avant-bras de la vieille dame.

« Vous boirez du café ? » demanda-t-elle en s'arrêtant à ma hauteur. Je hochai la tête en signe d'assentiment. Elle leva les yeux sur moi et fit : « Hou, le beau coquard ! », puis elle s'esquiva.

La vieille dame s'était remise en marche dans ma direction. Je portai machinalement une main à mon visage pour tâter mon œil enflé et l'écorchure de mon front, et je dus essuyer mes doigts tachés de sang avant de prendre la main qu'elle me tendait.

« Sarah Weddington, dit-elle d'une voix douce et un peu rauque. Je vous suis reconnaissante d'avoir répondu aussi rapidement à mon appel, monsieur Milodragovitch, ajouta-t-elle en souriant, et j'espère que vous ne m'en voulez pas de vous avoir envoyé un message aussi mystérieux.

— Non, madame », répondis-je.

Sa voix avait des résonances bizarrement familières, et je fis un pas de côté pour ne plus avoir le soleil dans les yeux.

« Vous ne me reconnaissez pas ? demanda-t-elle. Pas du tout, mon petit Bud ?

— Non, madame, avouai-je. Je suis navré... »

Là-dessus je la regardai plus attentivement.

Elle portait un tailleur de lin blanc sur un chemisier en soie naturelle, et la blancheur de sa tenue soulignait le hâle un peu rouge de son visage à l'ossature délicate. Elle était chaussée de souliers confortables, à talons plats, mais qui semblaient sortir de chez un grand bottier. L'âge, si cruel pour les beautés vieillissantes, n'avait pas épargné son visage, mais au lieu de s'évertuer à essayer de raviver ses charmes fanés en ayant recours aux cosmétiques, elle avait laissé la nature faire son œuvre, et ses traits en avaient pris un caractère et une sérénité que l'action du temps ne faisait qu'accuser. La couleur de ses yeux avait pâli avec l'âge, mais quand elle souriait, comme elle le faisait en ce moment, sa main toujours accrochée à la mienne, ils devenaient du même bleu limpide que le ciel du matin quand le soleil se lève au-dessus des montagnes.

« Oh, Bud ! fit-elle avec un grand sourire. Vous qui étiez si passionnément épris de moi autrefois ! »

Je m'appelle, de mon nom complet, Milton Chester Milodragovitch III. Ces prénoms bien anglo-saxons m'ont été légués par mon arrière-grand-père, qui les avait choisis dans le but de tempérer un peu la consonance désespérément slave de notre nom de famille. Mon grand-père était connu sous le nom de Milt, mon père sous celui de Chet, et ma mère avait essayé en vain d'imposer pour moi celui de Milton. Tous mes amis m'appelaient Milo. La seule personne qui m'avait jamais donné le sobriquet affectueux de Bud était mon père, et mon surnom était mort avec lui quand il s'était fait sauter le caisson avec un fusil de chasse l'année de mes douze ans.

« Seven Mile Creek », murmura-t-elle, et tout me revint d'un coup.

« Ça par exemple ! » sifflai-je entre mes dents.

Elle souleva sa canne, fit un pas en avant et me tomba dans

les bras. Nous nous étreignîmes avec force, et ce fut comme si nous serrions dans nos bras toutes les années mortes.

Héritier d'une très vieille famille de Meriwether, mon père avait grandi dans le luxe et l'oisiveté. Il ne s'intéressait qu'à la pêche à la mouche, aux whiskeys de grande cuvée, à la chasse, et à toutes les femmes à la seule exception de ma mère, laquelle en avait d'ailleurs pris prétexte pour le forcer à rédiger un testament conçu de telle façon que la fortune familiale ne me tomberait entre les mains que lorsque j'aurais atteint l'âge avancé — et que l'on pouvait espérer raisonnable — de cinquante-deux ans. Elle avait rêvé que je mènerais une existence utile, que je gagnerais mon pain, que j'apporterais ma modeste pierre à l'édifice de la société. Sans doute avait-elle fait des rêves d'avenir semblables au moment où elle avait connu mon père, à Boston, un an avant qu'il se fasse exclure de Harvard parce que c'était un ivrogne et un joueur et qu'il avait tiré sur les écureuils du parc de l'université avec un Colt 44 à barillet.

Tous les beaux projets de ma mère avaient échoué. Mon père n'avait jamais travaillé de sa vie, et quand elle lui parlait d'être « utile à la société », il sortait son chéquier et lui disait que son boulot consistait à remplir des chèques et à les signer. Ma mère avait même été trahie par son propre corps. Après avoir vécu sept ans à Meriwether dans la souffrance et la folie, elle s'était décidée à le plaquer et à retourner dans l'Est avec moi, et les premières nausées éthyliques l'avaient prise dans le train qui nous emmenait à Boston. J'avais moi-même déçu toutes ses espérances, même après sa mort. A l'exception de mon passage dans l'armée pendant la guerre de Corée, des dix ans où j'avais été employé comme adjoint par le bureau du shérif du comté de Meriwether et de mes vingt-huit mois catastrophiques au service de la Société Haliburton, je n'avais jamais exercé de métier digne de ce nom.

J'ai renoncé à la pêche à la truite depuis belle lurette et je ne chasse plus que pour me nourrir mais à défaut de son argent j'ai indiscutablement hérité du penchant de mon père pour la fainéantise, le whisky et la gaudriole. Et je n'ai jamais cessé d'admirer son goût en matière de femmes, puisque Sarah Weddington était la seule de ses maîtresses que j'avais jamais rencontrée. Quarante ans plus tôt, Sarah avait été une jeune femme si extraordinairement belle qu'en la voyant pour la première fois j'avais été dévasté par la passion la plus foudroyante de ma vie.

Mon père m'avait emmené pêcher à Seven Mile Creek. C'était à la fin d'un long après-midi d'été, les premières stries du crépuscule se dessinaient déjà au ciel, et nous ramenions à chaque lancer des truites de bonne taille lorsque, à la suite d'un coup de vent malencontreux ou d'un geste maladroit du poignet, une mouche Royal Coachman n° 4 vint se planter dans le lobe de mon oreille droite, qu'elle traversa de part en part. Mon père n'ayant pu trouver une pince à l'aide de laquelle il aurait été possible de couper le barbillon, nous nous dirigeâmes d'un pas pesant vers la maison la plus proche, de l'autre côté d'un champ où l'on venait de faucher les foins et en travers duquel s'étiraient les ombres allongées des hautes cimes des Hardrocks. La maison en question était une petite ferme flanquée d'une vieille grange délabrée à l'arrière de laquelle s'accotait un appentis en béton. Je me souvenais de Sarah venant nous ouvrir avec une timidité de fillette, se répandant en excuses parce que son mari était parti en voyage et ne lui avait pas laissé la clé de l'appentis où il rangeait ses outils, et se désolant encore plus de ne même pas avoir de café à nous offrir. Mon père, qui d'habitude avait la langue aussi leste que celle d'un vendeur à la criée, avait dû être bouleversé autant que moi par la vision de cette créature de rêve qui se tenait debout en face de nous, car nous restâmes tous les deux pétrifiés et muets devant elle. Son abondante chevelure blonde lui ruisselait jusqu'à la taille, le soleil de l'après-midi finissant soulignait les traits délicieusement modelés de son visage à l'ovale admirable, et ses formes voluptueuses semblaient sur le point de faire éclater l'étoffe mince de sa robe d'intérieur en coton imprimé. Elle proposa de jeter un coup d'œil à mon oreille, et je penchai la tête avec une docilité pataude de chiot. Sur mon visage en feu, le contact de ses longs doigts blancs était d'une fraîcheur merveilleuse. Mon père, ayant enfin retrouvé sa voix, lui déclara qu'il avait laissé une Thermos de café sur la berge du ruisseau ; elle sourit et hocha la tête lentement, avec une espèce de tristesse, comme si elle avait su d'avance ce qui allait arriver.

Nous courûmes jusqu'au ruisseau à travers le foin coupé. La mouche Royal Coachman étincelait à mon oreille. Mon père et la belle inconnue burent du café, puis ils burent du whiskey et tout à coup, je les vis s'éloigner vers l'amont, la main dans la main, à travers les saules.

« Continue à pêcher, Bud ! me lança mon père en riant par-dessus son épaule. Et si ça ne mord pas, tu pourras toujours t'enfoncer la tête dans l'eau pour voir si ces sacrées truites veulent te boulotter l'oreille. »

Je devais avoir sept ou huit ans alors, et sur le moment je ne trouvai pas ça spirituel du tout. Je restai assis sur les gravillons froids au bord du ruisseau, à bouder et à expédier des cailloux dans l'eau du bout du pied en m'arrêtant de loin en loin pour tripoter la mouche qui me transperçait l'oreille, tirant dessus jusqu'à ce que je parvienne à entrevoir l'extrémité du plumet en louchant vers la droite. Ça me démangeait un peu, mais je n'avais pas mal, et je finis par me complaire dans l'idée que j'allais porter cette espèce de bijou criard, comme un totem, jusqu'à ma mort, ou du moins que je m'exhiberais avec dans le quartier pendant quelques jours. En tout cas je voulais le garder jusqu'à ce que cette femme me caresse à nouveau le visage de ses longs doigts frais.

Quand Sarah et mon père s'en revinrent, les ombres longues du crépuscule étaient tombées sur les montagnes. Ils se tenaient par la taille, ils souriaient et ils avaient le feu aux joues. Une douleur sourde me prit au creux de l'estomac, puis une folle colère m'envahit. Abandonnant au bord du ruisseau ma canne à pêche, ma boîte d'amorces et mon sac en toile plein de truites, je m'enfuis à toutes jambes à travers les taillis ; la mouche qui dépassait de mon oreille accrochait au passage des feuilles et des branches, et je sentis qu'un filet de sang tiède me coulait le long du cou et serpentait sur ma poitrine, mais je continuai à courir à perdre haleine jusqu'à l'endroit où mon père avait garé sa Cadillac, sur le bas-côté de la route de Seven Mile. De loin, je l'avais entendu qui disait à Sarah :

« Ça s'arrangera, va. On est de grands copains, Bud et moi. »

Sur le chemin du retour, comme à l'accoutumée, nous nous arrêtâmes dans deux ou trois bars. Mon père buvait, silencieux et grave, et moi je tournicotais sur le tabouret voisin du sien, refusant obstinément d'ouvrir la bouche, dédaignant les pièces qu'il m'offrait pour aller jouer au billard électrique. A la fin, il me posa une main sur la tête, m'ébouriffa les cheveux et me dit : « Tu as l'air d'un pirate, Bud, d'un vrai petit boucanier. » Je ne savais pas ce que c'était qu'un boucanier, mais ça me parut plutôt drôle. En arrivant à la maison j'exhibai mon oreille blessée à ma mère et, après lui avoir fièrement annoncé que je n'avais pas versé une seule larme, je lui demandai si elle ne trouvait pas que je ressemblais à « un vrai petit couche-panier » ; oubliant la Royal Coachman toujours plantée dans mon oreille sanguinolente, elle me décocha une baffe de tous les tonnerres. Plusieurs heures plus tard, au moment où je succombais enfin au sommeil dans ma chambre du premier étage, j'entendais encore leurs hurlements dont les échos grondants roulaient à travers les murs de l'immense vieille baraque.

A partir de là, nous prîmes l'habitude d'aller taquiner la truite à Seven Mile deux ou trois fois par semaine durant la saison. Souvent, pendant que mon père pêchait, enfoncé dans un trou d'eau jusqu'à mi-cuisse, sa ligne tendue luisant au-dessus de sa tête comme un fil d'araignée, Sarah et moi restions assis sur la berge du ruisseau, les pieds dans l'eau, et elle me racontait des histoires de tournois où des chevaliers en armure agitaient leurs gonfanons, et de jolies vallées au creux des montagnes qui sentaient bon la bruyère écrasée. Mais elle ne me parlait jamais de sa vie.

Et puis un été, nous cessâmes soudainement d'aller à Seven Mile. A vrai dire même, mon père rangea soigneusement sa canne à pêche dans son étui et il ne l'en ressortit plus jamais. A l'automne, il se suicida en simulant si habilement un accident qu'il me fallut trente ans pour comprendre ce qui s'était réellement passé. Un soir, très tard, je l'entendis annoncer à ma mère qu'il avait senti l'odeur d'un shunk et qu'il allait chercher son fusil. Au moment où il tirait son Browning à deux canons superposés du râtelier vitré où il rangeait ses armes, il accrocha le levier d'armement de la carabine à répétition dont il se servait pour chasser l'élan, et des bouts de sa cervelle s'éparpillèrent à travers toute la salle de séjour.

2

« Je suis désolé, Mrs. Weddington, dis-je tandis que nous prenions place, face au soleil, sur un canapé en rotin. Ça remonte à si longtemps, et puis cette maison... excusez-moi.

— Je vous en prie, appelez-moi Sarah, murmura-t-elle en appuyant ses deux mains superposées sur la poignée recourbée de sa canne. Et surtout ne vous excusez pas comme cela. C'est une surprise agréable que je voulais vous causer, pas un choc.

— Oh, vous ne m'avez pas causé de choc, dis-je. C'est simplement que j'ai été assailli par un flot de souvenirs.

— Des souvenirs plaisants, j'espère ?

— Oh oui, mentis-je. Merveilleux.

— J'ai vu votre annonce dans les pages jaunes de l'annuaire à mon retour d'Europe, il y a... quand était-ce donc ? Cela doit faire dix ou douze ans, je ne sais plus très bien, dit-elle en se frottant doucement la tempe. J'ignorais quelle serait votre réaction en retrouvant la... l'autre femme qui a compté dans la vie de votre père. »

Elle eut un petit sourire triste, puis une expression de gaieté forcée se peignit sur ses traits.

« Mais je suppose que votre père a dû avoir beaucoup d'autres maîtresses, poursuivit-elle.

— Vous êtes la seule que je lui aie jamais connue.

— Merci de ce pieux mensonge, dit-elle. Vous savez, Bud, j'ai bien des fois songé à vous appeler, mais j'étais tellement prise par les problèmes que posait la restauration de cette monstrueuse maison, et puis j'ai eu ce... cette maudite attaque (elle frappa son appareil orthopédique du bout de sa canne). Mais à présent je regrette de ne pas l'avoir fait. Vous ressemblez tellement à votre père ! Plus rien en vous ne rappelle le garçonnet avec sa mouche plantée dans l'oreille. Enfin si, tout de même, il y a cette écorchure à votre front et votre œil au beurre noir. Vous savez, je n'ai jamais connu un petit garçon aussi couvert de plaies et de bosses que vous l'étiez.

— C'est parce que je voulais toujours péter plus haut que mon cul et que je passais mon temps à fourrer mon nez dans des affaires qui ne me regardaient pas, expliquai-je. Il y a des gens qui ne grandissent jamais, vous voyez.

— Mais nous vieillissons tous, dit-elle. Je n'ai jamais regretté cette liaison avec votre père, car c'était un bonheur inespéré aussi bien pour moi que pour lui; par contre, j'ai toujours éprouvé du remords de vous avoir laissé seul au bord de la rivière ce jour-là, en sang et tellement mortifié.

— N'y pensez plus, dis-je. Je n'étais qu'un sale petit morveux, mais tout de même pas complètement bouché. Quand vous êtes revenus de votre petite balade, mon père et vous, vous aviez l'air rudement contents. J'étais dans une rogne noire, mais ça m'a vite passé.

— J'avais bien vu que vous nous en vouliez, dit-elle. Et quant à moi, j'étais charmée. Par vous, qui étiez un petit garçon si courageux, et par votre père, cette espèce d'ours, mais tellement gentil, et qui était encore plus malheureux que moi. Et ce café... Dans toute la longue histoire de la séduction des femmes mariées, ç'a peut-être été la première fois (hors de l'Eglise mormone, évidemment) qu'une épouse s'est laissé entraîner dans la débauche par le seul effet d'une tasse de café tiédasse. Ce satané Harry Weddington! A chaque fois qu'il s'en allait accomplir une de ses pérégrinations dentaires, il bouclait le café dans la remise à outils pour me dissuader d'inviter mes voisines à venir en boire avec moi. Et si encore nous en avions eu, des voisines...

— Ses pérégrinations dentaires? l'interrompis-je.

— Ah, fit-elle, vous ne saviez pas?

— Non, madame.

— Harry était dentiste itinérant. Il avait commencé avec un fauteuil et une fraise à pédale montés à l'arrière d'un vieux camion R.E.O. qui datait d'avant la Première Guerre mondiale. Il passait dans tous les villages, toutes les fermes isolées, tous les hameaux du Montana et il gagnait rudement bien sa vie, ce vieux saligaud... »

Elle se tut, et son regard se perdit au loin, comme si elle s'abîmait dans la contemplation de son propre passé.

« Comment est-ce que ça s'est terminé ? demandai-je.

— Oh ! fit-elle en revenant soudain sur terre et en se méprenant sur l'objet de ma question. Ce vieux grippe-sou de Harry était en train de changer un pneu au milieu d'une forte averse, quelque part du côté de Roundup, quand un camion à bestiaux est arrivé et lui est passé dessus. C'est tout ce qu'il méritait, ce vieux bouc. Il avait toujours cru qu'il mourrait en pleine action, ou bien qu'il se ferait truffer de plombs par un mari furieux... Mais ce n'est pas de cela que vous vouliez que je vous parle, n'est-ce pas ? Ne m'en veuillez pas, mais depuis que j'ai eu ma... mon attaque, j'ai tendance à divaguer un peu. Votre père et moi... Eh bien, vous comprenez, votre mère a mis un détective privé aux trousses de Chet, et ensuite elle l'a mis en demeure de choisir entre vous et moi. Elle voulait retourner à Boston avec vous...

— Je n'étais pas au courant de tout ça...

— C'est un bien ironique retour des choses que vous ayez choisi de faire ce métier, dit-elle.

— Bien ironique en effet », dis-je.

Je me levai et me dirigeai vers la terrasse en maudissant toutes les affaires de divorce dans lesquelles j'avais trempé au fil des années.

« Je suis navrée, dit-elle.

— Ça ne fait rien, répondis-je. Tout ça est tellement loin. »

Mais elle n'en avait pas encore fini.

« Et là-dessus, votre père a eu ce... cet affreux accident. Je ne... je n'ai rien pu faire, ni aller à l'enterrement, ni pleurer (j'avais déjà pleuré toutes mes larmes), ni envoyer des fleurs, ni me jeter dans la fosse avec lui, rien... Ensuite, Harry est mort, et tout à coup j'étais une jeune femme libre et riche... enfin, libre et riche, mais peut-être plus tellement jeune. Toutes ces années de vie recluse dans cette petite bicoque minable de Seven Mile m'avaient fait vieillir prématurément.

« Je me suis d'abord appliquée à jeter par les fenêtres tout ce que je pouvais du magot patiemment amassé par Harry. J'ai fait deux fois le tour du monde en paquebot, j'étais couverte de fourrures et de bijoux, je buvais des litres de champagne, je menais la vie d'une reine, ou d'une grande courtisane. La Côte d'Azur, l'Ecosse, l'Espagne... Je me vengeais de tout ce que Harry m'avait fait endurer, en espérant qu'il se tournait et se retournait dans sa tombe comme une girouette détraquée.

« Et puis, comme mes charmes commençaient à se faner, comme les nuits de fêtes devenaient d'une telle monotonie que je n'arrivais plus à les distinguer les unes des autres, je suis rentrée au bercail. Je suis revenue dans le Montana pour vivre près du souvenir du seul homme que j'aie jamais aimé vraiment. Pardonnez-moi de vous étaler ces fadaises de vieille femme sentimentale, mon petit Bud. Pardon de ressasser ainsi ces vieilles histoires, de raviver d'anciennes douleurs...

— Ne vous en faites pas, Mrs. Weddington, dis-je. Il me semble toujours que tout cela est arrivé hier.

— Ah, comme vous avez raison, mon petit Bud, murmura-t-elle. Notre première rencontre est encore si fraîche dans ma mémoire, l'odeur du foin au soleil, le café... »

Elle leva brusquement une main ridée, essuya ses yeux humides et éclata de rire.

« ... et l'odeur du poisson sur les mains de votre père », acheva-t-elle.

Elle se tut et s'effleura les lèvres d'un doigt déformé par l'arthrite.

« Oh, dit-elle, je me souviens de ce que je voulais dire.

— Oui, madame ?

— Appelez-moi Sarah, je vous en prie, mon petit Bud.

— Oui, madame.

— J'imagine que plus personne ne vous appelle Bud.

— Non, madame.

— Excusez-moi », dit-elle.

Elle parut hésiter, leva machinalement une main, s'en effleura la tempe, les lèvres, puis la porta à son front, comme si elle essayait de former les mots avec les doigts.

« Je sais que... Je sais que je dois forcément connaître votre véritable prénom, mais je n'arrive pas à le retrouver dans ma tête. Il y a tant de choses qui m'échappent, qui ne sont tout simplement plus là... des noms, des lieux, les visages d'amis d'autrefois... Vraiment, je suis confuse.

— La plupart des gens m'appellent Milo, dis-je.

— Milo », répéta-t-elle tout bas en posant la tête sur ses deux mains appuyées à sa canne.

Sur ces entrefaites, la jeune femme fit irruption dans la pièce avec un plateau d'argent chargé d'une cafetière et de deux tasses de porcelaine qu'elle posa sur la table basse devant nous.

« Madame désire-t-elle que je verse le café ? questionna-t-elle en se livrant à une parodie exécrable de soubrette.

— Merci infiniment, Gail, dit Mrs. Weddington, mais je suis sûre que M. Milodragovitch s'en fera une joie.

— Comme Madame voudra », répondit Gail, et elle fit une petite révérence bouffonne en soulevant les pans de sa chemise. Elle s'arrêta sur le seuil et ajouta :

« Si tu as besoin de moi, Sarah, tu n'as qu'à sonner. Je serai dans la cuisine en train de préparer un gâteau aux courgettes. »

Puis elle sortit et dégringola les marches dans un fracas de tonnerre.

« Quelle délicieuse enfant ! » dit Mrs. Weddington, tandis que je soulevais la cafetière en argent et versais le café bien noir dans les tasses de fine porcelaine.

Tout en levant la tasse délicate entre mes mains tremblantes, je me fis la réflexion que Gail n'était plus une enfant et qu'elle n'était pas si délicieuse que ça. Le sang me battait furieusement aux tempes, mais je ne savais pas si cela venait du manque de sommeil, de l'excès de cocaïne ou de l'émotion qui m'avait étreint en remuant ces vieux souvenirs.

« Qui est-ce ? » demandai-je afin que nous restions ancrés dans le présent, mais Mrs. Weddington se concentrait sur son café. Elle en inhala longuement l'arôme brûlant, en prit une toute petite gorgée, puis reposa la tasse sur sa soucoupe et les repoussa au loin.

« Le café me manque tellement, soupira-t-elle. Pardon, Bud, vous me disiez quelque chose... ?

— Je me demandais seulement qui était cette jeune fille...

— Gail ? Oh, c'est ma petite-nièce. Je ne supporte pas les infirmières et les gouvernantes, et Gail est venue habiter avec moi l'année où elle est entrée à l'université. J'ai eu énormément de plaisir à sa compagnie ces dernières années, et elle me manquera beaucoup quand elle aura fini ses études.

— Elle assure seule l'entretien de cette grande maison tout en finissant ses études supérieures ? demandai-je, estomaqué ou incrédule.

— Oh grand Dieu non ! dit Mrs. Weddington avec un petit rire. Une fois par semaine, Gail et moi allons prendre un déjeuner prolongé à l'extérieur, pendant qu'une équipe de nettoiement... De nettoiement ? Non ça ne doit pas être ça. Quand on parle de nettoiement, on pense plutôt à l'enlèvement des ordures, n'est-ce pas ? (Elle se frotta le front avec le dos de la main.) De nettoyage, alors, dit-elle. Donc, une équipe de nettoyage s'occupe de tout et quand nous revenons — un peu pompettes, je dois le confesser, en dépit des admonestations de mon médecin — la maison est à nouveau propre comme un sou neuf. On dirait de la magie. Parfois, l'argent paraît presque magique, vous ne trouvez pas ?

— Je suis bien mal placé pour le savoir, répondis-je impulsivement.

— Mais Bud, je pensais que vous étiez très à l'aise ! Votre père...

— Sa succession a été bloquée, expliquai-je. Mais vous étiez en train de me parler de Gail...

— Gail ? Ah, oui ! dit-elle en s'esclaffant. Gail et le ménage ! Cette pauvre enfant sera peut-être capable de nettoyer l'univers une fois qu'elle aura obtenu son diplôme d'ingénieur en sciences de l'environnement, ou Dieu sait comment cela s'appelle, mais j'ai bien peur qu'elle ne devienne jamais une ménagère accomplie. Jamais !

« Mais elle me manquera quand elle ne sera plus là, ajouta Mrs. Weddington. La plupart de mes amis sont morts, et ceux qui restent sont désespérément vieux. Gail a comblé ce fossé pour moi. Grâce à elle, je suis restée jeune. (Elle eut un nouveau rire.) Cela dit, j'ai bien peur que cette petite diablesse ait eu sur moi une influence très pernicieuse.

— Pardon ? fis-je, craignant de n'être pas en état de suivre cette conversation qui sautait perpétuellement du coq à l'âne.

— En politique, je suis devenue d'un extrémisme gênant, dit-elle. Vous ne pouvez pas imaginer quels mouvements elle me fait soutenir ! Des gens qui sont tous dans le collimateur du F.B.I... Et à ma grande honte, elle a fait de moi une... Dites-moi, Bud, vous n'avez pas de liens avec la police, n'est-ce pas ?

— Oh ! non, madame.

— Je suis devenue une adepte de la « fumette », confessa-t-elle avec un sourire charmant.

— Il existe des vices plus graves, dis-je en me retenant de pouffer.

— Assurément, dit-elle, il existe une quantité de vices beaucoup plus néfastes — par exemple la rapacité, l'avarice, la soif de pouvoir et de richesse qui poussent les hommes à ravager ce beau pays. Mais tout de même, je suis bien embarrassée d'être devenue une fumeuse d'herbe chronique. »

Elle porta brusquement une main à ses lèvres.

« Oh ! souffla-t-elle. Excusez-moi, Bud. Je m'étais promis de ne pas me laisser surexciter par votre visite, mais j'ai bien peur que tout cela m'ait tout de même un peu trop échauffée. Auriez-vous la bonté de m'excuser pendant quelques instants ?

— Mais je vous en prie », répondis-je en me levant, sans trop savoir ce qu'elle attendait de moi. Mais Mrs. Weddington se contenta de poser sa canne contre l'accoudoir du canapé, de placer ses deux mains croisées dans son giron et de fermer doucement ses paupières creusées de rides profondes. Au bout de quelques secondes, sa respiration devint régulière et calme, et j'en déduisis qu'elle s'était endormie.

L'espace d'une minute, je restai perplexe et un peu hagard comme quelqu'un qui va à des funérailles et qui s'aperçoit tout à coup qu'il s'est gouré de chambre mortuaire, puis je pris ma tasse et ma soucoupe, et je sortis sur la terrasse en marchant à tout petits pas pour empêcher mes bottes de grincer. Je posai ma tasse de café sur la balustrade et j'allumai une cigarette.

Du haut de la terrasse, on avait une vue superbe sur tout le quartier de Park Lane et j'apercevais même, au-delà des arbres aux feuillages jaunissants, la vallée de la Hardrock, qui se jette dans la Meriwether assez loin en amont de la ville. Sur le flanc oriental de cette vallée largement évasée, les contreforts doucement mamelonnés des monts d'Agate se chevauchent en direction du sud et sur son flanc oriental les grands pics déchiquetés des Hardrocks surplombent de leurs hautes silhouettes rudes des champs et des pâturages d'aspect bucolique.

Tu parles d'une affaire, me disais-je. Mais l'idée que la vieille dame ne m'avait attiré chez elle que pour boire du café et échanger des souvenirs ne me dérangeait pas outre mesure. Je ne regrettais même pas le joli paquet de fric que j'avais claqué en vue de ravaler ma façade. Déjà mes bottes commençaient à s'adapter aux contours noueux de mes arpions, et la veste en cuir fleurait bon le luxe, comme l'intérieur d'une limousine neuve. J'en avais eu pour mon argent, et j'avais le panorama en prime. A vingt kilomètres en amont de la Hardrock, le ruisseau de Seven Mile continuait de gazouiller gaiement dans mon imagination ; il pullulait toujours de truites énormes, la ligne de mon père décrivait toujours dans l'air ses boucles gracieuses, les bouteilles de bière Lorelei étaient toujours au frais sous les cavités invisibles d'une berge escarpée, et le vent continuait de plaquer une jupe d'indienne contre les mollets d'une jeune femme ravissante... Je savais bien pourtant qu'en réalité les rives du ruisseau étaient couvertes d'une multitude de bicoques préfabriquées de couleurs pastel, que les seuls poissons qu'on y trouvait encore étaient des truites d'élevage nourries d'excréments et que la ravissante jeune femme n'était plus qu'une vieille infirme assoupie dans son solarium à quelques mètres derrière moi. Et quant au mioche avec sa Royal Coachman dans l'oreille, qui se prenait pour un boucanier... Qu'est-ce qu'il avait bien pu devenir, ce foutu petit garnement ?

« Quelle vue admirable, n'est-ce pas ? » fit la voix de Mrs. Weddington dans mon dos. Je me retournai. Elle souriait. Elle paraissait avoir pris un bain de jouvence. Son visage n'était pas fripé et bouffi comme après un sommeil troublé, mais vraiment rasséréné ; les arêtes en semblaient adoucies, et les rides en partie gommées.

« Le panorama est splendide, reprit-elle, mais je me surprends bien souvent à fermer les yeux dans l'espoir de revoir la campagne telle que nous l'avons connue autrefois.

— Mrs. Weddington, dis-je, je crois que j'ai toujours le béguin pour vous.

— Sarah, je vous en prie, ordonna-t-elle. Merci de ce charmant mensonge. En ce qui concerne les femmes, je suis sûre que vous devez être le digne fils de votre père.

— Je suis peut-être même pire. Avec toutes mes ex-épouses, je pourrais pratiquement monter une équipe de basket.

— Vous devez avoir ça dans le sang, dit-elle d'une voix douce. J'espère au moins que vous n'avez pas eu d'enfants...

— Un seul, dis-je. Il ressemble à sa mère, et il ne porte même pas mon nom. Le nouveau mari de ma femme l'a adopté.

— Il vit à Meriwether ?

— Non, madame, il est étudiant à l'université d'Etat de Washington à Pullman, répondis-je et comme j'en avais marre de ces évocations de mon passé sordide, j'ajoutai d'un ton faussement désinvolte : Vous avez bien dormi ?

— Oh, je ne dormais pas, dit-elle. Je me livrais seulement à une courte méditation. C'est Gail qui m'a enseigné à le faire, et à mon âge c'est beaucoup plus reposant qu'un somme. D'ailleurs depuis quelque temps, j'ai pris le sommeil en horreur. Je suppose que cela veut dire que j'ai peur de mourir, et cela doit paraître bien saugrenu venant d'une vieille personne comme moi. Mais je me suis laissé voler une si grande part de mon existence par Harry que quelquefois j'ai l'impression que ma vie vient tout juste de commencer... »

Elle s'appuya à la balustrade pour soulager sa jambe infirme d'une partie du poids de son corps.

« Voulez-vous vous asseoir ? demandai-je.

— Non, pas tout de suite, merci, il fait si bon au soleil », répondit-elle, puis elle ajouta : « Je me rends bien compte que nous n'avons pas encore abordé le véritable motif de votre visite, mais pour autant que vous vouliez bien tolérer les radotages d'une vieille femme dont le cerveau ne fonctionne plus qu'à moitié, j'estime que vous avez le droit de savoir pourquoi votre père a tellement compté pour moi.

— Bien sûr, dis-je. Je vous écouterai aussi longtemps que vous voudrez.

— Merci, mon petit Bud. J'espère que vous ne dites pas cela par pure politesse. »

Elle marqua un temps d'arrêt, et les traits de son visage se contractèrent. Visiblement, elle faisait un effort de concentration.

« Mon père était éleveur, commença-t-elle. Il avait un ranch au bord du Missouri, à la limite des Breaks, une de ces petites exploitations misérables où le père passe tous les instants de sa vie à trimer comme une bête de somme pour faire face aux échéances bancaires qui s'abattent sur lui chaque trimestre comme une malédiction, où les enfants sont aussi sauvages et craintifs que des lapins de garenne, et où la mère... où la mère semble avoir vécu toute sa vie au fond d'une mine ou d'un cellier obscur à grignoter des patates germées ou de vieilles pommes flétries.

« Le seul moment où je me souvienne d'avoir vu ma mère sourire, c'était quand elle nous lisait, à mes sœurs et à moi, des romans de Walter Scott. Chaque hiver, au moment des grands froids, elle se rabougrissait complètement et ne retrouvait sa taille normale qu'au printemps. Et puis, un printemps, au lieu de se redresser, elle s'est mise à rapetisser encore plus, au point qu'à la fin elle a disparu pour de bon... un jour qu'elle était sortie, sans manteau, dans une tempête de neige tardive.

« L'été de mes seize ans, je me suis enfuie avec le premier homme qui m'avait promis qu'il m'emmènerait si loin que je ne verrais plus jamais ces satanés horizons plats, ou en tout cas le premier qui n'était pas arrivé à cheval. J'en avais soupé des cavaliers, de ces cowboys balourds avec leurs coudes pointus et leurs pommes d'Adam proéminentes, gauches et timides quand ils étaient à jeun mais qui devenaient de vraies brutes aussitôt qu'ils avaient bu un coup de trop, qui parlaient à leurs vaches et à leurs chevaux, se racontaient entre eux des histoires salées, mais n'adressaient jamais la parole à leurs femmes. Aussi, quand Harry Weddington est arrivé à bord de son vieux camion bringuebalant avec sa chaise de torture à l'arrière... eh bien, comme on dit, le reste appartient à l'Histoire.

« Dans l'est du Montana, tout le monde a pensé que c'était Harry qui m'avait séduite. Il avait une réputation de coureur, et cela lui avait déjà attiré pas mal d'ennuis. Il s'était fait canarder par des maris jaloux et des pères courroucés, et un fermier lui avait même arraché un morceau de talon quelque part dans la montagne, du côté de Sidney. Mais à vrai dire, ce matin-là, toute la séduction a été de mon fait.

« Harry m'avait parlé, vous comprenez », poursuivit-elle avec une expression qui laissait supposer qu'elle en était encore stupéfaite au bout de tant d'années. « Il m'a parlé, et il avait des mains si douces et une voix si caressante... Je me souviens parfaitement de cette journée, je me rappelle encore la robe que je portais, mais je n'ai pas la plus petite idée de ce qu'il a bien pu me dire. Sans doute m'a-t-il sorti le boniment qu'il utilisait chaque fois qu'une fillette terrorisée venait s'asseoir dans son fauteuil. Mais quoi qu'il ait pu me dire, j'en ai été toute remuée, si bien que quand il a fait mine de vouloir retirer ses doigts de ma bouche, j'ai mordu de toutes mes forces et je n'ai rien voulu savoir pour le lâcher. D'abord, il a pensé que son compte était bon, pauvre vieux, et puis il a compris ce que je lui voulais et il a cru que tous ses rêves de lubricité s'étaient réalisés.

« Evidemment, continua-t-elle avec une petite grimace dépitée, une fois qu'il m'a eue, la violence de son désir s'est considérablement atténuée. Mais comme nous étions déjà mariés — j'avais exigé d'être épousée —, il voulait être certain qu'aucun autre homme ne me posséderait jamais, c'est pour cela qu'il me séquestrait dans cette bicoque perdue de Seven Mile, comme une princesse du temps des Croisades. Et si vous ne vous étiez pas planté cette mouche dans l'oreille... »

Elle s'interrompit et me tapota la main avec beaucoup de douceur.

« Enfin, j'espère que vous vous en êtes remis », reprit-elle.

Puis elle poussa un gros soupir qui laissait entendre qu'elle ne s'en était pas remise elle-même, et elle ajouta :

« Je vous remercie de votre patience, mon petit Bud. J'espère ne pas avoir trop présumé d'un lien somme toute bien ancien et bien ténu.

— Ne dites pas de sottises, dis-je en reniflant (et en espérant que l'irritation de mes sinus n'était due qu'à la cocaïne).

— Dans ce monde, les vieilles femmes ne servent plus à grand-chose, dit-elle, si bien qu'en général elles finissent par se réfugier dans la sottise ou dans la méchanceté. Pour ma part, je préfère la sottise. »

Elle éclata d'un rire un peu grinçant et tout à coup son visage se décomposa comme si la tiédeur du soleil lui avait subitement fait perdre tout son sang-froid.

« Et j'ai bien peur que vous me trouviez plus sotte encore, reprit-elle, quand je vous aurai dit pour quelle raison j'ai f-f-fait appel à vous. Il faut d'abord que je... que je vous explique, voyez-vous... Chaque quartier a son... chaque quartier a besoin de son pe... petit f-f-foui... son petit f-f-f-f... »

Brusquement, elle leva la main droite vers ses lèvres trem-blantes, heurtant au passage le bord de ma soucoupe. La soucoupe et la tasse s'envolèrent, et je vis le soleil accrocher des lueurs irisées à la fine porcelaine blanche tandis qu'elles fendaient gracieuse-ment l'air avant d'aller s'écraser sur les briques rouges de l'allée où elles s'éparpillèrent en une multitude d'éclats brillants.

« ...ouineur, marmonna-t-elle. Son petit fouineur, bon sang de bon Dieu ! F-f-ouineur ! »

De ses doigts déformés, elle se triturait désespérément les tempes comme pour en effacer les veines saillantes qui y palpi-taient douloureusement et de grosses larmes silencieuses roulaient sur ses joues.

« Sarah, dis-je en la prenant par le bras, vous ne voulez pas vous asseoir ?

— Oh si, je vous en prie », souffla-t-elle entre ses dents.

Je la guidai jusqu'au canapé ; une rage dérisoire et fragile l'avait envahie, et le bras que je tenais dans ma main était secoué de frissons spasmodiques. Cette fois-ci, elle s'assoupit. Je dénichai une couverture de laine au crochet à petits carreaux multicolores et je lui en entourai les jambes. Elle était tombée dans un sommeil lourd d'agonisante. Sa respiration était rauque, mais régulière, et quand je fus certain qu'elle dormait sur ses deux oreilles, je m'en allai sur la terrasse avec le fond de café froid qu'elle avait laissé dans sa tasse et je fumai une cigarette en fixant d'un œil vide le panorama de la vallée de la Hardrock. J'aurais donné n'importe quoi pour un whiskey bien tassé.

Au mois de juillet 1952, alors que mon unité montait pour la troisième fois à l'assaut d'une montagne pelée, à l'ouest de Chorwon, un sergent du 23ᵉ régiment des marines, qui était d'origine hawaïenne et pesait près de cent dix kilos, avait sauté à pieds joints dans le cratère d'obus au fond duquel j'étais tapi. Il m'avait brisé trois côtes, démis la clavicule et si bien arrangé le poignet qu'on avait dû le redresser à l'aide d'une attelle, mais il m'avait probablement sauvé la vie par la même occasion : durant les neuf jours de combat qui s'achevèrent par la prise de cette maudite montagne, mon unité subit quatre-vingts pour cent de pertes.

Six semaines plus tard, alors que j'attendais ma feuille de permission au centre de transit d'Oakland, un aumônier était venu me voir dans ma chambrée pour m'annoncer que ma mère venait de mourir. Je n'en avais pas été surpris outre mesure, car cela faisait des années qu'elle traînait d'hôpital en hôpital avec des symptômes d'origine hypocondriaque qui avaient progressivement évolué vers une cirrhose et des ulcères bien réels à partir du moment où elle s'était mise à picoler en cachette. Puis l'aumônier, prenant un ton grave de bon docteur compatissant, m'avait asséné le coup de grâce : elle s'était pendue avec un bas de soie dans la station thermale de l'Arizona où elle faisait une cure d'amaigrissement.

Je passai ma convalescence dans une chambre de l'hôtel Mark Hopkins, où je restai des après-midi entiers à griller des cigarettes en scrutant les brumes de la baie comme si j'avais pu apercevoir derrière les grands rouleaux du Pacifique. Là-bas, quelque part, il y avait cette guerre où je ne voulais pas retourner. Et quelque part derrière moi, sur la côte est, la tombe de ma mère, sur laquelle je ne me rendis jamais. Après ma démobilisation, je partis au Mexique pour la première fois de ma vie, et je m'y noyai dans un véritable océan de mescal, au point de me sentir pareil à l'un des petits vers blancs qui baignent dans chaque bouteille de cet alcool violent et clair.

Et tandis que je me tenais sur la terrasse de Sarah, l'envie me prit de céder une bonne fois pour toutes au vertige de la bouteille, de plonger tout au fond des égouts de l'abjection. Quand le colonel Haliburton m'avait embauché, je lui avais donné ma parole que je n'essaierais plus de me tuer à l'aide d'une bouteille de whiskey. Je m'en tenais donc au peppermint, que j'exècre, et cela me valait de rester d'une sobriété relative. Mais dans cet instant-là, je n'aspirais plus qu'à un océan de whiskey dans lequel j'aurais pu me perdre sans rémission.

Vingt minutes plus tard, Sarah se réveilla, me pria timidement de l'excuser, et se dirigea en boitillant vers la porte du couloir. A son retour, elle s'était peignée et légèrement remaquillée, mais la transformation n'était guère perceptible. Elle avait l'air las, effrayé, et elle était d'une pâleur mortelle, mais elle parvint à s'arracher un petit sourire crâne et un clin d'œil mutin, et même à donner une apparence de légèreté à sa voix basse et enrouée.

« Vous avez remarqué mes jumelles en arrivant tout à l'heure, dit-elle, et je suppose que vous n'êtes pas allé vous imaginer que je m'en servais pour observer les oiseaux.

— Non, madame.

— J'ignore si c'est à cause de la vue que j'ai sur le quartier, ou parce que je me sens seule, ou bien si c'est un effet du déclin de mes facultés mentales, en tout cas j'ai pris goût à espionner mes voisins. C'est une très vilaine habitude, je sais bien, mais tout ce que je découvre, je le garde pour moi. »

Elle marqua un temps avant d'ajouter :

« Et je suis prête à vous payer votre tarif habituel, plus un défraiement généreux et une prime substantielle...

— Pour faire quoi ? interrogeai-je, en me demandant si quelque chose m'avait échappé.

— Uniquement pour satisfaire la curiosité d'une vieille dame, répondit-elle. Je puis vous assurer que cela ne comporte rien d'illégal, de complexe ou de dangereux.

— De quelle façon ? demandai-je, surpris d'éprouver un petit pincement au cœur à l'idée que ce que j'aurais à faire serait simple, légal et sans danger.

— Venez avec moi », dit-elle en se soulevant avec peine du canapé.

Je lui pris le bras, et je sortis avec elle sur la terrasse. Elle tendit le doigt en direction d'un petit triangle de verdure à l'angle de Park Lane et de Virginia.

« Vous voyez ce petit jardin public ? dit-elle. Depuis maintenant six semaines, deux voitures viennent s'y garer chaque jeudi après-midi. L'une est conduite par un homme, l'autre par une jeune femme. L'homme paraît âgé d'environ quarante ans, et il ne paie pas de mine. La femme est beaucoup plus jeune, vingt-cinq ans peut-être, et elle est remarquablement jolie. L'homme vient s'asseoir à côté de la jeune femme, et ils passent à peu près une heure ensemble. Apparemment, ils ne font que parler. »

Sarah se tourna vers moi.

« J'aimerais beaucoup savoir qui sont ces gens, sur quoi portent leurs conversations, et la raison pour laquelle ils se retrouvent ainsi. Pouvez-vous vous charger de le découvrir pour moi ? »

Comme je tardais à lui répondre, elle ajouta :

« Ou plus exactement, est-ce que vous voulez bien vous en charger ?

— C'est que... euh... Je ne sais pas si...

— Ce que font ces gens ne me regarde pas, bien sûr, dit-elle en regagnant le solarium. Mais j'ai de quoi payer le prix de ma curiosité malsaine. »

Elle ouvrit le tiroir du petit guéridon sur lequel elle avait laissé ses jumelles et en sortit une grande enveloppe blanche, qu'elle posa à côté des jumelles.

« Cette enveloppe contient cinq mille dollars en espèces, un jeu de mes cartes de crédit (j'ai fait le nécessaire pour que vous soyez habilité à vous en servir) et le numéro minéralogique de la voiture de l'homme. Il a des plaques de l'Etat de Washington. La femme arrive chaque fois dans une voiture différente ; je suppose qu'il s'agit de voitures de louage. Alors, vous êtes intéressé ?

— Je ne sais pas trop quoi vous dire, madame. Ça m'a l'air bien farfelu, vous savez.

— Pardon, mon cher petit Bud, dit-elle en souriant, mais

farfelu n'est pas le mot. Les vieilles dames riches sont excentriques, pas farfelues.

— C'est juste.

— Je vous donne quelques jours pour y réfléchir, si vous voulez, dit-elle en replaçant l'enveloppe dans le tiroir et en le repoussant lentement. Je vous demanderai seulement de me faire connaître votre décision d'ici jeudi matin. Et si vous décidez de refuser, vous pourrez peut-être me recommander un de vos confrères.

— C'est entendu, je vous appellerai.

— Puis-je vous demander une dernière faveur ?

— Je vous en prie, madame.

— Vous voyez cette grosse mappemonde, là-bas, dans le coin ?

— Oui, madame.

— Il s'agit en fait d'un petit bar à liqueurs, dit-elle avec un sourire. Vous y trouverez une bouteille de cognac et un grand verre à dégustation. Voudriez-vous me verser trois doigts de cognac et me les apporter, ainsi que le joint qui est posé à côté du verre ? »

Bien qu'il fût à peine plus de midi, j'avais bien envie de me joindre à elle, mais je m'en abstins. La première partie de la journée n'avait été qu'une succession d'événements tous plus dingues les uns que les autres, et quelque chose me disait que ce n'était pas fini.

Quand Mrs. Weddington fut confortablement calée dans une chaise longue avec son verre de cognac et son joint allumé, elle me remercia et ajouta :

« Je vous en prie, Bud, réfléchissez-y sérieusement, mais quelle que soit votre décision n'hésitez pas à revenir me voir chaque fois que le cœur vous en dira. »

Après lui avoir promis l'une et l'autre choses, je déposai un baiser sur sa joue parcheminée et lisse et je pris congé d'elle.

Arrivé au rez-de-chaussée, je tournai le dos à la porte d'entrée et me dirigeai vers l'arrière de la maison, où je n'eus pas trop de peine à découvrir une grande cuisine à l'ancienne. Gail était debout au-dessus du plan de travail de l'évier, un polycopié dans une main et un fouet mécanique couvert de pâte dans l'autre. Elle porta l'engin à ses lèvres et passa lentement un bout de langue rose le long d'une des lames.

« Vous avez perdu votre chemin, cowboy ? demanda-t-elle sans même lever les yeux.

— J'ai besoin d'un balai et d'une pelle, lui expliquai-je. Pour débarrasser votre allée des débris d'une tasse et d'une soucoupe.

— Gros maladroit, bougonna-t-elle.

— Vos T.D. de ce soir, ils se terminent à quelle heure ? demandai-je.

— A dix heures, répondit-elle. Pourquoi ?

— Ça vous dirait de me retrouver quelque part pour prendre un verre, aux alentours de onze heures ?

— Vous êtes marié ?

— Pas actuellement.

— Vous êtes aussi vieux que vous en avez l'air ?

— Quand même pas.

— Vous vous habillerez normalement ?

— Comment ça, normalement ?

— Bah, après tout, pourquoi pas ! dit-elle en souriant. Je vous attendrai au Deuce vers les onze heures. Vous savez où c'est, non ? »

Son sourire s'élargit en une grimace narquoise. Le Deuce of Spades était le lieu de rendez-vous des zonards de la montagne et des bandes à moto, un troquet infect où on vous servait des boissons généreusement allongées d'eau et où des hippies entre deux âges dansaient un genre de polka piquée au son d'un orchestre de bluegrass. Raoul, mon dealer de coke, y passait le plus clair de ses loisirs.

« Bien sûr, dis-je. L'endroit rêvé pour se faire une petite fête à deux.

— Pour l'instant, il ne s'agit que de boire un verre, dit-elle. Quand j'aurai envie de faire la fête avec vous, je vous le dirai.

— Ah bon.

— Le placard à balais est là », dit-elle en faisant un geste du pouce.

Quand je revins avec la pelle pleine de minuscules tessons de porcelaine, Gail me demanda si Sarah allait bien.

« Elle est un peu fatiguée, dis-je. Ces petites balades dans le passé, c'est quelquefois assez éprouvant. Mais quand je l'ai quittée, elle était allongée au soleil avec de quoi boire et de quoi fumer.

— C'est une vieille dame épatante, dit Gail.

— Vous auriez dû la voir quand elle était jeune.

— J'ai vu des photos, dit-elle. Est-ce que vous ressemblez à votre père ?

— Un peu.

— C'était le même genre d'homme que vous ?

— En beaucoup plus riche.

— La pauvreté est probablement un point en votre faveur, concéda-t-elle. C'est à vous, cette espèce de wagon à bestiaux qui est planqué sous les lilas ?

— Vous avez deviné.

— Combien est-ce que ça pompe de litres aux cent ?

— Ah ça, mon petit cœur, je n'en sais rien, répondis-je. Quand le réservoir est vide, je file un billet de vingt à un Arabe et il me le remplit. »

Elle me gratifia d'un froncement de sourcils furibond qui, à défaut de me faire rentrer sous terre aurait au moins dû me convaincre de courir m'acheter sur-le-champ une petite Volkswagen diesel.

Je regagnai mon camion et, juste avant de déverrouiller la portière, je me livrai à un bref examen du ciel. Au nord-ouest, la haute brume annonciatrice d'orage s'effilochait rapidement en direction du sud. Gail ne s'était pas trompée : le temps était en train de se gâter. L'hiver rassemblait ses troupes pour lancer son premier assaut sérieux sur la vallée de la Meriwether. Je frissonnai en dépit de la chaleur du soleil, et l'image du Mexique se forma à nouveau dans ma tête. Cette fois, c'était bien décidé : j'irais y passer l'hiver, quitte à négocier au besoin ma dernière et unique possession, ces mille hectares de forêt perdus au milieu des Diablos que mon grand-père avait piqués aux Indiens Benniwahs. Il leur avait acheté ces terres le plus légalement du monde, mais en les arnaquant si bien que ça revenait à du vol. Je venais tout juste de repousser trois offres d'achat successives, émanant l'une d'un fils de famille de l'Oregon qui voulait remettre la forêt en exploitation à l'aide de méthodes dites douces (qui consistent à faire tirer les trains d'abattage par des chevaux), l'autre d'une usine de Detroit qui voulait y installer un rendez-vous de chasse réservé au gratin de ses cadres, et la troisième du gouvernement, qui prévoyait de l'intégrer à une zone protégée qui n'en était encore qu'au stade de projet, et qui devait porter le nom de Parc national de l'Ours danseur.

Le fils de famille m'avait fait l'effet d'être un petit frimeur, et il avait eu tort d'essayer de m'en mettre plein la vue avec une valise bourrée de billets, les chargés d'affaires de l'usine de Detroit avaient chipoté sur le prix avec un manque d'ardeur qui trahissait le plus profond ennui, et quant au gouvernement, il pouvait aller se faire lanlaire. Les réserves naturelles, c'est sympa, d'accord, mais j'ai encore bien trop d'affection pour les tronçonneuses, les motoneiges et les jeeps pour supporter l'idée de les voir frappées d'interdit sur mon propre sol aussi longtemps que je vivrai. Au stade où en était arrivé ce projet de parc naturel, il m'était déjà impossible d'accéder directement à mes terres, et j'étais obligé de me farcir un détour de plus de cent bornes, en gagnant d'abord la réserve Benniwah, au pied des Cathedral Mountains, puis en coupant à travers les anciennes terres de la Compagnie du chemin de fer et en rejoignant Camas Meadow par la vieille route qui passe devant la mine abandonnée, pour aller braconner un malheureux élan dans ma propre forêt.

Gail n'avait peut-être pas tort. Peut-être bien que l'état d'esprit qui va avec les bulldozers et les bottes de cowboy était la cause du déclin du Montana. Ou alors c'était les Indiens qui étaient dans le vrai lorsqu'ils disaient que la terre n'appartient qu'à elle-même. Mais quoi qu'il en soit, ce bout de terre avec ses collines rudes aux flancs couverts de bois épais et sa vaste étendue de prairie, j'en étais le propriétaire en titre. Tandis que je montais à bord de mon camion en essayant de ne plus penser à la vague de froid qui allait bientôt s'abattre, je me dis que j'allais peut-être accepter l'offre de Sarah Weddington et qu'après avoir palpé la somme absurde qu'elle me proposait pour faire ce boulot idiot, j'irais prendre au Mexique le genre de vacances qui auraient enchanté mon père.

3

Le front de froid, qui avançait à toute allure, s'abattit sur Meriwether au milieu de l'après-midi. Des bourrasques glaciales vidèrent instantanément les rues de tous ces gens en tenue légère qui croyaient que l'été indien durerait éternellement, puis une pluie froide et régulière prit le relais. Quand je me mis en route pour aller chercher une voiture au siège de la Société Haliburton, de l'autre côté de la ville, la température était tombée un peu au-dessous de zéro et de grosses gouttes de neige fondue s'écrasaient sur mon pare-brise.

Au moment où je quittais Railroad Avenue pour tourner à gauche dans Dottle Street, j'aperçus un fourgon blindé de la Haliburton garé n'importe comment sur le parking du Paradis du Hamburger. Le chauffeur était penché à sa portière, son revolver pendant mollement au bout de son bras, et il hurlait des imprécations aux voitures qui passaient en braquant de loin en loin son arme sur un automobiliste. Pendant les quelques instants qu'il me fallut pour parcourir les deux cents mètres qui me séparaient de lui, je vis trois voitures et un camion de bière se ruer en avant comme des vaches affolées en brûlant carrément le feu rouge.

A en juger par ses yeux, qui jetaient des lueurs inquiétantes dans la lumière blafarde, le chauffeur devait être ivre, drogué, ou tout simplement dément. Je n'arrivais pas à me souvenir de son nom, mais c'était un des cas sociaux du colonel Haliburton, un ancien du Viêt-nam qui avait un excellent dossier militaire mais dont la carrière civile n'avait été qu'une longue suite de catastrophes. Le colonel, tout militaire de carrière qu'il fût, était la bonté d'âme faite homme, au point qu'on aurait pu croire qu'il avait gagné ses galons à l'Armée du Salut. Il avait donné à ce pauvre bougre une chance de gagner sa croûte régulièrement, mais apparemment les choses étaient en train de tourner au vinaigre.

Je me rangeai derrière le fourgon blindé et, avant de descendre de mon camion, j'eus soin de déboutonner le devant de ma vareuse d'uniforme, d'ouvrir mon col, de desserrer mon nœud de cravate et de m'ébouriffer les cheveux, en me disant que le chauffeur ne me flinguerait peut-être pas de but en blanc si j'avais l'air aussi débraillé que lui. Mais je n'ai jamais été très ferré dans l'art du déguisement et quand je surgis à l'arrière de son fourgon en lui disant bonjour, il se laissa tomber à terre, se mit en position de combat et braqua son feu droit sur mon cœur qui battait à tout rompre.

« Qu'est-ce que tu fous là, toi ? demanda-t-il d'une voix tremblante, en serrant la crosse de son .38 avec tant de force que ses jointures blanchirent.

— Ça, j'en sais foutre rien, lui répondis-je avec sincérité.

— C'est comme là-bas, hein ? Là-bas aussi, tout le monde se demandait ce qu'il foutait là. »

Je devinai sans peine à quoi ce « là-bas » faisait allusion.

« On se demandait tous ce qu'on foutait là, continua-t-il, et on en a quand même pris plein la gueule pour pas un rond, on était dans une sacrée merde, oui, mais toi bien sûr t'en as rien à cirer.

— J'ai été au feu, moi aussi, en Corée, avançai-je bêtement.

— Au feu ? cracha-t-il avec mépris. En Corée ? Tu parles d'une connerie ! »

Là-dessus, il leva son revolver bien haut dans la pluie grise et tourbillonnante et appuya six fois sur la gâchette. Six fois, le chien s'abattit avec un horrible claquement sec : le barillet était vide. Le chauffeur éclata d'un rire dément, jeta son flingue sur la banquette du fourgon, et me lança :

« Tu diras au colonel que sa charité, il peut se la foutre au cul, hein ! Et pareil pour ses putains de revolvers vides. La guerre pour rire, c'est pas mon truc, tu vois. J'aurais mieux fait de me barrer au Canada, tiens ! Comme ça, j'aurais encore mes deux reins, et toute ma cervelle ! Qu'est-ce que j'ai été con ! »

Il soupira, secoua la tête d'un air désolé, et s'éloigna en direction du bar le plus proche, qui était justement le Deuce, un peu plus bas sur Railroad Avenue. Il titubait, et ses longs cheveux mouillés pendaient tristement sur son cou sous sa casquette d'uniforme.

Un long moment, je restai pétrifié sur place malgré la pluie glaciale qui s'insinuait sous mon col. Puis je décidai finalement que je n'allais ni pisser dans mon froc, ni m'écrouler en un petit tas de gelée tremblotante. Je récupérai le revolver vide, empochai les clés du fourgon blindé après en avoir verrouillé les portières et je poursuivis ma route en roulant à une allure très prudente et en m'efforçant de ne pas regarder les bars devant lesquels je passais. J'avais lu quelque part que certaines sociétés de surveillance équipent désormais leurs vigiles de pistolets factices, histoire d'augmenter leurs chances de survie, et je trouvai que cette idée de remplacer les armes par des symboles purement emblématiques venait à point nommé. Le .38 que je portais pendant mon service était posé à côté de moi, sur le siège du passager, sagement rangé dans son étui et entortillé dans son ceinturon. Il était vide, comme celui du chauffeur, mais de ma part il s'agissait d'un choix délibéré. Quelques années plus tôt, au temps où j'étais encore à mon compte, j'avais été contraint d'abattre deux hommes. Je n'avais pu me résoudre à me débarrasser de la collection d'engins de mort épatants que je m'étais constituée au fil des ans, mais j'avais balancé toutes mes munitions à la rivière.

Ce soir-là, j'avais été affecté à un poste de suppléant pendant mes quatre premières heures de service, et en attendant d'être appelé à faire office de bouche-trou par un collègue qui avait une envie de pisser urgente ou qui voulait aller casser une graine, j'errai sans but au volant de ma Pinto jaune coiffée d'un gyrophare bleu. Je n'avais pas bouclé ma ceinture de sécurité, ni verrouillé ma portière, et je roulais à très petite vitesse le long des rues recouvertes à présent d'une mince couche de glace. Comme en chaque début d'hiver, les citoyens de Meriwether semblaient avoir tout oublié du verglas, et ils conduisaient comme si la chaussée était aussi sèche que durant l'été, en sorte que cette petite promenade à travers les rues gelées était autrement dangereuse qu'une discussion philosophique sur les fins ultimes de la guerre avec un olibrius armé d'une pétoire vide. Le danger ne m'empêchait pas de me raser à cent sous de l'heure, et je me faisais l'effet d'un vrai guignol dans mon uniforme kaki, avec ce baudrier grotesque qui me bridait le torse comme une sous-ventrière de mulet.

Heureusement, je devais passer les quatre dernières heures de mon service le cul dans un fauteuil de l'autre côté d'une glace sans tain, dans l'arrière-boutique d'une supérette de nuit de South Dawson Street, où je serais au chaud et tout à fait peinard. Au chaud, parce que je disposerais d'un petit radiateur électrique pour me dégeler les orteils, et peinard parce que j'avais visionné des bandes vidéo du braqueur que nous cherchions à coincer. C'était un jeune mec dégingandé au visage masqué par une cagoule de ski qui avait attaqué des magasins de nuit dans toute la ville. Il disposait sans doute d'une radio qui captait les fréquences de la police, car il opérait toujours au moment où les flics étaient mobilisés par un gros incendie ou par des poivrots qui avaient causé un carambolage géant sur l'autoroute, et il se servait apparemment d'un pistolet d'alarme pour tenir les employés en respect. Dans un Etat où le nombre des armes à feu excède de loin le chiffre total de la population, du cheptel bovin et peut-être même des arbres, il fallait vraiment être un zigoto pour faire des hold-up avec un pistolet à blanc.

Après avoir appelé le siège de la société par radio pour signaler au régulateur que je prenais mon poste, j'allai me mettre en faction dans mon petit cagibi. J'allumai le scanner qui restait branché en permanence sur la fréquence de la police, mis la C.B. en phase, vérifiai que le moniteur vidéo fonctionnait normalement, puis je me fis du café. Tandis que je sirotais avec délice une première tasse de café bien chaud, je revis Sarah Weddington en train de humer l'arôme du sien, la manière dont elle avait savouré sa minuscule gorgée. La plupart du temps, quand j'imaginais ma vieillesse, je ne me voyais pas aborder mes dernières années dans la sagesse et la douceur ; je pensais uniquement à tout le fric qui allait pleuvoir dans mon escarcelle le jour de mon cinquante-deuxième anniversaire. Il y avait de fortes chances pour que je ne jouisse pas d'une vieillesse paisible et prolongée, mais j'étais bien décidé à profiter au maximum du peu de temps qu'il me resterait à vivre.

Derrière moi, des voix nasillaient dans la C.B. Elles appartenaient à des camionneurs qui passaient sur la portion d'autoroute traversant le nord de la ville, et ils n'arrêtaient pas de râler à cause du verglas, de leurs hémorroïdes qui les torturaient, et de toutes sortes d'autres avanies. Quant aux flics dont je captais les appels sur mon autre poste, ils étaient bien trop occupés pour avoir le temps d'exhaler leurs rancœurs : toutes les unités étaient mobilisées par une avalanche d'accidents et d'accrochages et par les pugilats qu'ils avaient déclenchés. Ah, merveilles de l'hiver, me dis-je en me laissant aller en arrière dans mon fauteuil pivotant et en promenant mon regard le long de l'allée que j'apercevais à travers le miroir sans tain. Par la vitrine, je voyais clignoter les lettres de néon bleu de l'enseigne du bar d'en face, qui s'appelait le Doghouse Lounge et qui était loin d'être l'endroit romantique et mystérieux qu'elle paraissait augurer. C'était un troquet miteux, fréquenté par des prolos, et son parking était plein de petits camions tout terrain avec des fusils de chasse accrochés en travers de leurs lunettes arrière. Mais en tout cas, on y servait du whiskey et je m'imaginais en train d'y écluser un godet tandis que j'observais les rares clients qui allaient et venaient à travers le magasin, apparemment guère indignés d'avoir à payer une majoration de trente pour cent sur les prix pour la commodité que cela représentait de pouvoir faire des emplettes à cette heure tardive.

Deux lycéennes en route pour le cinoche se plantèrent devant mon miroir sans tain et se tartinèrent les cils de mascara jusqu'à ce qu'ils paraissent aussi épais et velus que des pattes de tarentule. Elles se bidonnaient sans arrêt au sujet d'un pauvre benêt nommé Shawn qu'elles comptaient surprendre au cinéma. A la fin, elles déguerpirent en gloussant comme des petites folles, et quelques instants plus tard un grand adolescent maigrichon et boutonneux pénétra dans le magasin. Je le vis glisser subrepticement une boîte de Coca et un rouleau de réglisse dans la poche intérieure de son parka. Après quoi il vint se planter à son tour devant la glace et passa un bon moment à presser ses comédons avant de sortir en ne réglant qu'un paquet de chewing-gum. Je m'étais retenu au dernier moment d'actionner le signal d'alarme, d'une part parce que le caissier était plongé dans la lecture d'une revue de moto, et d'autre part parce que j'avais décidé que si mon voleur était bien, comme l'idée m'en était venue, le Shawn dont les deux gisquettes s'étaient gaussées tout à l'heure, mieux valait le laisser filer car il était suffisamment dans le pétrin comme cela. Jadis, au temps où les mineurs étaient encore légalement irresponsables, un petit larcin de ce genre aurait pu s'arranger à l'amiable entre les parents et le gérant du magasin. Mais à présent que les mouflets ont les mêmes droits que vous et moi, une arrestation pour vol à l'étalage entraîne automatiquement un rapport de police, qui atterrira forcément dans un quelconque fichier central, et aucune bureaucratie gouvernementale, quelles que soient ses dimensions, sa forme et sa fonction, n'a encore jamais eu l'heureuse idée de détruire ses fichiers. Après le départ du gamin, je sortis de mon réduit et j'allai régler de ma poche son Coca et sa réglisse, en m'assurant que le caissier enregistrait bien la somme.

Aux environs de neuf heures et demie, alors qu'il ne me restait plus qu'une heure à tirer, je captai une alerte générale sur la fréquence de la police. Sept voitures venaient de s'emplâtrer avec un bel ensemble, bloquant le pont de Dawson Street. Un quart d'heure plus tard, un semi-remorque frigorifique fit un tête-à-queue sur l'autoroute verglacée et se plia en accordéon sur le terre-plein central, arrosant toute la campagne environnante d'une véritable avalanche de dindes surgelées.

Meriwether vit principalement de l'industrie du bois et, par suite de la flambée des taux d'intérêt et du marasme consécutif dans le secteur du bâtiment, deux scieries avaient définitivement périclité cet été, et l'usine de pâte à papier avait été contrainte de débaucher la moitié de son personnel au cours du dernier trimestre. Ce qui voulait dire que la ville était pleine à craquer de chômeurs d'autant plus maussades qu'ils voyaient se rapprocher chaque jour l'échéance d'un Thanksgiving sans joie ni ripaille et celle d'un Noël encore plus lugubre. La nouvelle de la providentielle avalanche de dindes se répandit instantanément dans toute la ville par l'entremise de la C.B. et du téléphone, et une armada de va-nu-pieds se rua sur tous les engins à quatre roues motrices disponibles et fonça bille en tête vers le lieu de l'accident, les yeux écarquillés par des visions de bombances pantagruéliques. J'étais avec eux du fond du cœur. Le mieux était qu'ils s'approprient ces dindes, puisque le lendemain matin, les inspecteurs du Service de l'hygiène allaient rappliquer et les faire expédier au rebut après les avoir déclarées impropres à la consommation.

Au train où vont les émeutes, celle-ci n'avait pas l'air bien terrible, mais elle était tout de même assez préoccupante pour qu'on dépêche sur les lieux trois voitures du bureau du shérif et deux autres de la police de la route. Elle ne fit pas non plus de victimes, si l'on excepte les deux jambes cassées d'une mère de famille renversée par un poivrot aux commandes d'une motoneige qui s'était égaré sur le terre-plein central et les quelques contusions légères dont souffrit ledit poivrot après que le mari de la malheureuse l'eut désarçonné en lui balançant en pleine poire une dinde de cinq kilos.

Par malheur, tout cela m'avait fait oublier ma surveillance. Quand j'arrêtai enfin de me plier en quatre pour jeter un coup d'œil sur le magasin, un jeune type grand et maigre, le visage masqué par une cagoule de ski, se tenait face au comptoir, cachant le petit pistolet qu'il avait à la main derrière une miche de pain blanc, et le caissier affolé transférait le contenu de ses tiroirs dans un sac en papier en lorgnant désespérément dans ma direction. J'étais pris de court; je mis un temps fou à sortir mon revolver de son étui, dont le bouton-pression mangé de rouille résistait opiniâtrement, et même si j'avais eu des balles, j'aurais été bien incapable de les loger dans le barillet. J'enfonçai la touche du signal d'alarme qui était directement relié au Q.G. de la police municipale, tout en sachant fort bien qu'aucune voiture de patrouille ne croisait plus dans les parages immédiats, puis je me glissai hors de mon réduit et je me planquai derrière l'armoire vitrée où les boîtes de Coca étaient au frais. Lorsque le bandit tourna le dos au caissier pour se diriger vers la porte, je jugeai que le moment était venu de voler au secours de la loi, de l'ordre et du mode de vie américain et je sautai dans l'allée en beuglant :

« Police ! Haut les mains ! »

Ce genre de truc, ça marche toujours à la télé, mais mon bandit à moi fit un bond d'un mètre et me tira deux fois dessus avant même que ses pieds scélérats aient repris contact avec le sol. Pistolet d'alarme, mes fesses : la bande vidéo s'était mis le doigt dans l'œil. Je replongeai derrière l'armoire à Coca puis je rampai jusqu'à un présentoir à pommes chips d'en dessous duquel je me risquai à glisser un œil prudent. Le jeune gars s'avançait vers la sortie, mais au moment où il allait franchir le seuil, deux langues de feu jaillirent du parking du bar d'en face, suivies par le double écho roulant des détonations de deux fusils à pompe. Le bandit pirouetta absurdement sur lui-même en éparpillant autour de lui un flot de billets de banque et de pièces de monnaie, et s'effondra en entraînant dans sa chute des bidons d'huile pour moteur et d'antigel disposés sur un présentoir juste à côté de la porte. Une rangée de chips à l'oignon et au fromage fut hachée menu au-dessus de ma tête, et une clayette entière de boîtes de Coca vola à travers la vitrine fracassée de l'armoire frigorifique et me dégringola sur le dos avec des sifflements de serpent furieux.

Deux autres langues de feu jaillirent du parking. Les décharges firent exploser les vitres épaisses de la devanture, projetant une pluie d'éclats de verre à travers tout le magasin, et déchiquetèrent des rayonnages entiers de boîtes de conserve et d'articles de mercerie ; derrière moi, la porte vitrée de l'armoire à bière éclata, et un flot de mousse blanchâtre en jaillit. De l'autre côté de la rue, une voix hurla :

« Alors, là-dedans, ça vous suffit ? »

Pour ma part, ça me suffisait amplement, mais comme j'étais réduit à l'état d'une espèce de fœtus humide et rabougri, la force de le crier me manqua. Le bandit, par contre, eut encore celle d'éructer : « Je vous emmerde, cons de Blancs ! » et de lâcher une balle inutile qui alla se loger dans le plafond. Les flingueurs du parking répliquèrent par une succession de quatre giclées de plombs, et tout l'intérieur du magasin vola en éclats. Une rangée de tubes fluorescents accrochés au plafond, à trois mètres cinquante du sol, se désintégra et des filaments de verre laiteux tombèrent en tourbillonnant comme une neige paresseuse à travers la poussière.

« Vous en voulez encore ? vociféra en riant la même voix.

— Non, ça suffit ! » glapis-je. J'étais sur le point de balancer mon feu dans l'allée, mais je me rappelai juste à temps que j'étais censé être du bon côté. Je me redressai, en priant le ciel que mon uniforme soit encore visible sous la couche de chips détrempées. Derrière moi, un flot de bière glacée jaillissait de l'armoire éventrée avec un bruit de cascade et une bombe aérosol perforée chuintait en tournant lentement sur elle-même. Je vis deux ombres traverser la rue au pas de charge, pliées en deux comme des marines qui se lancent à l'assaut sous la mitraille, mais sans faire mine de tirer. Je replaçai mon revolver vide dans son étui mouillé, puis je me dirigeai vers l'entrée du magasin pour faire le compte des morts et des blessés.

Le caissier était miraculeusement indemne. Aussitôt qu'il m'aperçut, il enjamba d'un bond le comptoir derrière lequel il s'était aplati, se rua dehors en manches de chemise et détala à tout berzingue sous la pluie glaciale. Je savais que le jeune gars en cagoule de ski avait morflé, et que ça n'allait pas être beau à voir : une balle de ce calibre qui vous atteint de plein fouet a une telle force d'impact que quelquefois le choc seul peut être mortel. Il gisait au milieu d'une mare d'antigel, d'huile et de sang, et il avait l'air tout ce qu'il y a de plus mort. Pourtant, quand j'essayai de lui arracher son petit 22 de pacotille, ses doigts résistèrent et j'en conclus qu'il vivait encore.

Deux gusses vêtus de gilets molletonnés et de grosses chemises en flanelle firent irruption dans le magasin, leurs fusils à lunette pointés devant eux. Je les priai de m'aider à tirer le blessé de la flaque huileuse dans laquelle il baignait. Comme ils ne me répondaient pas, tout occupés qu'ils étaient à admirer leur ouvrage, je réitérai ma demande d'une voix un peu plus ferme.

« Qu'il aille se faire foutre, fit celui qui était le plus proche de moi en poussant négligemment le bras de sa victime du bout de son gros brodequin de chasse.

— C'est vrai, tiens ! dis-je en me levant. On est les défenseurs de l'ordre, et on n'a pas à s'emmerder avec ces conneries. »

Je leur adressai un sourire tellement forcé que j'eus l'impression que mon visage se craquelait.

« Vous avez fait un drôle de beau carton, les gars ! m'extasiai-je. Qu'est-ce que vous avez comme flingues ? » ajoutai-je en tendant la main vers le fusil du plus proche. Il était en train d'inspecter le magasin dévasté avec des yeux ronds, et il m'abandonna son arme assez distraitement. Quand j'abattis la crosse de son fusil sur le crâne de son copain, son expression changea à peine, et il n'eut d'autre réaction que de me regarder en secouant la tête, ce qui ne me dissuada pas de l'estourbir à son tour. Ensuite, je les traînai à l'extérieur et je les attachai l'un à l'autre à l'aide d'une paire de menottes dont je fis passer la chaîne à travers la poignée de la porte. En les voyant ainsi côte à côte, je leur trouvai un certain air de famille, à cela près que l'un avait le front excessivement bas et l'autre un nez tout épaté et aplati comme une galette. Après les avoir attachés, je déchargeai prestement leurs fusils, puis je les rendis inutilisables en les cognant contre le bord du trottoir.

Je tirai le braqueur de sa mélasse visqueuse et l'installai à un endroit où le sol était relativement propre. Quand je lui retirai sa cagoule, un filet de bave écumeuse lui jaillit de la bouche. Il était très jeune, vingt ans peut-être, et il avait le teint bistre et la face ronde et plate d'un Benniwah. Je lui découpai sa chemise et son blouson, découvrant une poitrine creuse et frêle de gosse mal nourri. La balle l'avait atteint juste au-dessous de la clavicule droite, et comme elle avait pris de l'effet en passant à travers la vitre, elle avait occasionné une large déchirure au point d'impact et laissé un trou béant, aussi large qu'un cul de bouteille, en ressortant par l'épaule. Elle lui avait probablement enlevé un morceau de poumon, car les deux plaies aspiraient l'air. Je trouvai juste assez de tampons de gaze au rayon des produits pharmaceutiques pour les masquer à peu près, et j'ajustai le pansement avec du chatterton.

Entre-temps, comme de juste, les clients du bar d'en face et du cinéma voisin avaient formé un attroupement devant le magasin et les automobilistes qui passaient dans la rue venaient se ranger le long du trottoir dans l'espoir d'apercevoir un beau macchabée bien sanglant. La foule m'avait regardé bouche bée pendant que je pansais le jeune Indien, en restant à distance respectueuse, de l'autre côté de la devanture démolie. Quand je me retournai vers eux, tous ces gens évitèrent mon regard avec un air gêné, comme s'ils avaient honte de reconnaître qu'ils m'avaient observé avec la fascination trouble de badauds attroupés devant un fauve en cage. Et comme cela se produit toujours dans des cas pareils, quelques-uns faisaient du zèle. Un homme empêchait la foule d'approcher. Un deuxième s'arma d'une lampe-torche et s'en servit pour faire circuler les voitures qui s'arrêtaient. Une jeune femme à lunettes, petite et trapue, se fraya un passage à travers la foule et s'avança jusqu'à la porte. Elle ôta son manteau de cuir, sous lequel elle portait une longue robe de laine rose, puis elle dit d'une voix tranquille : « Je suis infirmière », s'avança jusqu'à moi et recouvrit l'Indien de son manteau. Ensuite, elle me tapota gentiment la joue et fit :

« Vous n'avez rien ?

— Juste un peu flagada, lui répondis-je, mais ce garçon est sérieusement atteint. »

Nous nous agenouillâmes à côté de lui. Sa respiration était saccadée et il avait l'haleine fétide. Il se mit à râler doucement, et un filet de sang lui coula le long du menton. L'infirmière lui prit le pouls ; il me sembla que je sentais les battements s'estomper sous ses doigts jusqu'à n'être plus qu'un imperceptible murmure.

« Il est en train de mourir », dit-elle à mi-voix, en me fixant comme si une fissure étroite, mais d'une profondeur insondable, venait de s'ouvrir entre nous.

L'infirmière s'assit sur la poitrine du blessé, tandis que je lui soulevais le menton pour vérifier s'il n'avait pas avalé sa langue. Après quoi, je pinçai son nez camus et je commençai le bouche-àbouche. Parfois, on peut insuffler la vie à un mourant, forcer son cœur à battre. Nous le maintînmes en vie, tant bien que mal, pendant dix minutes, un quart d'heure peut-être, jusqu'à l'arrivée d'une ambulance du Service médical d'urgence. Quand les techniciens du S.A.M.U. l'attachèrent sur la civière, il paraissait à nouveau capable de respirer par ses propres moyens. L'infirmière jeta son manteau à un homme qu'elle semblait connaître ; l'espace d'un moment, nous restâmes tous deux adossés au comptoir du magasin en haletant puis nous nous jetâmes dans les bras l'un de l'autre avec tant d'emportement que ses lunettes s'envolèrent, et nous nous étreignîmes comme deux vieux amants. Derrière elle, l'homme qui était peut-être son mari ou simplement le compagnon d'un soir, tenait le manteau ensanglanté de l'air de quelqu'un qui vient de ramasser un vieux chiffon dans la rue.

Une meute de policiers ne tarda pas à rappliquer et après leur départ, je restai une demi-heure à patauger près du frigo éventré en m'enfilant bière sur bière malgré mon vœu de ne consommer que du peppermint, et je dégueulai le tout incontinent. Ensuite j'allai rejoindre le colonel Haliburton qui m'attendait dans la rue en compagnie de Jamison, le chef de la police, qui était aussi mon copain d'enfance, mon compagnon de Corée et le père adoptif de mon fils. Nous restâmes dehors en endurant stoïquement la pluie glaciale, sans même chercher à nous abriter sous la saillie du toit, comme si quelqu'un était mort à l'intérieur du magasin, tandis que trois vigiles de la Haliburton barraient les accès du parking à l'aide de cordes et de tréteaux métalliques. Les gérants, des jeunes mariés vêtus de tenues jumelles (peignoirs en éponge lie-de-vin et pyjamas en pilou blanc décorés de minuscules rennes de Noël verts et rouges), étaient blottis l'un contre l'autre dans la pénombre fumeuse de leur magasin dévasté, juste derrière la porte fracassée. De temps à autre, l'un des deux s'aventurait sur la pointe des pieds au milieu des décombres, ramassait une boîte d'aliments pour chiens ou un paquet de corn flakes, les replaçait soigneusement sur leur rayon et rectifiait l'alignement avec des gestes très doux. Le colonel hocha la tête.

« Ils n'auraient pas fait pire avec des grenades », soupira-t-il.
— Bande de cons », marmonnai-je.
Le colonel souleva la casquette plate qui coiffait ses cheveux clairsemés, fronça les sourcils et regarda ailleurs. En dépit des

longues années qu'il avait passées dans l'armée, il était resté vis-à-vis du langage grossier le digne rejeton des pieux fermiers luthériens qui l'avaient élevé à la périphérie d'une petite bourgade rurale du Dakota du Nord. Le moindre terme un peu cru l'embarrassait terriblement. Il s'éclaircit la gorge en signe de désapprobation, puis son regard se perdit au loin, comme s'il essayait de discerner les cimes neigeuses des Hardrocks par-delà les ténèbres.

« Vraiment, Milo, dit Jamison avec tristesse, je ne sais pas comment tu fais ton compte pour t'embringuer tout le temps dans des histoires pareilles.

— Je dois être verni », fis-je.

Jamison me fixa longuement d'un œil dur, sans piper. Nous avions cessé d'être amis le jour où je m'étais fait sacquer du bureau du shérif pour avoir fermé les yeux sur des tripots clandestins. Ensuite, il avait convolé avec la première de mes ex-femmes et adopté mon fils, et cela n'avait rien fait pour hâter notre réconciliation.

« Je veux que tu sois à mon bureau à huit heures précises demain matin, dit-il d'une voix sèche. Et je te préviens, Milo, je ne tolérerai pas une minute de retard. »

Il fit une pause, passa une main dans ses cheveux mouillés, et ajouta :

« Pourquoi est-ce qu'il a fallu que tu leur bousilles leurs fusils, hein ?

— J'ai perdu mon flegme, dis-je.

— En tout cas n'oublie pas de venir me voir, fit-il. Je crois que ce coup-ci tu as vraiment décroché le pompon. »

Depuis qu'Evelyn, sa femme et l'ex-mienne, l'avait plaqué quelques mois plus tôt pour se mettre en ménage avec un végétarien de vingt-huit ans qui enseignait le français dans un collège de Portland, Jamison ne se mettait plus en rogne contre moi avec le même entrain qu'avant.

« N'oublie pas de venir me voir, répéta-t-il.

— Ahem, intervint le colonel. Mon avocat assistera à votre entretien. »

Puis il nous quitta pour aller réconforter les gérants. Je fis mine de lui emboîter le pas.

« Attends un peu, Milo ! dit Jamison. Justement, je voulais

t'appeler. Evelyn pense que nous devrions nous conduire en civilisés au sujet de tout ce micmac.

— Quel micmac ?

— Toi, moi, elle, le petit, soupira-t-il, et ce Dieu-sait-quoi qui vit avec elle. Elle dit qu'on devrait tous se montrer adultes dans cette affaire. L'équipe de foot-ball de l'université de Washington va rencontrer celle de Stanford, et elle nous a pris des billets afin que nous nous retrouvions tous en terrain neutre pour regarder le petit jouer. Tu sais qu'Eric est arrière dans l'équipe de son université — les Cougouars ?

— Comment est-ce qu'il s'en tire ? demandai-je.

— Epatamment, dit Jamison en ébauchant un sourire. Il a donné le coup d'envoi au cours des trois derniers matchs. Une vraie bête. Enfin, c'est ce que j'ai lu dans les journaux, parce que cette saison je n'ai pas encore trouvé le temps d'assister à un seul match.

— J'y réfléchirai, dis-je, malgré le peu d'envie que j'en ai.

— Fais-moi signe, dit-il, et à demain matin en tout cas. »

Jamison s'éloigna d'un pas raide sous la pluie qui virait progressivement à la grêle. Il se tenait un peu voûté, et de minuscules grains blancs s'amassaient au creux des épaules de son gros pardessus en tweed.

Je me retournai vers le magasin. Le colonel Haliburton parlait d'une voix rassurante aux jeunes mariés, qu'il tenait par les bras. Après leur avoir répété pour la énième fois que ses hommes allaient clouer des panneaux de contre-plaqué sur les vitrines béantes et qu'ils monteraient la garde devant le magasin pendant le reste de la nuit, il les dirigea en douceur vers leur camion, un petit Toyota à plateau découvert. La femme fondit en larmes, et de toute évidence son mari l'aurait volontiers imitée, mais il se contenta de serrer un carton de lait contre sa poitrine avec tant de force qu'il éclata et qu'un filet de liquide blanc arrosa le devant de son peignoir tandis qu'ils marchaient vers leurs véhicules.

Le colonel s'avança vers moi et déclara :

« Bien entendu, Milo, les services juridiques de la société sont entièrement à votre disposition.

— Même si je démissionne ?

— Bien sûr, fit-il. Mais ne démissionnez pas. »

Le colonel avait des idées romanesques, et il avait décidé que puisque j'avais été enquêteur privé, il fallait à tout prix me garder dans son équipe, au cas où il aurait besoin de faire appel un jour à mes talents spéciaux d'artisan à l'ancienne.

« Ne démissionnez pas, Milo, insista-t-il.

— Mon colonel, j'en ai marre de faire l'andouille dans cet accoutrement de clown.

— Le cafard, fit-il, la boisson... »

Il s'abîma dans la contemplation de ses luxueux mocassins de cuir bordeaux. Le bruit courait que sa femme était alcoolique.

« Seigneur Dieu ! soupira-t-il. Décidément, plus personne n'a la vocation... A propos, une firme de Seattle s'est mise en rapport avec moi ce matin. Il leur faut quelqu'un pour filer une femme pendant deux ou trois jours, en attendant que leurs propres services de sécurité prennent l'affaire en main. Je ne connais pas ces gens, mais je vais accepter cette opération et je vais vous en charger. Ensuite, vous n'aurez qu'à prendre une semaine de congés — payés, bien entendu — pour réfléchir tranquillement à tout cela.

— Bon Dieu ! dis-je, en me sentant soudain pris d'une fatigue si accablante que la tête se mit à me tourner. Vraiment, mon colonel, je ne sais pas si...

— Quinze jours, offrit-il. Pour me faire plaisir.

— Bon, puisque vous y tenez tellement...

— Merci, dit-il. Je voulais aussi vous dire que vous vous êtes admirablement comporté durant l'incident avec Simmons cet après-midi, et que je vous en suis profondément reconnaissant.

— Simmons ?

— Le chauffeur du fourgon blindé.

— Je n'ai jamais été fichu de retenir son nom, avouai-je. Oh ! vous savez, mon colonel, je passais dans le coin par le plus grand des hasards, et je n'ai vraiment pas fait grand-chose.

— C'est bien ça qui est admirable, fit-il puis, sans s'adresser à personne en particulier, il ajouta : Il faut que je trouve un moyen de faire soigner ce garçon. »

Ses yeux se posèrent à nouveau sur moi, et il me tendit la main en disant :

« Quoi qu'il en soit, je vous remercie du fond du cœur.

— A votre service », répondis-je.

Je pris sa main, la serrai, puis je lui passai mon mouchoir pour qu'il se débarrasse du Coca gluant qui lui collait à la paume.

« Je laisserai le nom et l'adresse de la femme en question au régulateur, dit-il, et vous n'aurez qu'à passer les prendre après votre, euh... entretien avec Jamison. Sans être indiscret, est-ce que je peux vous demander à quoi tient cette animosité qui vous oppose ?

— C'est toute une histoire, dis-je. Il faudrait remonter au déluge.

— Je vois », fit-il.

Il tourna les talons et se dirigea vers sa Mercedes grise en me saluant d'un geste du bras. Il marchait à grandes enjambées, raide comme la justice, militaire jusqu'au bout des ongles. Le colonel était venu s'installer à Meriwether après avoir pris sa retraite, et il y avait créé une petite société de surveillance afin de financer ses expéditions de pêche en Floride. Mais comme il avait le métier dans la peau, sa petite affaire avait rapidement pris de l'ampleur. De la simple surveillance, il était passé à l'installation de systèmes d'alarme, puis au convoyage de fonds, et il avait ouvert des succursales dans toute la région des Rocheuses. Ça devait bien faire deux ans qu'il n'avait pas touché une canne à pêche.

Il fit démarrer sa Mercedes, et le moteur diesel se mit à ronfler bruyamment. Le colonel Haliburton était une énigme pour moi. Je me demandais quelle sorte d'homme il fallait être pour se donner tout ce mal afin de sauver des privés sur le retour de la déchéance alcoolique et d'assurer un gagne-pain à des anciens du Viêt-nam plus ou moins marteaux, et pour installer ce moteur qui faisait autant de boucan que celui d'un seize-tonnes sur une bagnole qui valait trente-cinq mille dollars. En général, j'ai une sainte horreur des militaires de carrière et des petits patrons prospères, mais je vouais au colonel Haliburton une affection sincère. Je ne lui en voulais même pas de m'avoir barboté mon mouchoir.

Je me dirigeai vers la Pinto que j'avais laissée au fond de l'allée qui longeait le mur du magasin. Mes godasses pleines de bière congelée craquaient sous mes pas, et des balles perdues avaient brisé toutes les vitres de mon petit tacot jaune. Par bonheur, l'arrière du magasin venait buter sur un haut remblai de voie ferrée, sans quoi les deux adeptes de la loi de Lynch auraient semé la ruine et la désolation à travers tout le quartier. Je déblayai à tâtons les débris de verre Securit qui jonchaient le siège avant, puis je montai à bord et me mis en route pour aller récupérer mon camion de l'autre côté de la ville, aveuglé par les rafales de grêlons qui s'engouffraient dans mon pare-brise béant.

Après avoir pris une douche pour me débarrasser du Coca-Cola et des chips ramollies qui me poissaient les cheveux et le dos, je me changeai et je m'offris une petite ligne de coke, mais ça ne me réconforta guère. J'avais l'impression d'avoir cent ans. Bien que j'eusse déjà une bonne heure de retard pour mon rendez-vous avec Gail, je me forçai à me lever du divan sur lequel j'étais affalé et je me traînai jusqu'à mon camion. Je roulai à une allure d'escargot le long des rues verglacées, et je pénétrai dans le Deuce au moment où le groupe de bluegrass miaulait sa dernière chanson. Je cherchai Gail des yeux, mais elle ne se trouvait ni parmi les buveurs agglutinés au comptoir ni parmi les danseurs qui sautillaient sur la piste. Raoul, mon dealer, était rentré se coucher. J'aperçus une bande de motards que je connaissais, mais je me gardai bien d'aller les saluer. Le chauffeur du fourgon blindé, dont j'avais de nouveau oublié le nom, était installé dans un coin sombre, près de la porte de service ; il avait piqué du nez sur sa table et il roupillait comme un bienheureux. Je renonçai et je m'en allai chez Arnie's, de l'autre côté de la rue. Arnie's est fréquenté par des soiffards de métier, et si vous sucrez les fraises au point d'être obligé de vous servir de vos deux mains pour porter un petit verre de peppermint à vos lèvres, ça n'y attirera l'attention de personne.

Chez Arnie's, c'est mon facteur que j'aperçus. Il portait toujours son uniforme d'été trop grand, mais sa lèvre supérieure s'ourlait à présent d'une belle boursouflure mauve que je ne lui avais pas occasionnée. Après avoir éclusé un unique verre de peppermint, je regagnai ma petite cabane en rondins blottie au creux de son canyon.

Le lendemain matin, je me pointai au siège de la police municipale en même temps que l'avocat du colonel, un jeune gandin tiré à quatre épingles qui arborait sous son costume de coupe western une cravate cordelière ornée d'une turquoise mahousse qui ressemblait comme deux gouttes d'eau à celle que je m'étais retenu d'acheter la veille. Comme nous étions aussi ponctuels l'un que l'autre, le planton de service enregistra ma déposition bien poliment et sans chercher la petite bête. Mais Jamison brillait par son absence.

Je me rendis ensuite aux bureaux de la Haliburton. Le colonel n'était pas là non plus ; je me fis remettre par le régulateur le nom et l'adresse qu'il lui avait laissés à mon intention. Ma cliente s'appelait Cassandra Bogardus, un nom qui en jetait méchamment, mais il en allait tout autrement de l'adresse : 1414 Gold Street, dans le quartier le plus pouilleux de la ville, de l'autre côté de la voie ferrée. De toutes les femmes que je connaissais dans ce coin-là, aucune n'avait les moyens de se trouver mêlée à la sorte d'embrouille susceptible de vous attirer une filature à deux cents dollars par jour. Mais j'étais bien trop content d'être débarrassé de ce bon Dieu d'uniforme pour m'arrêter à de pareils détails. Je n'en ai que pour quarante-huit heures, me disais-je ; après ça, je n'aurai plus qu'à faire le boulot dément de Sarah Weddington et à mettre le cap sur le Mexique.

Je me fis attribuer une camionnette Chevrolet blanche maquillée en véhicule commercial, et je signai la décharge sans même jeter un coup d'œil aux panonceaux bidons fixés à ses portières. Après avoir transbordé dans la Chevrolet le nécessaire de parfait petit espion que j'avais à bord de mon camion, je pris la direction du quartier nord, si bien qu'à dix heures j'étais en faction sur Gold Street à cent mètres de la maison de Cassandra Bogardus.

Conformément aux prévisions de la météo, la pluie congelée avait tourné à la neige, et la température oscillait entre -2 et -5. La prophétie de Gail se réalisait bel et bien, mais ça ne me dérangeait pas outre mesure, car je disposais d'une installation grand confort : douillettement emmitouflé dans ma combinaison molletonnée et mes après-ski fourrés et nonchalamment affalé dans un fauteuil de jardin en plastique tressé, il me suffisait d'effectuer un léger mouvement du buste pour que mon œil gauche vienne se loger dans l'oculaire de la longue-vue au $1/25^e$ braquée sur la maison à travers la vitre fumée de la lunette arrière de la camionnette. Une grosse Thermos de café était posée à portée de ma main droite ; à ma gauche, j'avais un sac en papier qui contenait mon déjeuner, lequel consistait en sandwiches amoureusement confectionnés de mes propres mains (œufs mimosa et mayonnaise, additionnés d'une épaisse couche d'oignons, entre deux tranches de pain de seigle). Si j'étais pris d'un besoin naturel pressant, j'étais paré : un pot de chambre en plastique bleu layette montait la garde, tel un robot fidèle, dans un angle de mon habitacle. Même si j'ignorais pourquoi je me livrais à ma présente activité, je l'avais suffisamment pratiquée dans le temps pour avoir appris à l'organiser de manière à m'assurer d'un maximum d'aises.

La maison qui faisait l'objet de ma surveillance se dressait au milieu d'un assez vaste terrain qui occupait un angle de rue. La haie de devant, qui n'avait pas été taillée récemment, et les arbustes du jardin ployaient sous une lourde couche de neige fraîche. Deux véhicules étaient garés dans l'allée de devant : une Ford Mustang décapotable de 1964, superbement restaurée, qui avait des plaques du New Hampshire, et un camion tout terrain G.M.C. flambant neuf. Le camion était un trois-quarts de tonne à quatre roues motrices ; il était immatriculé dans le Maryland, et son plateau découvert était chargé d'un monceau de bûches. D'autres bûches étaient soigneusement empilées sous le porche de devant, des deux côtés de la porte d'entrée. Derrière la maison, il y avait un petit potager flanqué d'un énorme tas de compost ; les plates-bandes étaient semées de paille, et des paillassons avaient été disposés autour des pieds des gros plants. Une petite imposte surmontait la porte d'entrée, mais aucune lumière n'en filtrait dans la grisaille neigeuse qui baignait le paysage, et les fenêtres masquées par des volets mi-clos et des rideaux de cretonne à impression batik étaient tout aussi noires. Mais un mince filet de fumée montait de la cheminée, traçant de paresseuses volutes au milieu des tourbillons de neige.

Je me calai confortablement dans mon fauteuil. L'attente risquait d'être bien longue, mais cette reprise de contact avec le métier m'emplissait d'une curieuse excitation. Rien ne bougea au cours des deux heures suivantes, et je mis l'inaction à profit pour réfléchir à la proposition de Sarah. En fin de compte, ça serait peut-être drôle de filer deux parfaits inconnus, de reconstituer bribe à bribe leur histoire, de découvrir le sordide petit secret qui motivait leurs rencontres hebdomadaires. C'était un vieux flicard de Chicago qui m'avait enseigné l'art de la filature, en me chargeant de choisir au hasard dans la rue un homme ou une femme dont je ne savais absolument rien, et de leur coller au train sans relâche pendant plusieurs jours d'affilée, en ne les quittant pas d'une semelle jusqu'à l'heure où ils se couchaient le soir et en les cueillant à nouveau le lendemain au réveil. J'avais eu la surprise de constater qu'il était bien rare que la vie d'un parfait inconnu s'avérât dépourvue de toute espèce d'intérêt dès lors qu'on l'observait sans en perdre une miette pendant deux ou trois jours. Apparemment, ils avaient tous une vie secrète, et même quelquefois plusieurs. Moi, par contre, dans ces moments-là, je n'avais pas de vie du tout, je n'étais plus qu'un œil qui regardait sans arrêt mais ne participais à rien. C'est un boulot parfois très fastidieux, mais généralement peinard.

J'étais en train de me faire ces réflexions tout en achevant mon premier sandwich lorsqu'on se mit à marteler avec force le flanc de ma camionnette. Je restai coi, me sachant invisible grâce au rideau qui bouchait hermétiquement l'avant et aux vitres fumées de l'arrière. Puis un visage se dessina dans la lunette arrière, essayant vainement de distinguer ce qui se passait à l'intérieur. Je m'approchai prudemment de l'autre extrémité de la lunette et coulai un regard oblique au-dehors. L'intrus était un vieil homme sec et noueux vêtu d'un pantalon de coutil noir et d'un tricot de corps de coton blanc à l'ancienne mode. Il était chaussé de pantoufles éculées et arborait une paire de moustaches superbes, un peu jaunies par l'âge mais soigneusement taillées et peignées, dont les pointes recourbées atteignaient presque son menton volontaire et menu. Deux mains d'une taille disproportionnée pendaient au bout de ses bras musculeux. Il leva une de ses énormes paluches et abattit sa paume ouverte sur la vitre fumée avec une telle force que la camionnette en fut ébranlée.

« Je sais que vous êtes là, espèce de tire-au-cul ! » beugla-t-il. Il assena une nouvelle claque à la lunette arrière, et je rentrai machinalement la tête dans les épaules. Lorsqu'il s'accrocha au pare-chocs et entreprit de secouer la camionnette comme un prunier, je déclarai forfait, et je lui criai : « J'arrive ! J'arrive ! » Puis, empêtré dans ma grosse combinaison de ski, j'escaladai la banquette avant avec des grâces d'ours ivre et je m'extirpai de la cabine par la portière droite. Dès qu'il m'aperçut, le vieil homme s'écria :

« Bande de bons à rien ! Je vous ai appelés hier après-midi, bon sang de bois ! Vous m'avez juré que vous seriez là avant midi, et je trouve que vous avez un sacré culot de vous pointer et de vous mettre à piquer un roupillon juste devant ma porte ! »

Il me brandit sous le nez un poing gros comme une rotule d'élan, et de minuscules copeaux de neige poudreuse s'envolèrent de ses épaules nues. Il me regardait en plissant les yeux, comme si j'étais très loin, et je remarquai les deux petits sillons rouges qu'avaient laissés ses lunettes à la racine de son nez.

« Pourquoi moi ? » marmonnai-je en reculant d'un pas pour essayer de déchiffrer l'inscription de ma portière. Bien entendu, je n'y lus pas FLEURISTE, ni TEINTURIER, ni RÉMOULEUR, ni TOILETTAGE POUR CHIENS, toutes choses qui m'eussent permis de me tirer sans dommage de cette situation épineuse, mais bel et bien, en grosses lettres noires : RÉPARATEUR DE T.V.

« Alors ? fit le vieux en levant à nouveau le poing.

— Je ne sais pas de quoi vous parlez, dis-je. Vous avez dû avoir un réceptionniste au bout du fil.

— Je n'ai pas parlé à un réceptionniste, rugit-il, c'est à *vous* que j'ai parlé ! »

La neige amassée sur ses cheveux et au-dessus de ses sourcils s'était mise à fondre, mais il ne prêtait aucune attention à l'eau glaciale qui ruisselait le long de son visage couturé de rides.

« A moi ? dis-je. Non, ce n'est pas à moi (je louchai en direction du panonceau de la portière)... Clyde « Shorty » Griffith, que vous avez parlé. »

Le vieux me regarda comme si j'étais cinglé, et souleva un de ses sourcils blancs et touffus comme pour dire : « Qu'est-ce que c'est que ce demeuré qui est obligé de lire son nom sur sa portière pour s'en rappeler ? » Il lorgna le panonceau du coin de l'œil, puis ses épaules s'affaissèrent et il grommela des paroles indistinctes. J'étais sûr que je lui avais damé le pion, mais tout à coup il s'exclama : « Si, c'est à vous que j'ai parlé. » Tout perplexe et miro qu'il fût, il n'était pas près de s'avouer vaincu. « J'en suis bougrement certain ! ajouta-t-il.

— Impossible, dis-je, en me sentant perdre pied. Je... je n'étais pas là hier ! J'étais au lit avec un rhume ! » Puis, sur un ton geignard, j'ajoutai : « Et puis d'abord, je ne roupillais pas, j'étais en train de déjeuner...

— A d'autres, dit-il. Un rhume, tu parles ! Et un déjeuner, depuis quand ça prend deux heures ? Il n'était pas un peu arrosé, ce déjeuner-là ?

— Mais pas du tout, voyons ! protestai-je — faiblement, car le vieux m'avait si bien poussé dans mes retranchements que je ne croyais plus moi-même à ce que je disais.

— Enfin, ce qui est sûr, monsieur Machin-Chose, dit-il en léchant ses moustaches trempées de neige fondue, c'est que vous m'avez donné votre parole que ma télé serait réparée avant treize heures. »

Il tira de la poche de son pantalon un gros oignon de garde-barrière, le consulta en le tenant à vingt centimètres de son visage et poursuivit :

« J'ai une amie qui va s'amener dans quarante-sept minutes pour regarder *Hôpital général* avec moi, et si mon poste n'est pas réparé d'ici là, je vous promets que je porterai plainte auprès de la Répression des fraudes, ou peut-être même du procureur du comté... Vous vous imaginez que vous pouvez traiter les vieux par-dessous la jambe, hein, bande de crapules ? Eh bien, j'aime mieux vous prévenir qu'il vaut mieux pas jouer à ce petit jeu-là avec Abner Haynes !...

— Bon, bon, d'accord ! » fis-je, en me disant que j'avais vu assez de cinglés en l'espace de deux jours pour me durer toute la vie. Si avec tout ça je n'étais pas déjà brûlé, je ne tarderais pas à l'être si je continuais à pinailler avec ce vieil olibrius au beau milieu de la rue. De toute façon, au point où j'en étais, il fallait absolument que je déplace ma planque, alors je pouvais aussi bien prendre le temps d'emmener sa télé chez un réparateur en ville, de lui en louer une autre à la place, et de la déposer chez lui en vitesse avant d'aller me chercher un nouveau poste d'observation. Je jetai un coup d'œil à la maison Bogardus. Toujours pas le moindre signe de vie. Peut-être que ça marcherait. Evidemment, ça n'était guère professionnel. Ça devait faire trop longtemps que j'étais vigile.

« Bon, écoutez, grand-père, dis-je, je vous assure que je ne suis pas au courant de ce coup de fil, mais je veux bien jeter un œil à votre appareil. Je ne peux pas vous promettre de le réparer sur place, je serai peut-être obligé de le ramener à l'atelier et de vous en prêter un autre...

— Je vous interdis de m'appeler " grand-père ", espèce de gros plein de merde ! » gronda-t-il lorsqu'il eut retrouvé la voix que sa rage lui avait fait perdre. J'accusais vingt-cinq bons kilos de plus que lui et environ vingt-cinq ans de moins, mais ça lui était égal. Si je ne lui présentais pas illico des excuses, il allait me balancer un gnon.

« Je vous demande pardon, dis-je.

— Je m'appelle Abner Haynes, dit-il sans desserrer les poings. Et pour vous, ça sera *monsieur* Haynes, nom de Dieu !

— Entendu, monsieur Haynes, dis-je. A présent, si vous voulez bien me montrer votre appareil... »

Abner haussa les épaules, poussa un soupir et me conduisit vers son petit pavillon de bois. Le trottoir devant son jardin, l'allée et l'escalier du perron avaient été si souvent pelletés depuis la première neige qu'ils étaient bordés à présent de talus de taille respectable, et le vieil homme avait pris soin de répandre du gros sel sur le ciment. Les rosiers au pied du perron étaient taillés, et il les avait enveloppés de toile de jute. Malgré les vingt centimètres de neige qui la recouvraient, je devinai que la pelouse d'Abner devait être aussi moelleuse et plane que le gazon d'un links.

A peine eus-je posé le pied dans la salle de séjour qu'un véritable déluge de sueur me dégoulina par tous les pores. Tandis que je m'essuyais le front, Abner ricana d'un air satisfait.

« Cette vieille chaudière à sciure est une vraie merveille, déclara-t-il avec orgueil. Elle a une bonne odeur, et elle ne refoule jamais. Quand je pense à ces fichus écolos avec leurs poêles à bois qui enfument tout... Quelle bande d'abrutis ! Au moment de leur construction, presque toutes les maisons du quartier étaient équipées de chaudières à bois ou de salamandres. Et puis tous ces imbéciles qui voulaient être modernes se sont convertis au gaz naturel... Mais qu'est-ce qu'il y a de naturel à faire brûler un machin invisible et inodore qui risque autant de transformer votre baraque en un petit tas de braises que de la tenir au chaud ? »

Abner continua à discourir sur l'état du monde et à vitupérer l'époque et j'en profitai pour examiner les photographies encadrées qui couvraient le mur au-dessus du poste de télé : Abner au temps où il était poseur de rails, jeune et fringant, aussi mince et dur que le manche de sa pioche, aussi solide que les traverses empilées au milieu d'une passe montagneuse devant lesquelles il avait posé, avec une moustache d'un noir de jais et aussi fournie que les poils à l'extrémité d'une queue de vache ; Abner en jeune marié, à côté de sa femme, une opulente blonde qui le dépassait d'une bonne tête ; Abner en garde-frein, en chauffeur de locomotive, en chef de train... Toute son existence s'étalait devant moi, fixée à jamais sur de vieilles photos jaunies.

« Alors, qu'est-ce qu'elle a, ma télé ? » me demanda-t-il en essayant vainement de m'enfoncer son coude dans les côtes à travers le rembourrage épais de ma combinaison de ski.

Je n'en avais pas la moindre idée. Tout ce que je voyais,

c'était que le tube semblait avoir avalé la moitié inférieure de l'image. Mais je connaissais une méthode grâce à laquelle je pourrais le faire fonctionner juste assez longtemps pour déplacer ma planque et faire disparaître ces bon Dieu de panonceaux.

« Eh bien, mon cher monsieur Haynes, dis-je, c'est votre tube cathodique qui vous joue des tours. Il s'agit d'un ancien modèle en résine de nitrite acrylique, et je vous préviens tout de suite que je n'ai pas de tube de ce type dans la camionnette. Je ne suis même pas certain d'en avoir au magasin, parce que les tubes de ce modèle ne se rencontrent plus guère au jour d'aujourd'hui. Mais je peux vous l'arranger de telle sorte qu'il fonctionnera pendant deux-trois heures, et je vous en commanderai un neuf dès mon retour au magasin. »

Je retirai le fil de la prise, l'enroulai autour de l'appareil, puis je soulevai avec peine la grosse télé éléphantesque — c'était un de ces vieux modèles couleur, vendus à l'origine sous l'appellation trompeuse de « portables ».

« Hé là ! s'écria Abner. Où c'est que vous allez avec ma télé, bon Dieu ?

— Eh bien, monsieur Haynes, grognai-je, je vais la poser sur votre perron, pour que le tube refroidisse. Vous comprenez, quand il chauffe, la résistance se met à travailler, et ça finit par dérégler les canons...

— Les canons ?

— Fiez-vous à moi, dis-je. Je vais laisser votre télé dehors le temps de finir mon déjeuner. A une heure moins cinq, je vous la remettrai en place. »

Abner n'avait pas l'air convaincu du tout.

« Croyez-moi, monsieur Haynes, ça marchera, insistai-je. Un jour, j'ai regardé toute la deuxième mi-temps d'un match de foot assis sous une tempête de neige après avoir enveloppé mon poste d'un sac-poubelle de quatre-vingts litres.

— D'un *sac-poubelle* ?

— Je vous jure, dis-je, et je ne mentais pas.

— Bon..., fit Abner en tiraillant la pointe de sa moustache. Je veux bien tenter le coup. Mais si jamais ça ne marche pas, Yvonne va se défiler en douce pour aller regarder son mélo chez ce satané Tyrone, qui n'a même pas la couleur... »

Abner m'ouvrit la porte, l'air toujours perplexe, et je m'empressai de poser l'appareil sur le perron et de regagner ma camionnette avant qu'il ne trouve une autre objection, en lui promettant que je garderais sa télé à l'œil tout en achevant de déjeuner.

Rien n'avait bougé dans la maison Bogardus pendant mon absence, et il ne se passa toujours rien tandis que j'attendais que la télé refroidisse. Le quartier était entièrement désert et comme pétrifié par le gel, à l'exception de deux petits mômes dont les silhouettes engoncées dans de grosses combinaisons matelassées évoquaient celles de deux oursons et qui s'amusaient avec un chiot malamute dans un jardin, un peu plus bas dans la rue. A une heure moins cinq, je retrimballai la grosse télé à l'intérieur et je la rebranchai. Elle marchait à la perfection. Je réitérai ma promesse de commander un tube neuf, et Abner plongea une main dans sa poche en me demandant ce qu'il me devait.

« C'est offert par la maison, dis-je.

— J'ai pas besoin qu'on me fasse la charité », bougonna-t-il, tout en laissant sa main dans sa poche. Puis il me remercia et on échangea une poignée de main.

En le quittant, je le complimentai sur ses moustaches, et il se fendit d'un grand sourire qui lui donnait l'air d'un morse rigolard.

Au moment où j'arrivais sur le trottoir, je croisai une petite vieille toute menue qui avançait à petits pas maniérés en direction de l'allée d'Abner. Son visage était couvert d'une épaisse croûte de maquillage qui fichait le camp de partout, comme si elle l'avait laissé trop longtemps exposé aux intempéries. Elle m'adressa un sourire d'une coquetterie si affectée que même un enfant en bas âge ne s'y serait pas laissé prendre. Dieu sait comment une pareille mijaurée pouvait trouver grâce aux yeux d'un gars aussi déluré qu'Abner. Puis je me dis qu'il serait peut-être bon d'organiser une petite sortie à quatre entre Sarah, Abner, Gail et moi un de ces soirs, et je démarrai en me gondolant.

J'allai me garer dans la rue perpendiculaire à Gold Street. Mon nouveau poste d'observation ne valait pas le premier ; d'où je me tenais à présent, je ne voyais plus la porte de la maison. Mais les deux véhicules étaient toujours garés dans l'allée, et il ne se passait toujours rien, à part qu'il neigeait. Je n'étais pas encore tout à fait décidé à accepter le boulot de Sarah, mais j'espérais que la neige aurait cessé d'ici jeudi. Ça faisait un joli paquet de fric, mais ça me paraissait quand même un peu trop dingue. Au temps où j'étais à mon compte, j'avais trempé dans des affaires affreusement merdiques, des histoires de divorce et de garde d'enfants tellement obscènes et dégradantes qu'il me fallait un bon mois de biberonnage pour faire passer le sale goût qu'elles m'avaient laissé dans la bouche, des affaires de recouvrement au cours desquelles on me chargeait de récupérer les objets les plus invraisemblables, depuis la moissonneuse-batteuse jusqu'aux poissons tropicaux. Un jour, j'avais même été jusqu'à Hawaii pour kidnapper au beau milieu de l'aéroport d'Honolulu un labrador retriever deux fois médaille d'or qu'un homme d'affaires japonais avait piqué à un Texan dans le sud de l'Alberta. Mais aussi bizarres qu'ils aient pu être, ces boulots rimaient toujours à quelque chose. Me lancer dans une opération qui n'avait d'autre but que de satisfaire la curiosité d'une vieille dame, cela me paraissait tout de même un peu trop excentrique.

Bien sûr, le boulot serait d'une simplicité enfantine. Filer deux personnes qui n'imaginent pas une seconde qu'elles peuvent être surveillées (s'ils avaient eu la moindre crainte à ce sujet, ils ne se seraient pas rencontrés aussi souvent au même endroit), ça n'a vraiment rien de sorcier. C'était peut-être même trop facile pour un gars aussi compétent que moi...

Au moment où je m'adressais ce compliment à moi-même, une voiture de police vint se ranger derrière ma camionnette. Ce brave vieil Abner était assis à côté du chauffeur et il avait l'air drôlement fumasse. Décidément, rien n'est jamais simple dans ce métier. Je me retrouvai au poste et il me fallut une bonne heure pour me dépêtrer de ce méli-mélo.

Abner n'arrêtait pas de vociférer qu'il fallait assaisonner cette espèce de fainéant, de sagouin et d'abruti qui avait prétendu que sa télé était réparée après lui avoir raconté des calembredaines idiotes comme quoi il suffirait de la mettre au frais sur le porche et il ne se calma que lorsque le colonel Haliburton lui eut annoncé que sa société lui offrirait un téléviseur neuf que M. Milodragovitch se chargerait personnellement de lui remettre dans la matinée du lendemain. Là-dessus le colonel et Jamison se mirent à secouer la tête d'un air de commisération en me gratifiant du genre de regard que l'on accorde à un chiot qui vient de rapporter un étron à la place du bâton. C'est à moi qu'il échut de reconduire Abner chez lui, et le vieil homme me fit la gueule pendant tout le trajet, en fronçant le nez d'un air dégoûté comme si j'avais été un étron moi-même.

4

Cette fois je me rangeai sur Gold Street, environ deux cents mètres plus bas que la maison d'Abner et donc à près de trois cents mètres de celle de Cassandra Bogardus, en sorte qu'il me fallut garder en permanence l'œil vissé à ma longue-vue. A quatre heures moins vingt, j'eus enfin quelque chose à inscrire sur mon calepin. Une femme brune et élancée, vêtue d'un pantalon gris et d'un anorak molletonné de couleur bleue, émergea d'une porte latérale qui donnait de plain-pied sur le jardin, s'approcha de la Mustang et entreprit de dégager le pare-brise de la neige qui s'y était accumulée. Tandis qu'elle se penchait au-dessus du capot, son pantalon moulant fit ressortir les formes d'une paire de jambes robustes et bien galbées et d'un pétard mirobolant. Je ne consignai pas ce détail dans mon procès-verbal, mais j'en pris tout de même bonne note.

    La femme monta à bord de la Mustang, sortit de l'allée en marche arrière et partit en trombe dans la direction opposée à celle où je me trouvais. Le temps que je me hisse par-dessus le siège pour m'installer au volant, faire démarrer le moteur froid et exécuter un demi-tour trop hâtif qui se solda par un dangereux tête-à-queue sur la chaussée verglacée, la Mustang était déjà presque hors de vue. Si elle n'avait pas été stoppée par un feu rouge à l'angle de Dawson Street, je l'aurais sans doute perdue. Au moment où elle passait en tressautant sur les vieux rails de voie ferrée de Main Street, un cahot fit tomber la neige qui recouvrait le bas de sa plaque d'immatriculation, et j'y lus l'inscription : LA LIBERTÉ OU LA MORT.

    La Mustang bifurqua à gauche sur Main Street et continua jusqu'au Riverfront Lodge. La brune se gara sur l'aire de stationnement du motel, verrouilla sa portière et se dirigea vers l'entrée du bar. Les muscles de son postérieur roulaient sous le tissu gris de son pantalon chaque fois que les talons de ses bottes frappaient le bitume. C'était un vrai plaisir de la filer. Je lui donnai une minute d'avance, et après m'être débarrassé à la hâte de ma grosse combinaison et de mes bottillons fourrés, je chaussai mes bottes en lézard, me coiffai d'une casquette de toile à oreillettes et pénétrai dans l'établissement à mon tour.

Le bar était luxueusement agencé, tout en boiseries et en miroirs, et abondamment décoré. La brune était assise au comptoir et elle faisait la causette avec la barmaid, qui n'était autre que ma vieille copine Vonda Kay. Je me glissai dans un box circulaire obscur et j'essayai de me confondre avec la cloison, mais Vonda Kay m'aperçut et fonça sur moi. Elle me tira hors de mon box, m'engueula parce que je n'étais pas venu lui dire bonjour, et m'entraîna de force jusqu'au bar en me disant qu'elle allait me présenter sa nouvelle amie. Quand nous fûmes arrivés à la hauteur de la brune, je m'efforçais encore d'avoir l'air anonyme, mais lorsque Vonda commença les présentations, je fus bien obligé d'y renoncer. Elle tapa sur l'épaule de la brune et lui dit :

« Carolyn, je veux te présenter un vieil ami. »

La brune se retourna et me sourit.

« Carolyn Fitzgerald, dit Vonda, serre la pince à Milo Milodragovitch. Carolyn vient d'arriver en ville, expliqua-t-elle. Elle travaille pour les Eaux et Forêts, ou un machin du même genre. Milo est vigile dans une agence de police privée. »

Qui diable pouvait donc être cette Carolyn Fitzgerald ? En tout cas, elle me serra la main avec vigueur et demanda :

« Vraiment ? Et qu'est-ce que ça coûte de vous prendre comme gorille ?

— Un verre de peppermint », répondis-je, puis je les priai de m'excuser et je m'en allai aux toilettes passer un coup de fil au colonel.

Il me dit que toute la responsabilité de cette méprise lui revenait puisqu'il ne m'avait pas donné le signalement de Cassandra Bogardus et il me suggéra de laisser tomber et de ne reprendre ma filature que le lendemain.

« Je me collerai à elle comme une mouche à la merde, mon colonel ! »

Le colonel toussota avec gêne, puis il me dit où je devais passer prendre le téléviseur d'Abner Haynes, et il conclut en me souhaitant bonne chance.

De la chance, pour une fois, j'en avais. Carolyn Fitzgerald

n'était pas précisément jolie avec son visage large et plat aux traits épais et indécis. Elle était pourvue, en revanche de seins plantureux et fermes qui ballottaient librement sous son pull-over de fine laine grise, et, plus remarquable encore, de qualités qui se rencontrent souvent chez les femmes de plus de trente ans qui ont toujours mené leur existence à leur guise : un esprit vif et éveillé, un beau sourire généreux et un rire franc. On se mit à boire et à fumer et, de fil en aiguille, à nous raconter nos vies. Carolyn avait été élevée à Burlington, dans le Vermont, où ses parents étaient profs de lycée, et après avoir étudié à Cornell l'organisation des loisirs (matière dont j'avais le plus grand mal à me figurer l'objet), elle avait fait son droit à l'université de Georgetown, et elle avait été engagée comme conseiller juridique par l'Association des amis du parc naturel de l'Ours danseur, qui l'avait chargée de superviser les acquisitions et les échanges de terrains opérés pour son compte par le Service des forêts.

« Figurez-vous que ça fait plusieurs semaines que j'essaie de vous mettre la main dessus, dit-elle en écrasant son mégot dans le cendrier. Apparemment, vous ne répondez jamais au téléphone, ni aux lettres d'ailleurs.

— Mon téléphone est débranché en permanence, avouai-je. Et je ne me donne même pas la peine d'ouvrir ce genre de lettres.

— Quel philistin, fit Carolyn.

— Je suis philistin jusqu'au trognon, dis-je.

— Au fait, ma chérie, lança Vonda Kay depuis l'autre extrémité de bar, où elle était occupée à verser divers ingrédients dans un mixer, j'avais oublié de t'avertir : il ne faut pas croire un mot de ce qu'il raconte.

— Il a pourtant une tête d'honnête homme », dit Carolyn en effleurant du doigt mon nez cabossé.

Vonda Kay se contenta de rire en ajoutant une fraise à sa mixture. Nous nous étions connus au lycée, Vonda et moi, et notre liaison s'était poursuivie d'année en année, avec des éclipses et des retours, reprenant chaque fois que nos vies conjugales orageuses nous incitaient à chercher l'un dans l'autre une oasis et un refuge. Un jour, nous avions même pris la route aux premières lueurs de l'aube pour aller nous marier dans le Nevada, mais en arrivant au milieu des solitudes rocheuses de l'Idaho, nous nous étions rappelé en même temps que nous n'étions l'un et l'autre qu'en *instance* de divorce. Depuis quelque temps, on ne se voyait plus autant qu'autrefois, Vonda et moi, mais je savais qu'elle ne m'en tenait pas rigueur. D'ailleurs, il fallait bien qu'elle ait de l'amitié pour moi, puisqu'elle m'avait présenté Carolyn.

Quand le rouge qui m'était monté au front eut reflué, je dis à Carolyn que je n'étais pas plus honnête qu'un autre.

« Ce qui revient à dire que vous ne l'êtes pas moins, fit-elle observer. Ecoutez, monsieur Milodragovitch, nous avons récupéré presque toutes les terres nécessaires à la réalisation de ce projet du parc national de l'Ours danseur. Il doit s'étendre du barrage du Torrent d'Enfer à la réserve de Stone River en passant à travers les Diablos. Pour que l'affaire soit réglée, il ne nous reste plus qu'à acquérir les anciennes terres de la Compagnie du chemin de fer et les mille hectares de forêt qui vous appartiennent. Nous ne sommes pas encore arrivés à dénicher les actuels propriétaires des anciennes terres de la Compagnie, mais je leur ai mijoté une proposition d'échange tout ce qu'il y a de valable. S'ils veulent bien nous céder leurs flancs de colline impossibles à exploiter et leur vieille mine désaffectée, nous leur donnerons une belle forêt de pins de deuxième génération qui se trouve sur des terres du Service des forêts, dans l'Idaho. Qu'est-ce que vous diriez d'un marché du même genre, monsieur Milodragovitch ?

— Vous pouvez m'appeler Milo, dis-je, mais pour ce qui est de la forêt de mon grand-père, je n'ai nullement l'intention de vous la céder, quelle que soit la monnaie d'échange. Je ne vous la donnerai ni pour de l'argent, ni pour des billes, ni pour des allumettes, ni même pour une plantation d'érables vierges. Par contre, je suis tout disposé à en discuter gentiment avec vous, si vous acceptez de me suivre jusqu'à chez moi.

— Qu'est-ce que vous avez en tête ? me demanda-t-elle en buvant une gorgée de Martini, et ses yeux pétillèrent au-dessus de son verre.

— Des steaks découpés dans un élan que j'ai tué le week-end dernier, dis-je, quelques lignes de coke si le cœur vous en dit, et peut-être même autre chose.

— Vous n'avez pas une tête à ça.

— A faire autre chose ?

— A prendre de la cocaïne. Vous avez une tête de flic, dit-elle.

— Et vous, ma belle, vous avez la tête de quelqu'un avec qui on doit pouvoir se marrer drôlement », répliquai-je, en me sentant soudain tout faraud.

Nous réglâmes l'addition, Vonda Kay nous donna sa bénédiction en même temps qu'elle nous rendait la monnaie, et je montai la route qui menait à la maison, suivi par Carolyn Fitzgerald et sa Mustang.

C'est vrai qu'elle était marrante, Carolyn. Tandis que je taillais de belles grosses tranches dans la croupe de l'élan, elle tournicota dans la cave en buvant du gin, piocha à plusieurs reprises dans les lignes que j'avais préparées sur le dessus du congélateur, sans oublier de verser de l'eau-de-vie dans mon verre à intervalles réguliers. Elle ne parut pas le moins du monde éberluée quand je fis frire les steaks, me regarda imperturbablement confectionner une sauce à l'aide de la graisse qui restait au fond de la poêle et y faire sauter des pommes de terre finement râpées, et mangea de bon appétit malgré la coke.

« Vous vous posez un peu là, pour une touriste, lui déclarai-je une fois qu'on se fut installés dans le séjour pour prendre le café.

— Vous n'êtes pas piqué des hannetons non plus, répondit-elle en fourgonnant du bout du tisonnier le feu que je venais d'allumer dans la cheminée avec des branches de pommier bien sèches. Sauf que vous vous prenez un peu trop pour Gary Cooper. »

Elle ouvrit son sac à main et en sortit un gros joint de forme conique, qu'elle alluma et me passa en disant :

« Tenez, tirez là-dessus, peut-être que ça vous aidera.

— A quoi ? » demandai-je, et elle me répondit par un sourire lubrique.

Pour ce qui était de la lubricité, elle se posait là aussi ; son long corps ferme qui brillait d'un éclat sourd dans les lueurs dansantes du feu en donnait même une parfaite image avec ses cavités délicieusement ombrées, sa peau satinée et ses beaux muscles allongés, dignes d'une nageuse olympique. Les préliminaires étaient déjà bien engagés lorsqu'elle se mit à me parler — d'une voix lointaine, car son visage était perdu quelque part dans les ténèbres, très haut au-dessus du mien.

« Il faut que je te prévienne, fit-elle. Dans ce domaine, j'ai une règle à laquelle je ne déroge jamais.

— Tu ne parles pas bizness au lit ? suggérai-je, la bouche pleine.

— Je ne reste jamais toute la nuit, balbutia-t-elle tout en se contorsionnant et en râlant, car je continuais à m'activer avec ma langue. Et il est bien rare que je remette ça. C'est parce que... parce que je veux que ma vie reste simple... J'aime mieux voyager sans... sans bagages. »

Et ce n'était pas des paroles en l'air. Un peu après minuit, elle ramassa ses vêtements et fonça sur la salle de bains. Elle en ressortit douchée et rhabillée, et elle vint s'agenouiller à côté de moi. J'étais étalé de tout mon long sur le tapis dans la position d'un ours qui vient de prendre une décharge de chevrotines dans les tripes ; ses ongles avaient laissé des sillons sanglants sur mon dos et mes cuisses, elle m'avait égratigné les oreilles et l'estafilade de mon front s'était rouverte. Je voulus me redresser pour la prendre dans mes bras, mais elle me maintint au sol en me posant sur la poitrine une main fraîche et néanmoins ferme.

« Qu'est-ce que tu veux en échange de ta forêt ? demanda-t-elle.

— Ce n'est pas ma forêt, grognai-je. C'est celle de mon grand-père.

— Il est mort depuis quarante-trois ans, dit Carolyn en m'appuyant un peu plus fort sur la poitrine. Et c'est bien ton nom qui figure sur le titre de propriété.

— Ce n'est jamais qu'un nom sur un bout de papier.

— Sois un peu sérieux.

— Qui te dit que je ne le suis pas ?

— Si je t'offrais plus ?

— Je ne cracherais pas dessus, répondis-je. Mais je veux aussi une plaque commémorative au milieu de Camas Meadow avec le nom de mon grand-père dessus.

— Rien de plus facile.

— Et une dérogation, en plus.

— Une dérogation ?

— A ta règle, dis-je. Dès que tu auras réussi à mettre la main sur les terres de la Compagnie, tu n'auras qu'à me passer un coup de fil...

— Mais ton téléphone ne marche pas !

— Passe me voir, alors. Je veux être un de ces rares

privilégiés avec qui tu as remis ça. Peut-être qu'on pourrait se payer un week-end à Seattle ?

— C'est d'accord, fit-elle, mais ça sonnait plutôt comme une menace que comme une promesse.

— Et je veux qu'on le fasse une fois sur la tombe du grand-père.

— Sa tombe ?

— On a répandu ses cendres sur Camas Meadow.

— Espèce de vieux vicelard, dit-elle en riant. Merci pour tout, Milo. J'ai passé une excellente soirée. Mais la prochaine fois qu'on discutera de notre affaire, j'espère que tu seras sérieux.

— Ces temps-ci, j'ai besoin de m'y reprendre à trois fois avant de passer aux choses sérieuses, mon petit cœur... »

Elle m'assena une claque sur la poitrine, m'embrassa et partit, ne laissant derrière elle que l'écho de son rire et les tièdes effluves de son parfum mêlés à l'agréable odeur du bois de pommier qui embaumait ma salle de séjour. Puis une chape de ténèbres neigeuses enveloppa progressivement ma cabane de rondins, et mes yeux se fermèrent.

Je me réveillai brusquement vers quatre heures du matin. Mes dents jouaient des castagnettes, mais dans le genre frénésie cocaïnique j'avais déjà connu pire. En revanche, l'accès de cafard postcoïtal qui me poignait le cœur était carrément de l'espèce aiguë. Il faut toujours que ça soit les meilleures qui vous brûlent la politesse, me disais-je. Comment aimer quand on est condamné par avance à ne faire que de la figuration intelligente dans l'existence de quelqu'un ? Merde. Etant fils de deux suicidés, un nuage de déprime flotte en permanence au-dessus de ma tête, et je suis enclin à m'apitoyer sur moi-même à tout bout de champ. Je me forçai à me lever et je me traînai jusqu'à la salle de bains pour avaler un comprimé de Sérénol dont il m'était resté un tube du temps où je picolais sec. En principe, ç'aurait dû suffire à calmer ma tremblote. Néanmoins, je sortis dans le jardin et je me roulai tout nu dans la neige, histoire de donner un semblant de justification aux frissons intérieurs qui m'agitaient. Les nuées d'orage s'étaient dissipées, le ciel était bien dégagé et la température était tombée aux alentours de moins dix. Un croissant de lune anémique s'échinait en vain à rivaliser d'éclat avec les étoiles.

Après être resté longtemps sous une douche brûlante, j'essuyai la buée qui couvrait la glace de la salle de bains et j'entrepris de morigéner mon reflet. « Il ne faut pas rester toute la nuit, lui dis-je. Et ne jamais remettre ça. Jamais, sous aucun prétexte. Ne te charge pas. Tu as quarante-sept balais, et déjà plus de bagages qu'il ne t'en faudrait... » Et là, je fus bien obligé de m'esclaffer. Parfois, on veut se parler à soi-même et on parle à un mur. J'étais à un tournant de mon existence. Tous les prodromes étaient là, je ne les connaissais que trop bien. Est-ce que ça allait aboutir à un nouveau mariage avec la première femme qui voudrait bien de moi, et à une nouvelle banqueroute amoureuse ? Changer de peau, voilà de quoi j'avais envie. Partir ailleurs, n'importe où. Aimer — n'importe qui, n'importe comment.

Finalement, je n'eus qu'à me féliciter de m'être réveillé de si bonne heure et de n'être pas retourné me coucher. Je vins prendre ma faction en face du 1414 Gold Street un peu avant six heures, et à six heures et demie une grande blonde vêtue d'un peignoir en velours de coton rouge ouvrit la porte et sortit sur le perron. Elle se cambra en arrière et s'étira avec une telle vigueur que ses seins larges et fermes parurent s'éployer comme des ailes, puis elle pencha le buste en avant sans plier les jambes, avec une grâce de ballerine, pour ramasser le journal du matin. Ses mouvements légers, frémissants, évoquaient une brise qui ride doucement la surface d'un étang, et quand elle se baissa, ses longs cheveux blonds glissèrent de ses épaules comme une cascade d'or. Ma longue-vue faisait converger les lueurs pâles du petit matin et je distinguais ses traits avec beaucoup de netteté. Elle avait de hautes pommettes de cover-girl, les lèvres charnues et fermes et les prunelles sombres auxquelles se reconnaissent les femmes voluptueuses, et un front lisse qui laissait supposer qu'elle n'était pas d'une nature tourmentée. J'avais pris Carolyn Fitzgerald en chasse à la suite d'une méprise, et ma filature s'était terminée au lit. J'étais bien obligé d'espérer qu'en filant cette créature intentionnellement, j'aboutirais exactement au même endroit. Cassandra Bogardus étira à nouveau son long corps, puis elle descendit nu-pieds dans la neige et s'approcha du camion GMC, dont la plate-forme était désormais vide de bûches. Elle mit le contact, laissa le moteur tourner au ralenti et rentra dans la maison sans même essuyer ses pieds couverts de neige. Une vraie dure à cuire, en plus. Tout à fait comme je les aime.

Une demi-heure plus tard, elle ressortit de la maison, fringuée comme un mannequin sur la pub d'une station de sports d'hiver dans le vent, portant un petit sac de voyage en bandoulière et un grand fourre-tout en guise de sac à main. Elle monta à bord du camion, démarra et partit sur les chapeaux de roues dans la direction de l'autoroute, qui était justement celle dans laquelle j'avais tourné. Le temps d'arriver à la hauteur des vestiges du désastre des dindes, elle roulait déjà à près de cent vingt. Apparemment, nous étions partis pour quitter la ville. Je vérifiai que les cartes de crédit de la Haliburton et le billet d'avion se trouvaient bien dans la boîte à gants, puis je me lançai à ses trousses en laissant entre nous un écart d'environ deux cents mètres. Rien n'est plus assommant que de rouler à fond de train sur une autoroute, mais ça n'allait pas me tuer. Au moment où je commençais à me sentir à l'aise, elle prit la bretelle de sortie qui conduit à l'aéroport. Dix minutes plus tard, nous nous retrouvâmes parmi les voyageurs du vol de 7 h 48 pour Salt Lake City qui faisaient la queue devant le comptoir d'enregistrement. Quand le tour de Cassandra Bogardus arriva, j'entendis l'hôtesse lui demander si elle prenait bien la correspondance pour Los Angeles, et elle acquiesça. Je quittai discrètement la file d'attente et j'allai téléphoner au colonel. Il me dit de ne pas la lâcher, et me promit d'envoyer quelqu'un à l'aéroport de L.A. pour m'accueillir et me prêter main-forte.

Dans le souci de ne pas exhiber ma trombine avec trop d'insistance, j'allai me réfugier dans la cafétéria du niveau inférieur et n'en sortis que lorsqu'un flot de voyageurs débarqua de l'avion en provenance de Missoula. Quand le haut-parleur eut annoncé que le vol à destination de Salt Lake City était sur le point de décoller, je laissai passer cinq petites minutes, puis je me ruai vers la porte d'embarquement et arrivai au moment où on retirait la passerelle. Une fois à bord, je me dirigeai tout droit vers le fond de l'appareil, la tête rentrée dans les épaules, me laissai choir dans un siège de la dernière rangée, fermai les yeux et m'appliquai si bien à feindre le sommeil que je tombai pour de bon dans les bras de Morphée.

Quand j'émergeai de mon assoupissement, l'avion était déjà à mi-chemin de Salt Lake. J'allai me débarbouiller aux toilettes, puis je me dirigeai d'un pas nonchalant vers l'avant de l'appareil et feuilletai vaguement les revues en lambeaux qui pendaient tristement sur leur présentoir avant de regagner ma place en reluquant les autres voyageurs au passage. Cassandra Bogardus n'était pas parmi eux. Ou bien elle était aux chiottes, ou bien je m'étais fait posséder. Tout à coup, je me rappelai que pendant que j'étais à la cafétéria, j'avais dévisagé un à un les passagers qui venaient d'arriver de Missoula, cherchant machinalement une figure de connaissance comme on le fait toujours dans ces cas-là, et que la silhouette d'une grande femme aux cheveux gris, droite comme un i dans son tailleur de tweed, m'avait paru curieusement familière. A présent, je savais pourquoi. Avec tout le ramdam que j'avais occasionné la veille à deux pas de chez elle — Abner, les flics, mon tête-à-queue spectaculaire —, ç'aurait été un miracle si elle n'avait pas repéré ma camionnette blanche. Et elle m'avait mitonné une entourloupe aux petits oignons.

A mon retour de Salt Lake, le colonel m'attendait à l'aéroport. Il avait l'air plus harassé que furieux. Je lui expliquai comment la Bogardus s'y était prise pour me semer.

« Elle s'est bien payé ma tronche, avouai-je. Je suis navré, mon colonel.

— Une filature en solo, ce n'est jamais commode, fit-il tandis que nous nous dirigions vers le parking. Nous ne disposions pas d'informations suffisantes, voilà tout. C'est pour ça qu'au début je n'étais pas tellement chaud quand on m'a proposé ce travail. Je ne l'ai pris que parce que je pensais que cela vous distrairait.

— Attendez un peu que je la retrouve, cette petite garce, et je lui...

— Cette affaire n'est plus de notre ressort, coupa le colonel. Mes clients ont mis leur propre service de sécurité sur le coup à présent. »

Il porta à sa bouche un poing luxueusement ganté de suède fauve et toussota poliment.

« Je me suis permis de prendre votre camion pour venir vous chercher, dit-il. Comme ça, je pourrai ramener moi-même la camionnette à nos bureaux. Vous trouverez dans la boîte à gants un chèque correspondant aux deux semaines de paye supplémentaires que je vous ai promises. »

On échangea nos porte-clés, et le colonel ajouta :

« Le téléviseur neuf de M. Haynes est posé sur le siège du passager. Est-ce que ça vous embêterait de...

— Pensez-vous !

— Allez quelque part où il fait soleil, me dit-il, et prenez du bon temps. Nous reparlerons de votre démission à votre retour.

— Merci, mon colonel, dis-je. Ne m'en veuillez pas de vous le dire, mais il serait temps que vous preniez des vacances vous-même. Depuis quand n'avez-vous pas été à la pêche, mon colonel ?

— Ça fait longtemps, répondit-il avec un sourire triste. Bien trop longtemps. J'avais prévu de descendre en Floride cette année pour voir si on peut encore attraper des poissons-bananes autour des Keys, mais je n'arrive pas à trouver un moment de libre.

— Il y a encore long d'ici que la pêche à la truite soit à nouveau ouverte, mon colonel.

— Hélas, oui. Vous avez entendu parler de ce qui est arrivé à Downey Creek ?

— Non, mon colonel. (Downey Creek est le seul ruisseau à truites vraiment poissonneux que l'on trouve dans les parages immédiats de Meriwether.)

— Vous savez qu'il y a une mine d'or qui est installée en amont du ruisseau, au bord de la branche ouest, expliqua-t-il Après avoir bocardé le minerai, ils passent leurs schlamms dans des bains de je ne sais quel acide. Une de leurs cuves s'est fissurée, et quarante pour cent des truites y sont passées... Vous savez, Milo, je me demande parfois ce qui est en train d'arriver à ce pays...

— Je me le demande aussi », dis-je.

Le colonel me tapota amicalement l'épaule et il me dit au revoir. Au moment où il se retournait, il plongea soudain une main dans sa poche et me dit :

« Au fait, je crois que ceci vous appartient. »

Il me tendit mon mouchoir propre, repassé, et impeccablement plié.

« Merci, mon colonel, dis-je. Est-ce que je peux vous demander une faveur ?

— Quoi donc ?

— Si jamais vous apprenez pour quelle raison on vous a demandé de faire filer cette Cassandra Bogardus, vous me le direz ?

— Entendu, Milo, répondit-il, si j'apprends quelque chose, vous le saurez aussi. » Là-dessus, il me tourna le dos et se dirigea vers la camionnette, qui était garée à l'autre bout du parking.

Je regagnai la ville par la vieille route. Je n'avais pas de quoi plastronner. J'étais tout juste bon à faire des petits boulots minables dans le genre de celui que m'offrait Sarah. J'avais encore jusqu'à demain matin pour me décider. Je me dis que j'allais le faire, rafler ce magot en restant sourd aux cris de putois de ma conscience ulcérée, l'ajouter à ce qui restait du mien et m'en aller vers le Sud pour y passer l'hiver. Et peut-être même le restant de mes jours. J'avais beau être un enfant du pays, je ne me sentais plus chez moi à Meriwether. Au sud de la ville, des promoteurs gloutons avaient bouffé les collines et des rangées de bicoques ringardes tapissaient à présent leurs flancs doucement arrondis. L'usine de pâte à papier ne tournait plus qu'à moitié de sa capacité et elle s'était fendue de ruineux dispositifs antipollution, mais ça n'empêchait pas qu'une odeur pestilentielle de vieille pisse de chat et d'œufs pourris empoisonnait notre air chaque fois que le vent d'ouest se levait, et par la suite de l'engouement subit pour les poêles à bois, une brume jaunâtre planait en permanence au-dessus de la vallée ; on aurait dit qu'un régiment de tubards avaient craché leurs poumons sur le ciel, et qu'au bout d'une semaine de grand froid, nous cracherions les nôtres pour de bon. Dans le centre ville, la plupart des bars que j'avais aimés jadis étaient fermés, et ceux qui ne l'étaient pas se voyaient pris d'assaut par des hordes de moutards. Le Mahoney's avait été remplacé par un magasin où l'on vendait des cafés de luxe, de la pâtisserie européenne et de la verrerie hors de prix. Le Slumgullion était toujours à sa place, à l'angle de Dottle et de Zinc, mais depuis le changement de propriétaire on n'y servait plus de cervelle sautée aux œufs ni d'échine de porc accompagnée de bouillie de maïs frite. Mes vieux copains poivrots eux-mêmes semblaient s'être volatilisés.

Oui, décidément, j'irais passer l'hiver dans le Sud — cet hiver-ci et tous les autres. A Tucson, je connaissais un dealer qui était constamment en quête d'un garde du corps, et à Albuquerque un ancien taulard reconverti dans la bagnole d'occasion qui aurait toujours l'usage d'un vendeur titulaire d'une licence l'autorisant à exécuter lui-même des recouvrements. Du tout bon !

Le vieil Abner réagit comme un gosse à Noël quand je sortis la télé neuve de son carton. C'était une Sony ; l'image était bien nette, et les couleurs, éclatantes. Quand je l'eus allumée, il resta pétrifié devant, les yeux écarquillés, puis il se mit à danser une petite gigue en tapant dans ses mains et en faisant claquer ses savates sur le plancher. J'eus la vision d'Abner et d'Yvonne cloués des jours entiers à leurs fauteuils devant un flot sans fin de feuilletons à l'eau de rose tandis qu'un Tyrone ulcéré les guettait par la fenêtre.

Au moment où je mettais le pied sur le perron, Abner me harponna par le bras et, après m'avoir remercié encore une fois, me demanda :

« C'est vrai que vous êtes un de ces " privés " ?

— Je l'ai été, » répondis-je en tâchant de prendre un air mystérieux, puis je m'esquivai.

En arrivant chez moi, je formai le numéro de Sarah, mais ça sonnait occupé. J'avais envie de boire un coup, mais je décidai de m'occuper plutôt de mes préparatifs de voyage, car je redoutais qu'un revirement subit me dissuadât de quitter la ville à la dernière seconde si mes bagages n'étaient pas faits. Je démontai toutes mes armes à feu et, après les avoir nettoyées et huilées, je les planquai avec mon arbalète de braconnier derrière la cloison à double fond que je m'étais bricolée dans la cave. Ensuite je procédai à l'équarrissage de ce qui restait de l'élan et je rangeai les quartiers de viande enveloppés de cellophane au congélateur, à l'exception du cuissot restant, que j'emportai chez ma voisine. Comme elle était absente, je le laissai sur le perron. A mon retour, j'essayai de nouveau d'appeler Sarah. Toujours occupé. Je bus un petit coup d'eau-de-vie, puis j'entrepris de faire mes bagages. Tout fut emballé en deux temps trois mouvements. L'ensemble des affaires dont j'aurais besoin pour une villégiature prolongée, c'est-à-dire tout ce que j'avais de précieux au monde, tenait dans deux havresacs de l'armée, un sac de marin et un vieux carton de whiskey. A présent, j'étais paré. Le boulot de Sarah une fois terminé, il ne me faudrait que cinq minutes pour balancer mon saint-frusquin à l'arrière du camion, et cinq minutes plus tard Meriwether ne serait plus qu'une tache floue dans mon rétroviseur.

Ne jamais rester la nuit. Ne jamais remettre ça. Ne pas s'encombrer de bagages.

Gail répondit enfin au téléphone. Elle n'avait pas l'air particulièrement ravie de m'entendre. Je m'excusai d'avoir loupé notre rendez-vous.

« Je m'en tape, fit-elle. Qu'est-ce que vous voulez ?

— Je veux voir Sarah.
— Vous allez le faire, ce boulot ?
— On dirait.
— Elle fait la sieste. Vous n'avez qu'à passer vers les quatre heures. »

Je lui dis que c'était entendu et elle me raccrocha au nez.

Cette fois, j'avais mis mes vieilles bottes et un gilet de duvet, je garai mon tout-terrain en plein devant la vénérable demeure des McCravey. Gail était debout dans l'allée, à côté d'une Honda Civic sur le toit de laquelle elle avait posé son petit sac en toile plein de livres. Apparemment, ça faisait un bon moment qu'elle était là, elle avait le visage rouge, gercé et les yeux qui coulaient.

« Pardon d'avoir été aussi brusque au téléphone, me dit-elle, mais je sortais d'une conversation d'une heure sur l'interurbain avec ma mère, et après avoir parlé de la pluie et du beau temps pendant quarante-cinq minutes, elle m'a annoncé tout à trac qu'on venait de transporter mon père à l'hôpital.

— J'espère que ce n'est pas trop grave.
— Les toubibs penchent pour un cancer du poumon.
— Je suis désolé, dis-je. Moi-même, je me répète sans arrêt que je devrais m'arrêter de fumer.
— Mon père n'a jamais fumé de sa vie, dit-elle. Mais il a travaillé dans un chantier naval de la côte ouest pendant la guerre de quarante. C'est à cause de cette saloperie d'amiante. Les fibres s'incrustent dans les poumons comme un nématode dans le cœur d'un chien. Et de cette saloperie de gouvernement.
— C'est bien triste, fis-je niaisement.
— Je suis désolée de vous avoir parlé comme ça au téléphone.
— Ne vous en faites pas, allez.
— Quand vous en aurez fini avec Sarah, on pourrait peut-être se le boire, ce fameux verre, dit-elle. Le journal a parlé de votre petite corrida de l'autre soir.
— Je ne lis pas les journaux, avouai-je.
— Vous ne vous intéressez pas à ce qui se passe dans le monde ?
— Oh moi, le monde, vous savez...
— Vous avez raison, c'est qu'un foutu asile de fous ! » dit-elle, puis elle eut un rire amer, s'essuya les yeux et ajouta : « Venez, allons voir Sarah. »

Dans le solarium, la lumière grise de l'après-midi faisait régner une atmosphère brumeuse. Sarah avait l'air las et quand elle me posa une main sur le bras au moment où je me penchais pour l'embrasser, je sentis qu'elle tremblait.

« Oh Bud, je suis si heureuse de vous voir, dit-elle. Voulez-vous du café ? Un cocktail ?

— Merci, non.

— Gail me dit que vous avez décidé de satisfaire ma p-p-petite lubie...

— Oui madame, en effet.

— Comme c'est gentil ! » fit-elle.

Elle glissa une main dans la poche de son peignoir de soie bleu marine, en sortit l'enveloppe blanche et me la tendit en disant :

« Toutefois, j'ai un peu reconsidéré la chose depuis l'autre jour, et...

— Oui, madame ?

— Ces cinq mille dollars représentent vos honoraires, dit-elle. Pour ce qui est des frais, nous verrons plus tard.

— Mais c'est trop, voyons ! Beaucoup trop !

— Ne discutez pas avec moi, mon garçon. Je ne permets jamais à mes employés de contester mes décisions. »

Ses lèvres esquissèrent un pâle sourire et Gail, qui se tenait à l'écart devant une des grandes portes-fenêtres, fut prise d'un début de fou rire qui vira rapidement à la quinte de toux.

« A l'exception de Gail, reprit Sarah. Mais chez elle, la contestation est une seconde nature, je le crains...

— C'est trop, je n'ai...

— Ne discutez pas, répéta-t-elle. Et j'entends bien qu'en ce qui concerne les frais vous ne regardiez pas à la dépense, et que vous usiez libéralement de mes cartes de crédit. »

Je poussai un soupir, et elle affecta de le prendre pour un signe d'assentiment.

« Est-ce que je peux vous demander comment vous comptez procéder, mon petit Bud ?

— Initialement, j'avais conçu le projet de prendre une des deux voitures en chasse après leur rendez-vous de demain matin, expliquai-je. Mais à présent, j'ai largement de quoi m'adjoindre un auxiliaire pour pister la seconde.

— J-J-J'aimerais mieux que vous vous en chargiez seul, fit

précipitamment Sarah. Vous c-c-comprenez, j'éprouve un certain embarras de...

— Bien, madame, c'est vous qui commandez, dis-je. Bon, alors, demain, je vais euh... Ah oui ! Il y a une cabine de téléphone au coin de Dottle et de Virginia. Je vous appellerai pour vous en donner le numéro.

— Je ne... je ne peux pas parler au... Je n'aime pas parler au téléphone, bégaya Sarah.

— Vous serez là, Gail?

— Evidemment, fit Gail avec un haussement d'épaules. Pour rien au monde je ne voudrais louper les débuts d'une aussi palpitante aventure. Mais pourquoi voulez-vous vous installer si loin d'eux ?

— Si je me garais sur Virginia, mon camion pourrait leur mettre la puce à l'oreille, expliquai-je. Donc, je vous donnerai le numéro de la cabine, comme ça vous pourrez m'appeler pour me dire laquelle des deux voitures vient dans ma direction.

— Vu, fit Gail.

— Et que... qu'est-ce que vous ferez ensuite ? demanda Sarah.

— Je prendrai ladite voiture en chasse, et je lui collerai au train jusqu'à ce que j'aie réussi à identifier celui de vos deux zèbres qui sera au volant, expliquai-je en songeant à la manière dont j'avais cafouillé le matin même. Ensuite, je me débrouillerai pour retrouver la piste de l'autre.

— Drôlement chiadé, comme plan, marmonna Gail.

— Faites-moi confiance, dis-je. C'est mon métier. »

Il me semblait bien en tout cas l'avoir exercé un jour. Un ange passa, et ça lui prit un temps fou. A la fin, Sarah se décida à dire :

« Encore merci, mon petit Bud.

— Pour une somme pareille, vous auriez pu les faire flinguer », dis-je en manière de boutade, mais ça les laissa de bois.

Sarah se mit laborieusement debout en s'appuyant de tout son poids sur sa canne et elle dit :

« A présent, je vais vous demander de bien vouloir m'excuser. Il faut que j'aille m'allonger un peu, car hélas ! je ne suis pas bien vaillante aujourd'hui. »

Elle se dirigea en claudiquant vers la porte, et Gail lui emboîta le pas en me disant :

« J'accompagne Sarah jusqu'à sa chambre, et je reviens. »

Tout en l'attendant, je réfléchis à ce plan que j'avais improvisé en vitesse quand Sarah m'avait demandé comment je comptais m'y prendre. J'aurais pu mettre le paquet, faire moderne, louer un micro directionnel et deux de ces pastilles magnétiques qui permettent de capter n'importe quelle conversation, voire une caméra. Mais pour un boulot aussi enfantin que ça, les bonnes vieilles méthodes d'antan, simples et peu coûteuses, feraient parfaitement l'affaire.

« Vous êtes sympa de faire ça pour Sarah, me dit Gail en revenant. Je sais bien que ça paraît un peu loufoque, son histoire, mais c'est le genre de truc qui la maintient en forme. Alors, on se le boit, ce verre ?

— Vous avez du peppermint ?

— Du peppermint ? Ça m'étonnerait, fit-elle en se dirigeant vers la mappemonde pour vérifier. Non. Il y a du bourbon, du scotch, du gin, du cognac. Et j'ai de la bière au frigo, en bas. »

Je n'avais pas bu des masses de bière non plus ces deux dernières années. Soudain, il me sembla que tout le mal que je m'étais donné pour rester sobre n'avait été qu'une perte de temps. Je dis à Gail qu'une bière ferait tout à fait mon affaire, et nous descendîmes à la cuisine. On vida une bière, puis une seconde, après quoi on se partagea un gros pétard qui était le frère jumeau de celui que j'avais allumé pour Sarah l'autre fois.

« Je sais bien que je ne fais qu'essayer de fuir mes problèmes, dit Gail juste avant de jeter le mégot dans le broyeur d'ordures de l'évier. Dans une heure ou deux, quand je redescendrai, je vais me mettre à penser à mon père. D'abord, ça me foutra dans une rogne noire, et après je chialerai comme une môme... »

Mais elle n'attendit pas que le processus opère de la manière dont elle l'avait décrit. Tout à coup, elle me tourna le dos et se mit à marteler le rebord de l'évier à coups de poing ; de gros sanglots la secouaient. Quand je lui posai une main sur l'épaule, elle virevolta sur elle-même et se blottit contre ma poitrine sans cesser de pleurer. Une chose en entraîna une autre, et cinq minutes plus tard nous étions par terre sur le carrelage de la cuisine, emmêlés l'un à l'autre au milieu d'un enchevêtrement confus de vêtements en désordre, et nous nous livrions à un accouplement frénétique dans lequel l'amour, la sexualité ou même le réconfort n'avaient aucune place. Nous n'étions plus que deux bêtes terrorisées, hagardes, à la recherche d'un coin de chaleur pour y mêler leurs larmes.

Ensuite, tout en sautillant d'un pied sur l'autre pour essayer de faire remonter sa salopette par-dessus ses gros brodequins cloutés, Gail s'écria :

« Après ça, qu'on ne vienne pas me dire, que je n'affronte pas mes problèmes comme une adulte, merde !

— Qu'est-ce que vous entendez par adulte ? demandai-je en lui tournant poliment le dos pour chercher ma chemise et parce que ça me gênait de la voir nue alors qu'elle se tordait de colère et de douleur.

— Bon sang ! siffla-t-elle. Vous devez mener une vie passionnante !

— Pourquoi ?

— Vous avez le dos tout labouré de coups de griffes, dit-elle C'est l'indice d'une vie passionnante.

— Ou sordide.

— Ah merde, je vous ai fait flipper à présent, dit-elle. Excusez-moi.

— Il n'y a pas de mal.

— Vous voulez une autre bière ?

— Non, merci, dis-je. Je crois qu'il vaut mieux que je m'en aille.

— Peut-être que ça vaut mieux, en effet, dit-elle. Vous avez quel âge ?

— Quarante-sept ans, pourquoi ?

— Des fois, les vieux deviennent tout tristes après.

— Ça alors ! m'exclamai-je. Je veux bien être pendu !

— Ah, pourquoi ?

— Il y a six ou sept ans, une petite hippie m'a dit exactement la même chose.

— Ça doit être vrai, alors, dit-elle en ouvrant une boîte de bière.

— Peut-être bien, fis-je.

— En tout cas, merci d'avoir été si gentil envers Sarah, dit-elle. Et envers moi.

— Il n'y a pas de quoi, répondis-je (il me semblait bien

pourtant que je n'avais pas été gentil une seule fois de toute ma vie). J'espère que ça s'arrangera, pour votre père », ajoutai-je.

Là-dessus, je l'embrassai sur la joue, puis je me trimballai jusqu'à chez moi avec ma chienne de vie en laisse.

5

Le lendemain après-midi, j'appelai Gail de la cabine au coin de Dottle et de Virginia pour m'assurer que Sarah et elle étaient prêtes. Elles étaient à leur poste, Gail à portée du téléphone, Sarah installée sur la terrasse avec ses jumelles. J'en avais une paire aussi, accrochées à mon cou et dissimulées par mon gilet molletonné, bien que le lieu du rendez-vous fût invisible de l'endroit où je me tenais. Je dis à Gail de ne pas raccrocher afin d'éviter toute interruption, et elle obtempéra, mais ça ne lui disait manifestement rien de faire la causette. Probable que ce qui s'était passé la veille l'embarrassait et qu'elle préférait l'oublier.

Pour justifier le fait que j'accapare ainsi la cabine, j'ouvris le journal à la page des petites annonces immobilières, et je feignis de passer coup de fil sur coup de fil. Je me demandai quelle aurait été la réaction des propriétaires si je m'étais présenté comme un scieur au chômage nanti de trois enfants en bas âge, de deux matous, d'un berger allemand femelle et d'une femme barmaid. Je n'aurais sans doute pas réussi à louer une maison, même sous la menace d'un flingue.

Sur ces entrefaites, une petite Corolla jaune descendit Dottle Street dans ma direction, et je pus examiner tout à loisir la trombine du conducteur tandis qu'il stationnait à l'intersection avant de tourner à gauche dans Virginia. Il avait un visage osseux et tiré, piqué de cicatrices d'acné, et des cheveux d'un blond terne, d'aspect cassant. Une figure plus triste que patibulaire. La Corolla s'éloigna dans Virginia Street et disparut. Sarah m'avait dit qu'ils se garaient toujours des deux côtés opposés de la rue ; donc, ce serait logiquement la femme qui viendrait dans ma direction. Mais Gail reprit le téléphone pour m'informer que le type avait fait demi-tour et qu'il s'était garé face à moi.

Ma vue ne portait pas bien loin sur Virginia, mais à l'extrême limite de mon champ de vision je distinguais tout de même un petit groupe de jeunes filles qui essayaient de bâtir un bonhomme de neige sur la pelouse d'un club d'étudiantes tandis qu'une bande de garçons les bombardaient de boules de neige. J'étais en train de les observer lorsqu'une benne à ordures automatique bleue flambant neuve, dont le flanc s'ornait du sigle *E.Q.C.S., INC.*, bifurqua à l'intersection et remonta lentement Virginia Street, les énormes pinces de sa grue de chargement soulevant une à une les poubelles de deux cents litres disposées le long du trottoir, avant de disparaître à son tour. On eût dit un monstre préhistorique issu de l'imagination d'un dessinateur de B.D. qui aurait un peu trop forcé sur l'acide.

Parfois je me retrouve au fond d'un abîme de perplexité à l'idée que je vis dans un monde où la collecte des ordures est devenue une grosse industrie, où les dépotoirs se sont mués en décharges contrôlées qui servent à égaliser des terrains à bâtir, et où certains déchets sont d'une toxicité si redoutable qu'on est obligé d'élaborer des plans extravagants pour les ensevelir dans des fosses sous-marines ou les expédier dans l'espace.

« La femme vient d'arriver, annonça Gail en coupant le fil de mes pensées.

— Demandez à Sarah ce qu'elle a comme voiture.

— Une petite voiture bleue, répondit-elle au bout d'un instant.

— Ça me fait une belle jambe, dis-je. Est-ce qu'elle peut lire le numéro ? »

Dans le court intervalle de silence qui suivit, je sentis qu'une sourde excitation, évocatrice du bon vieux temps, était en train de m'envahir. Gail me répéta le numéro d'une voix un peu indécise.

« Le type sort de sa voiture, dit-elle. Il s'approche de celle de la femme... Il revient sur ses pas à toute allure... remonte en voiture... démarre... Il vient vers vous !

— Ça va, je l'ai vu », fis-je, puis je raccrochai précipitamment, me ruai hors de la cabine et courus jusqu'au carrefour, mes jumelles à la main, dans l'espoir que j'apercevrais la voiture de la femme. J'eus tout juste le temps de voir qu'il s'agissait d'une petite Subaru bleue, dont la plaque d'immatriculation indiquait : SILVER BOW COUNTY, BUTTE, MONTANA, et que sa conductrice était coiffée d'un bonnet de ski à rayures bleues et blanches, puis je sautai à bord de mon camion.

Quand l'homme à la Corolla jaune arriva à l'intersection, j'étais prêt à démarrer. Il prit à droite dans Dottle Street et s'inséra dans le flot de la circulation qui se dirigeait vers le nord. Je laissai passer cinq voitures avant de m'y engager à sa suite. Après le pont, il bifurqua à plusieurs reprises dans des petites rues de traverse et je faillis le perdre, mais par bonheur le dédale de sens interdits du centre ville n'avait pas l'air de lui être très familier et il se retrouva derrière moi sur Main Street. Je surveillais ses clignotants en me demandant ce que je pourrais bien faire pour le rejoindre s'il tournait, mais il continua tout droit sur Main en direction de l'autoroute. Son clignotant gauche s'alluma à la hauteur de la bretelle d'accès ouest, aussi je pris la première entrée qui se présenta sur ma droite, et après avoir parcouru cinq cents mètres dans la direction opposée à celle qu'il venait de prendre, je fis demi-tour, escaladai le terre-plein central en soulevant une double gerbe de gadoue neigeuse et de gazon détrempé et en priant le ciel qu'il n'y ait pas de flics dans les parages, et je fonçai pleins gaz en direction de l'ouest. Le carburateur à quatre cylindres de mon vieux tacot exténué hululait comme une tornade, engloutissant une quantité de carburant insensée, mais je rejoignis la Corolla à un peu moins de dix kilomètres à l'ouest de la ville.

La Corolla était vieille, cabossée et rouillée, et presque toutes ses vitres étaient fêlées, mais elle se défendait encore bien et je fus obligé de garder le pied au plancher pour ne pas me laisser distancer. Mes deux réservoirs étaient pleins, mais si ce gars-là allait à Seattle, je ne tiendrais pas jusqu'au bout sans les regarnir. A l'ouest de Meriwether, l'autoroute ne compte qu'un très petit nombre de sorties, et je les connais comme ma poche, en sorte que je pouvais rester à bonne distance en regagnant de loin en loin le terrain perdu pour voir s'il ne lui prenait pas la fantaisie de tourner. Il quitta l'autoroute à deux reprises, mais il se borna à contourner l'intersection et à reprendre la rampe d'accès en direction de l'ouest. Il redoutait visiblement une filature, mais il n'avait pas la moindre idée de la manière de semer un poursuivant éventuel. Après les deux premières alertes, je le laissai s'amuser tout seul en continuant tranquillement vers l'ouest tandis qu'il s'évertuait en vain à m'égarer. Je me demandais de quoi il pouvait bien retourner, et ce que cette bonne femme avait pu lui raconter pour lui donner à croire qu'on le filait. *Sauve-toi! Nous sommes perdus! Mon mari sait tout!* Possible. Ou bien : *Débine-toi! Ils veulent te tuer!* Là, j'étais un peu plus dubitatif. Mais qui pouvait savoir? Pas moi, en tout cas. Tout ce que je savais, c'était que s'il ne se passait pas quelque chose sous peu, je finirais par le perdre.

Au moment où nous arrivions en vue de Missoula, je mis mon second réservoir en amorce. A la sortie de Missoula, il passa dans la file de droite et prit au nord par la 93 en direction de Kalispell. De là, il pourrait rejoindre la frontière canadienne, à moins de bifurquer à gauche avant d'arriver au lac de Flathead et de gagner Spokane par la petite route qui traverse le nord de l'Idaho. Quoi qu'il en soit, il ne me restait plus qu'à le suivre, et je gravis dans son sillage la côte de la colline d'Evero, qui était couverte d'une croûte de neige durcie. Arrivé au sommet, il ralentit, traversa la chaussée et alla se ranger sur l'aire de stationnement d'un bar en bord de route. Je le dépassai en trombe, comme si j'étais pressé d'arriver au Canada.

Je quittai la route par le premier chemin qui s'offrait, une voie privée qui s'enfonçait dans les bois sur ma gauche, puis je sautai à terre et me planquai avec mes jumelles dans l'ombre d'un bouquet de pins. Le soleil s'était déjà englouti de l'autre côté des montagnes, mais il faisait tout de même assez clair pour me permettre de discerner mon gars au moment où il ressortait du bar, un pack de six boîtes de bière Olympia au bout de chaque bras. Il but une bière debout, dans le parking, en regardant les voitures qui passaient, puis il remonta à bord de la Corolla et repartit vers le sud, en direction de l'échangeur que nous venions de quitter. Il passa de l'autre côté de l'autoroute et se rangea sur le parking d'un relais pour routiers. Je m'arrêtai devant un bar, juste en face, afin d'observer ses mouvements. Il pénétra à l'intérieur de l'établissement, s'installa au comptoir et se plongea dans la lecture du menu. Je ne fis ni une ni deux, et je fonçai à tout berzingue jusqu'à l'aéroport de Missoula pour louer un véhicule de rechange.

J'aurais voulu une bagnole costaud, mais je fus obligé de me contenter d'un de ces nouveaux modèles à traction avant que la General Motors s'est mise à fabriquer en cédant honteusement à la pression des Arabes, et qui en ont à peu près autant dans le ventre qu'une mobylette.

Quand je regagnai le relais de routiers, une serveuse était en train de verser une deuxième tasse de café au petit mec blond. J'allai me garer devant le bar d'en face, et j'y entrai pour faire l'acquisition d'une bouteille de peppermint, de quelques bâtons de pemmican et d'un tube de Maalox. Puis je retournai m'installer dans ma voiture de location. Après m'être envoyé une petite ligne à la pointe de mon couteau, je sifflai une rasade d'eau-de-vie et je mastiquai avec application une portion de viande séchée dure comme du bois. J'étais paré, à présent. Je disposais du fourniment complet d'un vrai détective de l'Ouest.

Après avoir regagné Missoula par l'autoroute désaffectée, je m'engageai à la suite du petit mec blond sur l'échangeur de la 93, cap au sud. Il roulait à une allure plus tranquille tandis que nous tracions une longue boucle autour de Missoula dans la lumière déclinante du crépuscule. Je le vis se curer négligemment les dents avant d'ouvrir une nouvelle boîte de bière, qu'il sirota avec indolence. Apparemment, il était persuadé d'avoir déjoué n'importe quelle filature, et s'il n'avait pas eu une foi excessive dans l'efficacité de ses piteux petits stratagèmes, la suite des événements aurait pu s'avérer assez problématique pour moi, car une filature de nuit en solo est généralement une entreprise à haut risque. Nous suivîmes la 93 jusqu'à Lolo, puis nous prîmes à l'ouest par la nationale 12 qui mène à la passe de Lolo et à la frontière de l'Idaho le long de l'ancienne piste de Lewis et Clark, et qui recoupe à peu près l'itinéraire qu'avaient emprunté les Nez-Percés lorsqu'ils étaient partis rejoindre les Sioux au Canada. Peu avant la passe de Lolo, je le doublai, enfilai un peu plus loin un sentier forestier, et déconnectai un de mes phares. Je repris ma poursuite maquillé en moto ; nous pénétrâmes dans l'Idaho et continuâmes le long de la Lochsa River en direction de Lowell, où la Lochsa conflue avec la Selway pour former la Clearwater River. A Syringa, il fit un arrêt-pipi, et j'en profitai pour m'arrêter un peu plus loin et reconnecter mon phare aveugle, puis je m'engageai dans son sillage à travers les méandres de cette portion de la route qui aboutit au pont de la Snake River, où l'on franchit la limite de l'Etat de Washington.

Mais à la sortie de Kooksia il tourna à gauche et prit au sud sur l'Idaho 13, avant de bifurquer à nouveau à gauche et de prendre l'Idaho 14, qui longe le cours inférieur de la Clearwater. Il continua un moment sur cette route en roulant à une allure de sénateur et, juste avant d'arriver à Elk City, il quitta la chaussée et se rangea sur le parking d'un petit motel à l'avant duquel un panneau lumineux pourtant bien évident annonçait : COMPLET. Je n'avais d'autre recours que de continuer, de faire demi-tour après le prochain virage et de revenir tous feux éteints.

Il n'était guère plus de onze heures, mais il n'y avait aucune lumière dans le motel, ni dans le snack-bar contigu, et la Corolla jaune avait disparu. Je n'arrivais pas à imaginer pourquoi il y avait tant de monde dans ce motel ; nous étions au cœur de l'hiver et Elk City est un bled perdu, au bord d'une route dont l'intérêt n'est pas des plus évidents, vu qu'elle se transforme à la sortie de la ville en un chemin de terre par lequel on peut bien rejoindre le Montana à travers la montagne, mais qui est régulièrement fermé à la circulation au premier signe de neige. Je me perdis en conjectures sur les raisons de cette affluence inexplicable tout en tournant lentement autour du parking.

En fin de compte, je planquai ma voiture de location derrière une grosse autocaravane et je poursuivis mes recherches à pied. La Corolla jaune était garée devant un petit bungalow, au bout d'un chemin de terre, à une cinquantaine de mètres en arrière du motel. Je vis une ombre indécise qui dansait en travers des rideaux. Je me débarrassai de mes bottes et contournai le bungalow en marchant à petits pas précautionneux sur les aiguilles de pin, les rochers coupants et les flaques de neige pour glisser un œil à l'intérieur.

A travers la gaze légère des rideaux, j'aperçus un réchaud à gaz allumé sur lequel cuisait une boîte de ragoût de bœuf dont on avait découpé le couvercle. Le petit mec blond pénétra dans mon champ visuel et vida dans le ragoût bouillant le fond d'un flacon de tabasco. Puis il y ajouta deux œufs. J'ignorais dans quelle sorte de micmac il était impliqué, mais il ne pouvait être un complet salaud : sa manière de faire la cuisine ressemblait trop à la mienne. Et il était aussi bordélique que moi. L'unique pièce du minuscule bungalow était jonchée d'amas informes de vieux journaux, de bouquins fatigués, de magazines en loques et de nippes crasseuses ; à en juger par l'aspect du lit son utilisateur habituel devait être sujet aux cauchemars, et la poubelle avait déversé son trop-plein sur le plancher poussiéreux.

Tandis que sa tambouille finissait de cuire, le petit mec blond réunit ses vêtements sales en une seule pile en les poussant du bout du pied, puis il fourra le tout dans un grand sac poubelle. Il sortit ensuite des vêtements propres d'une petite commode, les mit dans le sac poubelle avec son linge sale, jeta un regard circulaire pour voir s'il n'oubliait rien et repoussa le reste des détritus dans un coin. Le fumet du ragoût filtrait à travers les murs de planches du bungalow, et mon estomac se mit à gargouiller si bruyamment que je fus obligé de m'éloigner de la fenêtre.

Je récupérai mes bottes, retournai au motel, et je m'installai dans ma voiture pour guetter son départ. Je me fis un dîner d'eau-de-vie, de pemmican et de quelques comprimés de Maalox. Au bout d'une demi-heure, comme la Corolla n'avait toujours pas redescendu le chemin de terre, je me dirigeai à nouveau vers le bungalow. La petite voiture jaune était toujours garée devant, et la lumière était éteinte. Je collai l'oreille à la paroi extérieure, et je perçus des ronflements sonores de buveur de bière. La perspective d'une longue nuit d'attente s'ouvrait devant moi.

Je m'accordai quelques instants de réflexion, puis je pris le chemin pour voir où il menait. Après un ultime lacet, il venait buter sur une levée de terre rapportée. Je revins silencieusement sur mes pas et je regagnai le parking pour y prendre le petit sac de voyage que je n'avais heureusement pas oublié de transférer de mon camion dans la voiture de location, et qui contenait l'équipement d'urgence que j'emporte toujours pour faire la route en hiver : une couverture de duvet, un sachet de sucre candi, des allumettes, une brosse à dents et une demi-bouteille de peppermint. Ensuite je traversai la route et je descendis me débarbouiller dans l'eau turbulente et glaciale de la rivière.

Une heure plus tard, je sortis la voiture du parking, remontai lentement jusqu'au bout du chemin, fis demi-tour devant la levée de terre et me garai. A cet endroit, le véhicule était invisible du bungalow. Je m'armai de ma couverture et de ma fillette d'eau-de-vie, et j'explorai le flanc de colline en quête d'un abri pour la nuit. Je me glissai sous un enchevêtrement de pins abattus et je m'y fis un nid. J'espérais pouvoir dormir un peu, mais pas trop profondément, afin d'être sûr d'entendre le petit mec blond démarrer le lendemain matin. En m'envoyant alternativement une rasade de peppermint et une petite ligne de coke, ça devait pouvoir s'arranger.

Il avait neigé, mais moins qu'à Meriwether. Au ciel, les nuages balayés par le vent jouaient à cache-cache avec un croissant de lune à l'air ricanant, et les flaques de neige qui luisaient faiblement dans l'ombre des pins mugissants évoquaient l'agonie de créatures phosphorescentes arrachées à quelque abîme marin. Autour de moi, les arbres craquaient et gémissaient lugubrement sous le vent. Je frissonnais, mais j'ignorais si c'était dû au froid ou à l'excitation. La joie de repiquer au métier me rendait fébrile. Chaque fois que je fumais, je faisais écran devant l'allumette enflammée de mes deux mains fermées et je dissimulais le bout rougeoyant de ma cigarette au creux de ma paume comme j'avais appris à le faire durant l'interminable hiver que j'avais passé sur le front de Corée. Je ne crois pas avoir dormi cette nuit-là, mais je suis sûr pourtant d'avoir rêvé de la guerre. Tout au long de la nuit, il me sembla que des silhouettes sombres surgissaient de la neige et passaient silencieusement à côté de mon abri. Juste avant l'aube, le petit mec blond referma brutalement la porte du bungalow et je me redressai brusquement sur mon séant en tâtonnant machinalement autour de moi à la recherche de mon M-1. Il n'était pas là et, dans l'hébétude où j'étais, j'en restai tout décontenancé.

A mon âge, dormir par terre par un froid pareil ce n'est pas de la tarte. Quand j'essayai de me lever, mes articulations se mirent à gémir comme des essieux de camion pris dans une gangue de graisse gelée. Au moment où je parvenais enfin à me hisser sur mes genoux, j'entendis claquer la portière de la Corolla, et le starter se mit à batailler en crachotant furieusement contre l'inertie du moteur froid. J'étais encore à genoux lorsque le bruit d'une violente explosion couvrit les toussotements rageurs de l'accélérateur. Je rejetai ma couverture au loin et je dégringolai la colline en direction du bungalow en titubant à travers les fourrés.

L'explosion avait fait éclater toutes les vitres de la petite bagnole jaune, soulevé le capot du coffre et arraché les deux portières. Le petit mec blond était assis au volant ; il avait le visage ensanglanté, et ses vêtements en charpie bâillaient sur sa poitrine nue. La peau de ses épaules était truffée de lambeaux de Skaï enflammés et de bouts de coton calcinés qui avaient pénétré profondément dans les chairs. Au moment où je tendais les bras vers lui, je vis un trou béant dans le plancher. Je vis aussi qu'il n'avait plus de jambes. La gauche avait été sectionnée juste au-dessous du genou, la droite à hauteur de la cuisse. Un nerf à vif tressautait sur sa joue ouverte, d'où un flot de sang s'échappait en bouillonnant ; ses doigts n'étaient plus que des moignons de chair rosâtre et nue, mais ils ne saignaient pas encore. L'âcre puanteur d'essence me prenait à la gorge. Il fallait que je le tire de là avant qu'il soit trop tard. Mais quand je voulus lui enlacer le torse, ce qui restait de sa main droite se referma comme un crampon sur mon bras gauche. Il ne pouvait pas supporter que je le déplace. L'espace de quelques secondes, sa main mutilée m'agrippa avec une telle force qu'il m'aurait été impossible de me dégager pour m'enfuir. Puis il mourut, et sa main me lâcha brusquement et retomba sur sa cuisse en tremblant spasmodiquement.

Je n'avais qu'une envie : prendre mes jambes à mon cou, détaler aussi loin que possible de tout ce sang et de cette horrible puanteur d'essence, mais je me forçai à retourner le cadavre pour transférer le contenu de ses poches dans les miennes, puis je m'emparai du sac poubelle posé sur la banquette arrière. Ensuite, serrant le sac déchiqueté contre ma poitrine pour que son contenu ne s'en échappe pas, je pris encore le temps d'aller jeter un coup d'œil au coffre béant, dans lequel je découvris un sac marin en toile verte. Je le pris en bandoulière et je mis les bouts.

J'avais cédé à la panique, d'accord. J'étais mort de trouille, et dans la merde jusqu'au cou. Quand on a perdu l'habitude de voir ce genre de trucs régulièrement, on n'a plus le feeling spécial qui aide à les affronter, on n'est plus protégé par cette mince épaisseur de cynisme grâce à laquelle on arrive à regarder une boucherie comme celle-là avec un hochement de tête peiné avant de reprendre tranquillement le cours de ses occupations. J'avais entravé le cours de la justice ; je m'étais enfui avec des pièces à conviction en abandonnant un cadavre sanguinolent, équarri comme un quartier de bœuf, sur le siège avant d'une bagnole démolie.

Je gravis la colline à toute allure pour regagner ma voiture, en ahanant et en soufflant comme un beau diable. Quand j'arrivai enfin au cul-de-sac à l'autre extrémité du long virage en zigzag, j'étais tellement exténué que je m'écroulai contre ma portière en haletant bruyamment. Je m'efforçai de réfléchir, de me souvenir de ce qu'il faut faire pour survivre dans un monde en guerre. Sers-toi de tes méninges, bon Dieu ! me disais-je. Le détonateur ne pouvait pas avoir été réglé sur le contact, sans quoi la voiture aurait sauté dès que le petit blond avait donné son premier tour de clé. J'ignorais de quel genre d'explosif il pouvait s'agir, mais en tout cas la charge avait été placée sous le siège du conducteur. Et les gens qui l'avaient posée étaient forcément au courant de mon existence ; ils avaient dû me coller au train pendant que je filais le petit blond. *Réfléchis !* Je fis le tour de la voiture en rampant, ouvris la portière côté passager avec d'infinies précautions, et je m'efforçai de percer le voile de larmes qui me brouillait les yeux pour déceler la présence d'un fil mais je ne trouvai rien. Il n'y avait rien non plus sous le siège de ce côté-ci. La bombe était sous le siège du conducteur. Il s'agissait d'un dispositif aussi simple qu'ingénieux dont je me souvenais d'avoir vu la description dans *Time Magazine* pendant la guerre du Viêt-nam. Une grenade à main dégoupillée dont la cuiller était maintenue en place à l'aide d'une vieille boîte de conserve (le tueur devait avoir le sens de l'humour : il s'était servi d'une boîte de miettes d'ananas), reliée à la pédale d'embrayage par un morceau de fil à souder.

Mes mains tremblaient tellement que je crus que je n'arriverais jamais à retirer la bombe de dessous le siège sans la lâcher ou la heurter. Mais je finis par y parvenir et je ressortis lentement de la voiture côté conducteur en serrant fermement la grenade contre ma poitrine, puis je cherchai autour de moi, en quête d'une cachette sûre où j'aurais pu la déposer. Mais peut-il y avoir une cachette sûre pour une grenade amorcée ? S'il venait à passer un gosse, un chasseur, ou un de ces ours qui fouissent le sol pour y trouver des larves après avoir retourné les rochers ? Je posai la boîte de conserve sur le toit de la voiture, le temps de jeter les affaires du mort sur la banquette arrière, puis je récupérai la bombe, m'installai au volant et je nichai la grenade au creux de mes cuisses.

J'avais envie de pleurer, et je ne m'en privai pas. Mes couilles se rétractèrent à l'intérieur de mon ventre comme pour y chercher un abri, et l'effort leur arracha une sueur abondante. Je démarrai et j'entrepris de redescendre le chemin de terre à toute petite vitesse, mais mon pied écrasa machinalement l'accélérateur, et je calai. Je m'entendis gémir : « Oh, mon Dieu ! » puis je fis repartir le moteur noyé et je me laissai glisser le long de la pente au point mort en le laissant tourner au ralenti pour qu'il se réchauffe. Mais en arrivant à la hauteur de l'épave de la Corolla, la panique me reprit et je remis brusquement la gomme. J'essayai de me retenir, de freiner pour traverser le parking du motel à une vitesse raisonnable, mais quand je débouchai sur la route, la petite guimbarde allait si vite que deux de mes roues quittèrent le sol au moment où je virais de bord et que j'entendis la grenade cogner contre la paroi de sa boîte. Néanmoins, je gardai le pied au plancher, tirant tout ce que je pouvais de ma petite bagnole sans tripes. A peine eus-je franchi quelques dizaines de mètres sur la route que le réservoir de la Corolla explosa derrière moi avec un fracas terrifiant. Dans mon rétroviseur, je vis une grande langue de feu qui jaillissait vers le ciel.

Je zigzaguai au hasard pendant un bon moment à travers des sentiers forestiers. Quand je me décidai à arrêter enfin cette course folle, je n'avais pas la moindre idée de l'endroit où je me trouvais. En tout cas, il fallait que je me jugule. La panique ne cesse que lorsqu'on cesse de courir. J'aurais voulu sentir le poids rassurant de mon automatique Browning sous mon aisselle. T'as une grenade dégoupillée entre les cuisses, c'est déjà quelque chose, me dis-je, et un fou rire nerveux me secoua. Je quittai la route, m'engageai sur une piste toute défoncée normalement réservée aux trains d'abattage, et je la suivis en cahotant jusqu'à ce que mon petit tacot fût visiblement à bout de forces. J'émergeai à nouveau sur une route qui était déserte à perte de vue, mais ça ne suffisait pas à me rassurer. Je descendis de voiture ; quelle que fût la direction dans laquelle je me tournais, il me semblait toujours sentir le collimateur d'un fusil à lunette braqué entre mes omoplates. Je me penchai par-dessus le siège et je soupesai le sac marin posé sur la banquette arrière ; il était lourd et, en le secouant, j'entendis un cliquetis métallique. Peut-être qu'il contenait un revolver, un couteau, une arme quelconque ? J'étais sûr que j'y trouverais quelque chose d'intéressant, mais je ne pus me résoudre à examiner son contenu au beau milieu de la route. Je mis le gros sac sur mon épaule gauche, empoignai fermement la boîte d'ananas dans ma main droite et filai.

J'escaladai un flanc de coteau, et quand je fus à environ soixante-quinze mètres de la route, et séparé de ma voiture par un éboulis de roches granitiques d'une bonne cinquantaine de mètres de large, je me coulai dans une anfractuosité, à l'ombre d'un gros rocher en saillie, m'allongeai derrière un rempart de granit déchiqueté et décidai que je n'irais pas plus loin. Je posai la tête sur le sac de toile, calai la grenade entre deux grosses pierres, et soufflai un peu. Ensuite, j'ouvris le gros sac, et dès que j'eus plongé la main à l'intérieur je me sentis tout ragaillardi.

J'en tirai d'abord trois grenades à fragmentation encore emballées dans leurs tubes en carton d'origine. Sous les grenades, je trouvai deux paquets de forme oblongue entourés de plastique fort. J'en ouvris un et je faillis pousser un hurlement de joie. Il ne suffit pas toujours d'être armé pour se tirer d'un guêpier (en Corée j'avais vu des gars transformés en passoire au fond de leur trou d'homme, encore cramponnés à leur fusil dont ils n'avaient pas eu le temps de se servir), mais quand on en a marre de détaler comme un lapin, le contact d'un flingue est plus jouissif que l'étreinte d'une femme, plus rassurant que le sein d'une mère. Je reconnus sans peine la petite mitraillette, bien que je n'en eusse jamais vu qu'au cinéma ou en photo. Une Ingram M-11, à peine plus grosse qu'un automatique de fort calibre. Huit cent cinquante coups à la minute, et d'un maniement tellement simple que même un enfant l'aurait manipulée sans peine. Je continuai à explorer le sac, en quête de munitions à présent.

Je trouvai ce que je voulais, et même mieux. Dix chargeurs pleins et un silencieux pour l'Ingram. Un kilo d'herbe. Un sac de poudre blanche qui devait être de la cocaïne, à moins que ce ne fût de l'héroïne. Deux autres grenades. Le mec à la Corolla jaune était peut-être une franche canaille, mais son sac était une vraie hotte de Père Noël.

A la seule exception des grenades, tous les objets que contenaient le sac étaient emballés dans du gros plastique noir, et les paquets étaient tous couverts d'une poudre fine, d'un gris tirant sur le rose. Après m'être frotté les mains et avoir essuyé les deux M-11, je retournai le sac de toile pour voir si quelque chose avait éclaté à l'intérieur, mais il était vide. Je remis le kilo de dope et l'une des deux mitraillettes dans le sac, puis je m'occupai de me mettre en condition.

J'adaptai le silencieux à l'autre mitraillette, la chargeai, et lâchai une courte rafale en direction d'un pin qui se trouvait à une trentaine de mètres en contrebas sur ma droite. J'en tirai encore deux autres pour bien évaluer le recul. A la quatrième rafale, je vidai mon chargeur ; j'avais arraché assez d'écorce au gros ponderosa jaune pour me convaincre que j'étais capable d'atteindre un homme, et la petite mitraillette avait fait si peu de boucan que les écureuils qui s'étaient approchés pour m'observer n'avaient même pas décampé des rochers sur lesquels ils étaient juchés. J'ôtai le chargeur vide, le remplaçai par un plein, puis retournai me tapir au fond de ma tranchée naturelle. Je disposai les grenades en pile à portée de ma main, choisis le meilleur angle de tir possible, et j'attendis.

Au bout d'un moment, je me décidai à ouvrir le petit sac de

poudre blanche, et j'y goûtai. C'était de la cocaïne ; il y en avait bien cent cinquante grammes, plus que je n'en avais jamais vu de toute ma vie. J'en sniffai un petit échantillon à la pointe de mon couteau, et elle me flanqua une claque terrible. C'était de la coke fraîchement débarquée, qu'on n'avait pas encore tripatouillée, et elle était quasiment pure. Feu le petit mec blond monta encore d'un cran dans mon estime. Il avait l'air d'un paumé, il vivait comme un clodo et sa bagnole était un vieux clou déglingué, mais son coffre contenait de la sacrée bonne camelote. Je m'en offris une seconde lichette. Nom d'un chien ! Si j'avais des gangsters à mes trousses, ils allaient tomber sur un os. J'avais beau n'être qu'un vieux croulant raide défoncé et pétant de trouille, ils n'auraient pas ma peau aussi facilement que ça. D'autant que je disposais d'une position avantageuse, d'une demi-douzaine de grenades, d'une arme automatique et de neuf chargeurs pleins.

Mais personne ne se montra, et vers le milieu de la matinée, ayant fait passer le gros de ma terreur à l'aide des petites lignes que je m'offrais à intervalles réguliers, je me rasais tellement que je réussis à former dans ma tête des pensées à peu près cohérentes.

Dans quelle galère Sarah m'avait-elle entraîné ? Qu'est-ce que la femme à la Subaru bleue avait bien pu raconter au petit mec blond pour qu'il parte en cavale comme ça ? S'ils avaient été des trafiquants d'armes ou des dealers, ils ne se seraient pas retrouvés si souvent au même endroit et à la même heure. C'était exclu. A présent, le mec blond était mort, la femme avait disparu, et je n'avais pas la moindre idée de leur identité. J'avais au moins le numéro de la Subaru, et même si c'était une voiture louée, ça me laissait une petite chance de remonter jusqu'à la femme. J'avais aussi griffonné le numéro de la Corolla jaune sur un bout de papier qui devait être quelque part sur moi...

Il me revint alors que j'avais fait les poches du mort. Après avoir inspecté ce que je voyais de la route à travers la végétation clairsemée qui tapissait mon flanc de colline, je vidai les miennes de leur contenu.

Le cuir de son portefeuille était distendu et fripé, comme si on l'avait vidé de tout le superflu, bouts de papier sur lesquels on a noté des noms et des numéros de téléphone qui ne veulent plus rien dire, attestations d'assurance périmées, cartes de crédit caduques, vieilles photos sans intérêt. Je n'y trouvai que trois billets de vingt, deux de dix, un de cinq, cinq de un, un billet de deux dollars plié en quatre en travers duquel on avait tracé le mot « Merde » à l'aide d'un feutre rouge, et un permis poids lourds délivré par l'Etat de Washington et établi au nom de John P. Rideout. D'après ce document, le nommé Rideout était domicilié à Wilbur, Washington. Le frottement répété avait fait adhérer au dos du permis un petit instantané sur lequel figurait une femme boulotte et mal fagotée avec trois moutards aux visages indistincts cramponnés à ses jambes. Ils se tenaient devant un petit pavillon en préfabriqué isolé au bord d'un pré et entouré d'une forêt de conifères dense et majestueuse. La photo ne pouvait pas avoir été prise à Wilbur, qui est une minuscule bourgade des hautes plaines de l'est du Washington, plantée au milieu d'un désert de rocs volcaniques, mais plus vraisemblablement dans une région côtière, quelque part à l'ouest de la chaîne des Cascades.

De mon autre poche, je ramenai un paquet de Salem à moitié plein. Une pochette d'allumettes était glissée entre le papier et la cellophane. Elle venait d'un bar de Seattle, le Nobby's, et ne contenait plus qu'une seule allumette dont je me servis pour allumer une cigarette extraite de mon propre paquet.

Bon, j'avais un début de piste en ce qui concernait ce Rideout, et le numéro de la voiture de la femme, mais à part ça je pédalais dans la semoule. Complètement. Pourquoi avait-on réduit ce pauvre bougre en chair à pâté ? Pas pour lui piquer sa marchandise, puisqu'elle était restée dans le coffre. Peut-être que c'était lui qui avait arnaqué quelqu'un. Mais moi, pourquoi avaient-ils essayé de me tuer ? Est-ce qu'ils savaient qui j'étais ? Probable. Pour le savoir, il suffisait d'ouvrir ma boîte à gants et de jeter un œil sur mon contrat de location. Mais ce n'était pas une raison pour me tuer.

Là-dessus, je me remis à trembler comme une feuille. Ma cigarette me glissa des doigts et tomba à l'intérieur de mon gilet de duvet. Je me frappai la poitrine pour écraser les cendres incandescentes qui s'étaient répandues sur le devant de ma chemise, et j'aperçus les sillons sanglants qu'y avaient laissés les doigts du moribond. Ils savaient qui j'étais, pas de doute. Et je n'avais qu'une seule alternative : ou j'allais trouver mes malfrats pour leur expliquer que je n'étais pas moi-même un chaud partisan de la loi et de l'ordre et que je savais tenir ma langue quand il fallait, ou bien je courais chez les flics. Je ne savais pas ce que les lois de l'Etat d'Idaho réservent aux gens qui subtilisent des pièces à conviction et entravent l'action de la justice. Je ne savais même pas où se trouvait la maison d'arrêt. Même en tant que témoin à charge, j'étais au moins bon pour une condamnation avec sursis, liberté surveillée et tout le tintouin. Et d'ailleurs, qu'est-ce que j'avais à offrir, comme témoignage? Qui aurais-je pu dénoncer? Non, pas question d'aller chez les flics aussi longtemps que je ne saurais pas de quoi il retournait au juste. Pas question non plus de rester à rôder dans le coin en attendant que les tueurs viennent prendre langue avec moi. Il ne me restait plus qu'à gagner le maquis, à garder un profil aussi bas que possible tout en tâchant de découvrir les raisons de l'assassinat de Rideout et celles de la tentative de meurtre dont j'avais moi-même été l'objet.

Je me demandai à combien ils s'étaient mis pour nous pister. Il fallait qu'ils fussent au moins quatre, et ils avaient opéré en vrais professionnels. Je caressai brièvement l'idée de laisser mon désir de survie prendre le pas sur ma soif de justice, et de me carapater avec le fric de Sarah et le chèque du colonel, puis je me demandai à quel endroit ces ordures nous avaient pris en chasse...

Et là, j'eus la vision effroyable de quelqu'un qui, comme moi, s'était mis en planque avec des jumelles pour suivre le déroulement de la rencontre de la veille et qui, inspectant les environs à tout hasard, apercevait la vieille dame avec l'auréole de cheveux argentés qui flamboyait au-dessus de sa tête et ses jumelles qui renvoyaient les lueurs du soleil bas. Merde, il fallait que je trouve un téléphone, il fallait absolument convaincre cette merveilleuse vieille dame d'aller se mettre en lieu sûr, un moment, le temps que je découvre le fin mot de l'histoire. Et il fallait aussi que je me débarrasse de cette putain de grenade dégoupillée.

Je ne savais pas exactement où j'avais atterri, mais j'étais certain que je me trouvais quelque part au nord du cours inférieur de la Clearwater. Donc, si je continuais à rouler sur les sentiers forestiers en gardant cap au nord, je finirais par retrouver le cours supérieur de la rivière et la nationale 12, celle-là même que nous avions suivie la veille au soir. La nationale 12 était le seul endroit où je pouvais espérer mettre la main sur un téléphone sans avoir à regagner Elk City, où l'explosion de la bagnole de Rideout avait sans doute provoqué un certain émoi au sein des forces dites de l'ordre. Vues de la route, les forêts domaniales ont l'aspect de murailles impénétrables, mais c'est de la frime, du vent, ça ne sert qu'à abuser les touristes. En réalité, ces immenses étendues de forêt abritent un lacis inextricable de pistes et de sentiers que le Service des forêts a tracés avec l'argent des contribuables afin que les grosses machines dont les industriels du bois ont besoin pour raser des forêts entières puissent évoluer à leur aise. Mais ce n'était pas le moment de rouspéter, puisque c'étaient précisément ces pistes et ces sentiers qui allaient me permettre d'éviter Elk City et d'échapper aux serviteurs de l'ordre et aux malandrins rassemblés autour des restes carbonisés de John P. Rideout.

L'air de la montagne était froid et vif, mais la neige fondue avait transformé en bourbiers les portions de chemin exposées au soleil. Cette fois au moins, ma bagnole de location fut bonne à quelque chose ; grâce à la traction avant, elle n'avait aucune peine à s'extirper des fondrières. En arrivant enfin au bas de la colline, je me trouvai face à un petit pont qui traversait un ruisseau et je descendis de voiture. C'était un pont à armature métallique surmonté d'un tablier en béton d'un mètre d'épaisseur, sous lequel l'eau devait avoir dans les cinquante centimètres de profondeur. L'endroit idéal pour se débarrasser d'une bombe. Je balançai la grenade dessous, en visant vers le milieu. Même à travers les grosses parois d'acier et l'épais revêtement de béton, le choc de l'explosion me secoua. Je restai un moment groggy et chancelant à m'assener de grandes claques sur les oreilles et à me palper partout pour vérifier que je n'avais pas écopé d'un shrapnel, vieux réflexes acquis à la guerre. Ensuite je m'approchai du bord du ruisseau pour voir si l'explosion n'avait pas endommagé l'arche du pont, et à travers la brume fumeuse j'aperçus une truite énorme qui flottait ventre en l'air au milieu du courant. Je descendis sur la berge et j'entrai dans l'eau, qui m'arrivait aux genoux ; elle était si glaciale qu'une violente douleur me remonta jusqu'à mi-corps. Je soulevai le cadavre gluant de la truite et tandis que je la tenais entre mes mains en me disant que tout ça était lamentablement con, l'envie de chialer me reprit. « Merde, ça y est, je craque ! gueulai-je. Mes nerfs sont complètement baisés ! » Je rejetai le poisson dans l'eau avec toute la violence dont j'étais capable, et cette brève montée d'adrénaline me donna assez d'élan pour sortir du ruisseau, remonter en voiture et reprendre ma route. Mais au bout de quelques minutes mes mains se remirent à trembler dangereusement sur le volant et je sentis que mes couilles continuaient à se rétracter comme si la grenade avait encore été là.

J'atteignis la nationale 12 en milieu d'après-midi et je la pris en direction de l'ouest. A Syringa, je m'arrêtai dans un snack-bar en bord de route où j'engloutis une énorme portion d'œufs au jambon en attendant qu'un routier qui était pendu au téléphone veuille bien me libérer la cabine. Mais quand je formai le numéro de Sarah je n'obtins aucune réponse. J'appelai le colonel et je le priai de faire surveiller la maison de Sarah vingt-quatre heures sur vingt-quatre. Il ne me demanda pas ce qui motivait ma requête, qui allait payer la note et dans quel genre de pétrin j'étais encore allé me fourrer. Il dit simplement : « C'est entendu. » Bon soldat jusqu'au bout des ongles. Je continuai ma route vers l'ouest et arrivé à Lewiston, à la frontière de l'Etat de Washington, j'échangeai ma petite caisse ringarde contre une grosse belle Datsun familiale. L'employée de la société de location ouvrit la bouche pour m'interroger sur les raisons qui m'avaient incité à faire cet échange, mais en voyant ma bobine elle se borna à hocher la tête et se hâta de remplir les formulaires. Je lui empruntai la clé des toilettes et j'allai m'inspecter dans la glace. Je n'avais commencé ce boulot que depuis vingt-quatre heures, mais j'avais déjà une tronche pas possible, une vraie gueule de déterré et le regard halluciné du gars qui essaie en vain de se fuir lui-même.

Je quittai Lewiston par la 195 qui remonte vers le nord en direction de Spokane. Je m'efforçai de ne pas dépasser le 120, car quand on transporte un chargement du genre de celui que j'avais sur mon siège arrière on a intérêt à ne pas se faire coincer pour excès de vitesse, mais j'avais le plus grand mal à empêcher mon pied d'écraser la pédale de l'accélérateur. Au moment où je traversais Pullman, ville qui abrite l'université de mon fils, je fus pris d'un désir poignant de lui passer un coup de fil, de faire un saut jusqu'à la résidence où il créchait et de le serrer sur mon cœur, mais je savais que ça n'aurait fait que le rendre perplexe, et je m'obligeai à continuer sans ralentir. A la sortie de Spokane, je pris à l'ouest par la route numéro 2, en direction de Wilbur.

Je me rendis à l'adresse qui figurait sur le permis poids lourds de Rideout. Non contente d'être inoccupée la maison paraissait avoir été définitivement abandonnée. Je me dis qu'un peu de sommeil ne me ferait pas de mal et je pris une chambre dans un motel. Avant de me coucher, j'essayai d'appeler Sarah une dernière fois, et Gail décrocha.

« Ça vous arrive de répondre au téléphone ? demandai-je, un peu plus sèchement que je n'aurais voulu.

— Sarah ne répond jamais, dit-elle. Et moi, j'étais sortie.

— Excusez-moi, fis-je. Comment va votre père ?

— On l'a envoyé à Rochester, dans le Minnesota, dit-elle. Il a pris l'avion ce matin. Il y a une clinique équipée d'un scannographe à Rochester. Il va encore se farcir de nouveaux tests. Quelle bande de cons. Vous savez, dans le temps, je voulais être toubib. Et puis je me suis aperçue que c'était complètement bidon tout ça. Les médecins ne savent rien.

— Ils ne sont pas les seuls, dis-je. Ecoutez, Gail, je veux vous demander une faveur.

— Laquelle ? J'espère que ça ne va pas me prendre trop de temps. J'ai deux interros demain, et je n'ai pas encore mis le nez dans un seul bouquin.

— Faites juste attention une minute, dis-je. Soyez gentille. J'ai de graves embêtements...

— J'avais bien dit à Sarah de ne pas vous filer tout ce blé, coupa-t-elle.

— Non, écoutez...

— Quel genre d'embêtements ?

— Vous voulez bien la fermer un peu, nom de Dieu !

— Ne me parlez pas sur ce ton, espèce de pignouf !

— Oh, bon sang ! soupirai-je. Quand je pense qu'un jour un élan de tendresse nous a poussés l'un vers l'autre...

— Vous autres cow-boys, avec vos santiags pointues, vous vous prenez pour de vrais durs, mais au fond vous n'êtes qu'une bande de mauviettes, dit-elle. La tendresse, mon vieux, c'est comme le reste. Ainsi va toute chair, tout passe, tout casse, tout lasse, adieu et tirons la chasse... »

Sa voix s'étrangla. On aurait dit qu'elle pleurait.

« Je n'arrive pas à croire à cette conversation, dis-je.

— Moi non plus », fit Gail, et elle me raccrocha au nez.

Je refis le numéro plusieurs fois, mais ça sonnait occupé en permanence. Je pris une douche, et après avoir essayé une nouvelle fois de rappeler sans plus de succès, je m'étendis sur le lit en priant le ciel de ne pas m'envoyer de cauchemars...

... et je fus exaucé. Par contre, j'eus beaucoup de mal à m'endormir, et je passai la plus grande partie de la nuit éveillé, cramponné à ma mitraillette, hanté par l'image de la truite crevée dont il me semblait encore éprouver le poids mort entre mes mains, et par celle du cadavre que j'avais retourné sans douceur pour farfouiller dans ses poches et en ramener les tristes débris de sa vie.

6

Le lendemain, tout en étant persuadé d'avance que ça serait du temps perdu, je passai la matinée à poser des questions à droite à gauche, mais personne à Wilbur n'avait jamais entendu parler d'un John P. Rideout. J'avais beau savoir que personne ne me suivait, ma nuque me chatouillait sans arrêt. Tout allait de travers, les pièces du puzzle ne s'ordonnaient toujours pas, et le téléphone ne répondait pas chez Sarah. Je passai un coup de fil à un avocat de Butte pour lui demander de vérifier à quoi correspondait le numéro de la Subaru bleue, mais sa secrétaire m'annonça qu'il était parti en vacances. Je repensai à la pochette d'allumettes de chez Nobby's. Je tenais peut-être là un début de piste, et j'étais beaucoup plus près de Seattle que de Butte. Il n'y a pas plus de deux heures de route de Wilbur à Seattle, et avec un peu de chance, j'aurais le temps de faire mon enquête au Nobby's, de rendre les clés de la Datsun au comptoir de location de l'aéroport et d'attraper le dernier vol de Missoula pour aller récupérer mon camion.

C'était le mieux que je pouvais faire. Pour rejoindre l'autoroute, je pris au sud par des petites routes à travers des champs où le chaume était encore sur pied et des collines recouvertes d'un épais tapis d'armoise. Le paysage était strié de longues coulées de lave durcie, et la route était encore bordée de cendres volcaniques que le mont Saint Helens avait vomies dix-huit mois auparavant. Je me souvenais encore de la date de l'éruption parce que les retombées avaient atteint Meriwether et qu'elles avaient été suffisamment inquiétantes pour que la municipalité ordonnât la fermeture des bars pendant quatre jours, ce qui dans le genre catastrophe était le summum de ce que je pouvais endurer.

A Moses Lake, juste avant de prendre l'autoroute, j'essayai une fois de plus le numéro de Sarah. Comme ça ne répondait toujours pas, j'appelai le colonel. Il m'annonça que ses hommes n'avaient décelé aucun signe d'activité, insolite ou autre, autour de la maison. Ensuite il me demanda où j'étais.

« Je suis à Moses Lake, et je serai bientôt à Seattle, répondis-je. Mais si on vous le demande, vous direz que vous n'en savez rien.

— Pourquoi est-ce qu'on me le demanderait, Milo ? Vous avez des ennuis ?

— Oh, non, mon colonel. C'est simplement que je fais un petit boulot en franc-tireur. »

Je tenais à ce que mes délits restent les miens, et je ne voulais pas embarquer le colonel dans une histoire de complicité après coup.

« Vous vous amusez bien ? demanda-t-il d'un ton badin, et comme je ne répondais que par de vagues borborygmes, il ajouta : Vous vous astreignez toujours à ne boire que du peppermint ?

— Merde, ma langue a le même goût qu'un roudoudou à la menthe ! » répondis-je, tout en décidant en mon for intérieur qu'il était grand temps d'y remédier. Après m'avoir conseillé d'être prudent et m'avoir souhaité bien du plaisir, le colonel raccrocha. Je mis immédiatement le cap sur le supermarché le plus proche, où je fis l'acquisition d'une glacière de camping en plastique, d'un sac de glaçons et de deux packs de six boîtes de bière Rainier. Ensuite, je me rendis dans un surplus où je m'achetai une cantine en tôle munie de serrures en état de marche, dans laquelle je rangeai les mitraillettes, les grenades et la coke. Même si je me faisais alpaguer par la police de la route pour conduite en état d'ivresse, les flics ne pourraient pas ouvrir la cantine fermée à clé sans mandat.

Je m'engageai sur l'autoroute et je pris la direction de l'ouest. J'éprouvais une autosatisfaction qui n'était peut-être pas vraiment fondée, mais je n'en restais pas moins vigilant, et j'inspectai soigneusement la route dans tous les sens avant de porter une boîte de bière à mes lèvres pour le cas où une voiture de flics aurait rôdé dans les parages. Et c'est comme ça que je repérai les quatre zèbres qui me collaient aux fesses.

Ils avaient drôlement bien machiné leur coup. Ils étaient répartis en quatre voitures : un superbe tout-terrain Chevrolet à quatre roues motrices qui en jetait plein la vue avec ses pneus gigantesques et son pare-chocs en acier chromé surmonté de gros phares à iode. Une conduite intérieure Ford verte d'une sobriété toute fonctionnelle, avec des costards et des liquettes accrochés à l'arrière. Un minibus Volkswagen. Et une Porsche rouge conduite par un gommeux qui prenait des poses avantageuses. Ces gens-là ne manquaient pas de ressources. Une filature à quatre voitures, des écoutes sur la ligne du colonel... Charmant! Mais loin de m'abattre, ça me donnait plutôt envie d'en découdre. J'en regrettais presque d'avoir mis sous clé les deux M-11 et les grenades, mais ça m'aurait étonné qu'ils essaient de me régler mon compte au beau milieu de l'autoroute. Surtout que je m'étais collé derrière une voiture de flics qui passait justement par là, et que je la suivis jusqu'à Seattle sans jamais dépasser le 90.

Je me dirigeai vers le centre ville avec toute la fine équipe à mes trousses, et j'allai me ranger dans la file des voitures qui attendaient l'arrivée du ferry de Bremerton. J'ouvris ma cantine, en sortis l'Ingram à laquelle j'avais adapté le silencieux, vidai mon havresac et y logeai la petite mitraillette. Puis je mis pied à terre et je longeai la file des quatre voitures qui étaient venues se ranger derrière la mienne en priant gentiment leurs conducteurs de me remettre leurs clés de contact. Sachant ce qu'il y avait dans mon sac, ils ne se le firent pas dire deux fois, à l'exception du malabar à la Porsche rouge. D'abord, il fit semblant de ne pas comprendre ce que je lui voulais, et ensuite il voulut jouer au cowboy et fit mine de dégainer sans se soucier de la foule qui nous entourait, mais je lui flanquai un coup de silencieux sur la pomme d'Adam et il perdit sa combativité en même temps que sa voix. En plus de ses clés de contact, je lui confisquai son portefeuille, mais il contenait encore moins d'informations que celui de Rideout; quatre-vingt-dix-sept dollars en billets, et rien d'autre.

Quand le ferry arriva à quai, les voitures garées devant moi avancèrent. Je fis demi-tour, laissant derrière moi une file d'attente bloquée sur un bon kilomètre, puis je pris au sud par la voie express en direction de l'aéroport de Seattle-Tacoma, où je changeai encore une fois de voiture. J'aurais aimé une Corvette, mais comme aucune des agences de l'aéroport ne pouvait m'en fournir, je me rabattis sur une Thunderbird noire. Quand j'arrivai au Nobby's, il était cinq heures, et le bar était en plein coup de feu. Cette fois, j'étais vraiment content de moi, à tel point même que je commandai un Chivas on the rocks.

Le barman était trop occupé pour faire la causette. Je décidai d'attendre que l'affluence diminue mais je tirai un peu trop sur la corde, si bien qu'à la fin je me retrouvai pris au piège de l'heure creuse, cette oasis de rêve qui dure de sept à huit et au cours de laquelle la tradition veut que tous les barmen d'Amérique vous servent deux verres pour le prix d'un. Le scotch et la fatigue aidant, le temps passa comme par enchantement, et tout à coup il fut neuf heures et j'étais bourré comme une vache. Je me fichais complètement de savoir si ces types étaient dangereux ou pas. En fait, l'idée me vint de partir à leur recherche, mais en fin de compte je harponnai le barman et je lui exhibai le permis poids lourds bidon de John P. Rideout. Comme tout bon citoyen l'aurait fait, il me demanda mes raisons. Je lui fis miroiter sous le nez ma vieille plaque de shérif adjoint du comté de Meriwether, mais ça ne l'impressionna guère. En désespoir de cause, je posai devant lui la monnaie qu'il venait de me rendre sur un billet de cinquante.

« Peut-être bien que j'ai vu ce gars-là deux-trois fois parmi les gens qui viennent boire un coup avant de prendre le ferry, mais ça fait une paye qu'il ne s'est pas montré, dit-il d'un air désenchanté en passant un doigt distrait sur la liasse de billets.

— Il prenait quel ferry ?

— Le dernier, en général. Il arrivait à l'heure de la sortie des bureaux et il attendait le dernier ferry. Mais comme je viens de vous le dire, ça fait un bon moment que je ne l'ai pas vu.

— Il allait à Vashon ou à Port Orchard ?

— Comment voulez-vous que je le sache ?

— Il ne vous a jamais dit ce qu'il faisait dans la vie ?

— Je crois qu'il était chauffeur routier, dit-il. Au long cours, ceux qui font des transports d'une côte à l'autre.

— Mais vous n'en êtes pas certain ? insistai-je en poussant lentement du doigt la liasse de billets.

— Non, pas du tout, répondit-il en se penchant au-dessus du comptoir et en repoussant les billets vers moi. Ecoutez, mon petit vieux, je peux être franc avec vous ? ajouta-t-il et je fis oui de la tête. Gardez votre fric, et servez-vous-en pour vous payer une chambre d'hôtel, continua-t-il. Vous avez une mine épouvantable, l'ami, et je crois qu'en plus vous en avez un coup dans l'aile.

— Je peux être franc avec vous aussi ? demandai-je et il hocha sa tête triste et pâle — une tête de buveur repenti. Toute ma vie, j'ai entendu des barmen me donner des conseils à la mords-moi-le-nœud », dis-je. Il n'eut pas l'air fâché, mais simplement plus triste. Je lui laissai dix dollars en guise de pourboire et je sortis du bar en titubant. J'étais beau, tiens ! Je m'emplis les poumons de l'air frais qui s'élevait du détroit de Puget, et ça me dégrisa un peu. Je fus à deux doigts de retourner sur mes pas et de faire mes excuses au barman, mais j'avais appris à mes dépens que présenter des excuses à des inconnus quand on est beurré ne fait généralement que les déconcerter.

Je m'égarai dans les rues de traverse de la banlieue ouest de Seattle en cherchant un Colonel Sanders car l'envie m'avait pris de déguster un échantillon de son délicieux poulet frit à la sudiste. L'ayant enfin découvert, je partis en quête du débarcadère des ferries en grignotant un pilon graisseux, et je m'égarai encore une fois. Mon idée était, je crois, de montrer la photo à des employés du ferry pour voir s'ils le connaissaient, mais avant d'en avoir eu l'occasion, je me fis houspiller parce que je fumais sur le pont réservé aux véhicules, puis parce que je buvais de la bière sur le pont des passagers, et finalement je me fis passer un savon de première pour avoir barré le chemin aux voitures qui voulaient débarquer sur l'île de Vashon parce que je n'arrivais pas à me rappeler laquelle des six clés de contact que j'avais en poche était celle de ma Thunderbird.

J'étais déjà venu une fois dans l'île de Vashon, en plein jour, et je savais qu'il y avait vers le milieu de l'île une espèce de gros hameau dont la grand-rue extrêmement succincte comptait tout de même une taverne. Mais dans ces ténèbres épaisses rendues plus obscures encore par une bruine salée, je n'aurais pas été fichu de trouver mon propre trou du cul, même en y mettant les deux mains. Je passai ce qui me parut être des heures à tourner en rond dans le noir avant de découvrir enfin cette rue principale et sa taverne qui à ma totale surprise était encore ouverte.

A peine eus-je poussé la porte de l'établissement, je sus que j'étais en train de faire une boulette. C'était un vrai troquet de village, où tout le monde se connaissait, et personne n'accepterait de décrocher un mot à un étranger ivre et patibulaire qui avait l'air de s'être échappé du pénitencier fédéral de McNeil Island. Personne, et surtout pas le type basané assis tout au bout du comptoir qui avait une gueule d'ancien taulard et dont la dégaine me rappelait un peu celle de mon facteur malchanceux de l'autre jour. Il m'observa du coin de l'œil, tandis que je vaguais le long du bar en essayant vainement d'engager une conversation d'ivrognes avec un des clients, et quand je vins me jucher sur le tabouret voisin du sien, il vida d'un trait ce qui restait de sa bière et il se tira discrètement par la porte de service. La cour suprême a beau ne pas admettre ça comme motif de suspicion légitime, un flic de métier repère d'instinct les gars qui n'ont pas la conscience tranquille. Je le suivis sans faire ni une ni deux et je le rattrapai dans l'allée de derrière.

« Eh, duschnock ! fis-je. Attends une minute, tu veux !

— Merde ! gémit-il. Pourquoi il faut toujours que vous m'emmerdiez, saleté de bourres ! (Eux aussi, ils flairent instantanément l'odeur nauséabonde du pied-plat.) Foutez-moi la paix, bon Dieu ! » ajouta-t-il, mais quand il se retourna pour me faire face, ses épaules s'affaissèrent sous le poids de l'immense fatigue que j'avais perçue dans sa voix. Ce gars-là avait passé un bon bout de temps en cabane, et il s'était fait botter le cul par des vrais pros. « La paix, répéta-t-il d'une voix geignarde.

— T'es sorti de taule depuis combien de temps ?

— Trois ans et demi, répondit-il. Et je ne ferai rien, jamais, pour replonger, je vous le jure.

— Calme-toi, lui dis-je en lui tapotant l'avant-bras avec une grande douceur, ce qui ne l'empêcha pas de frémir d'horreur. T'affole pas, va. J'ai été flic dans le temps, mais je ne le suis plus.

— Ben tiens ! fit-il. Allez, finissons-en ! »

Il retroussa les manches de sa chemise de flanelle avec une telle nervosité qu'il en fit sauter tous les boutons, et il me présenta l'intérieur de ses coudes. Pauvre type, on avait dû lui en faire voir des vertes et des pas mûres.

« J'en ai rien à branler, déclarai-je en m'efforçant de prendre un ton d'autorité. Je veux juste que tu jettes un coup d'œil à cette photo. » Malgré la pénombre, je vis que son regard devenait vague. Au moment où il ouvrait la bouche pour me sortir les vannes habituelles, je fis : « N'essaie pas de jouer au con avec moi, bourrique !

— Bon, bon, soupira-t-il. Qu'est-ce que ça peut foutre, après tout ? Il m'a dit qu'il n'était plus en conditionnelle depuis belle lurette.

— Tu peux me dire son nom — le vrai ?

— Je ne l'ai jamais connu que sous le nom de John, dit-il.

Mais ça fait bien six ou huit mois que je l'ai pas vu, depuis qu'il a plaqué sa bonne femme.

— Elle vit ici, à Vashon ?

— Ça se pourrait.

— Dans cette maison ? » interrogeai-je en lui montrant l'instantané collé au dos de la carte. Il fit oui de la tête. « Où est-ce qu'elle se trouve ?

— Vers la pointe sud, du côté de Tahlequah, dit-il. Je n'y suis allé qu'une seule fois, de nuit. Il pleuvait, et on était...

— ... pétés ?

— C'est ça, dit-il, l'air penaud.

— Je la trouverai bien.

— Par une si belle nuit ? fit-il, sarcastique, en élevant ses deux mains en direction de la brouillasse.

— Te bile pas pour ça, dis-je en tâchant de prendre le ton d'un homme décidé et sûr de son affaire. Contente-toi de me dire où je pourrai trouver un motel.

— Un quoi ? Ah oui, bien sûr, fit-il avec un large sourire qui découvrit une dentition pleine de trous. Sérieux alors, vous n'êtes pas flic ?

— Je suis peut-être pire qu'un flic, dis-je.

— Ça se voit », dit-il avec un sourire encore plus large. Il me donna ensuite des explications assez embrouillées sur le chemin qu'il fallait prendre pour gagner l'unique motel de l'île. Je lui filai un billet de dix dollars et je lui dis de boire une bière à ma santé ; il s'éloigna en sifflotant le long de l'allée et s'engloutit dans la nuit d'encre.

Je finis par comprendre la raison pour laquelle l'ancien taulard avait souri comme ça, mais ce ne fut qu'après avoir zigzagué sur des petites routes détrempées en vidant bière sur bière pendant des heures qui me parurent durer des années. Pas plus de motel que de beurre en broche sur l'île de Vashon. Plus de ferry pour regagner le continent, et pas question de dormir dans ma voiture sur le bas-côté de la route ou sur le quai de l'embarcadère. C'était un risque que je ne pouvais pas prendre avec le genre de camelote que je trimballais dans mon coffre. Pas question non plus de passer toute la nuit à dériver sans but au volant de la Thunderbird. Cela ne faisait que deux nuits que je ne dormais que d'un œil, mais mon corps criait déjà grâce.

Dans le doute, autant remonter à la source. Je me souvenais

d'être passé au cours de mon errance devant une station de la police du comté. Je refis le même chemin en sens inverse et, l'ayant retrouvée, je me rangeai sur son aire de stationnement. Après avoir fixé à mon pare-brise un petit mot expliquant que j'étais un touriste ivre, égaré et ignorant des horaires du ferry, je me pelotonnai sur la banquette arrière où je dormis infiniment mieux que je n'aurais dû, eu égard aux circonstances.

A cinq heures et demie, un flic cogna à la vitre pour me réveiller. Je m'extirpai de la voiture et je le remerciai tout en étirant mes membres courbaturés. La brouillasse de la veille s'était muée en une petite pluie fine, trop légère pour dissiper vraiment la purée de pois. Je bâillai, et mes poumons s'emplirent d'un air si humide et pâteux que j'eus la sensation d'avoir avalé de la laine mouillée. Compte tenu de l'heure qu'il était, le flic se montra d'une amabilité surprenante ; il alla même jusqu'à me féliciter d'avoir fait preuve d'autant de bon sens. Je lui serrai la paluche et le remerciai une seconde fois.

« Pas de quoi, fit-il en bâillant aussi. Ce genre de cafouillage, ça arrive tout le temps. » Puis il se dirigea vers sa voiture de patrouille en marmonnant : « Saloperie d'îles. »

Une fois à bord du ferry de Seattle, je m'avançai jusqu'à la proue et, debout face au vent qui me soufflait le crachin humide à la figure, je balançai dans les eaux noires et houleuses du détroit les quatre jeux de clés que j'avais confisqués la veille. Par temps clair, j'aurais pu voir le mont Rainier suspendu au-dessus de l'horizon comme une lune tronquée, et même à travers la brume opaque il me sembla éprouver le poids écrasant de sa lourde masse rocailleuse. Après avoir débarqué du ferry, je gagnai l'aéroport, garai ma Thunderbird dans le parking d'un des grands motels impersonnels qui se dressent à sa périphérie et pris une chambre dans un autre, où je payai cash et signai le registre d'un faux nom. Contrairement à l'énergumène que j'étais la veille au soir, gonflé d'outrecuidance et imbibé de scotch coûteux, je ne désirais plus que quelques heures de sommeil paisible et je n'avais aucune envie de me colleter avec des tueurs à gages.

A midi, quand la réception me passa un coup de fil pour me réveiller, j'émergeai du sommeil dans un état de lassitude extrême. J'avais le trouillomètre à zéro, une horrible gueule de bois, et la trique ravageuse des lendemains de cuite me tordait les roubignolles. J'imaginais combien la présence du corps de Gail auprès du mien aurait été rafraîchissante, je croyais sentir contre moi la douce et réconfortante chaleur des seins lourds de Carolyn Fitzgerald et celle du visage de Cassandra Bogardus, glacial et brûlant à la fois. Mais tout ça n'était que des fantasmes d'ivrogne. Carolyn ne remettait jamais ça. Tout passe, tout lasse, adieu et tirez la chasse, avait dit Gail. Et j'en voulais toujours à cette garce de Bogardus du tour de cochon qu'elle m'avait joué à l'aéroport. Je pris une douche froide pour mettre fin à mes tourments, car j'avais du pain sur la planche.

En premier lieu, il fallait que je change de gueule. Mes poursuivants allaient me faire la chasse avec une férocité redoublée. Les tueurs professionnels, ça n'aime pas se faire marcher sur les pieds par le premier venu, et surtout pas par un vulgaire gardien de nuit alcoolique. J'entamai sérieusement le magot de Sarah, mais quand on veut changer de peau, rien n'est trop beau. Je me payai un super trois-pièces à quatre cents dollars, bleu avec de fines rayures blanches et des mocassins noirs à glands à cent trente dollars. Ensuite, j'allai chez le coiffeur qui me prit quarante dollars pour une coupe avec brushing, et je m'ornai l'auriculaire gauche d'un gros zircon acheté pour quinze dollars dans une boutique de prêteur sur gages de la Première Avenue.

J'avais laissé mon costard au magasin pour qu'on y fasse des retouches et en attendant qu'il soit prêt j'expédiai au colonel un télégramme urgent pour lui demander de faire contrôler ses deux téléphones, ses bureaux et son domicile privé par les experts en électronique de la société. J'expédiai également un télégramme téléphoné à Gail en la priant de faire quitter la ville à Sarah au plus vite. Puis j'allai chercher mon costume. Tandis que je m'admirais dans le triple miroir en pied, je repensai à ce que m'avait dit le coiffeur, un jeune mec athlétique qui portait une alliance à la main gauche, après m'avoir coupé les tifs. Il m'avait fait tourner sur le fauteuil pivotant et, tout en promenant son regard sur mon Levi's crasseux et fripé et ma grosse chemise en laine maculée de sang séché au dos de laquelle adhéraient encore des aiguilles de pin brunâtres, il avait tapoté mes cheveux impeccablement taillés et peignés en faisant : « Eh oui, monsieur, c'est bien vous. » Je me retournai vers le vendeur qui était resté derrière moi tandis que je me mirais dans la glace, et je m'exclamai : « Eh oui, c'est bien moi ! », mais ça ne lui arracha même pas un haussement de sourcils. Là-dessus, je perdis complètement les pédales et je m'offris encore un de ces trench-coats anglais épatants avec une doublure amovible et un chapeau tyrolien en loden gris orné d'une plume bariolée. « Bordel à roulettes ! m'écriai-je. C'est vraiment *moi* ! », mais le vendeur se borna à me remercier très poliment Après ça, par surcroît de précaution, je décidai qu'il valait mieux faire quitter Seattle à mon nouveau moi fringué comme un milord, et je pris l'autoroute en direction du sud. Je m'arrêtai à Renton, où je descendis dans un motel très chic en usant d'un autre alias et en réglant toujours en espèces. Après s'être envoyé chacun une bonne ligne de cette coke du tonnerre de Dieu, mon vieux moi et mon nouveau moi reprirent la route de Seattle et s'embarquèrent sur le premier ferry à destination de l'île de Vashon, afin d'y rechercher l'ex-épouse de feu M. Rideout.

Aucun Rideout ne figurait à l'annuaire, mais il ne me fallut qu'une demi-heure pour dénicher le petit pavillon de bois planté au bord d'un pré. Même en plein jour, le ciel bas plombé de gros nuages noirs et la bruine persistante faisaient régner une atmosphère de nuit. Les gosses avaient bien poussé depuis la photo et ils étaient vêtus tous trois de cirés jaunes qui luisaient dans le demi-jour gris. Quand je m'engageai dans l'allée boueuse de leur jardin, le plus petit des trois regarda ma voiture avec des yeux écarquillés, puis il détala comme un lapereau terrifié et se précipita vers l'arrière de la maison d'où s'élevaient les coups sourds et réguliers d'une hache s'abattant sur des rondins, mais l'aîné, un garçonnet d'un blond pâle qui avait l'air d'avoir vécu toute sa vie sous la pluie, carra ses frêles épaules sous son ciré flottant, entoura d'un bras protecteur les épaules de sa petite sœur et m'attendit de pied ferme. Je descendis de voiture et, au moment où j'arrivais à sa hauteur, il m'adressa un salut militaire impeccable. Je lui rendis machinalement son salut, et il sourit.

« Mon papa a été longtemps dans l'armée, m'annonça-t-il avec fierté.

— Moi aussi, dis-je, tout en pensant : au régiment des casseurs de cailloux...

— Il était capitaine, fit-il.

— Dans ce cas, c'est moi qui aurais dû te saluer en premier, dis-je, j'étais seulement première classe.

— Vous avez raison, dit-il avec beaucoup de sérieux, et nous échangeâmes un nouveau salut, en observant cette fois l'ordre protocolaire.

— Comment tu t'appelles, mon capitaine ?

— John Paul Rausche junior, dit-il. Et ma petite sœur s'appelle Sally. »

Je pris sa main et la secouai, mais lorsque je tendis la mienne à la fillette, elle se détourna avec gêne et enfouit son visage au creux de l'épaule de son frère.

« Sally n'aime pas qu'on la regarde, m'expliqua-t-il. Elle a un cancer à l'œil.

— Ta maman est là ? » lui demandai-je. Il ne s'appelait pas Rideout, mais il était bien le fils de son père.

Avant qu'il ait eu le temps de répondre à ma question, sa mère surgit de derrière la maison. Ses mains rouges et gercées étaient crispées sur le manche de sa hache qu'elle levait à hauteur d'épaule. Le petit mioche peureux était cramponné à sa jambe gauche, mais elle faisait des enjambées parfaitement normales ; elle avait l'air d'être tellement habituée à traîner son poids qu'elle aurait peut-être boité sans lui. Son visage ingrat était rouge et suant, et la bruine avait formé un cercle humide, semblable à celui qu'aurait laissé une pèlerine mouillée, sur les épaules de sa chemise à carreaux en grosse laine pelucheuse.

« Rentrez à la maison, les enfants, dit-elle d'une voix sèche et cassante qui me fit songer au bruit d'une badine claquant contre la toile d'un blue-jean empesé. Allez, ouste ! » J'échangeai un salut hâtif avec John Rausche junior, et les gosses coururent vers la maison et se volatilisèrent comme une pluie d'étincelles sur du gazon mouillé.

« John est absent, si c'est lui que vous cherchez, me dit la femme. Ça fait une éternité qu'on l'a pas vu. Et si ça ne tient qu'à moi, on le reverra plus jamais. »

Ainsi, on n'avait pas encore identifié le cadavre, mais ce n'était pas moi qui allais la mettre au courant de ce qui était arrivé à son ex.

« Vous ne sauriez pas où je pourrais le trouver, des fois ? dis-je. Je lui...

— Comme j'ai déjà dit au gars qu'est passé la semaine dernière, coupa-t-elle, ça fait exactement huit mois et deux semaines, trois même à présent, que je suis sans nouvelles de John et de la pension qu'il est censé me verser chaque mois.

— Moi non plus, je ne sais pas où il est passé, dis-je en improvisant à mesure, mais je lui dois de l'argent, et comme j'ai décidé d'aller m'installer en Californie vu que j'en ai par-dessus la tête de cette maudite pluie, je voulais lui remettre son dû avant de partir.

— Personne a jamais eu de dette envers John, dit-elle d'un air soupçonneux. C'est toujours lui qui en avait, des dettes.

— Il a fait un boulot pour moi, dis-je, mais il s'est débiné avant que je lui aie remis son salaire.

— Ça, c'est tout à fait le genre à mon Johnny, dit-elle avec une note de fierté perverse dans la voix. Probable qu'il ne voulait pas louper l'ouverture de la chasse à l'élan.

— Et si je vous le donnais, cet argent? offris-je. Vous le garderiez pour lui?

— Pourquoi pas? » dit-elle d'une voix radoucie.

Je sortis mon portefeuille bourré à craquer du pognon de Sarah, et j'entrepris d'en tirer un à un des billets de cent dollars. Je suppose que je ne voulais lui en filer que deux ou trois, mais quand je me décidai enfin à m'arrêter, j'en avais déjà compté dix. *La parcimonie est un vilain défaut,* me disais-je. *Le petit Jésus aime les enfants, le petit Jésus te le rendra.* Je sortis dix billets de mieux. Quand je tendis la liasse à Mrs. Rausche, elle me regarda bouche bée, puis ses yeux se mirent à briller, non de convoitise, mais de pur bonheur.

« Qu'est-ce que John a bien pu faire pour gagner autant d'argent? balbutia-t-elle tout en comptant les billets. Il a assassiné quelqu'un?

— Il a transporté un peu de fret pour moi, expliquai-je.

— Du fret?

— C'est sa prime, dis-je. Il a fait du bon boulot, rapide et efficace.

— Je ne savais même pas qu'il s'était remis routier, dit-elle, comptant toujours.

— Où est-ce qu'il travaillait, avant? » lui demandai-je, mais elle ne m'écoutait plus. Elle écarta une mèche de cheveux humides qui lui était tombée sur les yeux, s'humecta le pouce, continua de compter et, quand elle eut terminé, s'exclama :

« Jésus, Marie, Joseph!

— Cet autre gars qui cherchait John, dis-je en essayant de capter à nouveau son attention, de quoi est-ce qu'il avait l'air?

— Il était tout pareil à vous, répondit-elle sans lever les yeux, à part que sa voiture était une Lincoln.

— Qu'est-ce qu'il voulait ? interrogeai-je encore sans trop d'espoir, sachant combien je suis doué pour cuisiner le monde.

— Hein ? Oh, il m'a dit que John lui devait de l'argent, répondit-elle et naturellement je lui ai ri au nez. »

Là-dessus, elle me sauta au cou, m'étreignit avec fureur et me posa un baiser mouillé sur la joue.

« Ah merci, monsieur ! dit-elle. Merci du fond du cœur ! Vous vous doutez bien pourtant que John ne verra jamais la couleur de votre argent, pas vrai ?

— Je tiens à payer mes dettes, dis-je, et je considère que celle que j'avais envers lui est définitivement et intégralement réglée. »

Mais Mrs. Rausche s'était à nouveau abîmée dans la contemplation béate de sa liasse de billets verts, et j'aurais aussi bien pu parler au vent, à la bruine ou aux grands sapins silencieux.

Je m'éloignai en espérant que Sarah me pardonnerait. Je sentais encore la trace brûlante qu'avaient laissée sur ma joue mouillée les lèvres de cette femme banale et sans grâce.

Tandis que j'attendais sur l'embarcadère l'arrivée du ferry qui me ramènerait sur le continent, l'exaltation dont m'avait empli mon geste magnifique se dissipa rapidement. Qu'est-ce qui me prenait, bon Dieu ? Voilà que je me mettais à distribuer le fric de Sarah comme des chocolats de Noël, ce que j'avais appris au sujet du petit mec à la Corolla jaune me fichait le cafard au lieu d'éclairer ma lanterne, et je ne pouvais pas dire à Sarah qu'il était mort sans risquer de la compromettre dans les actions illégales que j'avais commises. Je descendis de voiture et j'allai m'accouder au garde-fou de la plate-forme d'embarquement. Et quelle idée j'avais eue de m'affubler de ces foutues nippes de bourgeois ? Est-ce que je me figurais qu'elles allaient me protéger des balles ? Merde. L'envie me prit de me les arracher et de les balancer dans l'eau glaciale, verdâtre et mousseuse qui clapotait à mes pieds, mais en fin de compte je ne fis subir ce sort qu'au ridicule petit chapeau gris qui s'en alla lentement à la dérive sur la mer calme. Quelques goélands fondirent sur lui pour l'examiner de plus près et jugèrent qu'il ne valait pas la peine d'être mangé. Pourtant les goélands n'hésitent pas à becqueter des saloperies qui feraient gerber un busard. Tandis qu'il continuait de ballotter au gré du courant, un des goélands vint se percher dessus et il eut un air terriblement surpris quand le malheureux galure s'enfonça sous lui. Jonathan Livingston, mon cul.

Je broyai du noir dans ma voiture pendant toute la traversée, et je résolus qu'il valait mieux retourner à mon motel pour me tapisser les sinus d'une légère couche de substance pulvérulente avant de prendre aucune décision grave — entre autres relativement à ce que j'allais faire de toute cette dope. Au point où les choses en étaient arrivées à présent, mes meilleurs amis eux-mêmes auraient refusé de croire que ce n'était pas l'appât du gain qui m'avait incité à la conserver aussi longtemps après la mort de Rausche. Cette cocaïne était super. J'aurais pu me l'étouffer, bien sûr, mais j'ai toujours été du genre accro et si je gardais avec moi une aussi grande quantité de bonne coke je finirais sans doute par en crever. Peut-être que je pourrais la revendre, histoire de récupérer au moins une partie du fric de Sarah, mais j'étais à plus de mille bornes de chez moi. En arrivant à mon motel, je décidai de jouer l'unique carte qui me restait et je téléphonai à Raoul, mon dealer de Meriwether.

Raoul affecte les manières d'un petit loubard portoricain de New York, il s'affuble généralement de chapeaux en cuir à larges bords et de blousons de cuir criards, et il arbore jour et nuit des lunettes de soleil aux verres rouge pâle, mais en réalité il est juif et natif de Pittsburgh, où son père est grossiste en mazout. Il a même été à Harvard d'où il s'est tiré au bout de deux ans pour aller se faire embaucher comme cuistot sur le chantier de construction du pipe-line de l'Alaska. C'est là qu'il a goûté pour la première fois aux joies du deal et de la liberté de l'Ouest sauvage. Raoul est loin d'être con et il sait bien que s'il continue comme ça, il finira inéluctablement en cabane, mais un jour il s'est fait coincer à Phoenix, les flics lui on piqué toute sa dope et tout son fric, et à présent il a une sacrée ardoise chez ses fournisseurs, plus les honoraires d'avocat en retard, et il est obligé de continuer à dealer sous peine de se faire buter ou d'atterrir au placard.

Quand j'arrivai enfin à le joindre au téléphone, il n'eut pas l'air particulièrement emballé, mais je lui promis que je lui donnerais quarante pour cent, et il me dit qu'il allait voir ce qu'il pouvait faire. Il me rappela vingt minutes plus tard pour me filer le dosse dont j'avais besoin. Il m'avertit que j'allais avoir affaire à des complets fondus, et il me suggéra de me munir d'un flingue et d'embaucher des gardes du corps si j'en avais les moyens. Comme je l'avais fait avec les conseils du barman le soir précédent, je n'écoutai ses recommandations que d'une oreille, et elles ressortirent aussitôt par l'autre.

Bien mal m'en prit, car deux heures plus tard, dans une maison de campagne isolée de la péninsule d'Olympic (qui se trouve juste en face de Seattle, de l'autre côté du Détroit), je me retrouvai à plat ventre sur le sol d'un vestibule poussiéreux tandis qu'une fille maigre au visage couvert de boutons me soumettait sans ménagement à une fouille en règle et qu'une seconde, une vraie planche à pain avec toute la touche d'un mannequin haute couture, m'appuyait sur la nuque la gueule froide d'un fusil à canon scié. Debout à l'autre extrémité du vestibule, une grosse dondon vêtue d'un sweat-shirt gris informe couvert de noms de femmes célèbres tenait en laisse deux énormes rottweilers écumant de fureur. Tandis que je gisais ainsi, le nez dans la poussière, persuadé que mon compte était bon, je me promis que dorénavant j'écouterais un peu plus attentivement les conseils qu'on me donnait. A condition qu'en sortant de là il me reste encore une tête entre les oreilles.

« Il a rien, fit la Môme aux Boutons. Juste des clés de voiture et ça. » Le « ça » en question était une mini-enveloppe de cocaïne, qu'elle lança à la grosse. Cette dernière attrapa le petit paquet au vol, et elle grogna quelque chose aux molosses assis à ses pieds. Les deux monstres cessèrent aussitôt d'exhiber leurs horribles crocs et ils se mirent à frétiller de la queue comme des chiots. Je ne bougeai pas, car le fusil à canon scié et le genou de la Môme aux Boutons m'interdisaient tout mouvement. Surgis des profondeurs de la maison, des rires étouffés et un peu hystériques vinrent rebondir sur les parois du vestibule comme des chauves-souris affolées.

« Vos gueules ! » fit la grosse fille, et les rires stoppèrent net. Elle s'esquiva et reparut au bout de quelques instants en disant : « Bon, amenez le connard par ici. »

« C'est à moi qu'elle fait allusion ? demandai-je tandis que le genou pointu et le double tube d'acier qui m'avaient maintenu au sol se soulevaient.

— Oh non, tu crois qu'elle se permettrait, me répondit le mannequin avec cet accent nasal et traînant qu'on attrape dans les collèges chics de la Nouvelle-Angleterre, connard ? »

J'avançai d'un pas mal assuré vers l'extrémité du vestibule, en faisant un écart prudent pour éviter les deux clébards qui ne s'intéressaient plus du tout à moi à présent. Mes genoux s'entrechoquaient avec une telle violence que je faillis m'écrouler. J'étais au summum de la terreur. Une fois, en Corée, Jamison et moi avions passé trente-six heures sous un déluge d'artillerie chinoise. Au bout d'à peine cinq minutes, on avait complètement craqué et on s'était mis à beugler : « Arrêtez ! Arrêtez ! » J'éprouvais sensiblement la même chose à présent.

« Ma parole, on dirait bien que ce gros balèze va tout lâcher dans son froc, annonça derrière moi la voix aux inflexions distinguées de Bostonienne.

— T'as foutrement raison, ma vieille », soufflai-je par-dessus mon épaule. Avec un rictus qui lui donnait l'air d'une levrette atteinte de mongolisme aigu, la Bostonienne m'enfonça le canon de son fusil dans les reins et me poussa vers un fauteuil victorien. Je m'y affalai en tremblant, arrosant d'une sueur abondante le brocart de soie à ramages ; elle se plaça derrière moi et se mit à tapoter rythmiquement le dossier en bois avec le canon du fusil, tandis que la grosse fille s'asseyait sur le canapé en face de moi.

« C'est de la super bonne coke, dit-elle. Où c'est que tu l'as trouvée ?

— Quelle différence ?

— Si tu l'as piquée, ça fait pas mal de différence.

— Je ne l'ai pas piquée, dis-je. Pas exactement.

— Ça veut dire quoi, pas exactement » ? demanda-t-elle en souriant. Le sourire conférait à son visage replet une joliesse surprenante. Avec dix kilos de moins et des cheveux lavés, elle aurait sans doute fait des ravages.

« Elle a atterri dans mes mains par hasard, expliquai-je, dans le cadre d'une affaire dont je m'occupais, et personne ne sait que c'est moi qui l'ai.

— Nous, on le sait, fit le mannequin haute couture en m'effleurant les cheveux du bout de son fusil.

— En général, j'exige un peu plus de précisions sur l'origine de la marchandise avant d'accepter une affaire, dit la grosse fille. Mais Raoul se porte garant de toi, et si jamais les choses tournent mal j'enverrai Delicia ici présente te faire une petite visite.

— Et après t'avoir brûlé la cervelle, connard, je te couperai les couilles et je te les enfoncerai dans la gorge, dit le mannequin d'une voix câline.

— Délicieux, dis-je, et la grosse fille pouffa.
— Où est le reste de la coke? demanda-t-elle.
— Dans un attaché-case que j'ai laissé dans le coffre de ma voiture », répondis-je. Mais la totalité de la coke n'y était pas. J'avais acheté un second attaché-case et je me l'étais expédié à moi-même par la poste après avoir planqué une petite dizaine de grammes à l'intérieur de la poignée.

Mes clés de voiture étaient posées sur la table à café devant la grosse fille. Elle les ramassa et les lança à la Môme aux Boutons qui était restée debout devant la porte du vestibule. Mais elle avait visé un peu trop bas et l'un des rottweilers happa les clés au vol comme il aurait fait d'une mouche. « Donne, Orlando », fit la grosse fille. Le molosse laissa tomber mes clés par terre, puis il se recroquevilla sur lui-même et entreprit de se lécher l'anus.

« Orlando? fis-je.
— Il s'est échappé de Disneyland, fit le mannequin de sa voix traînante. C'est de là que tu viens aussi, non? »

Un pli amusé se forma au coin des yeux de la grosse fille, et des éclats de rire fantomatiques s'échappèrent à nouveau d'une pièce contiguë au salon, suivis d'un chapelet de toux graillonneuses et d'un nuage de fumée d'herbe. Je me tournai vers la Môme aux Boutons et je lui dis :

« Tâche de tenir l'attaché-case à deux mains et de ne pas trop le secouer. Il y a une grenade dégoupillée dedans. »

Cette fois, la grosse fille éclata franchement de rire, mais le mannequin m'abattit le canon de son fusil sur le crâne.

« Tu te crois vachement mariolle, hein? gronda-t-elle. On n'a qu'à le tuer, cet abruti, maminou. On balancera le corps dans le détroit.

— Il est trop marrant », dit la grosse fille, et je m'efforçai de prendre un air charmant dans mon trois-pièces imbibé de sueur.

La Môme aux Boutons reparut avec l'attaché-case, qu'elle portait avec autant de précaution que s'il s'était agi de son propre bébé. Je m'assis sur le tapis d'Orient, et je désamorçai la bombe. Puis je me redressai, la grenade dans une main et la goupille dans l'autre et je poussai l'attaché-case du bout du pied en direction du canapé.

« Maintenant, on peut discuter, dis-je. Nos arguments se valent à peu près. »

Du coin de l'œil, je vis se dessiner dans l'embrasure de la

porte la silhouette d'un adolescent chevelu vêtu d'une salopette en loques qu'il portait à même sa peau nue. Il se retourna pour murmurer à un comparse invisible : « Ça va chier des bulles, dis donc.

— Allez vous rasseoir et bouclez-la, bande de demeurés », dit la grosse fille sans lever les yeux du paquet enveloppé de fort plastique noir qu'elle paraissait soupeser. Comme elle ne disait rien, je me mépris sur les raisons de son silence, et je lui dis :
« Donne un poids, je te fais confiance. »

Elle essuya sur son sweat-shirt la poudre gris-rose qui s'était collée à ses doigts, me regarda et fit :
« Nom de Dieu ! Ce petit trou du cul de Raoul est complètement à côté de ses pompes ! Il m'a dit que tu n'étais qu'un jobard inoffensif, mais tu dois avoir des couilles de gorille. Vraiment, là, tu m'en imposes drôlement. »

Je n'avais pas la moindre idée de ce à quoi elle faisait allusion, mais je m'efforçai d'arborer un sourire plein de fatuité tout en prenant un petit air désinvolte. La grosse fille secoua la tête, puis elle roula en boule le sac de plastique noir et le lança à la Môme aux Boutons en lui disant : « Flanque-moi ce truc-là dans la chaudière, ma loute. Et vite !

— Bonne idée », dis-je. Alors comme ça, je n'étais qu'un jobard inoffensif ? La prochaine fois que je le verrais, Raoul — de son vrai nom Myron — allait se faire appeler Jules.

La grosse fille sortit une balance d'une boîte japonaise en laque posée devant elle sur la table basse et elle pesa la cocaïne sans cesser de couler des regards dans ma direction ; un drôle de petit sourire de collégienne timide dansait sur ses lèvres.

« Il y en a cent soixante-dix grammes et quelque, déclarat-elle finalement. On n'a qu'à s'en sniffer chacun une ligne ou deux, et ça fera cent soixante-dix grammes tout rond. »

Elle sortit de la boîte en laque un petit tamis, une lame de rasoir et un miroir de poche et elle me demanda :
« O.K. comme ça ?

— Je ne prends jamais de cette cochonnerie, dis-je d'un air pincé. Mais pour les cent soixante-dix grammes, pas de problème.

— Vu la manière dont tu t'y prends pour gagner ta vie, je comprends que tu aimes mieux ne pas te défoncer », dit-elle.

Je hochai la tête d'un air entendu, puis je fis passer mon poids d'une jambe à l'autre afin de faire sortir mon caleçon trempé du sillon de mes fesses et je raffermis ma prise sur la grenade qui était en train de me glisser des doigts.

La grosse fille sniffa deux petites lignes et la Môme aux Boutons l'imita, mais le mannequin passa son tour en déclarant qu'elle attendrait que je sois parti avant d'en prendre parce que je lui fichais trop les boules, et là-dessus elle me fila encore un petit coup de canon sur la caboche.

« Tu ne peux pas lui dire de se calmer ? demandai-je à la grosse fille. Et puis qu'est-ce que c'est que cette baraque ? Un komsomol ?

— Une espèce de communauté, si tu veux, dit la grosse fille, qui avait l'air de plus en plus heureux. En général, nous traitons nos affaires d'une manière nettement plus professionnelle, poursuivit-elle. Mais là, il s'agit d'un genre de deal très spécial. C'est pour ça qu'on le fait d'ailleurs. Pour le pied. Delicia a une envie folle de se servir de son fusil. Et toi, tu nous braques avec cette putain de grenade. Amusons-nous, que diable.

— Finissons d'abord notre business, dis-je, tandis que la Môme aux Boutons passait avec le miroir dans la pièce voisine d'où s'échappa immédiatement un brouhaha de voix juvéniles qui pépiaient : " Super ! " et " Bonne coke ! ".

— Bon, fit la grosse fille. Tu veux chipoter, ou tu acceptes tout de suite de me la céder au-dessous du cours ?

— Ne chipotons pas, fis-je.

— C'est cool, dit-elle. En temps normal, je t'en donnerais dans les onze mille dollars, mais elle est de provenance douteuse, tu comprends. Je voulais t'en offrir six mille, mais je suppose que tu as pris les précautions qui s'imposaient, et ç'a été un vrai plaisir de faire ta connaissance, donc je veux bien monter jusqu'à sept mille, max... Oh et puis merde, tiens... sept mille cinq, disons.

— Marché conclu », dis-je.

Le mannequin avait eu l'air de trouver suprêmement rasoir cette partie de notre conversation ; elle s'était approchée d'une fenêtre aux vitres de laquelle la pluie traçait des sillons capricieux et regardait distraitement le paysage grisâtre, le canon scié de son fusil appuyé à la courbe délicate de sa clavicule saillante.

« J'ai un autre paquet pour vous sous ma banquette arrière, dis-je.

— Va le chercher, Delicia, dit la grosse fille et le mannequin se dirigea vers la porte d'un pas traînant, l'air plus ennuyé que jamais. Tu es sûr que tu ne veux pas une petite ligne ? ajouta-t-elle à mon intention.

— S'il faut que ça chie, autant aller au casse-pipe avec des naseaux heureux », dis-je. Elle éclata de rire et cria à sa loute de se ramener. Quand la Môme aux Boutons rapporta le miroir de la pièce voisine, la grosse fille se leva, le lui prit des mains, puis elle me l'amena, m'ajusta elle-même le petit tube en verre dans les narines et, quand l'opération fut terminée, m'embrassa sur le front.

« Merci, fis-je.

— Avec joie, répondit-elle. Et si tu remettais cette goupille en place, à présent ?

— Tintin », répondis-je, et elle se marra.

Le mannequin s'en revint avec le kilo d'herbe. Elle le jeta à la grosse fille en grommelant quelque chose que je ne compris pas, puis elle s'effaça quelque part derrière mon dos.

« Tu me plais bien, dit la grosse fille tout en ouvrant le sac en plastique à l'aide d'un petit stylet à manche d'argent, mais on ne deale jamais d'herbe chez nous.

— Dans ce cas, je vous l'offre en prime, dis-je.

— Ah, tu me plais de plus en plus ! fit-elle en chiffonnant le sac en plastique et en le tendant à la Môme aux Boutons pour qu'elle aille le jeter au feu. Ecoute, mec, si un jour tu as besoin de vendre ou d'acheter de la dope, ou simplement si tu as envie de te défoncer un coup, tu n'as qu'à appeler ce numéro (elle le répéta plusieurs fois) et demander, euh... Joan. Tu lui dis que tu t'appelles... Leroy, disons, et que tu as un panier de crabes qui viennent d'être pêchés. Tu lui donnes ton numéro, et je te rappelle. Maintenant, tu peux vraiment remettre cette goupille dans ta grenade, parce que pour rien au monde je n'essaierais de te faire une entourloupette. Faire un coup en vache à un mec comme toi pour de l'argent, jamais. Evidemment, si ça pouvait rapporter de l'amour, je ne dis pas... (Elle fit une pause et éclata de rire.) Oui, pour de l'amour, je serais capable de toutes les saloperies. Le fric, j'en ai toujours autant qu'il m'en faut, mais l'amour, personne n'en a jamais assez. »

Là-dessus elle se leva et disparut en riant dans les entrailles de la maison.

« Elle est gouine, t'avais deviné, non ? me souffla le mannequin à l'oreille et je faillis sauter au plafond car elle s'était glissée jusqu'à moi aussi silencieusement qu'un serpent. Mais tu ne sais pas ce que c'est bien sûr, t'es un vrai mâle, toi, un vrai dur, hein ? » ajouta-t-elle, et elle me flanqua le canon de son fusil en travers de la joue.

Ça commençait à bien faire. Toute vicelarde qu'elle fût, elle ignorait qu'il ne faut jamais serrer de trop près quelqu'un qu'on tient en respect avec un flingue. Je laissai tomber la goupille que je tenais dans la main gauche, empoignai son fusil par le canon et le repoussai brutalement vers elle tout en le détournant vers le plafond. Elle n'avait même pas défait le cran de sûreté, cette conne. Je lui arrachai son arme et je lui balançai un crochet à l'estomac, pas trop appuyé, avec ma main droite. Je la lâchai et elle tomba mollement à genoux, la bouche ouverte et les yeux révulsés. On aurait dit sainte Thérèse d'Avila brusquement visitée par le petit Jésus. J'avais oublié les deux rottweilers. Ils s'approchèrent d'un pas nonchalant et se mirent à lécher la figure de Delicia. La Môme aux Boutons m'adressa un bref sourire et passa dans la pièce à côté, où les voix juvéniles chuchotaient fébrilement. Quand la grosse fille refit son entrée, une liasse de billets à la main, elle me demanda ce qui s'était passé.

« Nos philosophies ne s'accordaient pas, expliquai-je.

— Delicia peut être une vraie garce quand elle s'y met, dit-elle en faisant claquer les billets contre la cuisse de son vieux jean chiffonné. Tu veux vérifier ?

— Au point où nous en sommes, je crois que ça ne s'impose pas.

— Vraiment pas.

— Alors, si tu veux bien, mets le fric dans l'attaché-case et accompagne-moi avec jusqu'à ma voiture.

— Volontiers, dit-elle. Bouge pas, Delicia, je reviens. » Delicia ne répondit pas. Elle était couchée en chien de fusil sur le tapis et les deux rottweilers léchaient gentiment ses paupières hermétiquement closes. Pendant qu'elle était occupée à ouvrir les cinq verrous de la porte blindée, la grosse fille me demanda :

« Tu es sûr que tu n'oublies rien ?

— Non, quoi ?

— La goupille...

— Je l'ai laissée dans le salon, dis-je. Oh, et puis merde, tiens ! »

Elle rigola comme une malade pendant que nous descendions

l'allée, me regarda décharger le fusil à canon scié en rigolant encore, et continua même à rigoler quand je lui tendis le fusil et la grenade. Elle jeta le fusil dans une flaque de pluie et lorsqu'elle me prit la grenade, ce fut comme si nos mains s'embrasaient dans l'air mouillé.

« Maintenant, donne-moi un baiser ! » ordonna-t-elle en brandissant la grenade d'un air menaçant. J'essayai d'obtempérer, mais en vain : son fou rire m'avait gagné. « Et n'oublie pas de me téléphoner, espèce de cinglé...

— Peut-être bien que je le ferai, après tout. »

Je l'observai dans mon rétroviseur tandis que je m'éloignais sur la route boueuse. D'un geste sûr et précis, elle lança la grenade dans un fossé d'épandage recouvert d'une végétation touffue de l'autre côté de la route. Les éclats durent tailler une belle trouée dans la broussaille. Quand je l'aperçus pour la dernière fois, la grosse fille était debout au-dessus du fossé au milieu d'un nuage de fumée qui s'élevait paresseusement dans la bruine et inspectait les dégâts en se bidonnant toujours.

Quelqu'un a écrit quelque part — qui était-ce déjà ? Freud ? Margaret Mead ? Phyllis Schalfly ? — qu'aucune civilisation ne pourrait jamais se permettre d'envoyer les femmes faire la guerre parce qu'elles se montreraient trop féroces.

Si j'avais été doué d'un minimum de sens moral, j'aurais sans doute éprouvé un semblant de remords tandis que j'attendais le ferry de Seattle, mais les scrupules ne m'étouffaient guère. Si j'avais commencé à me ronger les sangs en pensant aux ravages de la cocaïne, qui sait à quels gouffres d'angoisse j'aurais pu me laisser entraîner ? Pourquoi est-ce que je ne m'en serais pas fait aussi au sujet du fréon échappé de nos aisselles qui détruit lentement la couche d'ozone de l'atmosphère, de la nouvelle ère glaciaire dans laquelle nous venons d'entrer, du petit astre falot sans lequel la vie n'existerait pas sur notre planète et qui menace à tout instant de passer au stade de nova ? Non, non, j'avais déjà bien assez de mes propres soucis comme cela. Il fallait d'abord que je me préoccupe de la sécurité de Sarah et de Gail, sans parler de la mienne propre...

Les voitures qui me précédaient s'engagèrent sur la passerelle pour monter à bord du ferry. Le petit type pâle au visage en lame de couteau qui s'était donné tant de mal pour avoir l'air d'un voyageur de commerce lorsqu'il m'avait filé la veille de Moses Lake à Seattle était accoudé au bastingage et il observait les passagers avec attention. Je remontai le col de mon trench-coat et je lui passai dessous en m'efforçant de me faire la tronche du gars qui se fait suer à cent sous de l'heure. J'avais rudement besoin de boire un coup, mais la lampée de peppermint ne suffit pas à masquer le sale goût de terreur qui m'emplissait la bouche.

Je pris tout mon temps pour regagner mon motel, en faisant des tours et des détours jusqu'à ce que je fusse sûr que personne ne me suivait, mais une fois dans ma chambre je pris tout de même la précaution de pousser les deux gros fauteuils contre la porte et je vérifiai la mitraillette avec des doigts tremblants. Il fallait que je me sèche, mais ce n'était pas le moment de me mettre à sucrer les fraises. Je m'envoyai une autre petite goulée d'eau-de-vie et je me regardai dans la glace. Mon costard à quatre cents dollars était si trempé et boueux qu'on aurait pu croire que je venais de faire une grande randonnée pédestre et ma belle coiffure à quarante sacs rebiquait lamentablement. Même à poil, après m'être douché, j'avais l'air d'une triste épave — aussi flasque, bouffi et blême qu'un noyé qu'on vient de repêcher au fond de la baie d'Elliott. Je sortis l'argent de l'attaché-case et je l'étalai sur le lit, mais ça ne me réconforta guère. « Tu dois avoir des couilles de gorille », m'avait dit la grosse fille. J'ignorais toujours à quoi elle avait bien pu faire allusion, mais ça me faisait doucement marrer. Si elle avait pu les voir en ce moment !

Je m'affalai sur le lit et je décrochai le téléphone pour appeler le colonel, mais je m'endormis instantanément, le combiné bourdonnant à la main. Quand je me réveillai, quatre heures plus tard, le soleil était couché depuis longtemps, j'étais inondé de sueur, et des billets de cent dollars s'étaient collés à tout mon corps comme des sangsues.

J'appelai le colonel à son domicile et il décrocha à la première sonnerie. Je dis « C'est Milo », et il me donna le numéro d'une cabine en faisant simplement : « Dix minutes. » Quand je le rappelai, il ne me salua même pas, mais il me demanda tout de go qui lui avait collé des écoutes. Il était tellement furax que je n'aurais pas été surpris qu'il se mette à jurer, mais il s'en abstint.

« Je n'en sais rien, mon colonel, répondis-je, je suis désolé. Désolé aussi de vous avoir entraîné dans cette mélasse.

— Quelle mélasse ?
— Je ne peux pas vous le dire.
— Pourquoi ?
— Je ne veux pas vous attirer des ennuis.
— Ah bon, fit-il. Est-ce que vous allez découvrir qui a mis mes lignes sur écoutes ?
— Oui, mon colonel, affirmai-je avec beaucoup plus d'assurance que je n'en éprouvais vraiment.
— Dans ce cas je rétablis votre salaire à dater d'hier.
— Gardez votre argent, mon colonel.
— Milo, si vous ne travaillez pas pour moi, je suis obligé de mettre le F.B.I. au parfum.
— Je travaille pour vous, mon colonel.
— Bien, dit-il. A part ça, j'ai une mauvaise nouvelle pour vous...
— Quoi donc, mon colonel ? demandai-je.
— Comme mes hommes n'avaient décelé aucun signe de vie dans la maison Weddington depuis vingt-quatre heures, j'ai pris sur moi de m'introduire dans les lieux (c'est nous qui avons installé le système d'alarme), et je n'y ai trouvé personne.
— Peut-être qu'elles ont quitté la ville, avançai-je sans trop d'espoir.
— Apparemment non, dit le colonel. Les deux voitures étaient dans le garage et je n'ai trouvé aucune trace d'un départ précipité, aucune trace de lutte non plus, rien. J'ai vérifié auprès des services de sécurité de l'aéroport : personne ne les a vues monter dans un avion. »

Quand j'eus fini de jurer comme un charretier, le colonel toussota avec gêne, puis il ajouta :

« Milo, si vous avez besoin d'un coup de main, rappelez-vous que je dispose d'une assez vaste organisation.
— Merci, mon colonel, mais cette fois-ci je suis obligé d'opérer seul.
— Bonne chance », dit-il.

Je lui dis que je le recontacterais à la même heure le lendemain et nous prîmes congé l'un de l'autre. J'appelai aussitôt l'aéroport pour réserver une place sur le premier vol du matin à destination de Butte, où j'espérais retrouver la piste de la femme à la Subaru bleue. Le matin était encore bien loin, et la nuit allait être longue.

7

Dans tout l'Etat, on vend une carte postale en couleurs qui porte la légende : « Le plus beau panorama du Montana », et qui représente la ville de Butte vue dans le rétroviseur d'une bagnole. Mais qu'on s'en éloigne ou qu'on y arrive, Butte n'a rien de charmant. La vieille ville a été progressivement boutée hors de son flanc de montagne par les excavatrices géantes qui y prélèvent du cuivre brut que l'Anaconda envoie ensuite faire raffiner au Japon. Par bien des côtés, Butte est une ville triste, un monument branlant qui symbolise à la fois les errements et la splendeur du capitalisme sans frein, mais la vieille cité, qui fut séduite et abandonnée tour à tour par les barons du cuivre et les firmes multinationales géantes, a beau agoniser lentement, elle a encore de beaux restes, et son ancienne flamme couve toujours. On y trouve les meilleurs bars de l'Etat (Dieu sait pourtant que le Montana regorge de bars épatants), et une population richement métissée où se mêlent les Irlandais et les Finnois, les Polonais et les Mexicains. Tous les vrais enfants du Montana nourrissent une secrète tendresse envers cette somptueuse vieille catin, et aux yeux de beaucoup d'entre eux (moi compris) on ne saurait prétendre au qualificatif de véritable enfant du pays tant qu'on n'a pas passé au moins une fois la fête de la Saint-Patrick à Butte.

Mais ce n'est pas l'endroit rêvé pour un être déprimé et perplexe par un après-midi de novembre lugubre et froid. Sur le flanc septentrional de la montagne, les escarpements rocheux d'un gris rougeâtre projettent sur les résidus de neige des ombres sales qui leur donnent l'aspect douteux des draps d'un poivrot, le vent est froid et coupant comme du métal, et le ciel est couleur de morve.

De toutes les agences de Seattle, une seule louait des Subaru et la préposée me laissa regarder les contrats de location correspondant aux dates en question sans même que j'eusse besoin de lui graisser la patte. Je suppose que je n'aurais pas dû être étonné de voir le nom qui figurait sur le formulaire qui m'intéressait, mais à vrai dire j'en restai comme deux ronds de flan : c'était celui de Cassandra Bogardus.

Décidément, je tournais au milieu de tout ça comme une toupie aveugle. J'étais bon pour regagner à présent ma ville natale, où mon costume trois-pièces ne suffirait jamais à me camoufler. Après avoir restitué la Thunderbird, je louai la Subaru bleue (ironie à bon compte, puisque le tarif à la journée était moitié moins cher) et je pris le chemin d'un centre commercial de la périphérie afin de m'y fabriquer une personnalité toute neuve et susceptible d'abuser mes compatriotes eux-mêmes. Je m'équipai d'une perruque blonde à bouclettes avec moustache assortie, d'un complet coupe sport en Dacron vert pomme, d'une paire de chaussures en daim marron à grosses semelles de crêpe, d'un carnet de commandes et d'une édition de luxe de la Bible qui pesait bien ses dix kilos et me coûta soixante-quinze dollars.

J'arrivai à Meriwether aux premières lueurs du crépuscule — l'heure idéale pour le porte-à-porte —, pris une chambre au Riverfront et me dirigeai sans attendre vers le quartier nord. Ou bien je me gourais sur toute la ligne, ou bien les tueurs étaient forcément au fait des rencontres hebdomadaires entre Rausche et Cassandra Bogardus et donc, en bonne logique, ils avaient dû poster quelqu'un pour surveiller sa maison, et la mienne aussi d'ailleurs. Mon plan était d'essayer de placer mes bibles dans tout le quartier, dans l'espoir qu'ainsi je débusquerais les espions et que je pourrais les espionner à mon tour. Je garai la Subaru sur Gold Street à deux cents mètres environ de chez la Bogardus, puis je pris le gros bouquin sous mon bras et j'entrepris de tirer des sonnettes. Je taillai une petite bavette avec une vieille dame solitaire, endurai stoïquement les abus de langage d'un soûlard, me fis réclamer mon autorisation de vente par une jeune ménagère dans le coup, et réussis finalement à placer une bible à un quinquagénaire au visage bouffi qui avait l'air de sortir tout droit d'une cellule capitonnée de l'hôpital psychiatrique de Warm Springs.

Quand j'arrivai à la hauteur de la maison de Cassandra Bogardus, la nuit était tombée, amenant avec elle une légère chute de neige. Aucune lumière ne filtrait aux fenêtres ; je pouvais donc m'abstenir d'aller frapper à la porte sans que cela paraisse particulièrement louche. Je fis semblant de considérer la maison d'un air perplexe puis en m'efforçant de me faire une tête de chrétien déçu, je poussai un gros soupir et je traversai la rue histoire d'aller rendre visite à Abner et d'embaucher un espion pour mon propre compte.

Lorsqu'il ouvrit sa porte et se trouva nez à nez avec un représentant en bibles, Abner ne fut pas précisément ravi. Il émit un affreux juron et essaya de me claquer la porte au nez, mais je repoussai le battant et je m'introduisis de force dans sa salle de séjour.

« Ne me cognez pas, monsieur Haynes ! m'écriai-je après avoir refermé la porte. C'est moi, Milodragovitch !

— Nom d'un chien ! fit-il. Vous avez l'air d'une de ces tapettes de la télé.

— Vous pourriez me filer un verre d'eau ? » demandai-je. En dépit du froid qu'il faisait dehors et de mon costume léger, ma moumoute m'avait mis le citron en eau et des ruisseaux de sueur me coulaient le long du visage. Je me débarrassai de mon postiche et je le jetai sur le divan à côté de l'énorme bible, puis j'ôtai mes grosses lunettes à monture de corne et je m'assis en essuyant tant bien que mal mes cheveux trempés de sueur.

« Vous êtes incognito ? demanda Abner avec un profond sérieux, en triturant furieusement les pointes de ses moustaches tombantes.

— En quelque sorte, dis-je. Dites, monsieur Haynes, est-ce que vous dormez bien ?

— Hein ?

— Est-ce que vous dormez bien ?

— Comment voulez-vous qu'on dorme bien quand on a soixante-sept ans, merde ! bougonna-t-il, puis il me fixa avec des yeux rétrécis comme s'il me soupçonnait de vouloir lui fourguer des somnifères.

— Quand on a bossé toute sa vie et qu'on est brusquement obligé d'arrêter, on dort toujours exécrablement mal, dis-je. C'est pour ça que la retraite est une chose tellement emmerdante.

— C'est pas moi qui vous dirai le contraire, fit-il en tirant sur les bretelles de son maillot de corps.

— Ça vous dirait de bosser pour moi ?

— En qualité de quoi ? demanda-t-il en levant ses grosses paluches et en faisant plier ses doigts.

— Vous voyez cette maison, en face ? » dis-je en écartant légèrement les rideaux, mais le coin de sa véranda masquait la vue et je l'entraînai jusqu'à sa chambre, une pièce méticuleusement rangée dont une des fenêtres offrait une vue parfaite sur la maison en question.

« Celle-là, dis-je.

— Celle où habite la grande blonde ?

— C'est ça, dis-je. Ça fait combien de temps qu'elle habite là ?

— Depuis que les Johnson sont partis en Alaska cet été.

— Qui sont les Johnson ?

— Johnson enseigne la biologie animale à l'université, et sa femme fait pousser des légumes organiques, expliqua-t-il. Et alors, qu'est-ce qu'elle a, cette maison ?

— Vous êtes sûr que vous la voyez bien ? demandai-je en me rappelant qu'il avait été incapable de lire ce qui était écrit sur la portière de ma camionnette.

— Je suis peut-être vieux, mais je ne suis quand même pas aveugle », grommela-t-il, puis il haussa les épaules, s'en alla dans le séjour et en revint le nez chaussé de lunettes à monture dorée.

« Bon, soupira-t-il. Je la vois bien, à présent. »

Je lui expliquai que je voulais qu'il surveille la maison pour moi, sans assiduité particulière, qu'il la garde simplement à l'œil et qu'il m'appelle à mon motel de jour comme de nuit si jamais il voyait la blonde y entrer ou n'importe qui d'autre rôder autour.

« Il faut juste que je la garde à l'œil, c'est tout ? dit-il.

— Inutile de la surveiller sans arrêt, dis-je. Vous n'avez qu'à jeter un coup d'œil par-ci par-là dans les moments où vous ne dormez pas, disons chaque quart d'heure, ou toutes les vingt minutes. C'est tout ce que je vous demande. » Comme il avait l'air déçu que je ne lui en demande pas plus, j'ajoutai : « Et je vous paierai le même tarif qu'à un enquêteur professionnel.

— Et c'est quoi, le tarif ? interrogea-t-il en frottant la carpette éculée du bout d'une de ses savates.

— Cent dollars par jour, dis-je, avec un minimum de trois jours d'avance. »

Je ne sais pas si c'est la vue de l'argent que je sortis de mon portefeuille ou parce que j'avais usé de l'expression « enquêteur professionnel », mais en fin de compte le vieil homme goba l'hameçon.

« Ça vous ennuierait que je me fasse donner un coup de main par Yvonne ? me demanda-t-il d'un air matois en louchant vers l'antique lit de chêne.

— A condition qu'elle soit muette comme une tombe », répondis-je avec autant de gravité que si j'avais été la réincarnation de J. Edgar Hoover, mais en rigolant sous cape. Sous sa carcasse maigre et usée, le vieil Abner dissimulait encore des vices toniques.

« Je vous en donne ma parole », dit-il en me tendant la main.

Au moment où je la secouais, je me rappelai brusquement que Sarah et Gail avaient disparu et mon rire intérieur s'éteignit.

« Sérieusement, il faut qu'Yvonne tienne sa langue, dis-je.

— Vous avez ma parole, répéta Abner.

— Vous pouvez m'appeler de jour comme de nuit, lui rappelai-je en regagnant le séjour pour remettre mon déguisement calamiteux. Vous demandez M. Sloan, et si je suis absent, laissez un message.

— Un pseudo ! s'écria-t-il. Nom d'un petit bonhomme ! Je croyais que ça n'arrivait qu'à la télé. »

Moi aussi, c'est ce que je croyais, me dis-je. Je tapai sur l'épaule du vieil Abner, ramassai ma bible et ma moumoute, et je pris le large. Je descendis les marches du perron en me dandinant comme un canard sur mes grosses semelles de crêpe, les lèvres écartées par un sourire tellement mielleux qu'il aurait fait dégueuler un chien, et je fis une courte pause en arrivant en bas, le temps de maudire à part moi ce monde qui habitue un homme au travail jusqu'à ce qu'il ne puisse plus s'en passer et le fait trimer jusqu'à l'extrême limite de ses forces avant de le mettre au rancart en attendant qu'il crève.

Avec mes cinq grenades et mes deux mitraillettes, j'aurais pratiquement pu organiser un putsch dans une petite république bananière d'Amérique centrale, mais je n'en tenais pas moins à récupérer mes propres armes. Il fallait aussi que j'embauche de la main-d'œuvre et, puisque je ne pouvais pas aller prendre mon courrier à la poste sans risquer de me faire repérer, que je dégote de la cocaïne, tout ça uniquement pour me donner du cœur à l'ouvrage, pour rendre un peu de tonus à mes nerfs défaillants. Je retournai au motel pour me mettre quelque chose de plus chaud et de moins tape-à-l'œil car je ne pouvais tout de même pas entrer chez moi par effraction dans un accoutrement pareil. Au moment précis où je pénétrais dans ma chambre, le téléphone se mit à sonner. Le vieil Abner s'était déjà attelé à son boulot. Il m'annonça qu'il voyait une lumière qui paraissait être celle d'une lampe électrique se déplacer à l'intérieur de la maison Bogardus, et j'allai aussitôt vérifier sur place.

Ils sortirent si discrètement par la porte de derrière que je ne m'en aperçus pas, mais par bonheur j'entrevis leurs silhouettes au moment où ils se glissaient subrepticement à travers les ombres du jardin enneigé avant de se faufiler dehors par une trouée de la haie. Deux hommes en survêtement de jogging, leurs capuchons rabattus et serrés au maximum pour dissimuler leurs traits. Ils s'éloignèrent et je les suivis à distance respectueuse. Ils firent le tour du pâté de maisons pour la frime avant de s'approcher d'un petit pavillon en bois un peu plus haut sur Gold Street, du même côté que celui d'Abner, et de disparaître à l'intérieur. L'idée me vint d'aller frapper à leur porte et d'essayer de leur fourguer une bible, mais d'abord mon exemplaire mirobolant des Saintes Ecritures était resté dans ma bagnole, et de toute façon je n'aurais pas eu le cran de faire ça à moins de disposer d'un stimulant quelconque, whiskey ou cocaïne. Le seul fait de les suivre de loin m'avait flanqué une telle trouille que je tremblais comme une feuille. A présent, je savais où ils avaient installé leur planque, et je pourrais toujours m'occuper d'eux plus tard. Je partis donc en quête d'un peu de tonus.

L'allée de mes voisins était déserte. L'homme était parti bosser à bord de son vieux tout-terrain déglingué, et sa nana avait dû prendre la Corvette pour aller faire la java en ville. Je garai la Subaru devant leur perron, gagnai le fond du jardin, enjambai la clôture et m'introduisis dans ma baraque par la porte de la cave en faisant le moins de bruit possible. Mon intention première était d'embarquer tout mon arsenal, mais une fois que j'eus dévissé le panneau truqué mes mains tremblaient tellement que je me contentai de prendre trois armes de poing — le 9 mm Browning, un Colt Python et un Smith & Wesson à barillet de calibre 38 — avec les étuis d'aisselle correspondants et une boîte de munitions pour chacun des trois flingues. Je me harnachai du Browning en frissonnant dans l'atmosphère glaciale du cellier, mais il faisait une énorme bosse sous le tissu léger de ma veste coupe sport et je l'échangeai en claquant des dents contre le petit .38. Ensuite je gravis à pas de loup l'escalier de la cave, poussai la porte de la cuisine et la refermai en la faisant claquer bruyamment, puis je revins sur mes pas et je me coulai dehors par la porte de la cave.

 Je traversai la rue ventre à terre et j'allai m'aplatir au bord du torrent derrière des buissons couverts d'une épaisse croûte de neige. J'étais sûr que ces salopards avaient posé des micros chez moi, et je ne me trompais pas. Au bout d'à peine deux minutes, un minibus bleu clair remonta la rue et se gara au beau milieu de mon allée de devant, comme si c'était son emplacement de parking réservé. Deux types qui avaient l'allure de vrais pros en descendirent et ils entrèrent dans la maison en prenant chacun par une porte, si rapidement que j'en déduisis qu'ils s'étaient fait faire des doubles de mes clés. Je me demandai s'ils avaient prévu de m'abattre sur place ou de m'emmener faire une petite balade pour me régler mon compte ailleurs.

 Ils ressortirent de la maison après avoir constaté qu'elle était vide et ils restèrent un moment à glandouiller dans l'allée comme deux touristes en discutant des aléas de la surveillance électronique. Les réverbères de la rue les éclairaient juste assez pour me permettre de discerner leurs traits, et je les reconnus sans peine. Le petit mec noiraud était le conducteur du camion Chevrolet plein de chromes, et le grand était le balèze de la Porsche rouge qui avait fait mine de la ramener quand je leur avais bousillé leur belle filature à Seattle. Je me rencognai sous ma congère, et j'essayai de réfléchir, mais rien ne me venait. C'était l'excès de coke qui portait ses fruits. Et l'excès de trouille. Je n'avais pas envie de penser. Je n'avais qu'une envie : prendre mes jambes à mon cou et ne plus avoir à réfléchir à rien.

 Ils remontèrent enfin à bord de leur minibus, firent demi-tour et s'éloignèrent dans la rue. Je me précipitai jusqu'à la Subaru et je les pris en chasse. Ils firent le tour du parc Milodragovitch et s'arrêtèrent devant le petit ensemble résidentiel qui jouxte sa limite sud. Je les vis entrer dans un appartement dont je notai mentalement le numéro, puis je sortis de mon portefeuille la minuscule enveloppe de papier cristal qui contenait ma coke. Comme il ne m'en restait pas des masses, je sniffai le tout à même le papier, mais ça ne me fit pas un effet terrible. Au point où j'en étais, ça ne m'aurait pas arrangé non plus d'arrêter. Il fallait absolument que je me maintienne dans cet état de semi-ébriété où je me trouvais, sans quoi je risquais de m'affoler comme une petite frappe à son premier braquage et de buter quelqu'un. Je sentais même que ça n'allait pas tarder, et qu'il y avait toutes les chances que la personne qui écoperait ne serait pas la bonne. Je démarrai et je me dirigeai en dérapant sans arrêt sur la chaussée neigeuse vers le Deuce, en espérant que Raoul y serait et qu'il aurait ce dont j'avais besoin.

Quand il m'eut enfin reconnu, Raoul trouva que mon déguisement était fendard comme tout, mais sa bonne humeur le quitta brusquement quand je l'empoignai par les revers de son blouson de cuir et que je l'entraînai de force dans l'allée de derrière. Une fois dans l'obscurité, je me mis à le secouer avec une telle force que son chapeau de cuir tomba sur une pile de crottes de chien durcies par le gel. Ses protestations m'échauffèrent tellement les oreilles que je perdis complètement les pédales l'espace d'un instant. J'envoyai valser d'une claque ses lunettes de soleil rouges sur les briques de l'allée et je les broyai sous les talons en crêpe de mes chaussures de daim marron.

« Putain, Milo, gémit-il, contrôle-toi un peu.

— Qu'est-ce qu'il y a, mon petit Myron, crachai-je. T'as peur d'un pauvre jobard inoffensif ?

— Bon, d'accord, fit-il en essuyant d'un revers de manche son visage constellé de postillons. D'accord, vieux, je me suis un peu planté, mais je m'étais dit que ces cinglées-là seraient peut-être pas trop chiennes avec toi si elles pensaient que t'étais qu'un rien du tout, une cloche, un zéro. Qu'est-ce qu'il aurait fallu que je leur dise, hein ? Que t'étais flic dans le temps, que t'es un alcoolo fini et que quelquefois tu as des accès de psychose paranoïaque parce que tu as tendance à abuser de la coke ?

— C'est vrai, soupirai-je en m'efforçant de me ressaisir. Excuse-moi. J'ai trop d'emmerdements, c'est tout. Je te demande pardon. »

Myron prit une profonde inspiration et relâcha très lentement son souffle, les yeux fermés, comme s'il se psalmodiait muettement un mantra.

« Purée ! fit-il. Quand tu as écrabouillé mes lunettes, j'ai bien cru que j'allais y passer aussi... Ça va, Milo ?

— Merde.

— Je crois que tu m'as démis une vertèbre, dit-il, mais il souriait. Qu'est-ce que je peux faire pour toi, mec ?

— Je t'ai amené ta part, dis-je en fourrant un rouleau de billets dans sa poche.

— Garde ça, dit-il. J'ai rien à voir là-dedans, moi. Rien du tout. J'ai passé un coup de fil à la grosse dame, et adieu. Je ne sais pas ce que t'as fait, je n'ai pas la moindre idée de ce qui se passe, je ne suis pas dans la combine. » Il me tendit les trois mille dollars.

« Garde-les, dis-je.

— Pas question.

— Oh et puis merde ! fis-je en reprenant le rouleau dont je sortis cinq billets de cent dollars. Tiens, tu m'en fileras cinq grammes, O.K. ?

— Tu peux pas t'en passer, hein ? dit-il d'une voix douce. D'accord, ajouta-t-il, mais ça fait beaucoup trop de blé.

— Le reste est pour les lunettes, dis-je. Quand on casse les pots, on les paie, non ?

— C'est bien parce que c'est toi, dit-il en se baissant pour ramasser son chapeau. Heureusement qu'on est en hiver et que les merdes de chien sont congelées. Je te retrouve au bar dans une petite demi-heure. » Il fit une pause, et ajouta : « Peut-être qu'il vaudrait mieux que tu m'attendes ailleurs, Milo.

— Pourquoi ?

— C'est pas vraiment une tenue pour le Deuce, tu comprends...

— Rien à foutre.

— Bah, après tout c'est ton affaire », dit-il avant de s'éloigner d'un pas pressé en direction de la rue.

Je réintégrai le bar et je me frayai poliment un passage à travers la cohue, mais au moment où je passais devant le caïd de la section locale des Hell's Angels, je trébuchai bêtement sur mes semelles de crêpe et je heurtai le demi de bière qu'il tenait à la main. Il était accoudé à l'angle extérieur du comptoir, défiant quelqu'un de le bousculer, collant sa main aux fesses de toutes les femmes qui passaient en espérant visiblement déclencher une altercation qui lui permettrait d'entraîner un malheureux pochard dans l'allée de derrière et de lui flanquer une dégelée à coups de bottes en compagnie de ses acolytes couverts d'oripeaux. Il me regarda comme si j'étais un ver de terre.

« Ben quoi, mon petit gars, fis-je en haussant la voix pour couvrir le piétinement des danseurs de blue grass, t'as jamais vu un marchand de bibles ? » Je sentais le poids rassurant du .38 sous mon aisselle, et ma pression sanguine montait dangereusement. Nom de Dieu ! me dis-je, je savais bien que j'allais buter un innocent. Il fallait opérer un repli stratégique. Mais au moment où j'ouvrais la bouche pour lui faire des excuses, il me présenta les siennes à sa manière.

« Allez, pépé, t'excite pas, va », fit-il en se remontant les valseuses, après quoi il me tourna le dos et se dirigea nonchalamment vers les gogues.

Je m'installai au bar et je me mis en devoir de siroter un petit verre de peppermint, occupation qui présente à peu près autant d'agrément que de siroter une coupe de ciguë. Le chauffeur du fourgon blindé, dont le nom m'échappait toujours, était assis à une table, tout au fond de la salle, en compagnie de trois autres hippies sur le retour. Ce garçon avait déjà vu le feu puisqu'il avait été blessé au Viêt-nam, en outre il était tout ce qu'il y a de désœuvré et dans la mouise. Peut-être que je pourrais l'embaucher comme homme de main. Si seulement j'avais pu me souvenir de son nom.

Au moment où je venais d'entamer mon troisième verre d'eau-de-vie, Raoul refit son apparition. Il se glissa sur le tabouret voisin du mien et me demanda si j'avais un clope. Je lui tendis mon paquet, et quand il me le rendit, je devinai que mes cinq grammes étaient dedans. Il alluma sa cigarette et fit : « Merci, vieux » en soufflant très lentement la fumée, puis, à mi-voix, il ajouta : « Eh Milo, n'oublie pas : quelquefois on mange l'ours, d'autres fois c'est l'ours qui vous mange. » C'est un dicton du Montana, et je suppose qu'il signifie que chaque médaille a son revers. Raoul chaussa une paire neuve de lunettes de soleil à verres rouges, m'adressa un hochement de tête et retourna à ses occupations.

J'avalai d'un trait le peppermint qui restait dans mon verre, descendis de mon tabouret et mis le cap sur la porte de service. Je m'arrêtai à la table où le chauffeur du fourgon blindé était assis et je lui tapai sur l'épaule en disant :

« Tiens, salut, gars ! Tu te rappelles de moi ? Tu m'as braqué avec ton flingue l'autre jour dans le parking du Paradis du

Hamburger. » Il me dévisagea longuement, puis il acquiesça de la tête avec un sourire qui laissait supposer qu'il regrettait de ne pas m'avoir transformé en passoire. « J'ai une affaire à te proposer, dis-je. Je t'attends dans l'allée. » Je me dirigeai vers la porte et je l'entendis qui marmottait : « Je viens tout de suite. »

Mais tandis que je poireautais dans l'allée en contemplant les minuscules cristaux de neige qui tourbillonnaient lentement dans la lumière bleuâtre des réverbères, la haute silhouette voûtée du motard se profila dans l'embrasure de la porte et il s'approcha de moi d'un pas solennel et lent, avec l'air pénétré de quelqu'un qui a une mission.

« Eh, dites ! fit-il avec toute la courtoisie dont un zèbre de son acabit est capable. Vous auriez pas dû me chercher des crosses de cette façon. Un homme comme vous ! »

Comme je ne disais rien, il passa une main sous son blouson et se gratta la poitrine.

« J'en ai peut-être pas l'air, reprit-il, mais j'ai été élevé dans la religion pentecôtiste, et je respecte toujours les gens qui ont la foi. Mais tout de même, un homme comme vous devrait pas fréquenter un endroit comme celui-ci. Moi, ça fait longtemps que j'ai quitté le droit chemin, mais vous, vous avez encore une chance. Ne faites pas comme moi, mon vieux. Ne vous laissez pas entraîner sur cette pente fatale, retournez à la vraie...

— Je suis flic fédéral, fiston, interrompis-je en soulevant ma veste en Dacron pour lui montrer le revolver que j'avais sous l'aisselle. Tu ferais mieux d'aller voir ailleurs si j'y suis, pigé ? Allez, du balai ! »

Pour devenir chef de bande, même s'il ne s'agit que d'un gang miteux de Hell's Angels dans un bled campagnard perdu, il ne suffit pas d'être coriace, il faut également être un tant soit peu doué pour la jactance, ne serait-ce que dans l'idiome rudimentaire des zinzins de la bécane, et à en juger par sa dégaine, ce gars-là n'avait pas dû se trouver à court de mots une seule fois de toute sa vie. Mais là, je lui avais bel et bien coupé la chique.

« Co-co-cochonnerie de-de-de... enfoirés de f-f-flics ! bégaya-t-il. Vous êtes capables de t-t-tout pour poisser quelqu'un ! A-a-a-bject !

— Pardonne à ceux qui t'offensent comme je te pardonne, mon fils », dis-je en espérant que ça faisait évangélique.

Mais il se contenta de lâcher un chapelet de jurons étouffés en se précipitant vers la porte avec une telle hâte qu'il envoya dinguer contre le mur le chauffeur du fourgon blindé qui était justement en train de la franchir.

« Quelle mouche l'a piqué, celui-là ? demanda-t-il en arrivant à ma hauteur.

— La rédemption lui a foiré dans les mains une fois de plus, dis-je.

— Qu'est-ce que tu dis ? » fit-il, mais je ne lui répondis pas.

Et même je restai un bon moment sans rien dire. Ou du moins c'est ce qu'il me sembla. Cette brève et absurde confrontation avec le motard m'avait plus chamboulé que je n'aurais voulu l'admettre. J'en avais marre d'être à moitié ivre, ou à moitié sobre, marre de me doser parcimonieusement ces petits verres d'eau-de-vie sirupeuse. Le monde était trop démentiel pour que je l'affronte à jeun. Peut-être pas l'univers entier, mais en tout cas le monde dans lequel je vivais, celui des bars et des arrière-cours obscures, des coins d'ombre où je me dissimulais pour espionner mon prochain. Tout ça était trop dingue pour que je pusse le supporter à jeun. Mais peut-être que le monde entier était trop dingue. Partout des guerres et des conflits. Guerres de religion, affrontements économiques, batailles politiques... Ce monde est-il le reflet de ce que nous sommes, ou bien est-ce l'inverse ?

Je n'en savais fichtrement rien, et au demeurant ça ne m'importait pas tant que ça. Je savais juste qu'il fallait que je mette la main sur les gens qui en voulaient à ma peau et que je parlemente avec eux, en faisant autant d'accommodements qu'il était possible sans me déshonorer à mes propres yeux. Il fallait que je trouve Sarah — et Gail — s'ils les tenaient, et une fois que j'aurais retrouvé la vieille dame il faudrait encore que je profite de sa présence pour faire la paix avec moi-même. Nous nous défoncerions gentiment et nous parlerions encore de mon père. Mais si je ne la retrouvais pas ou si je la retrouvais morte, j'étais bien décidé à châtier les coupables de ma propre main même s'il fallait pour cela semer la ruine et la dévastation à travers tout le pays. Même si ça devait me coûter la vie.

Et là, je mesurai soudain toute l'étendue de la lâcheté dans laquelle j'avais vécu jusqu'alors. Ça me pendait au nez depuis des années ; ce moment n'avait pas cessé de s'approcher à mesure que la distance qui me séparait de mon cinquante-deuxième anniversaire et du magot paternel diminuait. Eh bien, tout ça était terminé à présent, ici, dans cette ruelle pleine de crottes de chien, j'avais fini de courir, fini de me cacher, et je me surpris à sourire. Ce n'était pas un rictus de bête enragée, c'était un grand sourire d'enfant.

« Qu'est-ce que t'as, dis donc ? fit le chauffeur du fourgon blindé. Tu te sens bien ?

— Je me sens bien, dis-je. Epatamment bien. Si on n'était pas capable de supporter une petite crise de l'âge mûr de temps en temps, on n'aurait plus qu'à aller se faire lanlaire, pas vrai ?

— T'as bougrement raison, dit-il. Ecoute, je suis vraiment désolé pour le coup de l'autre fois. Je m'étais envoyé un fond de tube de Mandrax et une demi-bouteille de vodka, et comme j'ai le foie qui se débine, j'ai tendance à perdre un peu les pédales...

— Qu'est-ce que tu faisais au Viêt-nam ? demandai-je en lui coupant la parole.

— Ce que je faisais au Viêt-nam ? Ben, pareil que n'importe quel autre bidasse qui voulait mériter sa boîte de singe. Je tuais des gens, quoi. Et alors, ça te dérange ?

— Tu crois que tu serais encore capable d'assurer ?

— S'il fallait assurer, j'assurerais, oui mon pote ! Pourquoi ?

— J'ai besoin de quelqu'un pour couvrir mes arrières, expliquai-je. Tu veux le boulot ? »

Il écarta ses cheveux de sa figure, essuya la neige fondue qui lui coulait sur les yeux, puis il me tendit ses deux mains, les paumes tournées vers le sol, pour me montrer comme ses doigts tremblaient.

« C'est tout juste si j'arrive à me torcher le cul », dit-il d'un air piteux.

Peut-être que le court moment que nous venions de passer à grelotter ensemble sous la pluie grise et tourbillonnante avait créé une sorte de lien entre nous, ou bien c'est que j'avais perdu la raison pour de bon, mais en tout cas je versai un petit tas de cocaïne au creux de mon poing et je lui dis : « Est-ce que tu accepterais au moins de faire tout ce que je te dirai ? »

Il eut une brève hésitation, puis il essuya son nez mouillé d'un revers de sa manche et renifla la poudre que je lui tendais.

« Pour quoi ? demanda-t-il.

— Du pognon, de la rigolade, des flingues, et assez de ce truc-là pour rester à peu près lucide, dis-je.

— Quand ?

— Maintenant, fis-je en riant et en m'offrant moi-même un petit sniff. Tout de suite !
— Je n'arrive pas à me souvenir de ton nom, dit-il. Je sais seulement que c'est un de ces blazes polonais à n'en plus finir...
— Russe, corrigeai-je.
— Mais en tout cas, je suis preneur pour le boulot.
— Moi non plus, je n'arrive pas à me rappeler ton nom, fis-je, et nous nous mîmes à rigoler comme deux malades dans l'allée obscure.
— Simmons, articula-t-il tout en riant, Bob Simmons.
— Milodragovitch », dis-je, et on s'en alla au turbin.

Simmons resta dans la voiture, cramponné au Colt Python, tandis que je me glissais à travers le jardin de la baraque de Gold Street dans laquelle ils avaient installé leur planque pour aller jeter un coup d'œil par les fenêtres. Comme je le soupçonnais, ses occupants étaient les deux autres gaziers de Seattle, le voyageur de commerce et le conducteur du minibus Volkswagen. Ils étaient assis sur des fauteuils pliants au milieu d'une salle de séjour vide de tout mobilier, en face d'une petite télé noir et blanc dont les images indécises tremblotaient au sommet d'un empilement de récepteurs radio. Les deux types étaient assis si près l'un de l'autre qu'on aurait pu croire qu'ils se tenaient par la main. Je regagnai la voiture et nous descendîmes la rue jusqu'à la maison d'Abner.

Quand je lui présentai Simmons, le vieil homme fronça le nez d'un air dégoûté.

« Ne faites pas attention à la manière dont Simmons est habillé, lui dis-je. Il est incognito, lui aussi.

— Il a l'air de s'être planqué au fond d'une poubelle », bougonna Abner.

Je lui empruntai une lampe-torche, un marteau et une serviette éponge à l'aide desquels je comptais m'introduire dans la maison Bogardus. Plutôt cochonné, comme casse, mais étant donné que ma trousse de cambrioleur était restée dans le coffre à outils de mon camion, je n'avais pas d'autre choix. Je donnai pour consigne à Simmons de garder l'autre maison à l'œil.

« Si tu les vois sortir en courant, tu sors à ton tour, tu te mets à l'abri quelque part et tu cries Haut les mains ! de toute la force de tes poumons », lui expliquai-je. Il fourra le Colt Python

dans sa ceinture et essuya ses mains moites sur son jean crasseux.
« T'inquiète pas, ajoutai-je. Ils vont pas commencer une fusillade en pleine rue.

— Bien sûr, fit-il. Bien sûr. »

Abner s'approcha d'un placard en traînant des pieds et il en sortit une énorme canardière de fantassin de calibre 10, le modèle à un coup et à très longue portée dont l'armée de terre était équipée pendant la guerre de 14.

« Avec ça, je m'en vais vous les faire danser, moi, dit-il.

— Rangez-moi ça, dis-je. Je ne vous ai pas embauché pour faire le coup de feu, monsieur Haynes.

— Caporal Haynes, du corps expéditionnaire américain, mon garçon, corrigea-t-il. Et je peux vous rembourser si vous voulez.

— Bon, bon, mais pour l'amour du ciel, soyez prudent ! dis-je. Avec une pétoire pareille, vous pourriez faire sauter une maison, bon Dieu ! Je vous en prie, soyez prudent », insistai-je.

Mais pour toute réponse, Abner m'adressa un rictus méprisant. Il était complètement branque, ce vieux taré. J'abandonnai la partie et je m'en allai.

La maison était à peu près aussi difficile à ouvrir qu'un paquet de biscottes. Je n'eus qu'à soulever le loquet de la porte latérale avec la carte d'or American Express de Sarah et je me glissai à l'intérieur après avoir laissé le marteau et la serviette sur le tas de bûches. Mes chaussures à semelles de crêpe avaient au moins une qualité : elles ne faisaient aucun bruit. Je visitai la maison aussi rapidement que possible, et j'en appris de belles sur le compte des Johnson : chèques sans provision, rappels urgents pour des traites non réglées, plus un certain nombre de photos artistiques prises au Polaroïd dont le sujet était une petite brune grassouillette qui exhibait sa fente vulvaire avec une fierté évidente. Par contre, Cassandra Bogardus avait laissé si peu de traces qu'on ne se serait jamais douté qu'elle vivait dans cette maison. Je ne découvris rien d'autre la concernant que le tailleur de tweed et la perruque grise à l'aide desquels elle m'avait couillonné à l'aéroport. Autrement dit, j'étais chocolat.

Quand j'eus regagné la maison d'Abner, le vieil homme me demanda si j'avais trouvé mon bonheur.

« Mon bonheur, c'est d'en être ressorti vivant, dis-je.

— Ça, c'est la moindre des choses, dit-il d'un air doctoral. Après tout, vous êtes un pro, non ?

— Vous regardez trop la télé, vieux schnock », remarquai-je étourdiment. La bouche d'Abner se pinça et il alla ranger sa pétoire en grommelant dans sa barbe. Il n'arrêta pas de me tirer la tronche tandis que j'attendais le moment de rappeler le colonel dans la cabine dont il m'avait donné le numéro, attente qui s'étira tout au long d'un interminable quart d'heure et dans un silence de mort puisque Abner s'obstinait à ne pas vouloir allumer sa Sony neuve.

Le colonel décrocha à la première sonnerie, et je lui donnai rendez-vous au siège de la société. Je voulais savoir qui avait eu recours aux services de la Haliburton pour prendre Cassandra Bogardus en filature.

Pendant que nous traversions la ville, Simmons me demanda, avec toute la politesse dont peut encore être capable un gars qui est sur le point de craquer, de quoi il retournait au juste.

« Tout ce que je te demande, c'est de couvrir mes arrières, lui dis-je. Pour le reste, t'occupe. »

Là-dessus, il se mit à bouder à son tour, et je jugeai préférable de le laisser dans la voiture et d'aller voir le colonel seul. Le colonel était dans son bureau. Quand je poussai la porte, il fit :

« Milo ? puis il ajouta : Vous avez une mine affreuse.

— Je présume que vous avez fait passer tout l'immeuble au détecteur, dis-je.

— Oui, ce matin, confirma-t-il. On n'a rien trouvé. Ils avaient juste mis les téléphones sur écoutes.

— Les sales cons, dis-je et pour une fois le colonel ne se détourna pas en m'entendant proférer un gros mot.

— Je me sentirais beaucoup plus à l'aise si j'avais au moins une idée de ce qui se passe, dit-il.

— Moi aussi, mon colonel, dis-je.

— Je n'aime pas travailler dans le noir.

— Moi non plus, mon colonel.

— Bon, eh bien pourquoi m'avez-vous fait déplacer jusqu'ici, Milo ? » demanda-t-il d'une voix acerbe.

Décidément, ce soir j'avais le chic pour foutre les gens en rogne.

« Je voudrais vous emprunter deux de ces gilets molletonnés à armature pare-balles, expliquai-je.

— Servez-vous, dit-il en me lançant ses clés. Ils sont dans l'armoire aux armements.

— Mon colonel, Simmons est dehors dans la voiture, dis-je. Je l'ai engagé pour me servir d'appoint. Peut-être que vous pourriez essayer de le persuader de reprendre son poste quand tout ça sera terminé.

— Simmons ? fit-il. Brave garçon. Encore un peu sonné à cause de la guerre, mais brave garçon tout de même. Excellente idée, Milo, je vous remercie. Je vais tenter le coup. »

Le colonel coiffa sa casquette plate et sortit du bureau. Quand la porte de devant se fut refermée, je cherchai la clé idoine sur le trousseau et déverrouillai le meuble métallique où le colonel rangeait ses dossiers. La demande de surveillance concernant la nommée Bogardus Cassandra émanait d'une société de Seattle, la Multitechtronics. Après avoir noté l'adresse et le numéro de téléphone de la firme, je refermai le meuble à classeurs et j'allai chercher les gilets pare-balles en vitesse. Quand je ressortis avec dans la rue, le colonel était en train de parler à Simmons d'une voix douce et persuasive, et Simmons fixait le pare-brise d'un œil vide.

« Merci, mon colonel, dis-je en m'installant au volant de la Subaru. Je vous rappellerai. » Puis je démarrai, le laissant planté, bras ballants et bouche bée, au milieu du parking enneigé.

« Qu'est-ce que c'est que cette histoire, bordel ? me demanda Simmons.

— Le colonel veut te donner une nouvelle chance, expliquai-je.

— Sans blague ? fit-il.

— C'est pas le mauvais cheval, dis-je. Un peu coincé, mais d'une loyauté à toute épreuve.

— Il est pas trop chiant pour un officier, admit-il, puis il éclata d'un rire amer.

— Où t'habites ?

— J'ai une piaule au-dessus du Deuce.

— Comme ça, t'es toujours à pied d'œuvre, hein ? dis-je. Tu veux passer prendre des fringues ou autre chose ?

— Pour quoi faire ?

— On a une suite au Riverfront.

— Vaudrait peut-être mieux, alors.

— T'aurais pas une allumette, des fois ?

— Si, dit-il.

— Eh bien trempe-la là-dedans, dis-je en lui tendant ma petite fiole de coke, et arrangeons-nous les naseaux.

— A vos ordres, patron », dit-il.

Nous étions sur la partie de Franklin Street où se trouvent concentrés la plupart des boîtes et des restaurants de la ville, mais à cette heure tardive la circulation était si clairsemée qu'une voiture de flics n'aurait guère eu de chances de passer inaperçue. Pourtant, j'inspectai soigneusement la rue dans tous les sens pour être certain qu'on pouvait se fourrer de la coke dans le nez sans danger, et une fois de plus, la chance me sourit. Le minibus bleu ciel à bord duquel les deux malfrats étaient venus chez moi l'après-midi nous avait pris en chasse. Il restait prudemment à une cinquantaine de mètres en arrière.

« Merde ! fis-je en aspirant la coke que j'avais ramenée au bout de l'allumette. On aurait pas dû utiliser deux fois la même cabine de téléphone.

— Quoi ? fit Simmons.

— Tiens, sniffe un coup en vitesse, lui dis-je. Après, passe à l'arrière, retire le dossier de la banquette et tâche d'attraper le petit sac à dos orange qui est dans le coffre.

— Hein ?

— Fais ce que je te dis, bon Dieu ! »

Simmons devait avoir l'habitude de vider des coffres de voiture en démontant le siège arrière, car il fit ça les doigts dans le nez, rapidement et en silence.

« C'est ça que tu voulais ? demanda-t-il en me tendant le havresac.

— Exactement, dis-je en prenant le sac et en en sortant la M-11 munie de son silencieux.

— Putain, qu'est-ce que c'est que ce truc-là ? s'exclama Simmons.

— Un petit joujou drôlement chouette.

— C'est du sérieux, ton histoire, dis donc !

— Tu peux encore te tirer si tu veux, lui dis-je pendant qu'il escaladait le siège pour se rasseoir à l'avant.

— Pas question, répondit-il. Je reste.

— D'accord. Faut qu'on se mette les gilets, à présent », ajoutai-je, et on les enfila en se tortillant comme de beaux diables. C'étaient les gilets à armature d'acier tressé qui sont désormais courants dans la police. Je n'avais encore jamais eu l'occasion d'en utiliser moi-même, mais j'en avais vu un bloquer une balle de 357 magnum au cours d'un essai sur mannequin.

« Emmenons-les faire une petite balade », dis-je.

Je les menai jusqu'à l'autoroute, sans trop forcer l'allure, mais sans lambiner non plus, en roulant à la vitesse normale d'un homme qui effectue un déplacement d'ordre utilitaire. Je pris à l'ouest par l'autoroute, avec le minibus à mes trousses, et je sortis à Blue Creek Road, où j'obliquai à gauche pour prendre la petite route qui remonte le long du cours du ruisseau. La chaussée était très obscure et absolument déserte, et la neige paraissait y tomber plus dru. Un vent furieux soulevait de minuscules tornades dans la lumière de mes phares. Le minibus roulait tous feux éteints à présent, mais j'apercevais de loin en loin le reflet de ses feux de stationnement dans mon rétroviseur. J'écrasai la pédale de l'accélérateur et la petite Subaru se mit à foncer, glissant sans effort à travers les ornières comblées par la neige.

J'arrivai bientôt en vue du long pont de bois qui permet de traverser le ruisseau et de rejoindre la route de Moccasin Flats, par où je comptais gagner l'ancienne autoroute et retourner en ville. Je passai à toute allure sur les planches glissantes, roulai encore vingt mètres et m'arrêtai pile aussitôt après la courbe d'un virage. Je dis à Simmons de se mettre au volant, et je partis ventre à terre en direction du pont. Je me jetai dans le fossé qui bordait la route, juste en face de l'entrée du pont, et je me dissimulai derrière un gros rocher. Le minibus venait d'apparaître sur l'autre rive. Il roulait plus vite à présent, et il s'engagea dans notre sillage sur la chaussée de bois. La neige durcie craquait bruyamment sous ses pneus, et il me sembla entendre les deux hommes ricaner tandis qu'ils vérifiaient leurs flingues.

Je ne voulais pas les abattre de sang-froid, et je me disais que je pourrais peut-être trouver une autre solution. Aussi, j'attendis que le minibus fût arrivé au milieu du pont avant de lâcher une brève rafale en direction du pneu avant gauche. J'avais visé un peu court, et je dus en tirer une seconde. Cette fois, le pneu éclata. Le minibus se mit à tanguer dangereusement, dérapa et heurta le garde-fou du pont mais il rebondit sur l'obstacle et continua à avancer sur moi en roulant sur la jante. Le type qui était assis sur le siège du passager se pencha à l'extérieur, et une langue de feu jaillit de son bras tendu, suivie de l'horrible toussotement d'un revolver coiffé d'un silencieux. Je fis un roulé-boulé, me redressai de l'autre côté du rocher et lâchai une rafale dans la calandre. Il en jaillit de la vapeur, une gerbe d'étincelles troua l'obscurité et j'entendis distinctement le sifflement aigu d'un conduit d'essence perforé. Là-dessus la courroie du ventilateur se mit à émettre des miaulements perçants de sirène hystérique, et le minibus pila net.

« Hé, les gars ! Ecoutez-moi ! gueulai-je. Ça ne vaut pas la peine qu'on s'étripe ! »

Comme ils ne répondaient pas, j'ajoutai : « Rendez-moi la vieille dame et la fille, je ne raconterai à personne ce qui s'est passé à Elk City, et comme ça, on sera quittes ! »

Cette fois, il y eut une réponse. Trois balles ricochèrent en sifflant sur mon petit rocher ; des éclats de silex et de la poussière se mêlèrent aux flocons de neige. Oh et puis merde, après tout. J'arrosai copieusement le tablier du pont et l'avant du minibus pour les forcer à baisser la tête. Quand les premières flammèches jaillirent du moteur, je remontai le fossé en rampant jusqu'au virage, sautai à bord de la Subaru et j'ordonnai à Simmons de filer pleins gaz. Il m'obéit, et ce fut le moment le plus périlleux de toute la nuit. Au bout de cinquante mètres, il manqua de peu nous envoyer valser dans le ruisseau.

« Nom de Dieu ! fis-je. Passe-moi le volant.

— Vaut mieux », dit-il d'une voix chevrotante.

Au moment où nous échangions nos places, un rugissement étouffé se fit entendre et une énorme boule de feu jaillit dans la nuit neigeuse.

« J'espère que nos petits camarades avaient mis des manteaux bien chauds, dis-je. Parce que, pour rentrer à pied, ça va leur faire une sacrée trotte.

— Merde ! fit Simmons. Cette explosion, c'était leur minibus ? Il était en plein milieu du pont !

— Ça fait des années que les habitants du coin tannent les responsables du comté pour qu'on leur en bâtisse un nouveau », dis-je.

8

Après avoir été chercher les affaires de Simmons, on entassa toutes les armes dans la cantine, puis on appela un taxi. J'avais abandonné la petite Subaru dans l'allée derrière le Deuce avec les clés au contact. Je comptais la déclarer volée ultérieurement. Quand nous arrivâmes au Riverfront, le bar était fermé, et nous dûmes nous contenter de nous rincer le gosier avec le peu de peppermint qui me restait.

« Je suis désolé, mais je ne peux pas te dire le fin mot de l'histoire, expliquai-je à Simmons tandis que nous vidions notre dernier verre. Il y a des gens qui veulent ma peau, et moi j'essaie de faire un arrangement à l'amiable, sans tuer personne. Je ne peux pas t'en révéler plus sans te compromettre. »

Depuis l'histoire du pont, Simmons était devenu bizarrement taciturne.

« Comme tu voudras, dit-il. C'est toi le patron.

— Tu comprends, si ça tourne mal, je suis passible d'une inculpation pour détention illégale d'armes à feu. C'est un délit fédéral, ça. Sans parler de la possession de cocaïne...

— Ecoute, faut que je te dise quelque chose, coupa-t-il.

— Oui, quoi ?

— T'as déjà tué quelqu'un de près ? me demanda-t-il. Face à face, tu vois ce que je veux dire ? »

J'acquiesçai de la tête, mais contrairement à lui je n'avais aucune intention de m'étendre là-dessus.

« Eh ben moi, tu vois, je suis resté quatre mois au Viêt-nam et pendant tout ce temps-là je me suis baladé à bord d'un tank en tirant des rafales de mitrailleuse dans les fourrés. Putain, j'ai jamais vu la queue d'un Viêt-cong ! Avant la guerre, j'étais déjà assez mal barré, tu vois. Je me suis engagé dans l'armée parce que je m'étais fait piquer à Denver avec un peu d'herbe sur moi, et le juge m'a laissé le choix entre la taule et l'Oncle Sam. Et tu sais comment j'ai gagné ma médaille ? J'étais assis sur le flanc de mon char pendant une pause, en train de lire un Spiderman, quand une roquette viêt a atteint le half-track qui était garé juste devant nous. Je me suis ramassé un éclat à peine plus gros qu'une tête d'allumette, et... (Il s'interrompit, tira sa chemise hors de son blue-jean et la souleva.) Regarde-moi ce travail ! »

Les toubibs l'avaient ouvert du bas-ventre au sternum ; on aurait dit qu'ils avaient voulu l'éviscérer comme une pièce de gibier. Mais il me montrait une minuscule cicatrice bleuâtre, juste à droite de son nombril.

« Comme tu vois, je n'ai vraiment rien d'un héros. Les deux fois où ç'a failli chier tout à l'heure, j'avais une telle trouille que j'en aurais chié moi-même. Alors si tu veux prendre quelqu'un d'un peu plus sérieux à ma place, je ne t'en voudrai pas, loin de là...

— Tout ce que je te demande, c'est de te raser demain matin, dis-je. Et après, je t'emmènerai chez le coiffeur et je t'achèterai un costard. Je ne veux pas que mon garde du corps ait l'air d'un clodo. »

Il eut un large sourire et avala l'eau-de-vie qui restait dans son verre.

« Comment tu supportes de boire une saloperie pareille ?

— Tout à fait de ton avis, fiston, dis-je. Et ça sera un plaisir de remonter le fleuve avec toi.

— Qu'est-ce que ça veut dire, bon Dieu ?

— J'en sais rien, avouai-je. C'est une réplique que j'ai piquée dans un western. Et tiens, j'en ai encore une autre : « La paille de l'étable nous tend les bras, mon petit Bob. »

Je l'entendis se marrer tandis qu'il se dirigeait vers l'autre chambre de la suite. J'entendis aussi qu'il avait, comme moi, allumé la télé. La télé allait nous tenir compagnie toute la nuit, et peut-être qu'ainsi nous rêverions à des westerns plutôt qu'à nos vies moches et tristes.

Le lendemain, à mon réveil, la neige avait pris les proportions d'un vrai blizzard. Une gangue blanche de vingt bons centimètres d'épaisseur recouvrait tout, et elle aurait doublé sous peu ; un vent glacial, venu du pôle, soufflait de violentes bourrasques et la température approchait des moins vingt. C'est un climat dans lequel j'évolue à mon aise, car j'y suis né et j'ai appris à vivre avec, dès ma plus tendre enfance. Par contre ces mauviettes de Seattle, habitués qu'ils étaient à des ambiances aquatiques et sylvestres, n'allaient pas être à la fête. Il fallait que j'aille chercher des vêtements chauds et quelques accessoires d'hiver chez moi, et je voulais avoir une petite conversation avec Carolyn Fitzgerald au sujet de ses liens avec Cassandra Bogardus, mais avant tout il fallait que je me procure un moyen de locomotion.

Après avoir revêtu mes fringues de rupin, je pliai bien proprement le costume sport en Dacron vert pomme et je le fourrai dans la corbeille à papiers avec les chaussures en daim marron toutes noircies de neige par-dessus, en espérant que le mari de la femme de chambre avait un goût à chier en matière de vêtements. Ensuite, Simmons et moi prîmes un taxi pour nous rendre à l'agence de location la plus proche, où je jetai mon dévolu sur deux grosses voitures tout-terrain à quatre roues motrices du type Land Rover : une Blazer pour moi, et une AMC Eagle pour Simmons. Je me demandai si je n'étais pas en train de battre un record mondial en ce qui concernait le nombre de véhicules loués en l'espace de quatre jours. Je me demandai aussi si je reverrais jamais mon fidèle camion et, tandis que nous nous dirigions vers le centre commercial, j'essayai de me figurer de quoi Simmons aurait l'air en costume-cravate et avec des cheveux courts.

Une fois qu'il fut affublé d'un trois-pièces en tweed, je vis ce que ça donnait : il avait l'air tellement angoissé que je lui achetai aussi un long pardessus en cuir, le genre de truc un peu voyant qu'affectionnent les macs et les acteurs de Hollywood, et il se rasséréna. Après ça, on se mit au boulot, c'est-à-dire que j'entrepris de parcourir la ville dans tous les sens à la recherche de Carolyn Fitzgerald, en traînant Simmons et son Eagle dans mon sillage.

Aucune Carolyn Fitzgerald ne figurait à l'annuaire et je vérifiai aussi, au prix de vingt dollars, qu'aucun numéro non répertorié n'était enregistré sous ce nom. J'essayai de la joindre au siège de l'Association des amis de l'Ours danseur, mais on me répondit qu'elle ne passait que très occasionnellement et je laissai un message lui demandant de joindre au plus vite M. Sloan au Riverfront. Je me dis que Vonda Kay connaissait peut-être son adresse, mais le bar du motel n'ouvrait qu'à dix heures et quand je m'y pointai je trouvai derrière le comptoir une parfaite inconnue qui m'informa que Vonda ne viendrait pas travailler aujourd'hui, vu qu'elle n'était pas bien.

« Elle est chez elle, alors ? » demandai-je.

La barmaid me dévisagea longuement. Elle avait une robe pleine de dentelles et de ruchés et elle était fardée comme une starlette, mais ses yeux, c'était autre chose. Un regard dur et blasé, un de ces regards de barman qui en a tant vu. A la fin, elle fit :

« Peut-être bien.

— Je vais lui passer un coup de fil.

— Je ne peux pas vous donner son numéro, dit-elle.

— Je l'ai son numéro, mon petit. Et si je ne la trouve pas chez elle, vous lui direz que Milo est passé, d'accord ?

— Oh ! vous êtes Milo, fit-elle, sur quoi elle jeta un regard circulaire sur la salle déserte, se pencha par-dessus le comptoir et ajouta : Bon, écoutez, Vonda est partie en java. Elle m'a appelée hier soir à dix heures, complètement bourrée, pour me demander de la remplacer pendant deux jours. Alors, pour ce qui est de savoir où elle est, j'en suis réduite aux mêmes conjectures que vous. »

Je la remerciai et je remontai dans ma chambre pour téléphoner à tous les bars où Vonda Kay avait l'habitude de traîner.

Je la dénichai au Doghouse où elle était occupée à se bourrer consciencieusement la gueule en dépit de l'heure indue, et quand elle vint au téléphone elle était déjà tellement partie qu'elle avait du mal à former ses mots. « L'hiver, l'hiver, l'hiver ! bredouilla-t-elle. Je ne vais pas me farcir encore un hiver toute seule ! Oh non, Ralph, c'est trop ! » Ralph était un de ses anciens maris, qui s'était fait la paire depuis belle lurette. Quand elle eut enfin compris qui j'étais et ce que je lui voulais, elle s'arrêta brusquement de pleurnicher et se mit à m'agonir d'injures. « Pourquoi tu ne me demandes pas mon adresse à moi, espèce de salaud, hein, pourquoi ? » vociféra-t-elle avant de me raccrocher au nez. Je me précipitai au Doghouse, mais le temps que j'y arrive, elle était loin. Je téléphonai à quelques autres bars, sans résultats. Les barmaids ont une vie bien plus dure qu'on se l'imagine.

Au moment où nous regagnions nos voitures respectives, Simmons et moi, je m'arrêtai pour inspecter la supérette de nuit de l'autre côté de la rue. Elle paraissait définitivement fermée et les panneaux de contre-plaqué qui luisaient comme de la viande crue dans la pénombre grise avaient l'air de visages morts, inertes et inexpressifs. Je me pris à songer aux jeunes mariés dans leurs pyjamas de pilou constellés de petits rennes verts et rouges, au jeune Benniwah qui devait être bouclé sous bonne garde dans la salle de police de l'hôpital, et aux deux chasseurs qui m'avaient sans doute déjà mis leurs avocats aux fesses.

« Ça va bien ? me demanda Simmons à travers sa vitre baissée.

— Mais oui.

— Où on va, maintenant ?

— Chez les poulets », dis-je et il tiqua.

Je montai à bord de ma Blazer, rangeai le Browning et le Smith & Wesson dans la boîte à gants, que je fermai à clé, fourrai la M-11 au fond du havresac sous un sweat-shirt sale, et j'allai rendre visite à Jamison. En me voyant entrer dans son bureau, il s'écria :

« Bon Dieu, Milo, qu'est-ce que tu as l'air prospère ! T'as palpé la galette ?

— Déconne pas, dis-je.

— Je suis bien content que tu passes me voir », dit-il en souriant. Cela faisait déjà quelque temps qu'il ne manifestait pas envers moi autant de hargne que par le passé, mais au bout de toutes ces années où nous avions été à couteaux tirés, ça me faisait drôle qu'il me sourie comme s'il était réellement heureux de me voir. J'en étais tout gêné, et il me semblait déjà entendre la porte d'une cellule se refermer sur moi.

« Pourquoi ?

— Je voulais que tu sois le premier à savoir.

— Savoir quoi ?

— J'ai demandé au colonel de me laisser te l'annoncer moi-même, dit-il.

— Quoi ?

— Le colonel va ouvrir une succursale à Portland, dit-il. C'est moi qui la dirigerai, et puis...

— Et puis ?

— Evelyn et moi, on se remet ensemble.

— Ah bon, elle a largué son écolo ? » demandai-je, et Jamison fit oui de la tête. « Comment c'est arrivé ?

— Je ne suis pas sûr d'avoir bien saisi, dit-il d'un air songeur. Enfin, je n'ai jamais très bien saisi pourquoi elle s'était tirée de toute façon. D'après ce qu'elle m'a dit, elle lui a balancé une côte de bœuf de deux kilos à travers la gueule, et il a mis les bouts.

— Evelyn a toujours eu le sens de la repartie, dis-je. Je suppose qu'il faut que je te félicite.

— Merci, dit Jamison. Et j'ai une bonne nouvelle à t'annoncer.

— J'en aurais bien besoin.

— Mais tu me promets que tu ne mettras personne au courant de cette petite transaction ?

— Quelle transaction ?

— Les frères Belvin, tu sais, ces citoyens modèles avec un penchant marqué pour le style légitime défense qui ont démoli la supérette l'autre soir..., commença-t-il tandis qu'une expression de joie presque béate s'étalait sur sa face. Eh bien, ils ont renoncé à te réclamer des dommages et intérêts, ils ne réclameront rien non plus à la Haliburton, et ils n'iront pas faire un séjour à la prison de Deer Lodge.

— Epatant, dis-je. Et le petit Benniwah ?

— Lui par contre, je crois bien qu'il va y aller, dit Jamison d'un air navré.

— C'est moche.

— T'as bien raison, approuva-t-il.

— Ça ne te ressemble pas de dire ça, fis-je observer. Et je n'arrive pas à croire que tu vas quitter la police.

— Tu sais, Milo, fit-il en se laissant aller en arrière sur son fauteuil pivotant et en se croisant les mains derrière la nuque, j'ai du mal à y croire moi-même. Il y a bien des années, tu m'as dit que je ne serais jamais un bon flic à cause de mon sens moral hypertrophié, tu te souviens ? Eh bien, tu avais raison, tu vois.

— J'ai dit ça, moi ?

— Parfaitement, dit-il, et je crois aussi que tu m'as proposé plusieurs fois d'aller avec toi dans les collines pour qu'on règle nos comptes à coups de poing. Si j'avais accepté, je serais peut-être devenu un meilleur flic. »

Je ne dis rien. Ce nouveau Jamison me mettait terriblement mal à l'aise. Pendant toute notre enfance et notre jeunesse, il s'était donné un mal de chien pour être copain avec moi. A l'université, nous avions appartenu à la même équipe de football. En Corée, nous étions dans la même unité. Nous avions même opté ensemble pour ce qu'il appelle « les forces de l'ordre » : je m'étais fait embaucher au bureau du shérif moins d'un mois après qu'il fut entré dans la police. Il avait mis longtemps à comprendre qu'il y avait un bon nombre de lois que je ne tenais pas plus que ça à faire respecter, et plus longtemps encore à me le pardonner. Il rompit ce long silence en me demandant :

« Au fait, qu'est-ce que tu voulais ?

— Une faveur ou deux.

— Si c'est dans mes cordes.

— J'aurais besoin que tu me passes deux ou trois noms à l'ordinateur.

— Voyons, Milo, tu sais bien que ce n'est pas possible, dit-il d'un ton de doux reproche.

— Qu'est-ce que tu peux me dire au sujet de ce minibus qu'on a repêché dans la rivière ce matin ? »

Le journal n'en avait pas encore parlé, mais la radio locale en faisait ses choux gras et déversait un déluge d'insanités où il était question de véhicules mitraillés, de ponts démolis et de gangs de la drogue.

« Rien de plus que ce que tu aurais appris en lisant le journal de demain, dit-il en lissant du doigt une feuille d'imprimante, ou en regardant les infos de ce soir à la télé.

— Mais encore ?

— Pas de numéro d'identification sur le véhicule, expliqua-t-il. Pas de numéro de moteur non plus, en tout cas aussi longtemps que le spécialiste d'Helena ne sera pas venu faire un test à l'acide. Plaques d'immatriculation volées. Tu connais le scénario. Pourquoi tu me demandes ça ?

— Simple curiosité, dis-je.

— Bon Dieu, Milo, gémit-il. Tu attires les calamités comme le miel attire les mouches.

— Ou la merde.

— Voilà, dit-il. Alors, tu viendras au match ?

— Si je peux.

— Fais un effort, dit-il. Tiens, ton billet.

— Merci, dis-je en rangeant soigneusement le billet dans mon portefeuille. Je tâcherai de m'arranger.

— Le petit serait si content de te voir.

— Je te dis que j'essaierai.

— Et si tu arrives à imaginer un service que je pourrais vraiment te rendre, tu n'as qu'à me faire signe, dit-il.

— C'est entendu », dis-je et on en resta là.

Après avoir laissé le véhicule de Simmons dans le parking du motel, et puisque apparemment nous n'avions rien de mieux à faire, on passa le reste de la journée à divaguer sous les bourrasques, sillonnant en tous sens les rues enneigées dans l'espoir de trouver la Mustang de Carolyn Fitzgerald ou de repérer Vonda Kay, vérifiant de temps à autre au motel si on ne m'avait pas laissé de message et faisant chaque fois chou blanc, repassant inlassablement devant la maison Bogardus où tout était éteint et la résidence Weddington plus obscure encore, et à force de cocaïne, de peppermint et de tracas je finis par m'affoler sérieusement — et peut-être même que je perdis la boule pour de bon.

Quoi qu'il en soit, juste après la tombée de la nuit, je vins ranger ma Blazer dans l'allée de devant de mes voisins, avec un plan complètement démentiel en tête. Comme ma voisine avait mis le nez à la fenêtre pour voir qui était entré chez elle, je gravis les marches du perron et je frappai à sa porte.

« Milo ! s'écria-t-elle en m'ouvrant. Tu es drôlement chic. Où étais-tu passé ? Entre donc.

— Un peu plus tard, peut-être, dis-je. Ça ne t'ennuie pas que je laisse mon bahut dans ton allée pendant dix minutes ?

— Mais pas du tout, voyons », répondit-elle avant de me rouler un de ces patins diaboliques dont elle avait le secret, en jouant des dents, des lèvres et de la langue avec tellement de conviction que je fus à deux doigts de me laisser entraîner à l'intérieur. « Oh ! je t'en prie, reviens ! » ajouta-t-elle au moment où je tournais les talons pour m'en aller. Elle palpa rapidement le .38 accroché sous mon bras. « Tu sais comme ça m'excite quand tu as un revolver sur toi !

— Bien sûr », dis-je, mais j'aurais préféré ne pas le savoir.

Je récupérai Simmons et nous nous introduisîmes chez moi par la porte de la cave. On rassembla tout le matériel en un énorme tas : des anoraks en duvet, des sacs de couchage, mon fusil à élan, une carabine à pompe Ruger .44 magnum, un fusil anti-émeutes de calibre 12, le petit derringer de mon grand-père, deux paires de grosses bottes de neige à épaisse doublure de flanelle. Simmons, qui était aussi givré que je l'étais, avait le plus grand mal à se retenir de pouffer et quand je formais silencieusement le mot « micros ! » pour qu'il se réfrène, son hilarité augmentait à tel point qu'il devait se gonfler à en éclater pour la réprimer. Il nous fallut deux voyages pour transporter tout ça jusqu'à la Blazer, et au second je pris aussi ma tronçonneuse dans son étui en plastique. Simmons s'enfonça le poing dans la bouche et quand il eut enfin repris le contrôle de lui-même, il me chuchota : « Putain, t'as déjà assez d'armes pour commencer une guerre, mais si en plus tu veux nous faire jouer *Massacre à la tronçonneuse,* moi je me barre. » Il n'en dit pas plus parce qu'il était obligé de crisper ses mâchoires pour se retenir de rire.

Mais quand nous eûmes réintégré la voiture, il éclata et le fou rire me gagna à mon tour. Quand nous parvînmes enfin à nous modérer, nous avions passé le stade des larmes depuis un bon moment. Ma voisine sortit pour voir ce qu'on fabriquait, mais je lui fis sniffer un peu de coke au creux de mon poing et je la persuadai de rentrer chez elle à l'aide de fallacieuses promesses.

« Où c'est que tu vas encore ? me demanda Simmons comme je sortais une fois de plus de la bagnole.

— J'ai oublié un truc », dis-je, en lâchant de brefs jappements de rire qui se brisèrent sur le gros amas de neige entassé au bord de l'allée. Je pensais à la grenade que j'avais trouvée sous mon siège dans l'Idaho et je retournai jusqu'à ma maison en marmonnant sans arrêt : « Ah, vous m'avez piégé, ordures ! Piégé ! » Je montai mon arbalète dans la cuisine, attachai une ficelle au bouton de la porte et la reliai à la gâchette en la faisant passer à travers la poignée de la porte d'un placard, ensuite je fixai l'arbalète face à la porte sur une chaise de cuisine, l'armai, dévissai la pointe du carreau et la remplaçai par un vieux ballon de handball dans lequel j'avais fait un trou. Avec ça, ces fumiers-là y regarderaient à deux fois avant de revenir se frotter à moi, et peut-être qu'ils se décideraient à parlementer en voyant de quelles ruses tortueuses j'étais capable. J'allai ouvrir la porte de devant, je la claquai, j'allumai la télé, je secouai un bon coup mon vieux canapé branlant, puis je me glissai silencieusement dehors en passant par la cave.

En arrivant dans le parking du motel, je décidai que je n'avais passé que trop de temps à avoir l'air de quelqu'un d'autre. De son côté, Simmons n'arrêtait pas de tirailler son nœud de cravate comme si c'était une corde de pendu. Nous montâmes donc à notre suite pour nous changer. Ça me faisait un bien fou de me retrouver dans des vêtements normaux ; après avoir sniffé une autre ligne je me sentis encore mieux et on se rua au bar car il restait encore quelques minutes avant la fin de l'heure creuse et de ses doubles rations.

Parfois, là où le labeur éreintant n'a pas porté de fruits, la chance fait éclore une rose imprévue. Carolyn Fitzgerald était assise au bar, avec à la main — ô merveille! — un Martini. Ah! que j'aurais aimé sentir fondre sur ma langue le délicieux mélange de gin et de vermouth! Mais si j'en avais bu un ç'aurait été trop et ensuite dix mille ne m'auraient pas suffi. Je me juchai sur le tabouret voisin du sien et je fis signe à Simmons de s'asseoir sur son autre flanc, puis je commandai un café. Il fallait reprendre le harnais, même si je n'étais pas vraiment en état de travailler.

J'échangeai avec Carolyn, qui, de toute évidence, n'était pas précisément enchantée de me voir, quelques traits d'esprit banals et sans joie, après quoi je lui annonçai :

« Il faut que je te parle. En tête à tête. J'ai une chambre là-haut. Tu n'as qu'à prendre ton verre avec toi.

— De quoi veux-tu qu'on parle? demanda-t-elle.

— D'affaires.

— La dernière fois qu'on s'est vus, Milo, tu avais nettement plus envie de batifoler que de discuter affaires, dit-elle. Et à en juger par la dimension de tes pupilles, tu risques d'être encore plus boute-en-train que l'autre fois.

— Vachement bien envoyé », dis-je puis je lui pris la main comme pour admirer la tripotée de bagues qui lui ornait les doigts et je l'attirai sous ma veste jusqu'à l'endroit où le petit .38 était lové comme un serpent à l'intérieur du crâne d'un squelette.

« Il s'agit d'une affaire sérieuse, dis-je.

— Mon Dieu! souffla-t-elle.

— Rigole, lui dis-je, souris, prends ton verre et viens. Le copain qui est derrière toi a un flingue encore plus gros. »

Elle eut un sourire amer suivi d'un rire contraint, et elle me suivit. Visiblement, elle était au supplice. La courroie de son sac glissait sans cesse de son épaule tremblante et, le temps que nous arrivions à la porte de la suite, tout le gin s'était échappé de son verre qu'elle tenait pourtant à deux mains, formant de petits ruisseaux limpides sur ses bagues de turquoise, d'argent, de saphir et d'émail.

« Je suis désolé, dis-je après avoir refermé la porte à double tour. Je suis affreusement navré, mais c'est bougrement sérieux. »

Sans répondre, Carolyn jeta son verre vide sur le lit, se laissa choir dans un fauteuil et enfouit son visage dans ses mains couvertes de bagues, enfonçant ses longs ongles rouges dans la chair de son front. Je dis à Simmons d'aller dans l'autre chambre. Son visage exprimait les sentiments que j'éprouvais, ceux d'un homme brutalement descendu de son petit nuage de défoncé hilare et happé par la gueule noire de la réalité. A la fin, Carolyn releva la tête, sourit comme une femme résignée à endurer un sort pire que la mort, et extirpa ses cigarettes du fond de son sac avec des gestes convulsifs.

« Pardon d'avoir craqué comme ça, me dit-elle en exhalant un panache de fumée sinueux, mais les armes à feu me terrorisent complètement. Il y a trois ans, à Washington, un type s'est introduit dans mon appartement et m'a violée sous la menace d'un revolver. Je suis encore un peu à vif là-dessus.

— Je comprends, dis-je. Je suis navré... Merde, j'imagine qu'un homme ne peut pas vraiment comprendre ce genre d'outrage, à moins de s'être fait violer en prison...

— Ça t'est arrivé ?

— Oh non! Ce n'est pas ce que je voulais dire. J'essaie simplement de m'excuser, mais tu n'avais pas l'air d'être disposée à me parler, et...

— Et tu es défoncé comme une bête.

— A vrai dire, oui.

— J'espère que tu as une bonne raison d'avoir fait ça, dit-elle, en retrouvant peu à peu son aplomb naturel.

— Cassandra Bogardus.

— Cassie ?

— Il faut absolument que je la voie.

— Ce n'était vraiment pas la peine de me kidnapper sous la menace d'un flingue rien que pour voir Cassie, dit-elle. D'après ce que je sais d'elle, Cassie est très accueillante avec les hommes. Elle les reçoit toujours à bras ouverts, même si ça ne dure jamais assez longtemps à leur goût.

— Ce n'est pas de ça qu'il s'agit, dis-je. Je veux seulement lui parler.

— Ils disent tous ça.

— Merde », fis-je. Je n'étais pas d'humeur à converser, et d'ailleurs Carolyn n'avait peut-être rien d'intéressant à m'apprendre.

« J'ai son numéro de téléphone, dit-elle en écrasant sa cigarette et en en allumant une autre, et son adresse.
— Je les ai aussi. Mais elle n'est jamais chez elle.
— J'ai d'autres problèmes.
— Lesquels ?
— Toi, Milo, ton revolver, ton copain avec ses yeux d'halluciné. Et puis je me demande comment tu as su que je connaissais Cassie.
— Le jour où on s'est rencontrés, je surveillais sa maison, expliquai-je. Je t'ai suivie jusqu'ici parce que je t'avais prise pour elle.
— Et pourquoi étais-tu censé la filer, bon Dieu, si ce n'est pas indiscret ?
— Tu sais, ce n'était peut-être qu'une pure coïncidence, dis-je. Mais il s'est passé tellement de trucs bizarres ces derniers temps que je n'arrive plus très bien à distinguer les effets des causes. Bref, pour tout te dire, je patauge complètement.
— Comme ça, on est deux, mon bonhomme », dit-elle en faisant cliqueter ses longs ongles sur le plateau du petit guéridon posé près de son fauteuil. Les zébrures de mon dos se mirent à me picoter, et la sensation familière d'un fusil braqué sur ma nuque m'arracha un frisson.

« Il faut que je la voie, dis-je. Il y a des gens qui essaient de me tuer, et je crois qu'elle sait pourquoi. »

Je m'approchai du fauteuil de Carolyn, me penchai sur elle, sortis le Smith & Wesson de son étui et le posai sur le guéridon, à côté de sa main, puis je m'éloignai à reculons.

« Je ne peux pas t'arracher des réponses de force, mon cœur. On n'a passé qu'une nuit ensemble, mais c'était une belle nuit. Si tu sais où elle est, appelle-la, je t'en prie, et dis-lui que je veux lui parler.

— Peut-être que c'est à cause de toi qu'elle se cache, dit Carolyn d'une voix douce en crachant une épaisse fumée et en repoussant le revolver loin d'elle. Ça t'est déjà venu à l'idée ?

— Peut-être que c'est à cause de moi, dis-je en m'asseyant sur le lit. Mais quelquefois ça ne sert à rien de savoir qui on fuit. En tout cas, maintenant, c'est toi qui as le flingue. Tu n'as qu'à nous ménager une rencontre, je viendrai seul et sans arme. Tu pourras me fouiller, si tu veux, et même me déshabiller entièrement. (A cette idée, une pointe d'hilarité me chatouilla la luette.)

— Je peux téléphoner d'ici ?
— Bien sûr.
— Va dans la salle de bains, ferme la porte et fais couler la douche », dit-elle négligemment et je lui obéis, en laissant le .38 sur le guéridon, bien que son poids rassurant me manquât. Il me sembla que je restai une heure assis au milieu de la buée qui sortait de la douche brûlante, mais en réalité il n'avait pas dû s'écouler plus de dix minutes quand Carolyn vint frapper à la porte. Une expression revêche lui durcissait les traits.

« Tu peux sortir un moment, bourreau des cœurs, me dit-elle sans l'ombre d'un sourire.
— Ça a marché ?
— Elle est censée me rappeler dans un quart d'heure.
— Tu veux boire un verre en attendant ?
— Un Martini, dit-elle. Au Beefeater, avec des glaçons. »

J'allai trouver Simmons dans sa chambre et je le priai de descendre nous chercher à boire, puis je regagnai la mienne et je m'assis en face de Carolyn.

« Ça te dérangerait de faire disparaître cette chose ? » me demanda-t-elle en fixant d'un œil excédé le hideux petit revolver. Je le ramassai et je le remis dans son étui. « Tu as déjà tué quelqu'un ? ajouta-t-elle.
— En Corée, il a bien fallu, dis-je. Mais ça ne m'emballait pas particulièrement. J'ai été shérif adjoint pendant dix ans, sans jamais tirer, sauf des coups de semonce. Il y a sept ans, j'ai abattu deux types qui essayaient de me tuer.
— Et qu'est-ce qu'on éprouve ?
— Sur le moment, ou après ?
— Les deux.
— Sur le coup, on est pris d'une espèce d'engourdissement, dis-je. C'est ce qui retient d'être malade. Après on est malade, triste, dégoûté, et finalement on s'en fait une raison.
— Comment ?
— Comme on se fait une raison de n'importe quoi. Avec le temps, ça se tasse, on se transforme. C'est à ton viol que tu penses, n'est-ce pas ? » Elle acquiesça de la tête et alluma une nouvelle cigarette au mégot de la précédente. « Tu l'aurais tué, si tu avais pu ?
— Non, dit-elle d'un ton catégorique. Je ne veux tuer personne. Jamais.

— C'est ce que je ressens aussi, dis-je en pensant au mal que je m'étais donné pour ne pas atteindre les deux types du minibus, alors qu'ils avaient ouvert le feu sur moi.

— Pourquoi ?

— D'abord, il y a suffisamment d'hécatombes comme ça dans le monde, et ensuite je crois que je n'ai plus l'estomac assez bien accroché.

— Intéressant, fit-elle.

— Parle-moi de Cassandra Bogardus.

— C'est la fille la plus gonflée que j'aie jamais vue, commença-t-elle d'une voix douce. Je crois qu'elle aurait tué mon violeur, ou qu'elle se serait fait tuer sur place plutôt que de lui céder... Mais à vrai dire, je ne la connais pas assez bien pour en être sûre.

— Pourquoi ?

— J'ai fait sa connaissance à Washington il y a des années, expliqua-t-elle, et on s'est retrouvées ici par le plus grand des hasards il y a seulement quelques mois.

— Qu'est-ce qu'elle fait dans la vie ?

— Elle se les roule. A l'occasion, elle bosse aussi comme reporter-photographe indépendant pour des magazines, et elle s'en va couvrir une guerre par-ci par-là.

— Une guerre ? fis-je. Elle a plutôt l'air d'une cover-girl, ou quelque chose dans ce goût-là.

— Il ne faut pas t'y tromper, dit-elle. Elle a couvert au moins deux guerres au Moyen-Orient et une révolution en Amérique centrale. »

Sur ces entrefaites, Simmons fit son apparition avec un plateau lourdement chargé : deux Martini pour Carolyn, deux bières *Dos X* pour lui, et deux petits verres de cette saleté de peppermint pour moi. Il emporta ses bières dans sa chambre, mais Carolyn n'était plus d'humeur à bavarder, et nous nous contentâmes de boire et de fumer en silence jusqu'à ce que le téléphone se mette à sonner. Carolyn décrocha, fit « Oui ? » puis écouta sans rien dire pendant un assez long moment. A la fin, elle regarda dans ma direction et transmit :

« Tu dois être seul, sans arme, et absolument certain de n'être pas suivi. C'est faisable pour toi, bourreau des cœurs ?

— Absolument », dis-je et elle communiqua ma réponse au téléphone avant de raccrocher.

« Je t'attendrai au bar à dix heures, dit-elle en se levant. Et tâche de t'habiller chaudement.

— Et tes cocktails, tu ne les finis pas ?

— Tu en as plus besoin que moi, dit-elle en se dirigeant vers la porte.

— Tu ne peux pas au moins me donner une idée de ce dont il retourne ?

— Si, dit-elle en posant la main sur la poignée. J'en ai ras le bol de votre western à la con. »

Là-dessus, elle sortit et claqua la porte derrière elle avec une violence subite et rageuse.

Quand Simmons entra dans la pièce, j'étais en train de me marmonner : « Western à la con, western à la con... »

« Qu'est-ce qui s'est passé ? demanda-t-il.

— J'en sais rien, dis-je. Si on mangeait un morceau, tiens ? Peut-être que ça nous aiderait à redescendre un peu.

— Manger ? fit-il. Merde, c'est tout juste si j'arrive à avaler ma bière.

— Je vois ce que tu veux dire », fis-je. Je trempai l'index dans le Martini intact de Carolyn, touillai les glaçons et suçai le gin qui m'humectait le doigt. « Allons faire un tour à pied jusque chez moi. Peut-être qu'au retour on aura un peu plus d'appétit.

— A pied ? fit Simmons. Bon Dieu, Milo, il y a du blizzard dehors.

— Et j'ai une affreuse tempête de neige sous le crâne, dis-je. Allez, on y va. »

Après avoir chaussé les grosses bottes fourrées et nous être emmitouflés dans des anoraks de duvet et des moufles en mouton retourné, nous sortîmes dans la tempête. La discussion thanatologique que je venais d'avoir avec Carolyn m'avait donné une subite envie de désamorcer mon petit piège pour rire.

Mais ils étaient déjà passés. La neige n'avait qu'à demi recouvert la trace de leurs pas. Comme la première fois, ils étaient entrés simultanément par les deux portes. Le carreau d'arbalète était fiché dans la neige épaisse qui bordait les marches de la cuisine, et la chute d'un corps y avait laissé un grand creux d'où partaient des sillons profonds qui indiquaient qu'on l'avait traîné dans la neige. La porte était grande ouverte, et des monticules de neige de cinquante centimètres de haut esquissaient la forme d'une dune au pied des placards de la cuisine. Je la refermai silencieusement, et nous entreprîmes de traverser le grand désert blanc du parc Milodragovitch pour regagner notre suite douillette, en nous arrêtant au passage devant la résidence de la pointe sud pour voir s'il y avait de la lumière dans l'appartement où j'avais vu les deux gangster rentrer l'autre jour, mais ses fenêtres étaient aussi noires que la nuit ténébreuse.

9

Carolyn arriva à l'heure dite, vêtue aussi chaudement que moi. Je lui proposai de boire un verre pour la route, mais elle déclina l'offre. Une fois dans le parking, je lui demandai quelle voiture elle voulait qu'on prenne, et elle suggéra la mienne. Après avoir inspecté l'intérieur de la Blazer sous toutes les coutures, elle me fouilla très soigneusement. Comme promis, j'avais transféré toutes les armes dans le coffre de l'Eagle de Simmons. Mais j'avais bien trop peur pour lui avoir tenu entièrement parole sur ce point : le derringer du grand-père était niché au creux de ma moufle droite, que j'avais négligemment jetée sur le tableau de bord en montant dans la voiture. Comme je l'avais prévu, Carolyn n'y vit que du feu, et je m'en voulais un peu de l'avoir roulée aussi facilement, mais j'aimais mieux être déloyal que mort.

« Bien, dit-elle à la fin. Et maintenant, dis-moi comment tu vas t'y prendre pour être sûr que nous ne sommes pas suivis.

— Fais-moi confiance, tu vas voir. Si on a des gens aux trousses, je les sèmerai. Mais personne ne nous filera.

— Fais quand même ton truc, quel qu'il soit, dit-elle. Et ces machins électroniques qu'on colle dans les bagnoles pour les pister de loin ?

— Les micro-émetteurs ?

— Ça doit être ça, oui. »

Je traversai la ville, m'arrêtai devant le siège de la Haliburton et je baratinai le régulateur pour qu'il me file la clé de l'armoire aux équipements électroniques, puis je retournai à la Blazer armé d'un détecteur d'ondes radioélectriques. « Tu vois ce cadran ? expliquai-je à Carolyn. S'il y a un émetteur dans la voiture, l'aiguille va s'affoler. » Mais l'aiguille ne bougea pas. Après avoir restitué l'appareil, je remontai en voiture et je lui dis : « Maintenant, on va s'occuper de la filature à vue. »

Je suivis le long corridor obscur de Slayton Canyon ; en arrivant au bout de la chaussée bitumée, je mis la Blazer en position 4 × 4 et je continuai sur le chemin de terre qui mène à Long Mile Creek. Je roulais droit devant moi, en défonçant les congères, et Carolyn se mit à se mordiller nerveusement le poing à travers son gant en laine. Je continuai à bringuebaler le long de la petite piste montagnarde jusqu'à ce que j'eusse trouvé un arbre qui se prêtait à mes desseins, un grand pin dont le tronc faisait près de cinquante centimètres de diamètre et qui penchait au-dessus de la route en direction du flanc de colline. Je stoppai un peu en avant de lui, sortis ma tronçonneuse de son étui et vérifiai l'huile et l'essence en priant le ciel qu'elle veuille bien démarrer.

« Qu'est-ce que tu vas faire ? me demanda Carolyn en se penchant par sa vitre baissée.

— Un barrage, répondis-je en tirant un coup sur le cordon du démarreur, qui ne répondit pas.

— C'est une forêt domaniale, dit-elle. Tu n'as pas le droit.

— Boucle-la, tu veux », dis-je en tirant une seconde fois sur le cordon.

Le moteur se mit à tousser, puis s'éteignit en crachant un jet de fumée noirâtre. Mais au troisième essai, il vrombit, crépita, et se mit à ronronner régulièrement. Je le laissai chauffer quelques instants, puis je coupai le jus. Je m'enfonçai jusqu'aux hanches dans la neige qui recouvrait le bas-côté de la route, et après avoir dégagé les broussailles enchevêtrées autour du tronc, je refis démarrer la tronçonneuse. La coupe ne fut ni élégante, ni rapide, et l'espace d'un instant je crus bien que cet abruti d'arbre allait tomber sur la Blazer, mais en fin de compte il s'affala en travers de la route exactement comme je voulais et le rebond ne m'arracha pas la tête.

Après avoir remisé la tronçonneuse à l'arrière, je me rassis au volant en haletant comme un ours blessé et je mis le chauffage au maximum.

« Tu sais, quelquefois... », commença Carolyn. Elle s'interrompit, tira sur sa cigarette et reprit : « Quelquefois, j'ai l'impression que vous autres, les gens du coin, vous ne soupçonnez même pas à quel point cette contrée est magnifique, tellement vous la maltraitez.

— Quand j'aurai besoin qu'une bon Dieu de touriste m'explique comment il faut vivre dans mon propre pays, je te ferai signe, d'accord ? lui répondis-je. Et en attendant, tu n'as qu'à fermer ta gueule. Quand tu verras ce qui se passe à Butte, ou les mines de charbon à ciel ouvert dans l'est de l'Etat, ou les forêts entières coupées à ras, dis-toi bien qu'on est peut-être des putes, mais que ce sont les maquereaux de merde qui jouent au squash au Yale Club de New York qui s'engraissent sur notre dos. Alors, ferme ta gueule, tu veux.

— Excuse-moi », fit-elle, et elle avait l'air sincère.

J'avais dit tout ce que j'avais à dire, et je démarrai. J'étais couvert de sueur gelée et les derniers restes de cocaïne et d'alcool qui s'écoulaient hors de mon organisme comme une pluie acide me secouaient de frissons convulsifs. Toutes les parties de mon corps où le gel avait mordu — le bout de mon nez, mes joues, mes lobes d'oreilles, mon auriculaire gauche, mon cou-de-pied gauche — s'étaient mises à me piquer et à me brûler comme si on y avait appliqué simultanément autant de cigarettes allumées. Et j'étais tellement exténué que ça m'était presque égal de savoir si je verrais Cassandra Bogardus ou pas.

Après qu'on eut enfin quitté la route de Long Mile, Carolyn me fit retourner en ville par l'autoroute, et on échangea la Blazer contre sa Mustang, qu'elle avait laissée garée dans une petite rue du quartier sud. Elle me força à m'allonger sur la banquette arrière et à me cacher sous une couverture.

Lorsqu'elle me tira de là, nous étions garés devant la porte de derrière de l'aile neuve du Riverfront. Je l'avais mauvaise.

« Ah, elle est bien bonne celle-là ! fis-je tandis que Carolyn déverrouillait la porte avec une clé de chambre et me précédait dans l'escalier. Tellement bonne que je suis à court de mots !

— Je suis désolée, je t'assure, dit-elle. Mais Cassie est inquiète. Et quand Cassie est inquiète, moi je crève de trouille. »

Elle s'arrêta devant la porte d'une chambre, et frappa deux coups brefs, puis trois autres, et encore un. Mes doigts se refermèrent sur le derringer.

« Un code en plus, on ne se refuse rien, maugréai-je.

— Attends que je sois partie, me dit Carolyn d'une voix brève, et ensuite frappe deux coups à la porte. » Elle m'effleura la joue du bout de ses doigts. « Je te recontacterai, dit-elle.

— Tu ne vas nulle part, femme fatale, lui soufflai-je à l'oreille en lui collant le derringer sur la gorge. On a passé une nuit formidable ensemble, mais ce n'était qu'une nuit, et je ne me fie plus du tout à toi à présent. »

Ses paupières se mirent à papilloter, et ses poumons se vidèrent. Je sentis son haleine tiède sur mon visage brûlant, et je crus qu'elle allait tomber dans les pommes, mais elle reprit son souffle, poussa un soupir et frappa deux fois à la porte. Cassandra Bogardus l'ouvrit et je lui intimai le silence en posant sur mes lèvres le canon du petit derringer, puis je poussai Carolyn à l'intérieur, refermai la porte d'un coup d'épaule et leur ordonnai par signes de s'allonger sur le sol. Après quoi j'inspectai la chambre.

Personne n'était planqué sous le lit, ni nulle part ailleurs, pas même sur le balcon qui donnait directement sur les flots noirs et tumultueux de la Meriwether. J'ignorais où Cassandra Bogardus s'était cachée, mais en tout cas ce n'était pas dans cette chambre. Les tiroirs de la commode étaient vides, la salle de bains impeccablement propre, la penderie ne contenait rien d'autre qu'un anorak de ski et une paire d'élégants snow-boots tous dégouttants de neige fondue, et l'ordonnance du lit n'avait été troublée que par le grand et luxueux fourre-tout en cuir qui était posé dessus.

Je fis lever les deux jeunes femmes en leur chatouillant la plante des pieds du bout de mes bottes. Carolyn était furieuse et terrifiée, et sa respiration rauque et haletante évoquait le son d'un soufflet de forge sur des charbons chauffés à blanc, mais la Bogardus se bornait à hausser un de ses sourcils parfaits et à retrousser imperceptiblement les commissures de ses lèvres incomparables. Elle avait l'air plus amusée qu'effrayée.

J'articulai silencieusement le mot « Dehors » en lui tendant son anorak, ses caoutchoucs et son sac. Nous sortîmes tous les trois dans le couloir et je les pilotai en direction de ma chambre. Arrivée à mi-chemin, Carolyn s'arrêta brusquement et elle se mit à m'engueuler.

« Espèce de salaud! siffla-t-elle. De quel côté es-tu donc?
— Je ne sais même pas à quel jeu on joue, chuchotai-je.
— Et si je me mettais à hurler? fit-elle. Qu'est-ce que tu ferais? Tu m'abattrais?
— Je te mettrais K.O. en espérant que je ne te briserai pas la mâchoire et que ta langue ne sera pas entre tes dents, vu que tu pourrais la couper, ou peut-être que je me mettrais à hurler aussi...

— T'es une vraie terreur, cracha-t-elle avec mépris.

— Calme-toi, ma chérie, fit Cassandra Bogardus d'une voix douce en prenant la main de Carolyn. Tu ne vois pas qu'il a aussi peur que nous ? Faisons comme il dit et tout ira bien. »

Carolyn resta un long moment à peser le pour et le contre, et j'en profitai pour examiner un peu cette Bogardus. L'autre matin, dans la longue-vue, elle m'avait déjà paru très belle, mais de près et en chair et en os, elle était d'une beauté tout bonnement sidérante. Jamais, sauf peut-être en rêve, je n'avais vu une créature aussi merveilleuse. Une peau au grain irréprochable, si expertement maquillée qu'il était impossible de distinguer, même dans ce couloir brillamment éclairé, la trace d'un fard qui n'aurait sans doute pas bougé sous les sunlights les plus puissants, des dents d'une blancheur et d'une régularité stupéfiantes, des prunelles vert jade dans lesquelles dansaient de petites flammes d'ambre, et des cheveux d'une blondeur de miel qui ruisselaient en douces et somptueuses ondulations le long de ses épaules et se recourbaient en boucles soyeuses juste au-dessus de sa poitrine généreuse et pleine. Elle était vêtue d'un pull en V dont le vert rappelait celui de ses yeux par-dessus un col roulé couleur d'or pâle, d'un jean de couturier tellement moulant que j'en éprouvais comme une gêne, et d'escarpins dorés à talons aiguilles, noués à la cheville par des lanières d'une finesse arachnéenne, dans lesquels elle était un peu plus grande que moi.

« Quand t'auras fini de te rincer l'œil, bourreau des cœurs, fit Carolyn, peut-être qu'on pourra continuer.

— Que... ? Ah oui, oui, dis-je. Une fois que nous serons dans ma chambre, mesdames, plus un mot...

— Il a peur qu'il y ait des écoutes électroniques, ma chérie, expliqua Cassandra à Carolyn, et je ne peux l'en blâmer.

— Hein ? Oui, c'est juste. Allons-y. »

Une fois dans ma chambre, je fis asseoir les deux jeunes femmes à la table et je fouillai leurs sacs à main, d'une part pour voir s'ils ne renfermaient pas de micros, d'autre part dans l'espoir d'en tirer une information quelconque. Apparemment, elles étaient bien qui elles prétendaient être, et elles ne transportaient aucun matériel d'espionnage, mais par surcroît de précaution je fouillai aussi leurs anoraks et leurs snow-boots. La Bogardus se leva, fit passer son pull en V par-dessus sa tête et le posa sur le dossier de sa chaise, puis elle jeta sur la table ses boucles d'oreilles et ses bagues. Elle se débarrassa de ses escarpins, tira le bas de son col roulé de la ceinture de son jean et entreprit de le retirer à son tour. Elle le retroussa jusqu'à la hauteur de ses seins et s'arrêta brusquement.

Je devais avoir la bouche grande ouverte, car elle me demanda : « Quoi, vous ne voulez pas que je me déshabille et que nous passions ensemble dans la salle de bains pour pouvoir parler tranquillement après avoir ouvert les robinets ? » Avant que j'aie eu le temps de m'écrier que ce n'était pas la peine, elle était nue comme un ver et se dirigeait nonchalamment vers la porte de la salle de bains en lançant par-dessus son épaule à l'adresse de Carolyn, dont la bouche était encore plus pendante que la mienne : « Attends-moi ici, ma chérie. Ça va nous prendre un petit moment. » Elle fit un arrêt près du lit, sortit de son sac une grande enveloppe en papier kraft, puis elle pénétra dans la salle de bains et fit couler l'eau. J'ôtai mon anorak et mon gilet molletonné, fourrai le derringer dans ma poche revolver et lui emboîtai le pas. Dans mon dos, Carolyn poussa un long et bruyant soupir.

La salle de bains était grande pour un motel, mais elle me parut soudain terriblement exiguë. Cassandra Bogardus leva une jambe, cambra son adorable pied et repoussa la porte, après quoi elle me prit la main et me promena l'index à l'intérieur de sa bouche. « Vous voyez, il n'y a rien », murmura-t-elle, puis elle l'attira entre ses cuisses — « Ici non plus » —, puis de l'autre côté — « Ni là ». J'avais une boule dans la gorge ; je l'avalai, et j'eus l'impression qu'un pieu me transperçait la poitrine.

« Vous voyez, chéri, je suis blanche comme neige, dit-elle. Nous pouvons bavarder tranquillement, ici nous sommes à l'abri des micros directionnels, des micros-clous et même de ces drôles de petits lasers qui captent les vibrations sur les vitres. » Elle se pencha en avant pour ouvrir aussi le robinet d'eau chaude, et son sein s'écrasa contre mon bras. « Nous sommes tout à fait en sécurité, dit-elle encore.

— Vous avez l'air d'en connaître un bout sur les écoutes électroniques », fis-je idiotement, comme si quelque chose m'interdisait de lui faire observer que pour un spécialiste, gommer le bruit de l'eau couvrant les sons d'une conversation sur une bande magnétique était l'enfance de l'art. « Trop, peut-être...

— Je ne sais que ce que j'en ai lu dans des livres », dit-elle.

Elle s'empara à nouveau de ma main, et serra mes doigts inertes jusqu'à ce qu'ils réagissent à sa pression tout en me disant :

« Je suis si heureuse de faire enfin votre connaissance, monsieur Milodragovitch. Et je suis affreusement désolée du sale tour que je vous ai joué à l'aéroport l'autre jour, mais je croyais que vous faisiez partie de la bande.

— La bande ?

— Ces gens qui épiaient constamment ma maison et qui essayaient de me filer partout. M. Rideout m'avait avertie, mais j'ai fait l'erreur de penser qu'il dramatisait les choses. Pauvre garçon. Il a été tué, n'est-ce pas ?

— En effet, dis-je, en sentant la sueur perler à mon front.

— Pauvre type, il n'était que de la viande à barbecue, dit-elle suavement. C'est comme ça que nos gars parlaient des Vietnamiens pendant la guerre. Une formule abominable, mais parfaitement adéquate, j'imagine.

— Comment savez-vous que je le connaissais ? » demandai-je niaisement. Après tout le mal que je m'étais donné pour lui mettre la main dessus, c'était bien le moins que je m'arrache un peu à la contemplation de ses seins pour lui poser une question, n'importe laquelle.

« Oh, je vous ai aperçu pendant que vous l'observiez l'autre jour, expliqua-t-elle. Je vous ai reconnu comme étant l'individu qui m'avait filée jusqu'à l'aéroport, et quand j'ai dit à Rideout que je pensais avoir été suivie, il est parti à toute vapeur pour regagner l'endroit où il se terrait. J'ai présumé que vous seriez capable de le suivre jusque-là, même s'il était au courant de votre présence. Vous comprenez, ce n'était pas vraiment une lumière. C'était aussi un individu passablement abject, mais il n'avait tout de même pas mérité de mourir comme ça, grillé vif. » Elle se mordit la lèvre et ajouta : « Et j'espère que vous me pardonnerez d'avoir pensé que vous étiez pour quelque chose dans sa mort.

— Ça vous ennuierait de vous couvrir ? fis-je.

— Ah oui ! c'est vrai, murmura-t-elle. Excusez-moi. »

Elle tordit ses cheveux en chignon et les enveloppa d'une serviette. Ensuite, comme si elle ne faisait cela que par acquit de conscience, elle s'en noua une seconde autour du torse et s'adossa à la paillasse du lavabo, les deux bras croisés sous ses seins. A présent, elle transpirait aussi sous l'effet de la vapeur qui s'élevait du robinet d'eau chaude. Je passai un bras derrière elle, en prenant bien garde à ne pas l'effleurer, et je fermai le robinet. « Ne soyez pas si tatillon, monsieur Milodragovitch, dit-elle en se penchant pour inspecter la cabine de douche. Tiens, vous avez même un de ces jets de vapeur », remarqua-t-elle en actionnant la manette. Avec le froid qu'il fait dehors, un petit sauna devrait nous faire un bien fou, vous ne croyez pas ?

— Sans doute, fis-je tandis qu'elle s'approchait de moi, défaisait les boutons de ma chemise en daim et la tirait délicatement hors de mon pantalon.

— Vous êtes rudement bien bâti pour un homme de votre âge », fit-elle observer en grattant légèrement l'épaisse toison grise de ma poitrine du bout de ses ongles longs et pointus. Ensuite, elle me tapota le ventre, fit un pas en arrière et déclara : « J'aime les hommes qui ont un peu de brioche, je trouve que ça leur donne du caractère. » Sa peau s'emperlait peu à peu de gouttelettes de sueur luisantes, et son odeur parfumée devenait aussi envahissante que la vapeur qui emplissait progressivement la pièce.

Il aurait fallu que je sois complètement stupide pour ne pas me rendre compte qu'elle était en train de m'entortiller, mais ça ne me servait à rien d'en être conscient. J'avalai ma salive à grand-peine et, la poitrine plus oppressée que jamais, je parvins à articuler :

« Quel lien y avait-il entre Rideout et vous ? »

En guise de réponse, elle ramassa l'enveloppe de papier kraft toute ramollie, en sortit une photo au format 18 × 24 et me la tendit. Il s'agissait d'un détail démesurément élargi à partir d'un cliché pris de très loin à l'aide d'un téléobjectif réglé au maximum, si bien que l'image était grisâtre, floue et impossible à distinguer dans cette vapeur épaisse. Je m'avançai jusqu'au lavabo et allumai les lumières autour de la glace en m'efforçant d'ignorer les doigts de Cassandra Bogardus qui me tiraillaient gentiment les poils de l'avant-bras. Sur la photo, deux hommes étaient accroupis au-dessus du cadavre d'un gigantesque grizzly étendu sur le dos dont la gorge tranchée béait comme une seconde gueule, encore plus monstrueuse que l'autre. Derrière eux, un fusil lance-seringues était appuyé au tronc d'un arbre abattu, à côté d'un fusil à canon scié, l'arme de dernier recours qu'emporte toujours un guide qui mène quelqu'un sur la piste d'un grizzly. Malgré l'espect flou et granuleux du cliché, je parvins à discerner leurs traits, et ils étaient clairement en train de rire. Le premier était John P. Rideout-Rausche, et le second, un Indien taillé en hercule avec une longue natte qui lui pendait sur l'épaule, brandissait un couteau à dépecer à lame courbe.

« Qu'est-ce que c'est que ça, bon Dieu? demandai-je en écartant mon bras de sa main.

— Ce sont des braconniers, dit-elle calmement.

— Des braconniers? Comment une histoire de braconnage aurait-elle pu déclencher un merdier pareil? Ça ne tient pas debout, voyons!

— Il ne s'agit pas de n'importe quels braconniers, dit-elle, mais d'un gang organisé. Combien croyez-vous qu'on donnerait pour la dépouille et la tête d'une bête comme celle-là dans l'Est? A mon avis, ça devrait aller chercher dans les dix mille dollars. Prise légalement, une tête pareille donnerait lieu à un record homologué. Vous imaginez avec quelle fierté un salopard plein aux as de Chicago, de Cleveland ou de Pittsburgh exhiberait un tel trophée accroché au-dessus de sa cheminée? A ce qu'il paraît, une tête de mouflon mâle des Rocheuses se négocie autour de cinq mille dollars, alors vous pouvez vous figurer ce que peut valoir la dépouille d'un grizzly de cette taille.

— Ça ne peut pas être une simple histoire de braconniers, dis-je en repensant à la camelote que j'avais barbotée dans le coffre de la Corolla jaune, aux moignons du mourant cramponnés à mon bras. C'est impossible!

— Réfléchissez un peu, dit-elle. Il s'agit d'une grosse entreprise, et quand on menace leurs profits, les grosses entreprises ne reculent jamais devant le meurtre.

— J'ai subtilisé des preuves et entravé l'action de la justice à cause d'une bande de braconniers à la con, marmonnai-je entre mes dents.

— Comment?

— Non, rien, me hâtai-je de répondre. Où est-ce que vous vous êtes procuré cette photo?

— Là, il faut que je remonte un peu en arrière, dit-elle en levant un index long et fuselé. La dernière fois que je suis rentrée de Beyrouth, je me suis juré de tirer un trait définitif sur toutes ces absurdités, les fusillades à n'en plus finir, les cadavres empilés comme des bûches, et je suis venue par ici pour photographier des choses paisibles, des champs de neige sous le soleil d'hiver, des glaciers dans les nuages, des petits faons d'élan en train de folâtrer. Je suis tombée là-dessus par hasard.

« En septembre, je suis allée dans le parc national du Glacier. J'étais en train d'escalader le versant sud de la montagne pour aller photographier le lac de Quartz au soleil couchant ; je me suis arrêtée pour regarder le lac au téléobjectif, et je les ai aperçus. J'ai pris cinq ou six clichés en vitesse, et c'est celui-ci qui est le mieux sorti après agrandissement. Mais j'avais immédiatement compris que j'étais sur un coup. De toute évidence, ces deux types n'étaient pas des gardes forestiers chargés d'abattre un vieux mâle solitaire, ou quelque chose du même ordre.

« Aussi, pendant qu'ils dépouillaient la bête, je suis redescendue à toute vitesse jusqu'à la pointe inférieure du lac pour les observer. Ils ont chargé la dépouille de l'ours sur un canot pneumatique et l'ont transportée jusqu'au terrain de camping qui se trouve en aval de la rivière, où ils avaient laissé un mulet de bât. Je suis allée récupérer ma voiture pour essayer de les suivre, mais le temps que j'arrive à l'entrée de la piste, l'Indien et le mulet avaient disparu depuis longtemps et je n'ai rattrapé Rideout que parce qu'il avait dû s'arrêter pour changer un pneu. Je l'ai suivi jusqu'à Polebridge, où il a pris la route qui longe la Flathead. Il s'est arrêté à Columbia Falls pour boire une bière, et je suis entrée dans le bar à sa suite. Le reste, comme on dit, appartient à l'histoire.

— Comment avez-vous fait pour le persuader de parler ? demandai-je, et une adorable rougeur monta de sa gorge et lui empourpra le visage et le cou.

— A votre avis ? fit-elle en s'effleurant la poitrine d'une main tellement négligente qu'on aurait pu croire que c'était le corps de quelqu'un d'autre.

— Excusez-moi, dis-je. Dites, vous voulez bien m'attendre ici une minute ? J'ai besoin de réfléchir un peu, et ça m'est impossible si je suis obligé de...

— ... de me regarder ? acheva-t-elle avec une petite grimace dépitée, en penchant la tête comme si son cou ployait soudain sous le fardeau adorable de son visage. Mais faites donc... »

Quand j'émergeai de la chaleur moite de la salle de bains, je fus stupéfait de voir que Carolyn était toujours assise à la même place — d'autant qu'à ma grande honte j'avais totalement oublié son existence. Elle écrasa sa cigarette dans le cendrier débordant de mégots, et avala une gorgée d'un Martini noyé de glace fondue. Comme j'étais incapable d'articuler un mot, je me bornai à hocher la tête en passant à côté d'elle. J'ouvris la porte-fenêtre à glissière et je sortis sur le balcon. Au moment où je tirais la porte derrière moi, j'entendis sa voix qui disait : « T'avais trop chaud là-dedans, bourreau des cœurs ? »

Au bout de quelques instants, la sueur gela sur mon visage et je compris que les engelures allaient me tourmenter pendant une bonne partie de la nuit. Le blizzard faisait toujours rage, et une mince couche de givre dansait sur les eaux noires de la Meriwether. Au moment où j'avais avalé ma première goulée d'air froid, une foule de questions s'étaient mises à se bousculer dans ma tête, mais je n'arrivais pas à me débarrasser de l'image de cette créature. J'allai jusqu'à me renifler l'index comme un potache énamouré, mais je n'y humai qu'une odeur de neige cristalline et coupante. Apparemment, où que j'aille me réfugier, je n'aurais pas les idées claires avant un bon moment. Je réintégrai donc la chambre, et cette fois Carolyn ne me prêta aucune attention.

« Pourquoi est-ce que vous vous retrouviez tous les jeudis ? demandai-je en faisant irruption dans la salle de bains. Pourquoi est-ce que vous m'avez mené en barque à l'aéroport ? Quel est votre enjeu dans toute cette histoire ? »

Cassandra Bogardus me dit : « Du calme, voyons ! » d'une voix très douce en achevant de s'essuyer avec la serviette éponge. Après quoi elle se la noua à nouveau autour du torse, se retourna vers moi et dit : « Fermez la porte, sinon la vapeur va s'échapper.

— Est-ce que Carolyn est au courant de tout ça ? demandai-je en obtempérant.

— Carolyn ne sait rien, dit-elle en se juchant sur la paillasse du lavabo d'un coup de hanches gracieux. Strictement rien. Elle sait seulement que j'ai des ennuis, et comme nous sommes amies elle fait de son mieux pour m'aider. Qu'est-ce que vous me demandiez d'autre ? »

Je réitérai mes questions.

« Nous nous rencontrions le jeudi parce que c'était le jour de congé de Rideout...

— Il était en congé de quoi ?

— Il ne me l'a jamais dit. Et pour ce qui est de l'aéroport... Comme il n'arrêtait pas de me mettre en garde, j'ai fini par devenir un petit peu plus méfiante. La veille, j'avais vu votre camionnette blanche garée à trois emplacements différents du quartier, j'avais vu les policiers vous embarquer, je vous avais vu prendre Carolyn en chasse. Je l'ai appelée le lendemain matin, et elle m'a appris qu'elle avait fait la connaissance d'un type génial, qui était employé dans une société de police privée, et qui avait un nom russe. Alors, en apercevant à nouveau votre camionnette garée près de chez moi, j'ai pris quelques dispositions... La perruque et le tailleur en tweed appartiennent à Don Johnson, un type qui a des penchants sexuels assez spéciaux...

— Je sais, coupai-je. J'ai fouillé la maison.

— ... et j'ai puisé l'idée de ce stratagème dans un roman que j'avais lu. Quant à mon enjeu dans cette affaire, il est égal à exactement zéro. En tout cas depuis ce qui est arrivé à ce pauvre M. Rideout. Ah non, chéri, je ne vais pas me faire tuer pour sauver la faune en danger du nord des Rocheuses. Et vous, monsieur Milodragovitch, quel est votre enjeu ?

— Ma peau, répondis-je. Ces fumiers ont déjà essayé de me tuer deux fois, ils sont collés à mon dos comme des verrues sur un crapaud, et puis... (Je repensai à la disparition de Sarah et de Gail)... il y a encore d'autres petits détails qui me chiffonnent, mais ce que je désire avant tout, c'est parler à leurs patrons, leur faire comprendre que pour ma part je ne suis au courant de rien, et que...

— Là, nous sommes d'accord, coupa-t-elle en essuyant la sueur qui perlait à ses pommettes. J'ai brûlé mes notes, brûlé mes enregistrements, et j'ai perdu la mémoire. Si vous les trouvez, dites-leur ça, et dites-leur aussi que je suis allée me faire pendre ailleurs. » Là-dessus, elle dénoua les deux serviettes, les laissa tomber dans la flaque d'eau qui s'était formée à ses pieds et ajouta : « Ce corps m'a donné trop de plaisir pour que j'aie envie de le voir transformé en un petit tas de cendres. Vous ne trouvez pas que ça serait dommage ? » Elle se serra contre moi, et ses doigts s'activèrent sur la boucle de mon ceinturon et les boutons de mon jean. « Juste une petite mouillette, chéri », murmura-t-elle en me baissant mon pantalon, en m'attirant vers la paillasse du lavabo et en me guidant pour que je pénètre son corps doux et tiède. « Juste une mouillette, parce que je n'ai pas mis mon diaphragme, chéri. » Elle me garda en elle l'espace d'un mortel instant, puis elle me repoussa avec douceur et s'agenouilla devant moi. Après, tandis qu'elle fermait le jet de vapeur et faisait couler la douche, j'essayai de dire quelque chose, mais les mots restèrent coincés au fond de ma gorge.

« Tu voudrais me revoir ? dit-elle posément. Pourquoi pas ? Mais pas ici. Pas tant que cette... ce merdier ne sera pas fini. Et quelque part où il fait chaud, chéri. J'avais un faible pour l'hiver, mais je crois bien que je l'ai perdu.

— Moi aussi, croassai-je. Un endroit chaud. Et tranquille. On se les gèle dans ce bled, mais on y a aussi un peu trop chaud aux fesses. Quand tu auras trouvé ton oasis de chaleur et de calme, tu n'auras qu'à appeler un marchand de voitures d'occasion d'Albuquerque qui s'appelle Goodpasture, tu lui diras que... Que la grosse dame a appelé, et tu lui laisseras un numéro où je pourrai te joindre.

— La grosse dame ? fit-elle en passant la tête hors de la cabine de douche et en m'adressant un sourire parfaitement serein.

— Oui, tu connais la phrase fameuse : L'opéra n'est pas terminé tant que la grosse dame n'a pas chanté.

— Un peu vieux jeu, mais charmant », commenta-t-elle avant de refermer la porte.

Pendant que Carolyn et moi la regardions se rhabiller avec des gestes d'un naturel absolument confondant, je m'enfonçai dans une espèce d'hébétude hagarde qui ne me quitta pas lorsqu'elles me firent leurs adieux — l'une avec acrimonie, l'autre très tendrement — et après leur départ je m'étendis sur le lit, la photographie des deux chasseurs et du grizzly massacré à la main, et je restai un long moment à contempler le plafond d'un œil vague, déboutonné, anéanti, dormant à moitié, persuadé de nager en plein rêve. A la fin, Simmons frappa discrètement à la porte qui faisait communiquer nos deux chambres et, comme je n'avais pas la force de lui répondre, il entra.

« Faut que tu regardes ça, patron », dit-il en s'approchant de la télé, qu'il alluma et régla sur une chaîne locale. Parfois, Meriwether se prend pour une ville d'avenir, et les stations de télé locales, cédant à une de ces vagues d'enthousiasme collectif, s'étaient équipées de camions de reportage et de caméras portatives afin de couvrir l'événement en direct et à chaud. En l'occurrence, il s'agissait bien d'actualité brûlante, puisque je vis apparaître sur l'écran sautillant de mon poste de motel les images pas très nettes d'une maison en flammes entrecoupées de plans de pompiers cavalant avec leurs lances, de badauds massés dans la rue et tout le bataclan. Et c'était *ma* maison, merde ! Ma maison était en train de brûler, et il fallut encore que je me fasse une ligne de coke pour que mon corps aveuli revienne à la vie et pour que je me décide enfin à me reboutonner, à attraper mon anorak au vol et à me lancer à la poursuite de Simmons qui était déjà parti ventre à terre en direction du parking. Le temps que nous arrivions chez moi, ce n'était plus un fait divers à la télé, c'était la dure réalité, et ma baraque était bel et bien en train de cramer.

Les flics avaient barré l'unique route qui mène jusqu'à chez moi, et je ne fus pas bête au point d'essayer de discuter avec eux. Simmons fit demi-tour et alla se garer devant l'ensemble d'appartements de la pointe sud, puis nous nous enfonçâmes dans les broussailles du parc, en direction de la lueur rouge qui illuminait le ciel au nord, chatoyant sous le vent comme les feux d'une aurore boréale.

Le temps que nous arrivions en vue de l'incendie, une deuxième autopompe était entrée en action, mais les pompiers avaient déjà perdu la partie. Le toit en bardeaux de cèdre s'était effondré sur l'aile ouest, et les vieux rondins des murs flambaient comme de l'étoupe, pendant que leur épaisse couche de vernis gras projetait des tourbillons de fumée noire sur le ciel tourmenté. Les deux grands peupliers au bord du torrent avaient pris feu et ils s'étaient effondrés sous le poids de l'eau des lances à incendie. Dans le jardin de derrière, un grand épicéa s'embrasa soudain et se mit à brûler comme une torche géante.

« Elle est fichue, patron, fit Simmons.

— Elle était fichue depuis belle lurette », dis-je.

L'année où elle avait fait don du domaine à nos édiles pour qu'ils le transforment en parc municipal, ma mère avait aussi revendu la grande maison au Country Club (qui l'avait fait démonter et reconstruire sur son terrain de golf), et elle avait fait don de tous nos souvenirs de famille à la Société d'histoire du comté, n'oubliant qu'un vieux coffre-fort qui provenait de la banque du grand-père et un portrait de mon arrière-grand-père en uniforme de cosaque, un knout à la main et son insigne de shérif de Meriwether épinglé à sa tunique. Quand les administrateurs de la succession de mon père m'avaient expulsé de mon bureau, j'avais aussi cédé à la Société d'histoire ces deux pièces de musée.

« Tu te sens bien ? me demanda Simmons.

— Ça peut aller, pourquoi ?

— T'as l'air drôlement calme pour un homme dont la maison est en train de cramer.

— Ma devise, c'est : t'excite pas et rends coup pour coup. »

Nous retournâmes sur nos pas, je pris la M-11 dans le coffre de l'Eagle, je la glissai sous mon anorak et je montai, Simmons sur mes talons, jusqu'à l'appartement des tueurs, où tout était éteint. Au deuxième coup de latte, la porte céda, et il ne nous fallut que quelques instants pour faire le tour de l'appartement désert. Avant qu'un voisin n'ait mis le nez dehors pour voir ce que signifiait tout ce raffut, nous étions déjà en route pour le motel. Pendant que nous ramassions nos affaires, Simmons me demanda :

« Où on va, à présent ?

— D'abord, on fait un saut chez M. Haynes, lui dis-je. Après, je t'aviserai. »

Abner ne fut pas tellement ravi de nous voir débarquer, mais une fois que je lui eus expliqué qu'on venait d'incendier ma baraque, il se mit dans une telle rage que j'eus presque honte de mon propre sang-froid. Mais au fond, c'était logique. Le pavillon d'Abner était vraiment sa maison. Tout ce qu'il n'en avait pas construit de ses propres mains, il avait trimé pour le payer. Tandis que moi, ma petite cabane de rondins m'était échue en partage à cause de mon nom, elle ne m'avait pas coûté une seule goutte de sueur. L'idée d'une maison était chargée pour lui d'un sens foncièrement différent de celui qu'elle avait pour moi, et je comprenais sa fureur et mon flegme bien mieux qu'il ne les comprenait lui-même.

« Calmez-vous voyons, monsieur Haynes », lui dis-je, mais le vieil homme flanqua un coup de pied si violent à la carpette de son salon que sa pantoufle s'envola et alla s'écraser contre un store vénitien à l'autre bout de la pièce. « Vous deux, attendez-moi ici, dis-je, je reviens tout de suite.

— Où tu vas ? fit Simmons.

— Faire une reconnaissance », répondis-je en vérifiant une dernière fois la mitraillette avant de sortir.

Dans la maison qui leur servait de planque, toutes les lumières étaient allumées, et elle brillait de tous ses feux au milieu du blizzard comme si une fête tardive y battait son plein. Je contournai la baraque à pas de loup, et un terrible silence m'emplit les oreilles, mille fois plus assourdissant qu'un brouhaha de conversations avinées et de rock'n'roll frénétique. Je glissai un œil à travers les rideaux de la salle de séjour ; la pile de récepteurs radio était toujours à la même place, et la figure grimaçante de Johnny Carson sautillait sur l'écran muet de la petite télé noir et blanc. L'un des deux hommes était allongé par terre à côté des appareils, et il paraissait dormir. L'autre était assis dans la cuisine, face à la porte de derrière, son .38 spécial police posé devant lui sur la table. De loin en loin, il le faisait tourner sur lui-même d'un doigt distrait, comme s'il essayait de faire partir un moteur à l'intérieur de sa tête. Il n'avait plus son air débonnaire de commis voyageur. Il avait le visage grisâtre et fripé d'un mort en sursis.

Tandis que j'étais debout sur le perron, en train de l'observer, je fus envahi d'un désarroi si profond que le désir de me venger me passa brusquement. J'étais presque disposé à considérer l'incendie de ma maison comme un accident. Le temps des coups de feu était passé. A présent, il fallait parlementer. L'homme enfouit son visage dans ses mains ; le revolver n'était plus immédiatement à sa portée. Je braquai la mitraillette sur lui à travers la fenêtre, et je cognai un petit coup sur la vitre avec le bout du silencieux.

« La porte est ouverte », marmonna-t-il sans même lever les yeux, comme s'il s'était attendu à ma venue.

Au moment où je posais la main sur la poignée de la porte, la sienne se referma sur la crosse du revolver. Je me retins d'appuyer sur la détente ; je voulais lui laisser une chance, attendre jusqu'au tout dernier moment. Il leva son .38 et, au lieu de le pointer sur moi, il se le fourra dans la bouche et appuya sur la gâchette. Des fragments de sa cervelle s'éparpillèrent à travers toute la cuisine.

Si vous avez déjà eu la malchance d'assister à un spectacle de ce genre, vous n'avez sûrement pas envie d'en entendre parler, et dans le cas contraire, je vous promets que sa description ne vous réjouirait en rien.

Je fis ce que j'avais à faire. Les sens provisoirement anesthésiés, je laissai mes bottes sur le seuil et j'entrai dans la maison en chaussettes, évitant soigneusement de marcher sur les débris de cervelle sanguinolents. Le type allongé dans le séjour n'était pas endormi, mais mort, avec une horrible ecchymose noirâtre sur son larynx écrabouillé. Il avait dû se tenir courbé au moment où il pénétrait dans ma cuisine, et le carreau d'arbalète coiffé du ballon de handball l'avait frappé en pleine gorge. Je me cramponnai à mon insensibilité de toutes mes forces, comme si ma vie en dépendait. Je lui pris son portefeuille en faisant bien attention à ne pas laisser d'empreintes, et je notai les informations qu'il contenait. Après quoi, je retournai dans la cuisine et agis de même avec le cadavre étendu sur le carrelage.

Les deux types étaient des retraités de la police de Seattle. Ils avaient l'un comme l'autre des permis de conduire et des licences d'enquêteurs privés de l'Etat de Washington en cours de validité et des cartes d'employés de la société Multitechtronics, et ils étaient domiciliés à la même adresse, sur Mercer Island, une île qui se trouve à l'est de Seattle, au milieu du lac Washington, et qui est en principe un coin nettement trop rupin pour de simples flics à la retraite.

Après en avoir fini avec eux, et toujours anesthésié, je ressortis dans le blizzard. Le tambourinement sourd de la neige avait étouffé l'écho de la détonation. Une longue liste de mesures éventuelles à prendre me défilait dans la tête. J'aurais dû avertir la police, mettre Abner et Simmons au courant, prévenir le F.B.I. pour que les fédéraux se mettent à la recherche de Sarah et de Gail. Je remontai à bord de la Blazer et je mis le cap sur le bar le plus proche.

Je commandai un whiskey accompagné d'une bière, puis un second. Après avoir vidé ma deuxième bière, j'appelai Jamison chez lui. Il avait vu l'incendie de ma maison aux informations du soir ; il me présenta ses condoléances et me demanda ce qu'il pouvait faire pour moi.

« Tu te rappelles de ce service que tu me dois ?

— Bien sûr. Tout ce que tu voudras, Milo.

— Annonce à la presse que tu as toutes les raisons de penser que Milton Chester Milodragovitch III se trouvait chez lui au moment de l'incendie.

— Quoi ? s'écria-t-il, brusquement excité. Tu crois que quelqu'un a foutu le feu chez toi ?

— Rends-moi ce service », dis-je en raccrochant.

J'avais l'intention de retourner chez Abner, du moins je le pense, mais je restai dans le bar jusqu'à l'heure de la fermeture et au moment de partir j'achetai encore deux bouteilles de Seagram's et un pack de bière Rainier. En remontant en voiture, j'ouvris la boîte à gants pour m'assurer que la coke y était encore, et elle était bien là. Je claquai la petite porte et elle rendit un son creux de mauvaise quincaillerie bon marché. Aussi je me dirigeai vers l'autoroute, et je la pris à l'ouest en direction de Missoula pour aller récupérer mon camion. Mais quelque chose me fit oublier ma destination initiale. Qu'était-ce ? Les tourbillons de neige au-dehors, les tourbillons de merde qui m'emplissaient le crâne, l'écho du rugissement assourdi d'un .38 ou d'un fusil de 12, la sensation d'un fin lacet de soie passé autour de mon cou ?

Je n'en sais rien, mais quoi qu'il en soit, quand Janey, la meilleure barmaid de jour de toute l'Amérique, s'amena le lendemain matin à dix heures pour tirer le rideau de fer de l'Eastgate Liquor Store & Lounge à Missoula, j'étais garé devant l'entrée du bar et j'y pénétrai à sa suite du pas d'un gars qui s'en va à son propre enterrement.

10

Au matin du troisième jour, j'étais assis à l'envers sur le siège d'un chiotard des toilettes de l'Eastgate, occupé à hacher menu mon dernier reste de coke sur le couvercle du réservoir, quand j'entendis la porte des toilettes s'ouvrir. Je stoppai le cliquetis de la lame de rasoir sur la porcelaine, mais quelqu'un enfonça d'un coup de pied la porte de ma stalle, le loquet passa en sifflant au-dessus de ma tête, des mains me saisirent au col, m'arrachèrent à mon siège, me collèrent au mur, et me firent pleuvoir une volée de baffes sur la figure. Jamison.

« Vous ne seriez pas un peu sorti de votre juridiction, chef ? » lui dis-je en me gondolant comme une baleine.

Jamison me maintint collé à la cloison d'une main, et d'un revers de l'autre il balaya la coke qui se répandit sur le carrelage douteux. Je lâchai un geignement, et là-dessus il souleva le couvercle du chiotard et me poussa la tête dans la cuvette comme si c'était un miroir, une fontaine où je m'abîmerais jusqu'à la noyade dans la contemplation de mon propre reflet. « Regarde-moi ça, fit-il en m'approchant la tête de la mousse rosâtre qui flottait sur l'eau claire. Janey m'a dit que tu dégueulais du sang depuis hier.

— Janey n'est qu'une sale cafteuse », hoquetai-je entre deux gloussements de rire.

Jamison me recolla au mur, empoigna les revers de mon gilet, et se mit à me cogner le crâne contre la cloison avec une telle violence que le plâtre céda. Il s'arrêta et se mit à tripoter l'armature d'acier tressé du gilet. « Nom de Dieu ! gronda-t-il. Qu'est-ce que t'as besoin de porter un gilet pare-balles ? » Je ne savais pas quoi lui répondre. « Pourquoi ? demanda-t-il en me cognant la tête encore une fois.

— J'ai oublié, dis-je.

— T'as oublié quoi ?

— Ça, j'en sais rien, mon vieux. En général, quand on oublie quelque chose, on ne s'en souvient plus. »

Ça dut me paraître désopilant parce que je me remis à me bidonner comme un malade.

« Dans quel genre de pétrin es-tu encore allé te fourrer ? » demanda-t-il, et comme je ne lui répondais pas, il me flanqua une autre beigne.

« Je suis mort, dis-je. Tu ne lis donc pas les journaux ? » J'eus un de ces éclairs de mémoire comme il en jaillit parfois quand on est au fin fond de la muflée la plus abjecte, et je me revis en train de lire l'annonce de ma mort dans le quotidien de Missoula et de faire promettre à Janey de ne dire à personne que j'étais vivant. « Mais je ne suis pas mort pour de bon, hein, Jamison ?

— C'est toi qui as eu cette idée, sale con ! dit-il, les larmes aux yeux. Et si je n'étais pas officier de police, je crois que je te tuerais de mes propres mains, ou qu'en tout cas je te laisserais te suicider.

— Tu n'es plus dans le coup, Jamison, gémis-je. Et moi non plus, je ne suis plus dans le coup. Les morts, tout le monde s'en fout.

— Et qu'est-ce que tu fais là, d'abord ?

— Je m'étais arrêté pour boire un petit coup de whisky et pour me faire une petite ligne — celle que tu m'as bousillée, salaud ! — avant de passer prendre mon camion à l'aéroport...

— Ton camion ? coupa-t-il. Mais il est garé dehors, ton camion, bourrique !

— Hein ! fis-je, et le fou rire me reprit. Je suis vraiment pété à ce point ?... Je me demande ce que j'ai fait de la Blazer... Pauvre Sarah, je fais un bel usage de ses cartes de crédit...

— Qui est Sarah ?

— Tu connais pas, dis-je. C'est des gens qui ont trop de classe pour un flicard de ton espèce, miteux, cul-terreux, croquant...

— Allons, allons, Milo, fit-il d'une voix douce.

— Oh, pardon chef, s'cusez moi ! fis-je en me pliant de rire. Je peux vous offrir un verre, chef ?

— Mais oui, mais oui », fit-il et il m'entraîna hors des chiottes. Comme il n'avait pas l'air de vouloir s'arrêter au bar, je fis mine de résister, mais il me fit une clé au bras aussi facilement qu'il aurait plié un bretzel spongieux. Il se tourna vers Janey et dit :

« Je vous remercie de m'avoir appelé, Janey.

— Ça oui alors, il peut te remercier, espèce de donneuse ! fis-je. Tu sais ce que je te dis, moi ? Je te dis mer... Oh, pardon, Jane. Je te dis " miel ", d'accord ? »

Janey ne supportait pas qu'on dise « merde », et elle me faisait toujours dire « miel » à la place, et « farine » à la place de « foutre ». C'est à ça qu'on reconnaît qu'on aime vraiment bien un barman : même complètement bituré, on continue à respecter ses petites manies. « Va te faire fariner, tu veux ? Et ne compte pas sur moi pour te dire merci.

— Excuse-moi, Milo, dit-elle en me regardant avec des yeux qui débordaient d'une sollicitude toute maternelle. Ça ne m'ennuie pas que tu prennes du bon temps, mais si tu veux te tuer, je ne peux pas te permettre de le faire dans mon établissement, tu saisis ?

— Vieille tartufe, dis-je tandis que Jamison me propulsait dehors. Bon Dieu, où c'est-y que vous m'emmenez, monsieur l'inspecteur ?

— A la maison, répondit-il en renvoyant d'un geste la voiture de patrouille qui avait dû l'amener de l'aéroport. A la maison.

— Je n'ai plus de maison, dis-je, espèce de boy-scout à la con, tu sais bien que je n'ai plus de maison !

— *Ma* maison, fit-il tandis que je nichais ma tête au creux de son épaule et que je pleurais comme un veau. Chez moi, Milo. »

Et là-dessus il me poussa à bord de mon camion.

Dans cette vallée de pleurs qu'on appelle la vie, les malfoutus, les goitreux, les boiteux doivent trouver plutôt curieux que des costauds de mon espèce, que la nature a dotés d'une santé de cheval et d'une force de bœuf, considèrent ça comme un boulet à traîner au lieu de s'en réjouir. C'est vrai pourtant que ce n'est pas toujours une sinécure. Dans les bagarres, même après avoir pris une dégelée terrible, nous nous obstinons à ne pas vouloir nous écrouler ; l'abus de drogue ne nous démolit jamais autant qu'il le devrait ; et quelquefois, quand nous essayons de nous soûler à mort, nous échouons piteusement. Oui, piteusement.

Je n'ai rencontré qu'une fois mon grand-père maternel, à l'occasion de son unique voyage de Boston à Meriwether, qu'il avait effectué seul au volant de sa voiture à l'âge de soixante-dix ans et quelques, mais je sais qu'il avait pris l'habitude de s'envoyer chaque jour un litre de rhum de la Jamaïque et un minimum de dix cigares au cours de la grande épidémie de grippe espagnole en 1917. Il soutenait que cette habitude lui avait valu de rester en vie alors que les gens mouraient comme des mouches autour de lui, et il l'avait conservée jusqu'à sa mort, à l'âge de quatre-vingt-deux ans. Mon grand-père paternel avait bu sa bouteille de whiskey quotidienne et fumé d'innombrables cigarettes Prince Albert de la fin de son adolescence jusqu'à son soixante-dixième anniversaire, après quoi il avait tout arrêté et vécu encore vingt ans. Dieu sait quelles conclusions on peut en tirer, pas les médecins. Une santé pareille devrait vous permettre de jouir pleinement de l'existence ; personnellement, elle ne m'a jamais mis à l'abri de la détresse morale.

Après avoir roupillé vingt-quatre heures sur le canapé de Jamison, je m'en allai casser une solide graine dans un relais pour routiers du quartier ouest où je ne risquais pas trop de tomber sur des personnes de connaissance qui auraient pu s'étonner de voir mon fantôme s'empiffrer de steaks et d'œufs. Je regagnai mon camion sans me presser, repu mais guère content, car je me rendais bien compte que j'avais assez déraillé comme ça, et qu'il était temps d'affronter la mouscaille et de me fouler un peu la rate.

Je traversai la ville à toute petite vitesse pour aller voir à quoi ressemblaient les décombres de ma baraque dans la lumière du jour, en laissant mon esprit dériver au même rythme paresseux que mon moteur. Le blizzard était retombé pendant mon absence, mais il avait laissé ses traces affligeantes. Un ciel lugubre et gris pesait lourdement sur la ville qui émergeait péniblement de son linceul de neige pour faire face à un autre hiver interminable. Les montagnes n'étaient plus que de vagues silhouettes fantomatiques dressant leurs pointes hirsutes au-delà de l'épaisse brume jaunâtre, écœurante et délétère qui dérivait lentement au-dessus de la vallée. Les rues étaient pleines de gens aux visages blafards et à l'air vacant, recroquevillés comme des bêtes chétives sous leurs bonnets de fourrure, leurs gros cache-col et leurs passe-montagnes. Je savais bien que ça ne pouvait pas être vrai (pour la plupart, ces gens vivaient à Meriwether par choix et ils en appréciaient assez les avantages pour que l'hiver ne leur apparaisse que comme un inconvénient très mineur), mais j'avais l'impression que le rire était entré en hibernation et qu'il allait rester en berne jusqu'au printemps. Peut-être que ça ne valait que pour mon rire d'ivrogne et mes fous rires idiots de défoncé.

A l'emplacement où s'était dressée ma cabane, il n'y avait plus que des protubérances indécises qui affleuraient çà et là sous la neige. Ç'aurait pu être n'importe quoi, un champ de bataille, des amas de cadavres gelés, les moraines éparses d'un glacier en déroute. Tout ce qu'on voudra, sauf les vestiges d'une habitation humaine. Tandis que j'étais garé en face du désastre, ma voisine sortit comme une folle de chez elle et accourut en faisant des grands moulinets des bras et en pleurant à chaudes larmes. Elle colla la tête à la vitre de ma portière en braillant : « Milo ! Milo ! Tu es vivant ! » J'avais complètement oublié que j'étais censé être mort. « Viens chez moi, dit-elle. Allez, viens. Je vais te faire du café. J'ai ton courrier. Allez, viens, quoi. Juste un petit café. »

Je lui cédai, car je ne voyais pas comment j'aurais pu refuser.

Une fois attablé dans sa cuisine devant une tasse de Nescafé, je passai mon courrier en revue. Il y avait surtout des factures, mais aussi quelques missives propres à me rappeler dans quel monde nous vivons. Trois entrepreneurs locaux, qui de toute évidence ne lisaient pas les journaux avec une attention sans faille, m'offraient de me construire une nouvelle maison aussitôt que l'assurance aurait casqué. La municipalité me demandait quelles dispositions je comptais prendre pour évacuer ces décombres qui mettaient la salubrité publique en péril. Outre cela, l'attaché-case que je m'étais expédié de Seattle était arrivé à bon port.

« Ecoute, dis-je à ma voisine, j'ai un très grand service à te demander.

— Tout ce que tu voudras, Milo, dit-elle. Enfin, presque.

— Le jour de ton emménagement, tu es venue me voir pour faire connaissance, tu te rappelles ? Ça doit donc faire un an qu'on se connaît, et... »

Je laissai ma phrase en suspens, et elle me sourit. Je m'aperçus soudain que je ne l'avais jamais vraiment regardée, que je n'avais jamais vraiment pensé à elle. Pour moi, elle n'était qu'un objet indifférent, une nana qui passait chez moi de temps en temps pour se faire troncher en vitesse. Derrière ce sourire mécanique et un peu narquois, il y avait pourtant une femme bien réelle, qui devait être extrêmement malheureuse, ou en tout cas assez paumée, pour en être réduite à baisouiller à droite à gauche avec des tarés de mon acabit.

« Je suis désolé, dis-je, mais je n'ai pas la moindre idée de comment tu t'appelles.

— Je sais bien, répondit-elle. Je m'en suis rendu compte il y a longtemps, et j'ai décidé que ça me convenait plutôt. Ah ! Milo, si tu savais comme j'ai pleuré à l'idée que tu étais mort sans même savoir mon nom... Ann-Marie.

— Merci, dis-je. Ann-Marie, j'ai un grand service à te demander.

— Lequel ?

— Ne dis à personne que je ne suis pas mort, en tout cas pour l'instant, dis-je en déballant l'attaché-case et en rangeant dedans mon courrier mirobolant.

— Pourquoi ?

— C'est ça, le service que je te demande : ne pas poser de questions.

— Comme tu voudras, Milo.

— Merci. »

J'arrachai la poignée de l'attaché-case, j'en sortis le petit sachet de coke qui était enroulé à l'intérieur, et je lui fis cadeau d'un bon demi-gramme. Elle brûlait d'envie de me témoigner sa gratitude, mais j'étais trop pressé pour ça.

L'Eagle était toujours parquée devant le pavillon d'Abner, ensevelie sous une telle profondeur de neige que je fus certain qu'elle n'avait pas été déplacée pendant mon absence. Simmons m'avait attendu bien sagement, mais lorsque je poussai la porte et que je le trouvai installé sur le divan en compagnie d'Abner et d'Yvonne, occupé à siroter du thé et à grignoter des gâteaux secs en levant le petit doigt avec des grâces de chien qui lève la patte tout en se tordant de rire aux calembours piteux de l'animateur d'une émission de jeux débile, je me demandai si j'avais eu raison de le laisser là.

Il était tellement pétri de bonnes manières à présent qu'il alla jusqu'à se lever en rougissant comme une rosière à mon entrée.

« Putain de Dieu ! s'écria-t-il, puis : Oh, excusez-moi, Mrs. O'Leary... En ne te voyant pas revenir, je n'ai pas su quoi faire, patron. Alors je me suis dit que le mieux était d'attendre...

— T'as bien fait », dis-je.

Abner dansait d'un pied sur l'autre. De toute évidence, il mourait d'envie de me présenter à Yvonne qui minaudait sur son divan, mais je dis à Simmons de ramasser ses affaires en vitesse et j'ajoutai : « Excusez-moi une seconde. Je reviens tout de suite, c'est promis. » Sur quoi je ressortis et descendis jusqu'à la maison où nos malfrats s'étaient planqués.

Je fis le tour des fenêtres, et je constatai qu'on avait fait le ménage. Un grand ménage. La maison était complètement vide et impeccablement propre. On avait repeint les murs de la cuisine, refait le carrelage, remplacé le frigo et la cuisinière. Du beau boulot, où on voyait la patte de véritables pros. Je me demandai ce qu'ils avaient fait des immondices, comment ils s'étaient débarrassés des cadavres. Je sortis mon calepin de ma poche, et pour la première fois depuis l'autre soir je regardai les noms des deux hommes. Willis Strawn. Ernest Ramsey. Tout ce que je pouvais supposer, c'était que Strawn avait foutu le feu à ma maison parce qu'il avait conçu énormément de chagrin quand son partenaire avait été tué par ma stupide parodie de traquenard, et qu'ensuite il m'avait attendu pour se venger de la façon la plus diabolique qui soit. Au lieu de me flinguer, il m'avait laissé une image de la mort qui me hanterait jusqu'à la tombe. Mais cette explication avait des trous. Comment savait-il que je le retrouverais ? Peut-être qu'il avait repéré mes traces dans la neige le soir où j'avais été les épier par la fenêtre. Je ne saurais jamais le fin mot de l'histoire. J'en étais réduit à élaborer des conjectures hasardeuses — mais la vie n'est-elle pas un tissu d'hypothèses tortueuses ?

Je rebroussai chemin et me dirigeai vers le pavillon d'Abner. J'éprouvais une telle fatigue qu'il me semblait que la neige aspirait mes bottes, que j'allais rester pétrifié dans une gangue d'ignorance glaciale. Peut-être que je découvrirais les pièces manquantes du puzzle en allant à Seattle pour fouiller un peu dans le passé de Strawn et de Ramsey, pour voir ce qui se cachait sous la raison sociale imprécise de la Multitechtronics. On avait peut-être une chance d'attraper le vol de l'après-midi, Simmons et moi. Je jetai un coup d'œil au ciel. Le plafond au-dessus de la vallée avait nettement baissé ; on ne discernait plus à présent que le pied des montagnes. A supposer que le trafic ne fût pas encore interrompu à l'aéroport de Meriwether, je n'avais aucune envie de voler au milieu de ce gros amas de nuages turbulents et glacials. Ce qui revenait à dire qu'on était bons pour se taper douze heures de route, et peut-être même plus, sur des chaussées tartinées de neige durcie, en louvoyant à travers les congères.

Je voulus régler à Abner le complément d'honoraires que j'estimais lui devoir, mais le vieil homme refusa avec indignation l'argent que je lui offrais, et j'étais trop las pour discuter. Je le remerciai, Simmons fit de même, et après d'ultimes poignées de main, on prit la route de l'ouest.

Au début, ça roulait sans problème sur l'autoroute, mais à la sortie de Missoula on se retrouva en butte à une nouvelle tempête. La neige, balayée par le vent, tombait presque à l'horizontale et les flocons ricochaient sur la chaussée gelée. Nous avancions à une allure d'escargot à travers le blizzard en nous abstenant héroïquement de picoler et de sniffer, mais on finit tout de même par valser dans le décor. Un peu avant la passe de Lookout, une embardée, tout à fait involontaire, m'envoya dans le fossé, et je m'enlisai dans un bon mètre de neige. On dut s'échiner pendant une heure, sous un vent coupant et par moins quarante, pour dégager le camion et poser des chaînes sur les quatre roues. A un moment, alors que nous étions remontés dans la cabine pour nous réchauffer, Simmons se tourna vers moi et me demanda en claquant des dents :

« Tu crois qu'ils baisent ensemble, ces deux-là ?
— Abner et Yvonne ?
— Ouais.
— En tout cas, c'est ce qu'il a en tête, ce vieux bouc, dis-je en m'efforçant d'arracher un sourire à ma face gelée.
— On est con quand on est jeune, tu vois. Ça m'était jamais venu à l'idée que des vioques puissent s'envoyer en l'air, et je me demandais comment ils, euh... comment ils s'y prennent, quoi. »

Il était devenu rouge, mais je ne pouvais pas savoir si c'était parce qu'il était gêné ou parce que le sang lui revenait enfin au visage.

« Est-ce que tu insinuerais que je suis assez âgé pour le savoir, gamin ?
— Oh non, pas du tout, patron, protesta-t-il. C'est seulement que je pensais que les vieux pouvaient plus bander, et que les vieilles...
— A cœur vaillant, rien d'impossible, dis-je et on éclata de rire. Bon maintenant, allons mettre la dernière chaîne, et tirons-nous de ce merdier. »

Mais même avec les chaînes, ce satané camion refusait de bouger. Il fallut sortir un pieu en acier et la grosse masse de carrier du coffre à outils pour fixer le câble du treuil. Je maintenais le pieu tandis que Simmons abattait la lourde masse pour l'enfoncer dans la chaussée gelée. Au bout d'un moment, il dut s'arrêter pour reprendre haleine.

« J'espère qu'il est en train de s'en payer une bonne tranche en ce moment même, dit-il en souriant au vent. Il m'a drôlement bien plu, ce vieux taré, tu sais. Jusque-là, j'avais jamais beaucoup frayé avec des vieux, à part les pochards qui glandent au Deuce toute la journée, mais ils sont chouettes, ces deux vieux-là.

— Et moi, mon petit gars, je pèle de froid, dis-je. Allez, abats ta cognée. »

Notre petite virée hivernale ne tarda pas à prendre des allures d'expédition polaire. Il fallut retirer les chaînes de l'autre côté de la passe de Lookout, les remettre pour franchir le pic du 4-Juillet dans l'Idaho, les ôter encore une fois, les remettre en arrivant au col de Sorqualmie, les re-ôter, et ainsi de suite. Et pour ce que ça nous avança, j'aurais aussi bien pu rester à Meriwether, où j'aurais été bien au chaud dans mon page, à rêver de Cassandra Bogardus.

Car en arrivant à l'adresse de Strawn et de Ramsey sur l'île de Mercer, nous ne trouvâmes en guise de maison qu'une carcasse calcinée au bord des eaux grises du lac Washington, que ridait une petite pluie fine.

« Qu'est-ce qu'on cherche au juste, patron, des baraques brûlées ? demanda Simmons, et il éclata d'un rire exténué.

— On est sur la piste d'une bande de salopards vraiment dangereux », répondis-je. Simmons passa une main sous son gilet pour toucher la crosse du Colt Python, et il frissonna — était-ce la peur, ou le souvenir de la neige et du vent glacial ?

« Fais gaffe », lui dis-je. Une femme enveloppée dans un K Way bleu vif venait de sortir de la maison d'à côté et elle venait dans notre direction.

Elle s'avança vers nous d'un pas tranquille et nous dit bonjour d'une voix très égale. Elle avait un visage éveillé, intelligent et plein de distinction, tout à fait le genre de visage qu'on s'attend à trouver dans un coin chic comme l'île de Mercer, et elle était jeune. Le genre de fille qu'épouse en secondes noces un avocat, un toubib ou un chef indien plein aux as. « Puis-je vous être utile ? » demanda-t-elle très courtoisement.

— Nous cherchions M. Strawn ou M. Ramsey, expliquai-je, mais apparemment ils ont dû s'absenter.

— Vous ne saviez donc pas ? fit-elle à mi-voix. Vous n'étiez pas de leurs amis, j'espère...

— De simples relations d'affaires, dis-je, et elle hocha la tête comme si elle voyait ce que je voulais dire.

— Un accident épouvantable, dit-elle d'une voix sourde. Leur chaudière a explosé, et ils ont été pris au piège comme des rats... »

Voilà donc comment ils s'étaient débarrassés de leurs déchets. Ils avaient ramené les corps à Seattle et fait sauter une maison. Autrement dit, ils avaient assez d'entregent pour faire maquiller un rapport d'autopsie, un rapport de police et acheter un enquêteur d'assurances. Braconniers, mon cul. Cassandra Bogardus déconnait complètement.

« Je n'ai jamais porté la police dans mon cœur, dit la jeune femme. Les années soixante, vous comprenez, ajouta-t-elle comme si ça expliquait tout. Mais Willie et Ernie n'étaient pas des flics comme les autres... Oh excusez-moi, messieurs, vous n'êtes pas vous-mêmes de la police ?

— Non, madame, répondis-je, et Simmons masqua son hilarité sous un accès de toux.

— Ils étaient terriblement gentils, vous savez. Les meilleurs voisins qu'on puisse imaginer, discrets, charmants. Ils étaient tous les deux des cuisiniers formidables, ils avaient une collection incroyable de disques de jazz des années quarante, une chaîne hi-fi qui couvrait tout un mur, et à présent tout cela est... en cendres. » Elle eut un petit sourire triste qui détonait terriblement sur son visage pimpant et amène. « Ils vont tellement me manquer, poursuivit-elle. Mon mari a toujours soutenu qu'ils avaient des mœurs spéciales — enfin, qu'ils étaient, euh... homosexuels. Mais moi, je lui répondais toujours qu'on n'aurait pas admis des homosexuels dans la police, c'est vrai, n'est-ce pas ?

— Oui, madame, je suppose que vous avez raison, dis-je.

— Oh et puis, même s'ils l'avaient été, ça me serait égal, lâcha-t-elle dans un souffle tandis que deux grosses larmes apparaissaient au bord de ses paupières.

— Oui, madame », fis-je tout en battant en retraite vers le

camion, où Simmons m'avait précédé. Tandis qu'on s'éloignait, nous la vîmes de loin, debout dans l'allée, voûtée par le chagrin, le regard abîmé dans les eaux grises du lac comme une femme qui guette le retour de son mari perdu en mer depuis de longues années, pleurant la petite étincelle de vie, de lumière et de joie qui s'était éteinte à jamais dans cette banlieue bourgeoise confortable et morne.

« Tu veux toujours pas me dire de quoi il retourne, patron ? fit Simmons.

— Ça, mon petit gars, même si je le savais, vaudrait mieux que tu n'en saches rien, répondis-je. Mais ça sent de plus en plus mauvais, et si j'étais toi je me tirerais des pattes avant qu'il soit trop tard.

— Rien à faire, grand chef, dit-il. Toi, tu ne peux pas aller en taule, tu es mort. Eh ben, moi non plus, tu vois, parce que je suis barje. (Il disait ça comme si ça lui faisait plaisir.)

— Ce n'est pas la perspective d'aller en taule qui me tarabuste, dis-je. C'est même le cadet de nos soucis. »

Mais il se poilait toujours, ce sale môme.

On se rendit à l'adresse de la Multitechtronics, qui correspondait à un immeuble de la Première Avenue, juste à côté des halles de Pike Place. Et on n'y trouva qu'un bureau vide au-dessus d'un sex-shop — ce n'était qu'une boîte aux lettres et un relais téléphonique, désormais hors service. Le bureau voisin était occupé pas un dentiste-anesthésiste et j'essayai de lui poser quelques questions, mais il était si bien anesthésié lui-même qu'il arriva tout juste à me dire ce qu'il avait bu en guise de déjeuner, ce qui était bien inutile vu que j'avais flairé l'odeur du bourbon et les vapeurs d'éther dans le couloir. J'avais d'autres possibilités ; je pouvais m'adresser au propriétaire de l'immeuble, ou me procurer une copie du relevé d'inscription de la firme au registre du commerce, mais je conclus que le plus urgent était d'avoir un autre entretien, un peu moins intime, avec Cassandra Bogardus. Je dégotai un avocat, une espèce de jeune loup famélique et efflanqué du nom de McMahon, et lui versai un solide acompte en le chargeant de débrouiller l'écheveau de la Multitechtronics. Je me doutais qu'il y aurait un certain nombre d'embûches légales à surmonter avant d'arriver à retrouver la trace de ses propriétaires.

Là-dessus, j'emmenai Simmons déjeuner chez Ivar's, où je

m'envoyai trois douzaines d'huîtres. Ça le dégoûta tellement de me voir gober ces mollusques visqueux qu'il fut incapable d'avaler une seule bouchée de son sandwich au poulet-mayonnaise.

Après quoi nous reprîmes la route de Meriwether. On passa la nuit dans un motel d'Ellensburg, mais au lieu de rêver à Cassandra Bogardus, je rêvai de la grosse dealeuse ; aussi bizarre que ça paraisse, ce fut loin d'être un cauchemar, et j'en conçus pas mal de gratitude.

On arriva à Meriwether le lendemain après-midi et on prit pension dans un motel pour routiers à la sortie de la ville. Après avoir pris une douche brûlante pour me débarrasser de la gadoue gelée dont je m'étais couvert à force d'ôter et de remettre les chaînes, j'appelai Jamison à son bureau. Il me salua d'une voix distante, embarrassée.

« Je crois que je te dois une fière chandelle, dis-je.
— Milo, je ne sais pas comment tu fais.
— Pour me défoncer ?
— Non, pour survivre.
— C'est mon atavisme de pionnier intrépide », dis-je, et Jamison toussa avec dégoût. Au temps où il était shérif du comté de Meriwether, mon arrière-grand-père avait jeté les fondations de la fortune familiale en ouvrant une chaîne de fumeries d'opium, de tripots sordides et de maisons closes.

« Milo, je ne peux pas te laisser mort jusqu'à la fin des temps, dit Jamison.
— Je n'ai besoin que de quelques jours, dis-je. Tiens aussi longtemps que tu pourras.
— Je veux bien, moi, dit-il, mais j'ai l'enquêteur d'assurances aux fesses. Il m'a dit qu'à son avis il y avait anguille sous roche, même s'il n'a encore rien trouvé de probant.
— En tout cas, je te promets que je n'ai pas foutu le feu à ma baraque moi-même pour palper l'assurance.
— Je sais, dit Jamison. J'ai vérifié.
— Je veux te demander une autre faveur, Jamison.
— Tu veux que je te boucle en prison pour ta propre sauvegarde ?
— Je n'en suis pas encore là, dis-je. J'ai besoin d'une autorisation pour aller voir le petit Benniwah dans la salle de police de l'hôpital. Tu sais, celui qui a braqué la supérette. » Bien

sûr, je connaissais des gens dans la réserve du temps où j'étais shérif adjoint, mais je savais que je ne pourrais rien en tirer, et qu'ils ne diraient rien aux flics non plus. Mais peut-être que ce môme aurait le sentiment d'avoir une dette envers moi, peut-être qu'il accepterait de m'aider à retrouver l'Indien qui figurait sur la photo en compagnie de Rausche et du grizzly.

« D'accord ? demandai-je.

— Rien de plus facile, répondit Jamison. Notre bon vieux colonel Cœur d'Artichaut a chargé ses avocats d'assurer sa défense. On n'a qu'à dire que tu es son enquêteur. Ça te va ?

— Au poil. Je suis monsieur, euh... Grimes, de Seattle. Merci.

— Dis, Milo...

— Ouais ?

— Le match, c'est samedi en huit.

— C'est vu », dis-je en raccrochant.

Je me tournai vers Simmons et je lui annonçai : « On se sape en rupins. » Il poussa un gros soupir, comme si c'était la plus moche des corvées.

Sur le chemin de l'hôpital, je m'arrêtai pour faire l'acquisition d'un nouveau chapeau tyrolien et d'une paire de Ray-Ban. Un rupin, ça peut se permettre de porter des lunettes de soleil, même au beau milieu d'un blizzard monstrueux.

Les Benniwahs sont réputés pour être extrêmement méfiants à l'égard des Blancs, et on les comprend. C'est un négociant alsacien du nom de Bennomen qui est entré le premier en contact avec cette petite tribu pacifique. C'est lui qui les a baptisés de ce nom, forgé à partir de son propre patronyme (ils se nommaient eux-mêmes les Chilamatschotchio, ou « peuple de Chilamatscho »). Bennomen leur échangea des peaux de castor de première qualité contre des couvertures qu'il avait récupérées sur des victimes de l'épidémie de variole qui venait de décimer les Mandans. Les survivants se réfugièrent dans les hautes vallées des Cathedrals, où pour la plupart ils succombèrent lentement à la disette. La poignée de Benniwahs restants, qui n'avaient jamais versé une seule goutte de sang blanc, se firent progressivement dépouiller de leurs terres ancestrales par toute une succession de fonctionnaires zélés du gouvernement des Etats-Unis, au nombre desquels figurait mon arrière-grand-père, qui grugea les Benniwahs en leur payant vingt-cinq cents l'acre — c'est-à-dire la somme royale de sept cent cinquante dollars — les mille et quelques hectares de forêt dont j'ai hérité en même temps que de ses gènes de pionnier intrépide. En fin de compte, la tribu avait tout de même réussi à se cramponner à une minuscule réserve nichée entre les deux branches supérieures de la Dancing Bear River, à mi-chemin des Cathedrals et des Diablos. Il ne leur restait peut-être pas grand-chose, mais ils étaient bien décidés à ne plus en lâcher la moindre parcelle. A la différence de bien d'autres tribus, les Benniwahs s'étaient toujours obstinément refusés à vendre ou à louer un seul mètre carré de terre à des Blancs, même pas à ces rares Blancs qui étaient entrés dans la tribu par mariage, et quand vous passiez à travers la réserve en voiture, les petits mioches eux-mêmes fixaient votre face blême d'un air vindicatif, comme s'ils brûlaient d'une soif atavique de faire enfin couler des rivières de ce sang blanc que leurs ancêtres avaient eu bien tort de ne pas verser.

Billy Buffaloshoe était assis dans son lit, adossé à deux gros oreillers, et fixait d'un œil vide les murs vert d'eau de sa chambre d'hôpital, nettement plus carcérale qu'hospitalière. Pour quelqu'un qui avait pris une balle de fort calibre dans le buffet quelques jours auparavant, il avait remarquablement bonne mine. Quand le maton qui montait la garde devant sa porte introduisit sa clé dans la serrure, Billy se retourna et son bras plâtré heurta le rebord métallique du lit à la hauteur du coude. Son visage vira instantanément au gris, et j'eus la décence d'attendre qu'il ait repris sa couleur normale, une belle teinte cuivrée, en continuant à l'observer à travers la glace sans tain renforcée d'un grillage d'acier. Ensuite je dis à Simmons d'aller m'attendre dans le hall, et j'entrai.

« Qui vous êtes, mon bonhomme ? me demanda-t-il en m'apercevant. Un autre avocat bourré d'oseille et de culpabilité ? Un flic ? Un travailleur social, peut-être ? »

Je me débarrassai de mon galure et de mes lunettes.

« Oh non, sûrement pas travailleur social, reprit-il. Vous n'avez pas l'air social du tout.

— Je suis juste un gars qui aimerait bien te demander une faveur », lui dis-je en venant me mettre debout au pied du lit. Dans mon dos, le planton laissa retomber le lourd verrou d'acier avec un claquement qui fit trembler la neige accumulée sur les barreaux de la fenêtre.

« Une faveur ? fit-il. Hou dis donc, je suis vachement flatté, mais comme vous vous en êtes probablement aperçu, je ne suis pas exactement au faîte de la réussite en ce moment. C'est clair, non ?

— Je voudrais juste que tu jettes un petit coup d'œil à cette photo, dis-je en lui tendant le cliché des deux braconniers.

— Et vous alors, qu'est-ce que vous me ferez comme faveur ?

— Je t'en ai déjà fait une. La nuit où tu t'es fait flinguer.

— Le vigile de nuit ! fit-il avec mépris. Putain, vous êtes drôlement chic pour un vigile. Alors comme ça, vous m'avez sauvé la vie. Merde, tu parles d'une affaire !

— Je pourrais témoigner en ta faveur au procès, offris-je. Comme ça au moins, ils ne pourront pas t'inculper de tentative de meurtre...

— Quel procès ? dit-il. J'ai déjà écopé d'un second degré pour l'attaque à main armée, si bien que quoi qu'il arrive, je suis bon pour Deer Lodge.

— Mais tu n'as pas encore été condamné. Je pourrais dire un mot en ta faveur à l'audience préliminaire...

— Qui c'est qui va écouter un lampiste comme vous ? dit-il. Non, mon bonhomme, vous n'avez rien à m'offrir en contrepartie.

— Tu veux du blé ?

— Combien ?

— Ça, c'est à toi de me le dire, terreur.

— Cinq cents dollars, et je veux aussi qu'on me mette la télé dans cette piaule dégueulasse, dit-il. C'est mon dernier prix, je ne descendrai pas plus bas.

— Les distractions, ce n'est pas de mon ressort, mon petit gars. Par contre, va pour les cinq cents tickets.

— Vous les avez sur vous ?

— Bien sûr, dis-je. Mais tu vas te les faire piquer si tu les gardes avec toi.

— *Moi*, mon pote, je ne suis pas un cave, fit-il en laissant clairement entendre que j'en étais un. Je connais la filière. Personne me piquera rien. »

En faisant écran avec mon dos entre la glace sans tain et lui, je sortis cinq billets de cent de mon portefeuille et je les lui tendis avec la photo. Quand il se pencha en avant pour glisser les billets dans son slip, il fut pris d'une quinte de toux et une écume

sanguinolente lui monta aux lèvres. Je me penchai par-dessus le lit pour attraper le récipient en acier inoxydable qui était posé sur la table de nuit et je le tins au-dessous de sa figure pour qu'il puisse cracher à son aise. Quand il eut repris sa respiration, je lui demandai :
« Ça va bien ? Tu veux que j'appelle une infirmière ?
— Non, non ! hoqueta-t-il. Le personnel de cet hosto est vraiment merdeux. (Il jeta un coup d'œil à la photo.) Le Blanc, j'ai jamais vu sa gueule. Je connais pas non plus l'ours... (Il s'esclaffa, et ça se termina par une nouvelle quinte de toux et de nouveaux crachements de sang.) Je ne connais pas non plus le nom de l'autre gars, mais je sais qui c'est. Ce n'est pas un des nôtres. C'est un sang-mêlé. Il doit être Assiniboin, ou Cree, je sais pas. Il vit même pas dans la réserve. Il passe le plus clair de son temps à traîner dans les bars de Stone City. Vous n'avez qu'à demander à Tante Marie...
— Tante Marie ?
— Mais oui, mon vieux, notre grand-mère à tous », dit-il, puis il poussa un grand soupir et m'expliqua comment la trouver. Il se mit à s'agiter en me faisant son récit, si bien qu'il finit par arracher le tuyau du goutte-à-goutte qui lui alimentait le poumon du flacon à perfusion accroché à côté du lit.
« Tu es sûr que tu ne veux pas que j'appelle l'infirmière ?
— Non seulement on nous traite comme du bétail, dans cet hosto, articula-t-il entre deux halètements rauques, mais en plus il est réputé pour ses drogues merdeuses.
— Je te remercie de m'avoir aidé », dis-je en lui tendant la main.

Il me fixa un long moment avant de se décider à la saisir et à la serrer du bout des doigts, et nos regards se croisèrent. Ses yeux étaient obscurs et profonds comme cet étroit passage qui mène à l'autre monde, celui où le printemps chante éternellement, où l'haleine des jeunes vierges est suave comme le miel, où les daims fantômes se précipitent d'un bond léger et gracieux vers la flèche vibrante qui vient à leur rencontre. Ce coup-ci, il était presque parvenu à le franchir, et en lisant cela dans ses yeux, je sentis un goût de sang tout au fond de ma gorge. La prochaine fois, disaient-ils, j'y arriverai.

Les nuages s'étaient soulevés et la neige avait cessé, mais tandis que je gravissais lentement la côte de la colline de Wilmot, couverte d'une croûte de neige durcie, en direction de la réserve, le camion s'enfonça peu à peu dans les grosses nuées d'orage qui restaient suspendues au-dessus des montagnes, et soudain le brouillard gris éclata et une averse de grêlons cingla le pare-brise. J'avais mis le chauffage au maximum, mais Simmons et moi avions enduré trop longtemps le froid et la fatigue, et il nous sembla que l'air glacial s'engouffrait dans la cabine avec la violence impétueuse d'une horde de bisons.

« Ça fait combien de temps que tu n'as pas bu un coup? demandai-je à Simmons.

— Je n'ai rien bu depuis le soir où tu as disparu, répondit-il en tripotant son nœud de cravate. Et c'est bizarre, tu vois, mais j'en ai pas vraiment envie. »

Moi, par contre, je mourais d'envie de me siffler un bon whiskey. Du whiskey pour me réchauffer les tripes, pour faire passer l'horrible goût de mort violente qui m'était resté dans la gorge, pour me faire rigoler un peu. L'idée me vint de m'arrêter au bar de Wilmot pour m'en jeter un en vitesse, mais mon vieux camarade Jonas ne serait pas debout derrière le comptoir à surveiller son domaine avec des airs de potentat pygmée. Comme tant d'autres vieux de la vieille, tant d'autres dingos d'antan, il était mort. Morts aussi Fat Freddie, l'ancien flic de Chicago; et Pierre, le silencieux, qui à force de picoler avait complètement effacé la langue anglaise de sa mémoire; Leo, du Mahoney's, qui se souvenait toujours d'un visage; et ce brave Simon le Voyageur. Moi aussi, d'ailleurs, aux dernières nouvelles. Et si c'était vrai? Si j'étais mort pour de bon? Quelle bonne blague ça serait si, après le trépas, au lieu d'aller en enfer, au paradis, ou au pays des chasses éternelles, nous retrouvions simplement cette existence moche et bête que nous croyions avoir larguée pour de bon, le désarroi et la pagaïe, le chaos et le désespoir.

Mais au moment où j'étais en train de me noyer dans mes pleurnicheries extravagantes d'alcoolique en manque, on dépassa la silhouette imprécise du bar enveloppé de brume, on jaillit brusquement des nuages, et le grand soleil d'hiver réverbéré par les champs de neige m'aveugla de son éclat éblouissant. Je bloquai d'un coup les quatre roues du camion et je me fouillai frénétiquement pour trouver mes Ray-Ban neuves. Quand je les eus chaussées, je vis en face de moi les hautes cimes neigeuses des Cathedrals qui étincelaient contre un ciel d'un azur paradisiaque, le genre de vision qui vous fait oublier les engelures et les chaînes, et qui vous rappelle pourquoi vous voulez vivre et mourir dans le Montana.

Billy m'avait expliqué que Tante Marie était la femme la plus honorée parmi les Benniwahs, la dépositaire des légendes sacrées, chargée d'en transmettre les récits oraux. Dans cette tribu, c'était une tradition immémoriale que d'honorer les grand-mères dès qu'elles étaient libérées des stigmates sanglants de la féminité ; elles étaient vénérées pour leur patience et leur sagesse, et c'était à elles que la petite tribu exsangue confiait ses trésors les plus précieux : les enfants et les récits de l'ancien temps. Tante Marie était la grand-mère d'entre les grand-mères, mieux obéie qu'un chef de guerre, plus écoutée qu'un chef de paix, plus puissante que les hommes de loi chargés de défendre les intérêts du conseil tribal.

Malgré tout ce poids de tradition qui reposait sur ses épaules, Tante Marie ne vivait pas dans un tipi ou une hutte de terre. Elle habitait un petit pavillon de bois en amont du cours central de la Dancing Bear River, juste au-dessus du carrefour à partir duquel la route de South Fork pénètre dans les Diablos et s'enfonce en sinuant dans la montagne jusqu'à Camas Meadow et la forêt de mon grand-père, le long des anciens cantons de la Compagnie du chemin de fer et de la vieille mine abandonnée. Cinquante mètres après sa maison, la route de Middle Fork était barrée par une grille cadenassée destinée à protéger ce qui restait de la terre sacrée des Benniwahs des incursions des profanateurs blancs — chasseurs, pêcheurs ou buveurs de bière en goguette.

Le chasse-neige était passé sur la route de Middle Fork ce matin : rien de plus logique, puisqu'elle se trouvait sur l'itinéraire d'un bus de ramassage scolaire. Mais apparemment, la route de South Fork avait été déblayée aussi, et c'était un peu insolite ; peut-être que le Service des forêts la maintenait ouverte pour permettre aux équipes de bûcherons de passer. Un petit autobus scolaire jaune était garé devant la maison de Tante Marie, et la grille qui barrait la route à cinquante mètres en avant de lui était neuve. Quand j'étais môme, ce n'était qu'une petite grille de rien du tout, et on n'avait aucun mal à faire sauter le cadenas ou à la contourner avec nos vélos de cross, mais depuis je l'avais vue se renforcer d'année en année, et à présent c'était une herse infranchissable, avec de gros barreaux d'acier, fixée à des montants en béton armé et flanquée de chaque côté de gros piliers rocailleux de près de deux mètres de haut. Une peau de coyote desséchée et durcie par le gel la surmontait.

Je me rangeai derrière le bus scolaire, et après avoir dit à Simmons de m'attendre dans le camion, je me dirigeai en pataugeant lamentablement dans mes ridicules mocassins à glands vers l'allée qui menait à l'entrée de la maison, bordée des deux côtés de neige pelletée empilée sur plus d'un mètre. Il avait neigé plus encore que dans la vallée, et par endroits les monticules de neige entassés par le vent atteignaient presque la hauteur de l'avant-toit.

Je fis un arrêt sur le perron pour essayer de me débarrasser de la neige qui avait pénétré dans mes chaussures, et pendant que je trépignais sur le seuil, j'entendis une voix grave, à la fois sérieuse et gaie, qui prenait des résonances caverneuses à l'intérieur de la petite bicoque.

« ... et c'est pour cela, mes petits-enfants, disait-elle, que le pauvre Frère Corbeau a été affligé de son plumage si noir et de son vilain croa-croa. C'est parce qu'il a cédé à l'Homme Blanc, en échange d'une chique de tabac, ses plumes jaunes comme le pollen, son ciel bleu, son petit nuage blanc, et même son doux gazouillis qui autrefois faisait surgir dans l'air l'arc-en-ciel sacré. Aujourd'hui encore, mes petits-enfants, Frère Corbeau a beau s'échigner à croasser, croasser tant qu'il peut, il n'arrive pas à recracher le goût amer de déshonneur qui lui est resté dans la gorge... »

Là-dessus, la voix baissa de plusieurs tons et ses paroles furent couvertes par un brouhaha d'enfants qui chuchotaient, remuaient des pieds et lâchaient çà et là un petit rire respectueux.

Tante Marie ouvrit la porte, et elle m'ignora avec tant de fureur que je fis machinalement un pas de côté. Je la regardai ébouriffer des tignasses d'un noir de jais avant qu'elles disparaissent sous de gros passe-montagnes et renvoyer d'une petite tape sur le derrière les enfants qui défilaient un par un sur le seuil. Les visages des mioches étaient encore figés dans une espèce d'émerveillement un peu solennel tandis qu'ils se dirigeaient à la queue leu leu vers le bus, mais ils avaient des sourires ravis, des pointes vermeilles luisaient sur leurs joues cuivrées, et leurs prunelles noires pétillaient gaiement. Le chauffeur était un vieil Indien à demi édenté du nom de Johnny Buckbrush, qui m'avait connu au temps où j'étais shérif adjoint. Il me lança un bref regard et baissa aussitôt les yeux. Je l'avais connu dans ses jours d'indignité.

« Tu as bonne mine, Johnny, lui dis-je. Tu as l'air d'un autre homme.

— Merci, Milo », répondit-il en regardant toujours ailleurs, et il emboîta le pas à la petite troupe joyeuse.

Le bus démarra, et Tante Marie le suivit des yeux jusqu'à ce qu'il eût disparu de l'autre côté d'un gros éperon rocheux qui faisait saillie au-dessus de la route de Middle Fork juste après le carrefour, puis elle se tourna vers moi et, d'un ton de commandement, elle fit : « Oui ? »

A partir de ce que Billy Buffaloshoe m'avait dit d'elle, je m'étais attendu à une espèce de chaman femelle façon Hollywood, une vénérable actrice anglaise au visage creusé de rides profondes et tartiné de brou de noix, drapée dans une toge de daim à franges et couverte de colliers en verroterie, mais Tante Marie était une grande et forte femme qui portait des souliers à talons hauts du même beige que sa robe fourreau en laine, et son visage lourd et empâté, rendu plus carré encore par ses grosses lunettes à monture de corne, aurait pu appartenir à une Mexicaine, à une Italienne ou à une riche Blanche tannée par le soleil des tropiques. Elle répéta :

« Oui ?

— Excusez-moi, madame, dis-je, mais je n'ai pas pu m'empêcher d'entendre la conclusion de votre histoire, et si je ne me trompe, ce sont tout de même bien les Indiens qui ont fait connaître le tabac aux Blancs au moment où Christophe Colomb a découvert, euh... les Indes occidentales.

— C'est exact en effet, admit-elle comme si elle avait attendu toute sa vie l'occasion de répondre à cette question. Les Indiens fumaient du tabac, du kinni-kinnick, de l'écorce de genévrier ; toutefois, ce n'était pas pour le plaisir, mais à des fins cérémonielles, pour pratiquer ce que vous autres les Blancs vous appelleriez la prière, en signe de gratitude envers le soleil et la lune, le vent et la pluie, les heurs et les malheurs de l'existence. En revanche, fumer pour le plaisir, pour enrichir le lobby des fabricants de tabac, pour permettre au gouvernement de prélever sa dîme et sous prétexte d'avoir l'air dans le coup est effectivement dangereux pour la santé. »

Elle donna une chiquenaude à ma poche-poitrine et la cellophane de mon paquet de cigarettes crépita comme les sonnettes d'un crotale.

« D'accord, dis-je, vous avez gagné. » J'essayais de me montrer aimable, mais son visage resta figé dans une immobilité de pierre. « C'est Billy Buffaloshoe qui m'a envoyé à vous, expliquai-je, et je voudrais vous demander un service...

— Un service ?

— Oui, madame », répondis-je en sortant la photographie roulée de la poche de mon trench-coat. « Vous saviez que Billy était sous les verrous ? » ajoutai-je, mais son visage resta de bois. Elle savait tout. « Peut-être que je pourrai lui éviter d'aller en prison.

— Ha! éructa-t-elle. Il est né pour Deer Lodge, celui-là.

— Peut-être que je pourrai aider à dévier un peu le cours de sa destinée, dis-je. Vous connaissez cet individu ? » demandai-je en lui tendant la photo.

Elle s'en empara, la regarda un long moment, hocha la tête, puis elle recula d'un pas à l'intérieur de la maison pour ne plus être gênée par la réverbération de la neige et ôta ses lunettes. Je fis mine de la suivre, mais elle leva sur moi son regard minéral et je reculai si précipitamment que je faillis m'étaler sur le perron verglacé. Pendant que Tante Marie fixait attentivement la photo et que j'essayais de retrouver l'équilibre, une benne à ordures bleu vif de l'E.Q.C.S. surgit en grondant de derrière l'éperon rocheux et bifurqua pour remonter la route de South Fork.

« Mais bon Dieu, qu'est-ce qu'ils... ? commençai-je.

— Ils ont passé contrat avec la réserve, coupa-t-elle, et son explication s'arrêta là. Lequel des deux vous intéresse ? demanda-t-elle.

— L'Indien.

— C'est au sujet de l'ours ?

— Plus ou moins », répondis-je. Tante Marie n'était pas la sorte de femme à qui je me serais permis de dire un mensonge. « Au sujet de l'ours, et d'autre chose.

— Il est bien du genre à commettre une vilenie comme celle-là, dit-elle en hochant la tête. C'est un gibier de potence, un sang-mêlé sans honneur. Son nom est Charlie Two-Moons, mais il se fait appeler Charlie Miller. A cette heure-ci, vous le trouverez à... » Elle s'interrompit brusquement et me regarda. « Enlevez ces

lunettes et ce chapeau ridicule », dit-elle. Je lui obéis, et elle ajouta : « Vous êtes un Milodragovitch, n'est-ce pas ?
— Dois-je vous l'avouer honteusement, madame, ou le revendiquer avec orgueil ?
— A vous de voir, dit-elle. C'est votre nom.
— Je suis le dernier des Milodragovitch, dis-je.
— Tant mieux, fit-elle. Jusqu'à quel point tenez-vous à mettre la main sur cet homme ?
— Je le trouverai, madame. Que vous m'aidiez ou non.
— A moins que je ne passe un coup de fil, dit-elle. En échange de mon aide, je veux que vous me cédiez Camas Meadow. Bien entendu, nous vous paierons. Nous vous en donnerons même un bon prix.
— D'accord.
— J'adore les blagues, langue de coyote, dit-elle, sans rire. Vous ferez tout ce qui est en votre pouvoir pour que Billy soit placé en liberté conditionnelle et confié à ma garde ?
— Oui, madame.
— Bien, dit-elle. A cette heure-ci, vous trouverez Charlie Two-Moons accoudé au comptoir d'un des bars de Stone City. »

J'avais dû hausser sans m'en rendre compte un de mes sourcils gelés, car elle répondit à une question que je n'avais pas formulée :

« Vous m'y auriez trouvée moi-même jadis, dit-elle. Mais c'était avant que je décide de revenir sur la terre de mes ancêtres.
— Merci.
— Vous avez des engelures, dit-elle en levant la main et en retirant de ma joue une minuscule lanière de peau noircie. Vous devriez soigner ça.
— Oui, madame, dis-je. Je vous suis très reconnaissant de m'avoir aidé.
— Il n'y a pas de quoi, langue de coyote », dit-elle, et là-dessus elle me referma la porte au nez avec une telle détermination que j'eus le sentiment qu'on venait de m'exclure d'un endroit très important.

Stone City se trouve juste à l'ouest de la réserve Benniwah. C'est une de ces petites bourgades sinistres incrustées comme des tiques sur la limite extérieure des réserves indiennes et des camps militaires où l'alcool est prohibé, agglomérations pétries de rapacité qui exploitent sans vergogne la misère et le mal du pays de pauvres gens, villes qui ne contiennent rien d'autre que des bars et des monts-de-piété et où aucun enfant n'a jamais grandi. On entama la tournée des bars, Simmons et moi, et nous découvrîmes Charlie Two-Moons dans le cinquième. Il était au comptoir, recroquevillé au-dessus d'un petit verre de bourbon et d'un bock de bière. Il m'avait paru balèze sur la photo, mais en chair et en os c'était un véritable monstre, qui mesurait bien ses deux mètres et devait peser plus de cent vingt kilos. Même à deux, je ne voyais pas comment on aurait réussi à arracher à son comptoir ce colosse à moitié bourré et complètement flippé.

« Qu'est-ce qui t'arrive, patron ? me demanda Simmons tandis que le barman s'appliquait à faire comme si nous n'étions pas là.

— On ferait peut-être mieux de boire un coup, dis-je. Tu vois cette espèce de mammouth, derrière moi ? Eh bien, figure-toi qu'il faut qu'on ait une discussion sérieuse avec lui au sujet d'un acte criminel auquel il a participé.

— Comment t'as pu choisir un métier pareil, mon pauvre Milo ?

— Je ne m'en souviens pas très bien, mon petit gars, vu qu'à l'époque je picolais un peu trop », avouai-je en cognant sur le zinc pour attirer l'attention du barman.

Un grand silence subit s'abattit sur le petit bistrot. Les quelques pochards qui étaient attablés dans un box au fond de la salle s'arrêtèrent soudain de rire et les verres des trois hommes qui étaient debout au bar à côté de Charlie Two-Moons restèrent suspendus dans l'air. Le barman nous décocha un regard assassin, puis il se décida tout de même à s'approcher de nous.

« Ces messieurs désirent ? demanda-t-il avec une mauvaise grâce évidente.

— Mon cher monsieur, fis-je en feignant de ne pas avoir remarqué le silence, mon ami et moi nous boirons chacun un Black Jack dans un petit verre, avec une chopine de bière pour le faire descendre. » Je sortis un billet de cinquante de mon portefeuille, et j'ajoutai : « Et prenez-en un aussi, tenez — oh et puis merde, tiens ! J'offre une tournée générale... Je viens de rafler un beau paquet au poker du Slumgullion — vous savez, à Meriwether —, alors, buvons tous à la chance !

— A la chance », fit le barman d'un ton qui laissait supposer que nous en aurions sacrément besoin sous peu.

Mais après que j'eus offert une deuxième tournée générale, l'atmosphère se détendit nettement. On poussa un grand soupir de soulagement, Simmons et moi, et on se mit à siroter lentement nos whiskeys.

« Tu connais la blague du plus grand artiste du Dakota du Nord ? » me demanda Simmons d'une voix basse et sourde. (Au Montana, c'est aux habitants du Dakota du Nord que nous attribuons la stupidité proverbiale qui pour le reste du pays est normalement l'apanage des Polonais, ainsi qu'en attestent les milliers de blagues polaques que les Américains se racontent entre la poire et le fromage depuis des générations.)

« Non, dis-je.

— La Société d'histoire du Dakota du Nord avait chargé le peintre le plus célèbre de l'Etat d'exécuter une grande fresque épique, commença-t-il d'une voix encore plus basse. La fresque avait pour sujet la bataille de Little Big Horn, et quand l'artiste eut terminé son travail, la Société d'histoire a organisé une inauguration en grande pompe, en invitant tout un tas de sommités de l'Eglise et de dames patronnesses à venir assister au dévoilement du chef-d'œuvre du plus grand peintre des deux Dakotas. Mais quand on a tiré le rideau, ils se sont retrouvés en face d'une vieille morue couverte de maquillage avec des oripeaux voyants, entourée d'une nuée de Peaux-Rouges occupés à se sodomiser à qui mieux mieux.

« Naturellement, tous les ecclésiastiques en ont avalé leur râtelier, les dames comme il faut en ont pissé dans leur corset, et ils ont reflué en désordre vers la sortie en poussant des cris d'orfraie. Là-dessus, le président de la Société d'histoire s'approche de l'artiste, qui était tellement abîmé dans la contemplation de son œuvre qu'il n'avait rien remarqué de tout ce chambard, et il lui fait : " Mais enfin, mon pauvre ami, qu'est-ce que c'est supposé représenter, votre machin ? " Et l'artiste, avec un sourire béat, lui dit : " *Les Dernières Paroles de Custer.* " " Comment ça, *Les Dernières Paroles de Custer ?* " fait l'autre. " Ben oui, quoi, répond l'artiste : "Putain de ma mère, j'en ai jamais vu autant, de ces enculés d'Indiens ! ' " »

Simmons se mit à rigoler comme un bossu en se cachant le bas du visage dans la main. Une fois son accès d'hilarité passé, il ajouta : « J'espère que tu comprends ce qui m'a fait penser à ça, patron... " *Les Dernières Paroles de Custer.* " » Là-dessus, il recommença à se tordre. Il y a des gens qui trouvent tout rigolo.

« J'adore les blagues, langue de coyote, dis-je en citant Tante Marie, mais comment est-ce qu'on va faire pour persuader cet énorme salopard de sortir d'ici ?

— Pas de problème, dit Simmons. Justement, il se tire. »

Je ramassai ma monnaie, et nous suivîmes dans la rue glaciale et venteuse le colosse titubant. Au moment où je m'approchais de lui par-derrière, je sortis de ma poche, mon couteau de chasse pliant et je l'ouvris.

J'empoignai son épaule droite de ma main gauche, et j'enfonçai la lame de mon couteau à travers le tissu de sa grosse veste de laine et de sa chemise jusqu'à ce que la pointe touche la chair de son aisselle.

« Charlie Two-Moons ! lui dis-je. Un seul geste, un seul, et tu ne te serviras jamais plus de ton bras. » Comme il avait l'air d'hésiter, j'enfonçai un tout petit peu la pointe du couteau, et la douleur subite et aiguë lui ôta toute envie de résister. Il dégueula sans même un sursaut en avant et ensuite il cracha sur le trottoir et fit :

« Je ferai tout ce que tu dis, mec. C'est toi qui as la lame.

— T'as une caisse ? demandai-je. J'ai pas envie de foutre du sang et du dégueulis plein la mienne. »

Il eut un hochement de tête sec et dégoûté, cracha encore et me conduisit jusqu'à un vieux camion à plate-forme tout cabossé qui était garé un peu plus bas dans la rue. C'était un Dodge Power Wagon de 1965, le meilleur véhicule tout-terrain qui soit jamais sorti des chaînes de montage de Detroit. J'étais peut-être trop occupé à admirer cette merveille, car tandis que nous nous hissions lentement à l'intérieur de la cabine, Charlie Two-Moons réussit à m'échapper. Nous nous engageâmes dans une lutte très silencieuse et très brutale qui se solda par un match nul : la lame de mon couteau était pointée juste au-dessous de son oreille, mais je n'étais que partiellement parvenu à l'empêcher de soulever le petit .38 à canon court qu'il avait caché dans l'interstice entre les deux sièges, et son museau glacé était appuyé contre ma cuisse gauche. Charlie Two-Moons n'avait plus l'air ivre ni malade et il me semblait que sa gigantesque carcasse remplissait toute la cabine.

« Tu sais, mec, en catch on appelle ça un blocage mexicain, dit-il finalement en remuant à peine les lèvres.

— Mon copain est derrière toi avec un .357 », lui signalai-je Et en effet, Simmons avait sorti son Colt Python et il le tenait appuyé au rebord de la portière en soulevant un pan de son manteau de cuir pour le dissimuler.

« Eh ! mon pote, à cette distance, une balle de .357 nous bousillera tous les deux, dit l'Indien.

— Un blocage mexicain, hein ? fis-je en sentant la sueur qui me gelait sur la figure. Moi, je serai estropié, Charlie, mais toi, tu seras mort.

— J'en ai rien à cirer, mec.

— Moi non plus, dis-je, surpris de m'apercevoir que j'étais sincère. Alors si tu veux le lâcher ton pruneau, andouille, dépêche-toi parce que cette discussion est terminée.

— Eh, oh, doucement, t'excite pas ! » bredouilla-t-il en lâchant son revolver qui tomba avec un bruit métallique sur le plancher jonché d'un bric-à-brac d'objets confus. Charlie Two-Moons m'échappa d'une glissade et se rencogna contre la portière en enfouissant son visage dans ses mains tremblantes et en gémissant : « Il est même pas chargé, ce flingue, bon Dieu ! » Je ramassai le revolver et je l'examinai rapidement. Le barillet était vide. Quand je me retournai vers lui, Charlie Two-Moons me parut tout à coup beaucoup moins grand.

« Tu as cru que tu allais pisser dans ton froc, hein ? » demandai-je et il fit un oui honteux de la tête.

« Qu'est-ce que vous me voulez, bon Dieu ? pleurnicha-t-il. J'ai fait de mal à personne. En tout cas, pas depuis un bon moment... » Je lui posai la photo sur les genoux. Il y jeta un bref coup d'œil et il me la rendit.

« Le mauvais œil, dit-il. Jamais on n'aurait dû le tuer, ce grizzly. Depuis, je n'ai eu que des emmerdements. J'ai perdu mon boulot une semaine après, ma bonne femme m'a quitté, je suis allé prendre une biture à Butte, je me suis fait casser la gueule par deux mineurs dans l'allée de derrière du bar M & M, et ils m'ont coupé ma natte. Ils m'ont coupé ma natte, merde ! Je vous dis que ce grizzly porte malheur. Mauvaise médecine, mec ! » Il resta silencieux un moment, en regardant ses énormes paluches comme s'il n'arrivait pas à croire qu'elles aient pu lui faire défaut. « Mais de quoi il s'agit, mon pote ? demanda-t-il. Vous ne pouvez pas être un garde-chasse ou un garde forestier, pas avec ce joli petit numéro de la lame sous l'aisselle. Alors, quoi? Est-ce que les organisations de défense de la nature se seraient mises à embaucher des hommes de main et à mettre la tête des braconniers à prix? Un Front de libération des canards sauvages? » Il émit un petit hennissement de rire; c'était le rire tendu, cassant, d'un homme sur le point de craquer. « Ordures de libéraux blancs, tous des faux-jetons..., grommela-t-il.

— Qui est l'autre zigue?

— Johnny Rausche, dit-il. Il se fait appeler Rideout à présent. C'est un frangin.

— Un frangin?

— Oui, mon pote, on a partagé la même carrée au pénitencier de Walla Walla.

— Pour qui vous bossiez, tous les deux?

— Ben moi, je conduisais un chariot élévateur dans un entrepôt d'épicerie en gros à Meriwether, dit-il. Johnny, lui, il était chauffeur routier...

— C'est pas de ça que je te parle, coupai-je. Je te parle du gang.

— Le gang? Quel gang? fit-il d'un air sincèrement éberlué.

— Le gang de braconniers, tu sais bien, allez, fais pas l'innocent...

— Gang de braconniers? dit-il et il lâcha un barrissement de rire qui sonnait nettement moins creux que tout à l'heure. Qui c'est qui vous envoie? demanda-t-il.

— Ça, c'est une très bonne question », admis-je.

Je me retournai pour regarder dehors. La vitre était embuée par nos haleines, et j'y traçai un petit cercle pour me faire un judas, mais il n'y avait rien d'autre à voir que la neige qui tombait avec un bruissement soyeux sur la rue grise et une poignée de voitures et de petits camions à plate-forme garés devant l'alignement de bars; quelques-uns avaient le moteur qui tournait au ralenti, et le vent faisait onduler comme des oriflammes les gaz qui sortaient de leurs pots d'échappement; les autres étaient livrés sans défense aux congères qui s'amassaient autour d'eux.

« Où est la peau du grizzly? » lui demandai-je. Mais j'étais sûr qu'il ne mentait pas. Il n'y avait pas de gang de braconniers. Ou s'il y en avait un, Charlie Two-Moons n'en faisait certainement pas partie. Je me demandai si Rideout-Rausche avait mené

Cassandra Bogardus en barque pour la garder auprès de lui, ou bien si c'était elle qui m'avait raconté des bobards pour me... me quoi ? Pour me garder auprès d'elle ? Bon Dieu, pour ça, elle n'avait pas besoin de me raconter quoi que ce soit ; il lui aurait suffi de me siffler, et je l'aurais suivie au bout du monde. Pour me tenir à l'écart, alors ? Mais à l'écart de quoi ? Et merde.

« Où elle est, cette peau ? répétai-je.

— Chez le prêteur sur gages, de l'autre côté de la rue, dit Charlie, en sortant son portefeuille et en en tirant le ticket de dépôt. Deux cents dollars, ajouta-t-il.

— Allons y jeter un coup d'œil », dis-je. Il ne mentait pas, j'en étais profondément convaincu, mais l'envie m'avait pris de voir cette peau d'ours, de la caresser, comme si sa fourrure épaisse et rugueuse recelait la réponse à des questions que je n'avais pas encore été assez fûté pour poser.

En nous voyant entrer, Charlie, Simmons et moi, le vieillard replet qui était assis derrière le comptoir du magasin se mit à sourire, et son sourire resta figé sur ses lèvres même après que Charlie l'eut informé qu'il souhaitait récupérer son bien, mais il n'adoucissait en rien la dureté avide de son regard, et je devinai qu'il avait escompté pouvoir s'approprier la peau après l'écoulement des quatre-vingt-dix jours fatidiques. Il ne broncha pas quand je lui sortis les deux billets de cent dollars et il nous mena sans un murmure jusqu'à la chambre froide où il remisait les fourrures. La dépouille du grizzly était posée par terre, soigneusement emballée dans de la toile goudronnée, et elle avait l'air d'un gros cochon bossu. Quand je la soulevai avec Charlie, il me sembla qu'elle pesait aussi lourd qu'une truie égorgée.

« Oh bon Dieu ! » grognai-je en sortant de la boutique du prêteur à la suite de Charlie. Simmons vint prendre ma place et il manqua s'écrouler sous le poids.

« C'était un vieil ours, dit Charlie. Il avait une sacrée grosse peau. Où est votre bagnole ?

— Là-bas, pourquoi ?

— Parce que vous venez de vous payer une superbe descente de lit, dit-il. C'est le plus beau travail de tannage et de naturalisation que j'aie jamais fait, mais Frère Grizzly est à vous à présent, mon pote, et je suis bien content d'être débarrassé de lui. Comme ça son esprit ne me portera plus la poisse.

— Mais je ne... euh...

— Pas la peine de me remercier, mon vieux, dit Charlie tandis que Simmons et lui déposaient leur fardeau avec beaucoup de douceur sur la plate-forme de mon camion.

— Eh dis, qu'est-ce qui me prouve que c'est bien ce grizzly-là que vous avez...

— Vous en faites pas pour ça, coupa Charlie avec bonne humeur. Vous n'avez qu'à adresser des chants à l'esprit de Frère Grizzly, et vous verrez. » Là-dessus, il se dirigea vers le bar d'un pas désinvolte, s'arrêta à la porte, leva ses deux bras vers le ciel d'où le vent venait de chasser les derniers nuages, et il vociféra : « Eh, les copains, je vous paye un verre ?

— Je crois que je viens de renoncer à la boisson », répondis-je, malgré tout ce que cette idée pouvait avoir de débectant.

Nous remontâmes à bord du camion, et Simmons me demanda :

« Qu'est-ce qu'on fait maintenant, patron ?

— J'en ai ma claque d'être mort, dis-je. Allons chercher ta bagnole, tirons-nous de ce motel miteux, prenons une suite au Riverfront et tâchons de mener une existence digne de nos sapes.

— T'es sûr, patron ?

— Tout à fait, dis-je. Il n'y a que deux personnes qui ont eu droit aux grosses manchettes quand il s'est avéré que l'annonce de leur mort avait été prématurée : Jésus-Christ et Mark Twain. »

Simmons rumina là-dessus jusqu'à ce qu'on soit arrivés à mi-chemin de Meriwether, puis il déclara :

« Je ne sais pas ce qu'on est en train de faire, patron, mais il y a une chose dont je suis sûr.

— C'est quoi ?

— Tout ce bordel est encore pire que le Viêt-nam. »

11

En dépit de mon inclination à rejoindre le nombre des vivants, rester mort présentait tant d'avantages que je laissai à Simmons le soin de nous réinscrire au Riverfront sous le nom de MM. Rogers et Autry [1]. Il nous fallut quatre voyages pour trimballer jusqu'à la chambre notre arsenal, nos sacs et la peau d'ours, en passant par l'entrée de service. Une fois déroulée, la peau de grizzly recouvrait presque entièrement le lit géant de deux mètres sur deux, mais comme l'énorme tête qui dépassait du pied du lit avait l'air trop vivante, nous la retournâmes et nous l'appuyâmes aux deux oreillers superposés ; à présent, le monstre fixait de ses yeux de verre une affreuse croûte représentant une vallée romantique avec ruisseau cascadant sur des rochers moussus et petits faons gambadant dans la brume.

« Elle pèse une tonne, cette saleté-là, soupira Simmons. Qu'est-ce que tu vas en faire, bon Dieu ?

— Je vais dormir dessous. »

Il ricana nerveusement.

« T'étouffer dessous, tu veux dire. »

Je lui donnai de l'argent et je lui dis d'aller acheter du matériel pour nettoyer les armes. Une fois qu'il fut sorti, je me plongeai dans la contemplation du grizzly. J'avais une sacrée pépie. J'appelai la réception et je demandai qu'on me fasse monter une demi-douzaine de petits verres de cette cochonnerie de peppermint, mais quand on me les eut livrés, je les laissai intacts sur la table. « J'aime quasiment mieux rester sobre », dis-je à la peau d'ours. Au lieu de me fournir des réponses, le Frère Grizzly

---

1. Par allusion à Roy Rogers (et son cheval « Trigger ») et à Gene Autry (et son cheval « Champion »), deux célèbres cow-boys d'opérette. (N.d.T.)

faisait surgir dans ma tête des questions, des anecdotes, des souvenirs.

En 1967, trois filles avaient été tuées par un grizzly sur le site de camping de Granite Park, dans le parc national du Glacier, et les corps avaient été retrouvés par un groupe de randonneurs dont faisait partie un ami à moi. Un soir, alors qu'on bavardait en tête à tête avec une bouteille de Jack Daniels, il m'avait parlé du cadavre qu'il avait trouvé. « Il ne restait plus que des os, rabâchait-il inlassablement à mi-voix. Plus que des os, je te dis, des hanches à la clavicule, il n'y avait plus que des os. » Une autre fois, un garde forestier m'avait raconté comment un grizzly femelle lui avait arraché vingt centimètres de côlon et écrabouillé le coccyx alors qu'il était en train d'escalader un sapin à la vitesse grand V. Il imitait avec beaucoup de réalisme le bruit des mâchoires de la bête se refermant sur ses vertèbres, et il m'expliqua que c'était un son qu'il avait perçu non par l'oreille, mais à travers ses os. Moi-même, c'est au cours de ma troisième lune de miel que j'avais approché le Seigneur Grizzly de plus près. Nous étions assis sur la véranda de notre chalet du gîte rural de Granite Park, ma nouvelle femme et moi, et nous sirotions du scotch pur malt en regardant le paysage à la jumelle, quand nous aperçûmes une femelle grizzly qui jouait avec ses deux oursons sur la rive d'un petit lac au pied de la montagne. Je voulais qu'on aille les observer de plus près ; ma femme ne voulut rien entendre, et le temps de retourner en ville, notre mariage était à l'eau.

Je savais qu'il ne restait pas des masses de grizzlys. Combien ? Six cents peut-être, huit cents à tout casser, et voilà que je me retrouvais avec la dépouille d'un des rares survivants étalée sur mon lit dans une chambre de motel tocarde.

« Tu mérites mieux en matière de logement, ma vieille », lui dis-je avant de siffler un petit verre d'eau-de-vie. Charlie Two-Moons avait fait du sacré beau boulot, mais je me dis que malgré ça il n'aurait pas volé quarante lunes supplémentaires de mauvais œil. Par contre, ce pauvre Johnny Rausche n'avait quand même pas mérité de finir grillé vif. Une petite bastonnade quotidienne jusqu'à la fin de ses jours aurait amplement suffi. A l'exception d'un élan ou d'un daim braconnés par-ci par-là, je n'avais pas été à la chasse depuis des années et en contemplant cette obscénité étalée sur mon lit, j'y renonçai à tout jamais. Je passai dans l'autre chambre pour ne pas avoir la peau d'ours sous les yeux pendant que je téléphonais.

La femme qui prit mon message pour Carolyn à l'Association des amis de l'Ours danseur se montra normalement polie, mais elle eut du mal à saisir le nom que je lui donnai. « Monsieur Grand-Père-la-Forêt, répétai-je plus lentement. C'est un vieux nom traditionnel indien. » Là-dessus, elle se mit à s'excuser avec tellement d'empressement que ça me mit dans une rogne noire. Je me dis que si jamais la guerre éclatait pour de bon entre les chasseurs et les associations de défense de l'environnement, ça ne me déplairait pas de rester sur la touche et de bombarder les deux camps à coups de mortier.

Je fis le numéro de Sarah et comme je m'y attendais je n'obtins aucune réponse. A force de patauger dans toute cette gadoue, j'avais apparemment fini par me résigner à l'idée que je ne retrouverais pas la vieille dame et Gail. Ou en tout cas que je n'y arriverais pas sans aide. Aussi, j'appelai le colonel. Comme je redoutais toujours les tables d'écoute, je refusai de donner mon nom à la fille du standard, et elle me dit que dans ces conditions elle ne pourrait pas me le passer. Je finis par lui donner le nom de Jamison, et elle me brancha sur sa ligne. En reconnaissant ma voix, le colonel me dit :

« Vous pouvez parler tranquillement, Milo. Il n'y a plus d'écoutes.

— Ma mort n'a pas été inutile, mon colonel.

— Jamison m'a tout expliqué. Nous sommes tous deux assez préoccupés au sujet des ennuis que vous semblez avoir. A vrai dire même, ça nous tracasse beaucoup.

— Je suis dans une panade terrible, mon colonel, mais si vous me tendiez la main pour me tirer de là, vous tomberiez dedans aussi.

— N'oubliez pas que je ne suis pas dépourvu de ressources, mon cher Milo.

— Je sais, mon colonel, répondis-je. C'est justement pour cette raison que je vous appelle. Je voudrais vous embaucher pour essayer de retrouver Mrs. Weddington et sa...

— J'ai déjà mis des hommes à moi sur leur piste, coupa-t-il, et j'ai bien cru que nous les avions localisées grâce à la mère de la jeune fille, ou plutôt grâce à un examen poussé de ses relevés téléphoniques, car notre correspondant du Dakota du Nord n'en a rien tiré quand il est allé la voir chez elle à Minot. Elles étaient au Hilton de Seattle, mais quand mes hommes s'y sont pointés elles étaient déjà parties. On leur a confirmé qu'une dame d'un certain âge et une jeune femme y avaient pris une chambre sous le nom de Hildebrandt. Leur description était trop vague pour qu'on puisse les identifier à coup sûr, mais elles avaient payé cash, ce qui est à priori suspect...

— Le monde s'en va en couille, mon colonel...

— Je vous demande pardon ?

— ... si le fait de payer cash est suspect à priori.

— Ce monde, ce n'est pas nous qui l'avons fait, Milo. Mais nous sommes bien forcés d'y vivre.

— Vous avez raison, dis-je. Je vous remercie d'avoir pris cette initiative, mon colonel.

— N'oubliez pas que ce sont *mes* téléphones qu'ils ont branchés sur écoutes, dit-il d'une voix aigre. Mais je voudrais bien savoir ce que...

— Je vais enregistrer une cassette, et je l'expédierai au bureau à mon nom. Comme ça, si je me fais descendre, vous en saurez autant que moi.

— C'est une idée qui n'a rien d'enchanteur.

— Bah, vous savez, mon colonel, je commence à m'habituer à être mort. Je vous passerai un coup de fil chaque jour, dans l'après-midi.

— Vous n'avez pas besoin d'argent pour vos frais, Milo ? »

Je lui dis que non, puis je le remerciai encore une fois avant de raccrocher. Je restai là, le combiné à la main, à remâcher toute l'histoire une fois de plus en essayant de débrouiller cet écheveau d'événements sans queue ni tête. Mais ce n'était pas la tonalité du téléphone qui allait me fournir une réponse. Je reposai le combiné sur sa fourche, et le téléphone se mit à sonner avant même que je l'aie lâché.

« Qu'est-ce que ça m'emmerde, bon Dieu ! maugréai-je en décrochant à nouveau.

— Qu'est-ce qui vous emmerde, monsieur Grand-Père-la-Forêt ? fit la voix de Carolyn à l'autre bout du fil.

— Tout.

— On m'a donné ton message, dit-elle. Ça tombe bien que tu m'aies appelée, justement je voulais te parler...

— Où tu es ?

— Au bureau.

— Si tu venais me retrouver ici ? » offris-je. Elle me dit que c'était d'accord et qu'elle serait là dans une petite heure. Je retournai dans ma chambre, où la peau d'ours et le peppermint m'attendaient.

Simmons ne tarda pas à rentrer, et quand il se fut attablé dans sa chambre pour nettoyer les flingues, je lui demandai s'il voulait boire quelque chose. Il me dit qu'il aimait mieux pas, étant donné que les deux verres qu'il avait bus à Stone City lui étaient restés sur l'estomac, puis il me demanda timidement s'il ne me resterait pas par hasard un petit fond de cocaïne.

« On a tout éclusé, lui dis-je. Mais j'en ai d'autre. » Je sortis l'enveloppe de coke de l'attaché-case, et je préparai deux belles grosses lignes de la poudre ultra-capiteuse que j'avais récupérée dans le coffre de la voiture de ce pauvre Johnny. Je n'y avais pas été avec le dos de la cuiller, et j'en fis deux autres dans la foulée. Si bien que quand Carolyn frappa à la porte de ma chambre, Simmons était en train de nettoyer les flingues avec un zèle frénétique tout en essayant de me raconter sa vie par le menu. Il en était arrivé à sa seconde expérience sexuelle de la puberté avec une petite cousine au deuxième degré du troisième mari de sa mère, à moins que ce ne fût la cousine au troisième degré du deuxième, mais quand il entendit le coup à la porte, il s'interrompit brusquement, empoigna le Colt Python et l'arma.

« Du calme, voyons, lui dis-je.

— Je crois que je suis trop nerveux pour tout ce bordel, patron.

— Ça se pourrait bien, dis-je. Mais en attendant, remets le chien en place et repose ce putain de flingue, Bob. »

Il fit ce que je lui disais, avec des gestes très précautionneux, et je lâchai le souffle que j'avais retenu.

« Merci, dis-je.

— Excuse-moi.

— C'est O.K. »

Comme ça me faisait moins de chemin à parcourir, j'entrouvris la porte de la chambre de Simmons, je passai la tête à l'extérieur et je sifflai pour attirer l'attention de Carolyn.

« Alors, bourreau des cœurs, on siffle les dames à présent ? fit-elle.

— Arrête de me peler le jonc avec ton histoire de bourreau des cœurs », lui dis-je en m'effaçant pour la laisser entrer.

En voyant les armes à feu éparpillées dans toute la pièce, elle resta pétrifiée sur place.

« Vous allez déclencher une guerre, ou quoi ? fit-elle en écarquillant les yeux.

— Non, dis-je, on va en terminer une », puis je lui pris le bras et je l'entraînai dans ma chambre.

La dépouille du grizzly la ravit encore moins que notre arsenal. Je refermai la porte de communication d'un coup de talon, et je lui dis :

« Avant que tu me sortes ton petit laïus sur les rapports entre la chasse et l'homosexualité refoulée, sache que je n'ai pas tué cet ours, que je n'ai jamais tiré sur un ours de ma vie et que je ne le ferai jamais, que cette peau d'ours ne m'appartient même pas, que c'est juste une pièce à conviction que j'ai recueillie dans le cadre de... euh... d'une enquête très importante, et ce n'est pas la peine que tu me demandes de quel genre d'affaire il s'agit, parce que je t'avertis tout de suite que je ne peux rien t'en dire, et... »

Elle leva le doigt pour me faire taire, l'approcha de mon œil, tira sur le bord inférieur d'une de mes paupières, puis elle s'avança jusqu'à la table, y ramassa mes Ray-Ban et me les tendit en disant :

« Tu as dépassé la réalité d'environ un quart de gramme, Milo, alors mets vite ces lunettes sans quoi tes yeux vont se mettre à saigner.

— Hein ? Oui, c'est vrai, dis-je. Excuse-moi. »

Je m'envoyai un petit verre de peppermint, bus un verre d'eau, puis je tirai les rideaux et je fis coulisser la porte du balcon pour avaler une bonne goulée d'air frais. « Nom de Dieu ! fis-je. Mais il fait nuit, ma parole ! » Et en effet, il faisait nuit, même après que j'eus retiré mes lunettes noires.

« T'as eu une journée drôlement active, on dirait », fit Carolyn. Elle se débarrassa de son manteau matelassé et alluma une cigarette. « Il fait un temps superbe, dit-elle. Mais tu ferais quand même mieux de fermer la porte.

— Mais bien sûr, dis-je. Tout pour faire plaisir à une dame. Assieds-toi, Carolyn, mets-toi à ton aise. Tu veux que je te commande un cocktail ? A dîner ? Autre chose ?

— Tu es de bonne humeur, on dirait.

— Je pète le feu », dis-je. Je refermai la porte et les rideaux et je lui tirai une chaise pour qu'elle s'asseye.

« Et tu es drôlement chic, en plus, dit-elle. Tu devrais porter plus souvent un costume, Milo.

— C'est sûr, dis-je en m'esclaffant et en retirant mon veston, que j'accrochai au dossier d'une chaise.

— Mais de préférence sans holster.

— T'as raison, dis-je en me déharnachant et en emportant le revolver dans la chambre de Simmons.

— Vaudrait peut-être mieux que je le boive, ce verre, à présent, patron, me dit-il. Sans ça, il ne me restera plus qu'à nettoyer ces putains de flingues une deuxième fois.

— T'as qu'à appeler la réception, petit gars. Commande un pichet de Martini au Beefeater pour Carolyn et moi, et ce que tu voudras pour toi. »

Quand je rejoignis Carolyn, elle avait déjà écrasé sa première cigarette et elle venait d'en allumer une autre. « Je suis contente que tu m'aies appelée, dit-elle en tambourinant sur la table du bout de ses longs ongles. J'ai essayé plusieurs fois de te joindre.

— Moi ? Pourquoi ? C'est moi qui étais supposé te joindre. » Je n'avais pas oublié la raison pour laquelle j'avais appelé Carolyn, mais je n'arrivais pas à fixer là-dessus mon esprit obscurci par la neige au-delà de quelques secondes, et chaque fois que j'étais sur le point de prononcer le nom de Cassandra Bogardus, il s'effaçait de ma mémoire. « Pourquoi ? répétai-je.

— Eh bien, l'autre soir, tu sais, quand tu nous a amenées ici..., commença-t-elle lentement. Après notre départ, je suis restée un moment au parking en attendant que mon moteur se réchauffe, et j'ai allumé la radio de la voiture. Je suis tombée sur le bulletin d'informations, et le speaker a annoncé l'incendie de ta maison. Donc, je savais que tu n'étais pas mort, vu que quand je... quand nous t'avions quitté, tu étais allongé sur ton lit, éreinté mais vivant. Evidemment, quand on a annoncé que tu étais mort dans l'incendie, je me suis posé des questions... Au fait, Milo, je suis vraiment navrée pour ta maison, j'imagine ce que tu as dû éprouver en...

— Oublie ça, dis-je.

— Je voulais aussi te faire mes excuses pour mon comportement de ce soir-là.

— Quel comportement ?

— Tu sais, cet accès de jalousie puérile qui m'a prise, dit-elle. Qui d'ailleurs était autant dirigé contre Cassie que contre toi. Cassie est tout à fait, euh... sculpturale quand elle est nue.
— Sculpturale ?
— Oui, dit-elle, mais ce n'est pas mon affaire. Mon affaire, c'est le projet de parc naturel de l'Ours danseur. Un de mes amis de Washington a retrouvé la trace des actuels propriétaires des anciennes terres de la Compagnie du chemin de fer. C'est un holding dont le siège est au Luxembourg, et à son avis ils accepteront l'échange que nous leur proposons parce que la plupart de leurs forêts sont de troisième génération et trop escarpées pour être exploitées avantageusement à moins de contrevenir aux règlements en vigueur. Et j'ai aussi pas mal avancé en ce qui concerne le marché que tu m'as proposé...
— Quel marché ?
— Bon Dieu, Milo, tu planes ou quoi ? dit-elle. J'ai obtenu qu'une plaque commémorative portant le nom de ton grand-père soit posée sur Camas Meadow, j'ai trouvé des sources de financement privées pour compléter la somme que nous t'offrons, et j'ai également décidé que j'étais prête à satisfaire à tes exigences particulières...
— Mes exigences particulières ?
— Tu sais bien, dit-elle en écrasant son mégot, le week-end à Seattle, la nuit sur la tombe de ton grand-père... » En dépit du mauvais éclairage, je vis une lueur danser dans ses cheveux noirs, et une rougeur monta de sous le col de son corsage de satin havane, s'étala sur sa gorge et adoucit les lignes rudes de son visage.

Je me penchai par-dessus la table, lui effleurai la joue d'un baiser et lui soufflai à l'oreille : « Ecoute, ma jolie... » Elle voulut s'écarter, mais je l'attirai vers moi. « Et écoute-moi bien. Tu vois, ma belle, je suis à deux doigts de devenir complètement maboule, on m'a cramé ma baraque, on a essayé de me faire la peau et j'ai vu assez de cadavres en l'espace d'une semaine pour me durer toute la vie. Alors, je ne suis pas d'humeur à discuter de ton projet de parc naturel à la noix. Et si tu ne me dis pas sur-le-champ où se planque cette tarée de Cassandra Bogardus, je te promets que je t'arrache l'oreille. » Je lui happai l'oreille et je refermai mes dents dessus. Surgissant du fin fond de quelque inimaginable cavité secrète, un sourd grondement de fauve s'éleva de ma poitrine.

Je ne fus sauvé que par l'irruption inopinée de Simmons qui entra sans frapper, le pichet de Martini dans une main et deux verres dans l'autre.

« Oh pardon, patron », fit-il. Il posa le pichet et les verres sur la table, s'excusa encore, puis il s'esquiva en vitesse. Pendant ce temps-là, j'avais lâché l'oreille de Carolyn, je m'étais redressé et mon grondement avait cessé. Du moins je ne l'entendais plus, mais je sentais qu'il était tapi tout au fond de moi, prêt à s'élever à nouveau.

« Oh! bon Dieu! soupirai-je. Je suis désolé, mon petit cœur. » Mais quand je lui mis une main sur l'épaule, Carolyn se précipita vers la salle de bains en se cachant le visage dans ses mains.

Quand elle en ressortit, j'étais prostré sur ma chaise, flasque et avachi, et je me sentais aussi insignifiant et las que Charlie Two-Moons me l'avait paru dans la cabine de son camion. Je m'étais versé un Martini, mais je n'y avais pas encore touché, et le liquide cristallin tremblotait doucement dans la lumière indécise. Carolyn alluma le plafonnier au-dessus de la table.

« Excuse-moi, dis-je. J'étais... »

Mais elle me fit taire d'un geste. Elle avala le Martini d'un trait et essuya les larmes qui marbraient son visage dur. Puis elle se campa debout en face de moi, de l'autre côté de la table, et elle dit :

« Ne m'interromps pas, Milo, je t'en prie. Je ne sais pas où est Cassie. Je ne sais pas quelle sorte d'ennuis elle a, et je ne crois pas que je pourrai supporter cette connerie de western une seconde de plus. Tout ça est beaucoup trop dingue pour moi. » Elle fit une pause et prit une profonde inspiration. « Et maintenant, tu veux bien faire quelque chose pour moi ?

— Tout ce que tu voudras, mon petit cœur.

— Lève-toi, s'il te plaît, et prends-moi dans tes bras. »

Je me levai et je la serrai contre moi, debout d'abord, puis nous nous allongeâmes tout habillés sur la fourrure épaisse du grizzly et je continuai à l'étreindre jusqu'à ce qu'elle s'endorme. Après quoi je passai chez Simmons pour lui emprunter une couverture. Il était en train de regarder *Ciel rouge*, un western avec Robert Mitchum que je n'avais pas revu depuis mon enfance. Mais ce n'était pas le moment de se planter devant la télé.

« Je peux faire quelque chose, patron ? » me demanda Simmons.

Je lui dis qu'il n'avait qu'à regarder le film pour moi, puis je me servis de son téléphone pour appeler mon jeune avocat de Seattle, McMahon. Comme ça ne répondait pas à son domicile, j'essayai aussi son bureau en dépit de l'heure tardive. Il y était, et à en juger par les bruits qui me parvenaient, il devait être en train de donner une petite fiesta. Il avait des nouvelles pour moi, mais elles n'avaient rien de réjouissant. La société Multitechtronics était une filiale d'une firme d'import-export de Hong Kong, laquelle appartenait elle-même à une société de portefeuille thaïlandaise. Il se trouvait en face d'un dédale de paperasse inextricable, m'exposa-t-il, et en guise de fil d'Ariane il lui fallait absolument une petite rallonge. Je lui promis que je lui enverrais du fric, puis je regagnai ma chambre et j'étendis la couverture sur le corps endormi de Carolyn.

Je me versai un Martini et je sortis avec sur le balcon. La lune avait pris des rondeurs depuis la dernière fois que je l'avais vue, et dans sa lumière sereine les eaux torrentueuses de la Meriwether avaient l'aspect d'un large ruban couvert de neige durcie. Si je prenais un bain de vapeur pour me débarrasser les sangs de toutes ces toxines et de toute cette confusion et qu'ensuite j'en écrasais un bon coup, je saurais peut-être quoi faire demain matin. Non, il m'aurait sans doute fallu trois jours de bain de vapeur et trois mois d'hibernation pour m'y retrouver dans tout ça. Sarah et Gail, ce pauvre bougre de Rideout-Rausche avec son fils qui se prenait pour un militaire et la petite Sally qui avait un cancer à l'œil, mes cauchemars coréens à Elk City, mon réveil au milieu d'un fouillis d'armes à feu et de drogue, de macchabées et d'incendies, cette satanée Cassandra Bogardus qui avait presque réussi à me faire avaler son histoire absurde de braconniers organisés comme une famille de la Mafia...

Peut-être qu'elle avait déjà appelé Goodpasture à Albuquerque pour lui dire où la grosse dame chantait. Peut-être que sur ce point-là au moins elle ne m'avait pas menti. Mais en pensant « grosse dame », je revis soudain la grosse dealeuse de coke de la péninsule d'Olympic en train de caresser du doigt l'épais plastique noir couvert d'une poudre rosâtre en me disant que je devais avoir des couilles de gorille. Et le cerveau d'un poulet demeuré, bordel à roulettes ! Ce plastique noir, cette poudre bizarre, elle les avait déjà vus quelque part. Elle savait peut-être d'où ils venaient. En tout cas, ça me faisait au moins un nouveau point de départ, et ça vaudrait toujours mieux que de regarder la Meriwether descendre vers la mer en cascadant sur les rochers.

On se débarrassa de nos nippes de bourgeois, Simmons et moi, puis on chargea tout notre fourbi dans mon camion, à l'exception de la peau d'ours. Ensuite, j'essayai de secouer Carolyn, mais elle dormait si profondément qu'elle n'eut aucune réaction. Je soulevai son corps inerte tandis que Simmons tirait la peau d'ours d'en dessous d'elle, puis je la reposai au centre du lit. Nous enroulâmes la dépouille du grizzly dans sa bâche goudronnée, puis je pris les clés de la Mustang dans le sac de Carolyn.

Au moment où nous nous démenions comme de beaux diables pour franchir la porte de service avec notre lourd paquet, deux poivrots aux trognes enluminées par le whiskey et par le gel s'amenèrent dans l'autre sens. L'un des deux nous tint la porte. L'autre s'esclaffa et fit : « Eh mon pote, qu'est-ce que t'as là-dedans ? Un cadavre ? » Je lui lançai un regard qui ne devait pas être précisément amène, car il ajouta d'un air gauche : « Je blaguais, mon vieux, je blaguais !

— Tu vas voir si je blague, moi, ducon ! répondis-je, mais il fit comme s'il n'avait rien entendu.

— T'excite pas, patron ! haleta Simmons.

— T'as raison. »

Quand on eut enfin réussi à tasser la peau d'ours dans le coffre exigu de la Mustang et à refermer le capot, je me mis à me tarabuster à son sujet. Est-ce qu'elle ne risquait pas de geler et de se fendiller ? Et si le froid lui faisait perdre ses poils ? Mais, à l'instar de Charlie Two-Moons, j'étais content de m'être débarrassé de la poisse qu'elle traînait avec elle ; je fis donc taire mes angoisses et je remontai dans ma chambre pour laisser un petit mot à Carolyn.

« Mon cœur, tu dormais comme une souche et il a fallu qu'on se casse. Pardon. J'espère que tu auras fait de beaux rêves. Le grizzly est dans ton coffre. Garde-le-moi, tu veux ? Au cas où je ne reviendrais pas, je te fais confiance pour traiter son esprit comme il convient. Dommage qu'on ne se soit pas connus dans un monde différent. Prends bien soin de toi. »

Quand je regagnai le camion, Simmons me demanda :
« Qu'est-ce qu'on fait maintenant, patron ?

— Ecoute, fils, je suis vraiment désolé de ne jamais te dire ce qu'on va faire avant qu'il soit trop tard, et je te suis très reconnaissant de me seconder comme ça sans me poser trop de questions...

— Merde, Milo, je te fais confiance.

— Dieu sait pourquoi, Bob, dis-je. Mais ce coup-ci, tu peux te fier à moi. Si je n'arrive pas à éclaircir un tant soit peu cette merde au cours de ce nouveau petit voyage à Seattle, je balance tout ça aux flics et je me barre au Mexique...

— J'ai encore jamais été au Mexique, patron, coupa-t-il avec un grand sourire.

— Enfant de salaud, dis-je à sa face béate. Allons déposer notre voiture de louage à l'aéroport et disparaissons dans le poudroiement du soleil couchant, monsieur Rogers, dis-je.

— Topez là, monsieur Autry », répondit-il et nous nous serrâmes la louche.

On roula à bonne allure sur l'autoroute qui avait été déblayée et sablée, sans boire une seule goutte et sans rien nous mettre dans les narines, on arriva à Seattle au point du jour et on attrapa le premier ferry pour Bremerton. On prit notre petit déjeuner à Poulsbo, puis j'appelai le numéro que la grosse fille m'avait donné et je dis que j'étais Leroy et que j'avais le panier de crabes. Elle me rappela cinq minutes plus tard et me proposa une rencontre en terrain neutre à bord du ferry qui partait à midi de Port Angeles et qui allait à Victoria, à la pointe sud de l'île de Vancouver. Elle me dit que les flingues et la défonce étaient à proscrire parce qu'on allait passer la douane canadienne. « Et tu feras pas non plus l'andouille avec des grenades, O.K. ? » ajouta-t-elle en riant.

Le trajet jusqu'à Port Angeles nous prit plus longtemps que prévu, aussi je demandai à Simmons de me déposer au débarcadère et je le laissai seul à bord du camion avec la cocaïne et les armes, en lui disant d'aller prendre une chambre à l'Holiday Inn et d'attendre que je l'appelle. Au moment où je mettais pied à terre, il fit :

« Merci, patron !

— Quoi, merci ?

— De ne pas avoir pensé que je pourrais me barrer avec toute la marchandise.
— Merde, dis-je. Ça ne m'a même pas effleuré !
— C'est bien pour ça que je te remercie », dit-il en souriant.

Au lieu de chercher la grosse fille, j'allai m'installer à la proue pour être aux premières loges pendant que le ferry s'éloignait du quai en marche arrière et virait de bord pour s'engager dans le détroit de Juan de Fuca. Une brume légère, mêlée de flocons de neige occasionnels qui coulaient en eau aussitôt qu'ils touchaient le pont, paraissait suspendue dans l'air entre les nuages bas et la mer grise, et de gros rouleaux ondulaient le long du détroit avec une force qui aurait pu faire croire qu'ils étaient remontés du fin fond du Pacifique dans l'unique dessein de balayer de grands paquets d'eau écumeuse les parois escarpées de cet étroit goulet. La grosse fille se matérialisa soudain à mon côté, glissa une main dans la poche de mon anorak et enroula ses doigts dans les miens.

« Salut », dit-elle. Elle s'était frisé les cheveux, et elle était discrètement maquillée. Elle paraissait plus mince aussi, malgré son gros anorak de duvet bleu électrique, et avec ses lunettes façon besicles finement cerclées d'or, on l'aurait facilement prise pour une institutrice qui faisait l'école buissonnière. « On ne parle pas affaires pour l'instant », dit-elle, et elle se mit à scruter le poudrin, à son tour, comme si elle pensait qu'en s'y mettant à deux on finirait par apercevoir le lointain rivage de l'île de Vancouver.

« Je ne sais pas ton nom, lui dis-je.
— Tu n'as qu'à m'appeler Monica. J'ai toujours trouvé que ça m'irait bien, comme prénom. Et votre nom à vous, cher monsieur ?
— Carlos.
— T'as déjà été à Victoria, Carlos ?
— Oui, mais en été seulement.
— On n'a qu'à déjeuner à l'Oak Bay Hotel.
— Je m'y suis soûlé, dis-je. J'aime beaucoup l'endroit.
— J'ai réservé une chambre, au cas où.
— Bonne idée, du moment qu'on est sûrs d'attraper le dernier ferry pour Port Angeles.
— Pas de problème. On a largement le temps », dit-elle, le visage levé vers la bruine.

Nous mîmes notre petite fiction au point en déjeunant sans hâte dans une salle à manger qui semblait avoir été ramenée d'Angleterre brique par brique et solive par solive dans les cales d'un clipper qui avait fait le grand tour par le cap Horn, et en laissant nos regards flotter à travers les grandes baies vitrées sur le petit crachin ténu qui s'abattait avec une monotonie toute britannique. J'étais un vieil ami de son père, et elle avait eu le béguin pour moi pendant toute son enfance, laquelle avait eu pour cadre un endroit sinistre genre Cleveland, Pittsburgh, Des Moines ou Saint Paul, et nous nous étions rencontrés par le plus grand des hasards dans cette petite ville aux allures de village anglais, à mille lieues de chez nous. Monica avait mené une vie de bâton de chaise, et elle commençait à en avoir par-dessus la tête ; quant à moi, j'étais, pour ne pas changer, entre deux mariages. En montant, la main dans la main, l'escalier couvert d'un épais tapis à ramages, nous tremblions comme deux gosses.

On attrapa d'extrême justesse le dernier ferry pour rentrer aux States, et on retourna se camper à la proue. Le crachin virait lentement à la neige. Quand la masse grise des docks de Port Angeles se profila en face de nous, elle secoua ses boucles mouillées et dit :

« Qu'est-ce que tu voulais savoir ?

— Cette coke que je t'ai vendue, dis-je. Tu avais déjà vu ce plastique couvert de poudre, n'est-ce pas ? » Elle acquiesça d'un signe de tête prudent. « Je peux te demander où ?

— Si ce truc-là me retombe dessus, dit-elle à mi-voix, non seulement je serai morte, mais on m'aura salement arrangée avant de me laisser une chance de mourir. Tu saisis ?

— Monica...

— Carlos, fit-elle. Oh, et puis merde ! »

Elle me donna une adresse à Seattle, sur West Marginal Way, puis une petite tape sur la joue, suivie d'un baiser mouillé. Sous ses lunettes embuées, ses yeux bleus étaient devenus d'un gris fumeux.

« Bonne chance, dit-elle.

— Merci, répondis-je, mais je n'ai plus peur. C'est la première fois depuis le début de toute cette histoire.

— Peut-être qu'il vaudrait mieux que tu aies peur », dit-elle avant de se diriger vers les lumières et la chaleur de la cabine des passagers. Quand elle eut disparu à l'intérieur, je me retournai pour faire face aux eaux noires, à la houle qui oscillait avec une régularité funèbre.

Il était plus de minuit quand on se retrouva à Seattle, Simmons et moi, mais malgré ça, j'étais bien décidé à me rendre à l'adresse que la grosse fille m'avait donnée. En dépit de l'air humide qui semblait absorber la lueur des réverbères, je parvins à déchiffrer le petit panonceau apposé à la grille : ENVIRONMENTAL QUALITY CONTROL SERVICES, INC. Services du contrôle de la qualité de l'environnement... *E.Q.C.S. !*

« Qu'est-ce que ça veut dire, bon Dieu ? fit Simmons.

— Ça veut dire " ordures ", dis-je. Dans tous les sens du mot. »

12

Ça me coûta une somme rondelette et le jeune avocat McMahon passa la journée entière à fureter dans tous les coins, mais à sept heures, quand je le retrouvai à son bureau, il me remit un rapport assez circonstancié sur l'E.Q.C.S. et sur son président et fondateur, Richard Tewels.

Au cours de la Deuxième Guerre mondiale, Tewels avait servi en Europe comme sergent-fourrier dans une unité du Train des équipages. Après sa démobilisation, il avait acheté une décharge au sud de Tacoma avec de l'argent qu'il prétendait avoir gagné au cours d'une partie de dés sur le navire qui le ramenait au pays, mais dont un reporter insinuait qu'il provenait plutôt de la revente au marché noir de carburant et de pneus. A partir de là, l'histoire de Tewels était celle d'une réussite foudroyante à l'américaine.

Au bout d'à peine cinq ans, il se retrouva à la tête d'une demi-douzaine de décharges, d'une petite entreprise de camionnage et de trois carrières de sable. Quand les carrières furent épuisées, il les transforma en décharges contrôlées. Tewels était originaire de Chicago, et en 1964 c'est dans la banlieue de sa ville natale qu'il acheta sa première société de collectage d'ordures à la municipalité d'une petite bourgade qui n'avait plus les moyens d'en assurer elle-même la bonne marche. En 1972, il était propriétaire de plus de trois cents bennes à ordures et d'une bonne vingtaine de décharges contrôlées disséminées à travers tout le pays dans des bourgs ou des villes d'importance moyenne, et il constitua officiellement la société E.Q.C.S. pour chapeauter le tout. Les déchets et la ferraille l'enrichissaient de plus en plus, mais non content d'amasser une fortune il récolta toute une série d'inculpations pour recel de pièces d'automobiles volées et décharges illicites, dont aucune n'aboutit toutefois à la moindre condamnation. Entre-temps, les responsables de l'environnement et de la qualité de la vie de tous les Etats d'Amérique faisaient pleuvoir sur lui un déluge de louanges et de distinctions honorifiques.

En 1976, il vendit l'E.Q.C.S. à un holding international, tout en conservant le titre de président et une part substantielle des actions. Le holding en question, dont le siège était au Luxembourg, contrôlait une brochette de casinos dans les Caraïbes, une flotte de pétroliers, des plantations de blé dans l'est du Washington, des élevages industriels de porcs dans l'Iowa, et avait placé des capitaux dans toute une variété d'autres secteurs. En 1980, l'E.Q.C.S. avait racheté un petit tanker à une des autres filiales de sa société mère et l'avait converti en crématoire flottant pour procéder à la destruction de déchets toxiques liquides. Ces incinérateurs étaient capables de produire des températures proches des mille cinq cents degrés centigrades, auxquelles ne résistent même pas les plus redoutables de tous les polluants, les polychlorobiphényles, ou P.C.B. Le tanker avait Tacoma pour port d'attache et il incinérait des déchets en haute mer, dans les eaux internationales, à quatre ou cinq cents milles des côtes américaines.

Ces informations ne firent pas jaillir une lumière aveuglante apte à dissiper d'un seul coup la confusion dans laquelle je nageais, mais elles me donnaient tout de même une idée assez claire des gens auxquels je m'étais heurté et devant lesquels je cavalais depuis une bonne semaine. Etant donné la position qu'ils occupent, tout au bas de l'échelle, les dépôts de ferraille ont toujours constitué une parfaite couverture pour des receleurs spécialisés dans le trafic des pièces d'automobiles volées. Supposons que vous barbotiez une Cadillac : vous trouverez bien un fourgue qui vous en offrira le tiers des vingt mille dollars qu'elle vaut réellement ; mais une fois démantibulée, vous pourrez en écouler les pièces une à une et en tirer le double ou le triple de sa valeur initiale. Ou supposons que vous vouliez faire traverser le pays à de la coke, des armes volées ou de l'argent provenant d'une opération frauduleuse. Pourquoi ne pas les planquer dans un fût de P.C.B., un déchet toxique tellement virulent que certains spécialistes de la défense de l'environnement estiment qu'une fois répandu dans l'eau il peut être cause de cancers à partir d'une concentration d'un millionième seulement ? Et supposons que vous soyez en haute mer en train de brûler des produits hautement toxiques à bord de votre tanker. Quel douanier serait assez gonflé pour aller ausculter vos soutes dans l'espoir d'y dénicher de la cocaïne ?

Moi qui m'imaginais que je jouais à la guéguerre avec un malheureux gang de trafiquants de drogue, voilà que je me retrouvais aux prises avec une multinationale dont le chiffre d'affaires annuel excédait le produit national brut des deux tiers des pays du monde. Tout à coup, je me sentis très abattu. Lorsqu'il apprit qu'il était en train de mourir d'un cancer, le père d'un de mes amis alla rendre visite à tous ses vieux potes en claironnant : « Eh, les gars, vous voulez voir un futur cadavre ? » Je n'avais aucune chance de gagner la partie, aucune chance non plus de leur échapper, mais ne serait-ce que pour les beaux yeux de Sarah, je pouvais m'organiser un beau baroud d'honneur, provoquer une ultime petite déflagration. Ça leur ferait à peu près autant d'effet qu'une allumette à un éléphant, mais si j'arrivais à arracher à ces crapules un simple battement de cils, ça serait déjà quelque chose.

C'est du moins ce que je me disais, persuadé que mon compte était bon de toute façon, tandis que j'achevais la lecture du rapport.

Tewels ne recevait jamais la presse, mais McMahon connaissait pas mal de monde à Seattle, et il avait raclé des informations à droite à gauche. Le roi des gadoues créchait dans un superbe hôtel particulier de Capitol Hill, et il possédait en outre un ranch dans la sierra californienne, à l'ouest du lac Tahoe, un appartement au centre de Manhattan et un yacht de vingt-trois mètres. Il contribuait généreusement à un certain nombre d'associations charitables et artistiques de Seattle. Il était père de trois enfants — deux filles, dont l'une était décoratrice de théâtre à New York, et l'autre pratiquait l'anesthésiologie à Santa Barbara, et un fils plus jeune, d'un second mariage, qui était arrière dans l'équipe de football de l'université Stanford. A cinquante-neuf ans, Tewels était encore un joueur de squash classé en première série dans la catégorie seniors.

Après avoir parcouru une seconde fois le document, je le rendis à McMahon et je le priai de sortir son magnétophone. Une fois que je lui eus raconté tout ce qui s'était passé et tout ce que je soupçonnais, il poussa un petit sifflement, puis il se leva et dit :

« Mon vieux, je serais bougrement emmerdé si vous me demandiez d'assurer votre défense.

— On n'en viendra jamais à ça, dis-je. Ils ont brouillé toutes les pistes avec beaucoup de soin. Je voulais simplement confier mon témoignage à quelqu'un pour le cas où... où ça tournerait mal, quoi...

— Je comprends. Qu'est-ce que vous allez faire du copain qui vous attend dans l'antichambre ?

— Je vais tâcher de l'évincer, dis-je. Et je voudrais aussi vous dicter un testament.

— Vous êtes sérieux ?

— Vachement, dis-je. J'ai une dette envers une certaine vieille dame, une sérieuse dette. »

Tandis qu'il préparait les formulaires, je m'en allai parler à Simmons. Il était avachi dans un fauteuil à côté d'une pile de vieux magazines de pêche tout déchirés, et il en feuilletait un avec l'attention minutieuse du gars qui envisage d'aller faire une grandiose expédition de pêche quelque part sous les tropiques.

« Bon, écoute, Bob, lui dis-je. Je te vire. C'est terminé. Je te paye ce que je te dois, et tu dégages.

— On peut secouer sa vermine mais on peut pas secouer ses amis, patron, dit-il d'une voix tranquille. Peut-être que la durée légale est expirée, mais j'ai rempilé, moi, et j'irai jusqu'au bout.

— T'as de la famille ?

— Un petit frère qui vit à Denver chez des parents adoptifs, dit-il. Et deux gamines qui vivent à Casper, dans le Wyoming, avec mon ex-femme.

— Donne-moi leurs noms et adresses. »

Je les inscrivis sur mon calepin et je regagnai le bureau de McMahon pour lui dicter un nouveau testament aux termes duquel l'héritage de mon père irait pour moitié à mon fils, le reste étant partagé entre les enfants de Rausche, le petit frère et les deux fillettes de Simmons.

« Il nous faut des témoins », dit McMahon, et on sortit ensemble dans le couloir, où on dénicha une secrétaire qui faisait des heures supplémentaires dans un bureau d'avocat voisin et un employé d'entretien. « Je le porterai à l'Enregistrement demain matin à la première heure, me dit McMahon tandis qu'on reprenait le chemin de son bureau. Qu'est-ce que vous comptez faire à présent ?

— Vous savez bien que je ne peux pas vous le dire.

— C'est vrai, fit-il. Bonne chance, monsieur Milodragovitch.

— Vous trouverez tout ça dans les journaux, dis-je. A la page bandes dessinées. »

Pour aussi mélodramatique que ça paraisse, on semblait bien s'être embarqués dans une mission suicide, mais malgré ça je tenais à opérer une petite reconnaissance du côté de Tewels pour voir si je ne pouvais pas trouver un défaut dans leur cuirasse. Je pensais plus ou moins à kidnapper Tewels pour l'échanger contre Sarah et Gail dans l'éventualité où elles seraient encore vivantes, ou pour lui en faire baver s'ils les avaient liquidées. Il fallut bien aussi que j'explique à Simmons de quoi il retournait. Il m'écouta en silence, et son seul commentaire fut : « C'est vu, patron », mais il se mit à piocher dans la coke avec une ardeur redoublée. Il n'était pas le seul, d'ailleurs. Je suggérai qu'on s'offre une paire de tapineuses grand luxe, histoire de commettre l'acte de chair une dernière fois avant de sauter le pas, mais apparemment c'était une idée qui l'embarrassait autant que moi.

On colla au train de Tewels vingt-quatre heures sur vingt-quatre pendant les trois jours suivants, et il nous fit cavaler comme des perdus. Le deuxième jour, je fis l'acquisition de deux petites C.B. portables et d'une station fixe et je louai une autocaravane afin que nous puissions dormir et nous doucher. Je perdis vite le compte des heures de sommeil gâchées et des voitures de location échangées. Et tout ça pour peau de balle. Pendant que nous poireautions, à bout de forces, sous la pluie persistante ou que nous luttions pour ne pas nous laisser endormir par son tambourinement monotone sur le toit de nos bagnoles successives, Tewels se conformait à son emploi du temps frénétique d'homme d'affaires hyperactif et menait une vie mondaine plus absorbante encore — le premier soir, il alla au théâtre où jouait une troupe new-yorkaise en tournée, le lendemain ce fut un grand dîner, et le troisième jour un cocktail destiné à recueillir des fonds pour un ciné-club local, dans lequel j'allai jouer les resquilleurs après avoir revêtu mon costard de rupin. Je m'armai d'un verre d'eau minérale française pétillante dans lequel flottait une rondelle de citron vert et je m'arrangeai pour me glisser à moins d'un mètre de Tewels. Je l'écoutai pérorer sur la Nouvelle Vague, qui avait l'air d'être un de ces machins pour initiés. C'était un homme grand et mince, avec un crâne chauve entouré d'une couronne de cheveux argentés, et il bougeait comme un athlète.

Ma vague idée de le kidnapper s'était progressivement muée en vraie détermination, mais il était tellement entouré qu'on allait probablement être obligés de monter une opération militaire en règle pour nous emparer de lui. La Bentley qui le trimballait partout était pilotée par un jeune mec qui avait une protubérance suspecte à la hauteur de l'aisselle. Le chauffeur habitait un studio au-dessus du garage, mais la maison abritait encore un majordome, un cuisinier et une gouvernante, et ils n'avaient pas l'air commode. Même la gouvernante, une vieille sorcière avec un visage en lame de couteau aux traits tellement acérés que je la voyais tout à fait descendre de son balai et abattre un arbre en usant de sa tronche comme d'une cognée.

Mais le troisième soir, sur le coup de huit heures, alors que je somnolais un peu plus bas dans la rue à bord de ma Champ d'une discrète couleur crotte-de-chien, le chauffeur descendit l'escalier de sa cagna, vêtu d'un parka gris trois quarts avec une capuche doublée de fourrure. Il ouvrit la porte du garage et en ressortit en marche arrière au volant d'une Toyota Land-Cruiser. Tewels vint à sa rencontre dans l'allée ; il était vêtu d'un manteau de mouton retourné, d'un bonnet de laine bleu marine et de gros gants fourrés, et il tenait un attaché-case à la main. Il monta dans la Land-Cruiser et ils démarrèrent avec l'air de gars qui ont une affaire sérieuse en tête.

Je les pris en chasse, et tout en conduisant je tirai l'antenne de ma petite C.B. portable, je la fis sortir par la vitre et j'essayai de réveiller Simmons. « Break deux-sept Spider Man, répétai-je plusieurs fois. Ici Ours russe, tu me copies, Spider Man ?

— Ici Spider Man, répondit une voix ensommeillée. Je te copie, Ours russe. Over.

— Spider Man ! Spider Man ! » crachai-je dans le micro. Je tremblais de tous mes membres ; je sentais que c'était le moment ou jamais de leur tomber sur le paletot : on ne s'habille pas comme ça et on ne prend pas une Land-Cruiser pour aller à l'opéra. « Le Boueux est en route pour la décharge, poursuivis-je. Amène le camion, les fringues de neige et la suite. Over.

— Quelle suite ? Over.

— Les ananas et les petites grattes pour jouer du hard-rock dans la brousse, dis-je. Over.

— T'as un grand dix-quatre, dit Simmons en riant. De la part du Spider Viêt-nam Man. Over.

— Je suis sur l'autoroute 90, cap à l'est, dis-je. On roule pleins tubes, alors magne-toi, minot. Ours russe en route vers l'est, over.

— Spider Man s'accroche derrière, over. »

Simmons devait avoir des ailes, car il surgit derrière moi un peu avant Issaquah. Il m'adressa un appel de phares, puis il se laissa distancer.

Le trafic n'était pas trop dense, et je n'eus pas de peine à coller au train de la Land-Cruiser. Après le col de Snoqualmie, une neige légère et venteuse se mit à tomber. Nous passâmes devant les stations de ski de Hyak, où les pistes n'étaient pas encore ouvertes et les remonte-pentes encore à l'arrêt. A trente kilomètres d'Ellensburg, la Land-Cruiser tourna à gauche et s'engagea sur la petite route qui mène au lac de Cle Elum. Aussitôt après être sorti de l'autoroute, je balançai la Champ dans une congère et quand Simmons arriva je me précipitai vers lui et je sautai à bord du camion.

« Coupe tes phares, lui dis-je, et ne les lâche pas d'une semelle.

— Bien, patron ! »

Une vraie tempête ne nous aurait pas fait de mal, mais les rafales de neige légères et tourbillonnantes suffisaient à dissimuler le camion.

« Tu n'as qu'à suivre ses feux de position, dis-je. Et ne pas toucher au frein. »

Là-dessus, j'ôtai mes chaussures, enfilai mes grosses bottes de neige, vérifiai les chargeurs du Browning et de la M-11, fourrai deux grenades dans les poches de mon gilet de duvet à armature pare-balles et deux chargeurs de rechange pour l'Ingram dans mes poches-revolver.

« Purée, patron, qu'est-ce qui se passe ?

— J'en sais rien, fils, avouai-je. Mais ils vont quelque part où il fait très sombre et très froid. » Une sourde excitation montait en moi ; elle était si intense déjà que ma respiration devenait brève et saccadée. J'ajoutai : « On y est, petit gars !

— Où ça ?

— Au règlement de comptes final.

— Oh merde », soupira Simmons en cherchant fébrilement dans ses poches la petite fiole de coke, dont on se sniffa deux grosses lignes n'importe comment au creux de nos poings.

Peu après Roslyn, les lumières de freins de la Land Cruiser

flamboyèrent brièvement, et la grosse bagnole bifurqua sur la gauche. Simmons rétrograda, ralentit, et s'arrêta doucement à l'entrée du chemin qu'ils venaient de prendre. Un écriteau était planté au bout d'un piquet sur le bord du chemin, mais je n'arrivais pas à le déchiffrer. Je descendis du camion et je courus jusqu'à lui. Il disait : VARNER & CIE, AGENTS IMMOBILIERS. La neige du chemin portait les traces fraîches et superposées de plusieurs engins à quatre roues motrices. A travers une brève accalmie de la tempête, je vis les feux arrière de la Land-Cruiser rougeoyer encore une fois à une cinquantaine de mètres au-dessus de moi, puis les faisceaux de ses phares illuminèrent un virage bordé d'un rideau dense de sapins et il me sembla avoir aperçu les lumières diffuses d'une maison cinquante autres mètres plus loin.

Je m'installai au volant et, tandis que Simmons enfilait ses bottes de neige, j'entamai l'escalade de l'étroit chemin de terre. Dès que j'aperçus un sentier de traverse, je le pris et j'allai me ranger un peu plus loin. Je sortis les protège-oreilles des poches de nos parkas et je découpai des trous dans les paumes de nos moufles afin qu'on puisse sortir l'index pour appuyer sur une gâchette. Les mains de Simmons tremblaient tellement que lorsqu'il vérifia le chargeur de son .357 Magnum, il manqua de peu le faire tomber dans la neige.

« Tâche de te calmer, dis-je. Ça serait bien si on arrivait à régler ça sans buter personne.

— Y fait froid, dit-il.

— Tu peux encore faire machine arrière si tu veux, fils. T'as qu'à rester dans le camion.

— J'ai peur de mourir, et toi t'as peur de tuer quelqu'un, dit-il. On fait une drôle d'équipe, mais on fait équipe, Milo.

— D'accord. »

On se noircit la figure avec de la boue grasse récupérée dans les passages de roues, on s'efforça de sourire sous le vent glacial, puis on se dirigea vers le chemin au petit trot. Au moment où on y arrivait, on vit des phares qui montaient vers nous, et on se jeta à plat ventre dans la neige du fossé. Un minibus de camping à quatre roues motrices nous dépassa et disparut dans le virage. On lui laissa deux-trois minutes d'avance, puis on se remit à trottiner.

Après une courte pause au croisement, au cours de laquelle la tempête parut s'intensifier brusquement, on entreprit de gravir le mauvais chemin creusé de profondes ornières où le verglas avait pris. Au début, on faisait une pause tous les vingt-cinq pas en nous efforçant de comprimer les nuages de nos haleines, et bientôt ce fut tous les dix pas, et notre progression se ralentit de plus en plus. On s'arrêta en apercevant la lueur du bâtiment à l'extrémité du virage en zigzag, puis on se remit à marcher tout doucement en enfonçant nos bottes dans la neige avant de porter le poids de nos corps vers l'avant. Les arbres enchevêtrés gémissaient sous le vent, et leurs branches durcies par le gel craquaient sinistrement. Arrivés au dernier coude du virage, on coupa par le flanc de colline et on le gravit en rampant en direction d'un terre-plein bordé d'un amoncellement de neige déblayée dont les ombres dissimulaient nos silhouettes aplaties. Au bout de vingt-cinq mètres d'escalade, on se retrouva en vue de l'agence immobilière ; le chemin venait buter contre sa façade, et il n'allait pas plus loin.

C'était une bâtisse en rondins, longue et basse, devant laquelle on avait aplani le flanc de montagne au bulldozer pour tailler ce terre-plein qui tenait lieu de parking. La Land-Cruiser de Tewels y était garée, ainsi que le minibus de camping et un grand break tout terrain. Une véranda baignée par la lumière diffuse de projecteurs d'ambiance disposés à ses deux extrémités courait le long de la façade du bâtiment. Un homme y faisait les cent pas ; malgré son gros anorak de duvet, il avait l'air frigorifié et il n'arrêtait pas de taper des pieds et de frapper l'une contre l'autre ses mains gantées. A un moment, il fit une pause sous une des rangées de projecteurs et je discernai ses traits. C'était le malabar de la Porsche rouge, celui qui avait voulu jouer à O.K. Corral quand je lui avais réclamé ses clés de voiture à Seattle. J'étais content de le retrouver. S'il rêvait tant que ça de humer l'odeur de la poudre et du crottin, il allait être servi.

Je décrivis une longue boucle en rampant pour aller me glisser dans l'ombre des véhicules à l'arrêt, et Simmons suivit dans mon sillage. De là où nous étions allongés à présent, on avait directement vue sur les jambes et les pieds du type qui battait la semelle sous la véranda. Je dépliai la crosse d'appui en métal de l'Ingram, la réglai sur la position de tir au coup par coup, et je la tendis à Simmons.

« Couvre-moi, lui chuchotai-je, mais ne mets pas cette petite vache-là sur la position rock and roll.

— C'est vu, patron », fit-il. Malgré l'obscurité, je vis qu'il avait les lèvres bleues et tremblantes.

Je rampai jusqu'au bâtiment en suivant la bordure du parking, je me redressai tout doucement et je jetai un coup d'œil par la fenêtre à travers le mince ruban de vitre qui n'était pas obscurci par le givre. Tout le devant du bâtiment était occupé par une pièce longue et étroite, meublée de trois bureaux espacés à intervalles réguliers et qui n'avaient pas l'air d'être utilisés très souvent. Le chauffeur de Tewels et l'acolyte du grand type qui montait la garde sous la véranda étaient assis sur le troisième bureau; ils feuilletaient un album de maisons à vendre en grillant une cigarette. Le mur du fond comportait trois portes, et de la lumière filtrait sous une des trois. Le type de la véranda rentra en se plaignant du froid, et le chauffeur de Tewels poussa un juron, remonta la fermeture Eclair de son parka, rabattit son capuchon et sortit à son tour.

Je continuai à ramper vers l'arrière du bâtiment, en me bagarrant contre la neige molle et épaisse, la main crispée autour de la crosse glaciale de l'automatique Browning. Les rideaux étaient tirés dans le bureau éclairé, mais ils n'atteignaient pas tout à fait l'extrémité inférieure de la vitre. Je ne distinguais pas grand-chose de ce qui se passait à l'intérieur; je vis simplement deux mains qui étalaient une carte d'état-major sur la table, et deux autres qui comptaient des liasses de billets. Et je n'entendais rien d'autre qu'un murmure de voix indistinct.

Ça n'avait pas l'air de se présenter trop bien, mais je me traînai jusqu'à l'autre bout du bâtiment et je glissai un œil précautionneux. Le chauffeur était descendu de la véranda et il s'était mis debout à l'abri du vent pour pisser un coup. A en juger par les boucles capricieuses que traçait dans l'air le jet fumant de son urine, il devait être en train d'essayer d'écrire son nom sur la congère derrière laquelle il s'abritait. Ça nous donnait de meilleures chances. Ces gars-là étaient peut-être coriaces en ville, mais dans cette campagne gelée j'avais l'avantage du terrain. Je m'approchai de lui en catimini, mais il était trop occupé à faire fondre la neige en gloussant dans le vent comme un gamin pour entendre quoi que ce soit. Je lui arrachai sa capuche et j'abattis de toutes mes forces le canon de mon Browning sur le côté de sa figure. Son oreille éclata comme un fruit pourri et il s'étala le nez dans la congère. Je lui abattis le Browning sur le crâne une seconde fois avant de le fouiller.

Il était armé d'un automatique Smith & Wesson. Je le vidai et je le balançai au loin dans la tempête. Après quoi je lui ôtai son parka, je retirai le cordonnet de la ceinture et je m'en servis pour lui ligoter les poignets et les chevilles, je lui fourrai son mouchoir dans la bouche et je l'enterrai dans la neige. Puis je contournai la véranda en rampant et j'allai rejoindre Simmons.

« Bon, on y va, t'es prêt ? chuchotai-je tout en enfilant le parka du chauffeur et en m'en rabattant la capuche sur le visage.

— On peut sniffer encore un petit coup ? » demanda-t-il, et on s'envoya chacun une dose de coke approximative car ce n'était pas évident avec le vent et dans cette obscurité. Simmons avait des larmes dans les yeux, mais j'ignorais si c'était dû à la trouille ou au froid. « Ça ira, va, t'en fais pas, me dit-il.

— Ce n'est pas ta guerre, lui chuchotai-je en sortant les grenades des poches de mon gilet.

— C'est jamais la guerre de personne, patron, marmotta-t-il en claquant des dents.

— Bon, écoute, dis-je en lui échangeant la mitraillette contre les grenades. Je vais entrer par la porte de devant. Toi, tu restes sur le côté et si je crie Bob ! tu balances les grenades à l'intérieur, en visant vers la droite.

— Ben, et toi alors ?

— Je m'abriterai derrière un bureau, lui dis-je tandis qu'il resserrait les goupilles. Bon, allons-y. »

On fit le tour des bagnoles en rampant, puis on escalada les marches et on se glissa à quatre pattes sous la fenêtre. Arrivés à la porte, on se redressa, et Simmons se colla le dos à la paroi. Il leva un sourcil poudré de neige, je tournai le bouton et j'entrai.

J'eus tout juste le temps de faire trois pas avant que le grand balèze se décide à lever la tête et à me dire de fermer la porte, mais trois pas m'avaient suffi à atteindre le milieu de l'étroite pièce en enfilade. J'avais espéré qu'ils n'insisteraient pas en apercevant le vilain petit mufle de l'Ingram, mais il n'en fut rien. Ils se levèrent d'un bond en glissant leurs mains sous leurs vestes et je leur expédiai deux courtes rafales qui ne firent pas plus de bruit qu'un éternuement étouffé.

Je m'étais efforcé de viser bas pour ne pas les tuer, et ça marcha pour le plus petit. Sa jambe droite s'effaça sous lui et il s'écroula, mais je gardai trop longtemps le doigt sur la gâchette, le canon de l'Ingram se releva et la queue de la rafale faucha le grand type à la hauteur du torse. Un mélange de sang et de duvet d'oie jaillit de sa poitrine. Plus jamais il ne se prendrait pour John Wayne. Le silencieux avait considérablement amorti le son de la double décharge de balles de .380, mais le balèze s'effondra sur un meuble à classeurs en métal et entraîna dans sa chute un grand cendrier en cuivre. Au moment où je m'agenouillais pour récupérer le feu du petit mec que j'avais atteint au genou, la porte du fond s'ouvrit et un homme que je n'avais encore jamais vu parut sur le seuil. Je lui logeai une courte rafale sous le menton, et le choc le catapulta en arrière. Je bondis vers la porte et je pénétrai dans la pièce avant même que son corps se soit écrasé par terre ; un sourd grondement de fauve sanguinaire me chatouillait la luette.

Je me retrouvai face à face avec quatre hommes assis derrière une longue table. Leurs visages et leurs vêtements étaient éclaboussés de sang et de fragments de cervelle, et ils étaient figés dans des poses de statue, les mains à plat sur la table, la tête légèrement penchée de côté comme s'ils tendaient l'oreille à un écho lointain — peut-être celui des trépignements étouffés du mort dont les talons martelaient spasmodiquement la moquette épaisse. Seule leur immobilité me retint de vider mon chargeur sur eux.

Je m'écartai des pieds secoués de trémulations involontaires dont le son sourd et fatidique évoquait tellement celui qui me hantait régulièrement depuis le soir du suicide de mon père, et je m'adossai au mur. Le petit mec du bureau de devant avait toujours un flingue sur lui. « Monsieur Rogers, criai-je, je veux que vous comptiez jusqu'à dix et si vous ne voyez pas deux flingues posés sur le bureau à ce moment-là, vous balancerez une grenade à l'intérieur.

— Oh, bordel ! grogna le blessé. Laissez-moi une minute !
— Un, fit Simmons d'une voix de stentor. Deux...
— Tiens, voilà, fit l'homme et son flingue tomba bruyamment sur le bureau.
— Celui du copain à présent, fis-je.
— Tout de suite, tout de suite ! » s'écria-t-il. Je l'entendis gémir sous l'effort, et un autre choc métallique se fit entendre au moment où Simmons allait dire : « Sept. »

« Monsieur Rogers, dis-je. Déchargez-les et jetez-les dehors. Ensuite, amenez-moi ce petit bonhomme par ici, je veux l'avoir sous les yeux. »

Au bout d'un moment, Simmons passa la porte à reculons en traînant le blessé par le col. L'homme serrait sa cuisse avec force juste au-dessus de son genou ensanglanté, et son pied droit disloqué pendait lamentablement. Simmons l'emmena jusqu'au fond de la pièce et le fit asseoir le dos contre un mur entièrement couvert de rayonnages de livres.

« Voyons ce que nous avons pris là », dis-je.

Tewels était assis à l'extrême gauche. Un bout de cervelle était collé à son front ; un mélange de sang et de transpiration lui coulait le long du nez et dégouttait de sa petite moustache bien nette sur la carte du Service des forêts qui était étalée devant lui. L'homme assis à sa droite avait l'air d'un acteur de Hollywood qui après avoir jadis nourri l'espoir d'accéder à la stature de jeune premier aurait, à force de biberonner, fini par échouer dans des rôles de composition où sa face bouffie et dépravée, son regard veule et fourbe et sa crinière blanche auraient fait merveille en gros plan. Le troisième était un Oriental frêle vêtu d'un costume de soie flottant ; il n'était ni Japonais ni Chinois, mais peut-être Malais, et de toute évidence il avait une trouille bleue.

A l'extrême droite était assis un jeune type aux cheveux d'un blond très pâle ; il avait un menton fuyant et des petits yeux porcins de bureaucrate, mais il n'avait pas l'air particulièrement ému, à part que ses cils blancs clignaient imperceptiblement. « On était censés vous avoir liquidé, espèce de clown, dit-il d'une voix tranquille. Ce coup-ci, vous êtes bon comme la romaine. »

Le visage suiffeux de l'acteur de second plan était baigné d'une sueur abondante d'alcoolique. « J'ai une famille, chevrota-t-il d'une voix bizarrement haut perchée.

— On pourrait peut-être s'arranger », offrit Tewels posément.

Je tirai une courte rafale dans la bibliothèque, juste au-dessus de la tête du blondinet et je dis : « Vos gueules, messieurs ! » Une pluie lente et tournoyante de petits bouts de papier s'abattit sur eux en même temps qu'un silence complet. « Par ici, monsieur Rogers ! » dis-je en allant prendre position de l'autre côté de la porte. Au passage je trébuchai sur les pieds du cadavre ; c'est à peine si je chancelai mais le blondinet eut l'air de trouver ça extrêmement drôle. « Enlève-moi cette charogne de là », dis-je à Simmons.

Simmons empoigna les chevilles du cadavre, et quand il tira dessus son crâne ensanglanté se décolla de la moquette avec un bruit de succion semblable à celui d'une truite gobant un éphémère. L'acteur de composition parut sur le point de tourner de l'œil, et il s'en fallut de peu que je ne rende mon dîner.

« Pauvre connard d'ivrogne, fit le blondinet. Vos nerfs ne sont plus à la hauteur, Milodragovitch.

— Taisez-vous, je vous en prie », fit Tewels. Il avait l'air préoccupé.

Je fis passer l'Ingram dans ma main gauche, et de la main droite je dégainai le Browning que je tendis à Simmons en lui disant : « Braque-les avec ça, et s'ils font le moindre geste, balance un pruneau dans le bide de l'albinos.

— Il le fera pas, vieux croûton, il a trop les foies, dit le blondinet pendant que j'adaptais un nouveau chargeur à la mitraillette.

— Je vous en prie », l'adjura Tewels, et les lèvres de l'acteur formèrent une supplication muette.

Pendant que Simmons et moi troquions à nouveau nos armes, le blondinet dit : « Tiens, vous n'êtes pas seulement clowns, vous jonglez en plus ?

— A ce qu'on dirait, on ne fait plus peur à personne, nous autres vieux cow-boys », fis-je observer à Simmons, puis je pointai le Browning et je dégommai un cendrier en cuivre qui était posé sur la table devant le blondinet. Après les petits toussotements de l'Ingram, la détonation de l'automatique 9 mm fit l'effet d'une formidable explosion. Mais ma remarque était fondée : ils ne bronchèrent pas, à part l'acteur de second plan, dont les yeux se révulsèrent et qui s'affaissa mollement au pied de sa chaise, raide évanoui.

Décidément ces temps-ci, tout le monde veut jouer les héros. Au moment où l'acteur de composition tombait en pâmoison, je détournai brièvement les yeux, et le blondinet en profita pour essayer de plonger sous la table en glissant une main sous sa veste. Ce fut si facile que ça n'était même pas drôle : je lui logeai deux balles dans le buffet en plein vol et une troisième dans la tête au moment où il touchait terre. Par contre, le petit mec que j'avais blessé au genou était un vrai pro ; il sortit soudain une arme qu'il avait gardée en réserve, un minuscule automatique de calibre .25, qui lâcha deux brefs éternuements et envoya Simmons dinguer contre le mur. Mais ce brave petit Bob joua sa partie jusqu'au bout. Tel Roy Rogers lui-même, il fit sauter le pistolet de la main de l'outlaw blessé, mais contrairement à ce qui se passe au cinéma,

les fragments lui réduisirent la main en charpie et la face en bouillie. Simmons tomba à genoux, leva l'Ingram et descendit l'Oriental d'une courte rafale groupée qui fit autant d'effet qu'une décharge de chevrotines tirée à bout portant. L'homme fut arraché de sa chaise et projeté contre le mur. Tewels s'était dressé et il levait désespérément les mains au ciel, mais Simmons faisait lentement pivoter le mufle de la mitraillette dans sa direction. Je m'écriai :
« Non, Bob, ne fais pas ça ! » mais là-dessus il piqua du nez et s'étala face contre terre.

Je fis ce qu'il fallait faire ; je continuai à exercer mon chien de métier comme si de rien n'était. D'abord, je fis mettre Tewels à genoux, les mains sur la tête et le front appuyé à la bibliothèque, et ensuite je m'assurai que les morts ne se relèveraient pas. Le crâne du blondinet n'abritait plus que des courants d'air, le petit mec avait avalé sa langue et s'était étouffé dans son propre sang, et quand je tâtai les fesses de l'acteur du bout du pied, elles tremblotèrent comme de la gelée : il était out. Après quoi j'allai voir ce que je pouvais faire pour Simmons.

La première balle s'était aplatie contre son gilet, mais la deuxième l'avait atteint au visage ; il avait un minuscule trou noir sous l'œil, et la balle était allée se loger quelque part à l'intérieur de sa boîte crânienne. Je soulevai sa tête et je l'appuyai sur mes genoux, mais un râle sourd et continu s'échappait déjà de sa gorge. Je lui adressai ces paroles creuses qu'on dit toujours aux mourants — je regrette, je suis qu'un con, un pauvre clown — mais il ne les entendit pas ; il n'entendait plus que le vent sinistre qui ulule au long de cet ultime tronçon de route, et quand il l'eut parcouru jusqu'au bout je lui fermai les paupières et je lui couvris la face de son gilet inutile. Ensuite je me remis au turbin.

Histoire de démarrer du bon pied, je logeai une balle dans la bibliothèque à cinq centimètres au-dessus du crâne chauve de Tewels. « C'est juste pour que tu voies bien dans quelle situation tu es, lui dis-je. Au moindre tressaillement, t'es mort.

— Oui, monsieur, dit-il.

— Relève-toi et enlève tes fringues, lui dis-je. Et pas de mouvements brusques. »

Il obtempéra. Il avait eu l'air d'un athlète dans ses vêtements élégamment coupés, mais à poil ce n'était plus qu'un vieux racho très ordinaire. « Attache les mains du Capitaine Digue-Digue derrière son dos avec ta ceinture », lui dis-je. Quand il en eut terminé avec ça, je lui ordonnai : « Dehors », et on sortit dans la tempête.

Je le fis asseoir en tailleur dans la neige, les mains sur la nuque. Au bout de quelques minutes, j'allumai une cigarette et je lui dis : « Tâche de me répondre vite et bien. Comme ça peut-être que je ne te brûlerai pas la cervelle, et peut-être qu'on aura terminé avant que tu sois mort de froid.

— Oui, monsieur, dit-il en frissonnant. Je vous dirai tout ce que vous voudrez. On peut s'arranger, je vous le promets.

— On verra, lui dis-je. Qui est le Capitaine Digue-Digue ?

— Le directeur du bureau de Denver de l'Agence pour la protection de l'environnement. Il s'appelle Sikes.

— Et le blondinet qui jouait les matamores ?

— Le chef de nos services de sécurité, dit-il, Logan. Avant, il s'occupait des sales besognes à la C.I.A.

— L'Oriental ?

— Un représentant de la multinationale qui détient la majorité des parts dans l'E.Q.C.S.

— Et à quoi visait votre petite réunion de ce soir ?

— On était supposés remettre au gars de l'Agence pour la protection de l'environnement une somme de vingt-cinq mille dollars et une liste des décharges où un contrôle aurait été inopportun, expliqua-t-il. En échange de quoi il se chargeait de nous éviter tout excès de zèle de la part de ses inspecteurs.

— Ça gagne bien, la gadoue, fis-je. Qui était ce John Rideout, ou Rausche ?

— Personne. Un camionneur. Il allait charger des fûts de déchets toxiques dans le Midwest, en Californie, dans le Sud, et il les transportait jusqu'ici.

— Cassandra Bogardus ?

— Elle a postulé un emploi de secrétaire à nos bureaux de Seattle, et quand les hommes de Logan ont vérifié ses antécédents, on s'est aperçu qu'elle n'était pas qui elle prétendait être.

— Une journaliste, hein ?

— Même pas. Juste une riche héritière un peu trop curieuse qui pose parfois à la photographe spécialisée dans les images de nature et d'animaux, mais quand Logan s'est aperçu qu'elle avait maquillé son C.V. et que je m'étais, euh...

— ... laissé séduire par une belle gueule et de gros nichons ? » complétai-je, et il fit oui de la tête. Tout terrorisé qu'il fût, il n'émettait pas assez de chaleur pour faire fondre la neige qui s'accumulait sur son crâne chauve. « T'es pas le seul, va, lui dis-je. Pourquoi est-ce que vous avez collé toutes ces armes et toutes ces drogues dans la voiture de Rideout avant de le buter ?

— Ce n'est pas moi qui l'ai buté, protesta-t-il. C'est Logan. Pour jeter le discrédit sur tout ce qu'il avait pu raconter à cette gonzesse. Il appelait ça de la " désinformation ".

— Et pourquoi avoir tenté de me tuer, moi ?

— Au départ, personne ne savait qui vous étiez, expliqua-t-il. Logan a décidé qu'il valait mieux vous tuer par simple précaution, et puis quand il a découvert que vous n'étiez qu'un vigile de nuit, je crois qu'il a voulu vous tuer par mépris.

— T'as des employés drôlement sympathiques, dis donc.

— Je croyais que c'était mes employés, dit-il d'une voix désenchantée. Mais à partir d'un certain moment, je me suis aperçu que c'était plutôt moi qui travaillais pour eux.

— On a abusé de ta bonne foi, c'est ça ?

— En quelque sorte..

— Tuer des innocents à distance avec tes saloperies de déchets toxiques, tu t'en fichais, dis-je, mais quand on en venait à en flinguer, ça te défrisait ?

— En gros, c'est ça, oui, dit-il, et il ajouta : Je ne sais pas si je vais pouvoir endurer ce froid beaucoup plus longtemps.

— Ça, c'est moi qui en déciderai, dis-je. Où est Sarah Weddington ?

— Sarah qui ? » fit-il. Sa voix trahissait tellement de peur et de perplexité que je compris qu'il ne mentait pas. Aussi cruelle qu'elle fût pour moi, c'était la vérité : il n'avait jamais entendu prononcer ce nom. « Qui est-ce ? demanda-t-il.

— Personne, dis-je. Tu vas m'aider à transporter ton chauffeur à l'intérieur, à présent.

— Je suis paralysé, fit-il en se secouant avec tant de force que les petits tas de neige qui s'étaient amassés sur son crâne et ses épaules s'éparpillèrent autour de lui.

— T'as intérêt à te dégourdir en vitesse », lui dis-je, puis j'allai sur le côté de la bâtisse pour extirper le corps du chauffeur de son tumulus de neige. Le temps que je le traîne jusqu'au bas des marches du perron, Tewels était arrivé à se soulever et à avancer d'un pas. Je hissai le corps du chauffeur jusqu'au sommet de l'escalier, je le jetai à l'intérieur, puis je ressortis, pris Tewels dans mes bras et le portai dans le bureau du fond. Pendant qu'il se rhabillait à grand-peine, je rassemblai toutes les armes que je pus trouver, sans oublier les grenades qui étaient restées dans les poches du gilet de Simmons, je les entassai sur le parka du chauffeur et j'en fis un grossier balluchon. Quand Tewels eut fini d'enfiler sa veste, je lui demandai s'il n'y avait pas de la gnôle quelque part dans la baraque. Il passa une main derrière les livres alignés sur le deuxième rayonnage de la bibliothèque et après quelques instants de tâtonnement, il en ramena une demi-bouteille de vodka. Il la déboucha, en avala une gorgée et me la tendit. Je fis un signe de dénégation, et il en reprit une lampée.

« Le type qui s'occupe de cette boîte est un poivrot, expliqua-t-il.

— Ils vendent vraiment des maisons et des terrains ? demandai-je et il fit oui de la tête. Ils doivent bien avoir un appareil photo dans le bureau, non ?

— Probablement », dit Tewels.

Il alla fouiller les tiroirs des bureaux de la pièce de devant, et je le suivis pendant toute l'opération. Il avait la démarche d'un homme qui a joué sa dernière partie de squash. Il finit par dégoter un Polaroïd muni d'un flash et trois rouleaux de pelloche. Je fis poser Tewels à côté de chaque cadavre, avec les cartes, les listes, l'attaché-case plein de billets, assis à côté du Capitaine Digue-Digue qui dormait toujours comme un ange. Quand j'eus usé toute la pellicule, je raflai tout ce qu'il y avait sur la table, repliai les cartes et les documents, et recomptai l'argent que contenait l'attaché-case. Tewels s'était affalé sur une chaise. Il était toujours secoué de longs frissons, et il tapait régulièrement dans la vodka.

« Tu peux faire nettoyer toute cette merde et faire disparaître les corps ? lui demandai-je. Hein, monsieur le roi des gadoues ?

— Je n'ai encore jamais eu l'occasion de faire ça, dit-il, mais je connais la manière.

— Ecoute, lui dis-je en dégainant le Browning. Je suis persuadé que tu étais dans la combine depuis le début.

— La combine ?

— Les bagnoles volées, le recel de pièces et tout le bazar. Et quand l'occasion s'est présentée de faire de nouveaux profits en convoyant des armes et de la drogue et en vidangeant des résidus toxiques, je crois que tu n'as pas hésité une seconde. Alors si tu essaies encore une fois de me bourrer le mou en te présentant comme un malheureux innocent qui a été entraîné malgré lui, je vais passer l'heure qui suit à te déglinguer morceau par morceau avec ce flingue. T'as saisi ?

— Comme vous voudrez.

— Tiens-toi donc plutôt au " Oui, monsieur ", dis-je. Ça me plaît bien, comme formule.

— Oui, monsieur », dit-il, sans aucune conviction. J'aurais dû le laisser dans la neige un peu plus longtemps. « A vos ordres.

— Tu peux te démerder pour nettoyer tout ça sans que les flics viennent y mettre leur nez ?

— Pas de problème... monsieur.

— T'as intérêt à ce qu'il y en ait pas, dis-je. Je vais t'expliquer le topo. Ces plans, ces listes, ces photos, c'est ma garantie, tu saisis ? C'est ce qui me permettra de ne pas atterrir en taule. Et aussi longtemps que je serai vivant et en bonne santé, aussi longtemps que je n'aurai personne à mes trousses, et pareil pour mes amis, toi et tes acolytes vous pourrez continuer à faire tranquillement vos petites affaires.. »

Tewels eut l'air surpris.

« Vos magouilles, c'est le problème du gouvernement, expliquai-je, pas le mien. J'ai été entraîné dans tout ce merdier le plus fortuitement du monde. J'ai essayé de parlementer pour sauver ma peau. On aurait pu faire un arrangement beaucoup moins coûteux depuis belle lurette, mais tes hommes de main étaient trop occupés à vouloir me descendre par précaution.

— Logan, dit-il.

— Logan, mon cul, dis-je. Une chose encore : je vais emporter ces vingt-cinq mille dollars et je vais m'en servir pour prendre un contrat sur la tête d'un de tes mômes... »

La vodka l'avait bien réchauffé à présent. Il me coupa :

« Ne mêlez pas mes enfants à cette histoire, dit-il. Ils ne savent rien de ces... de cet aspect de mon activité.

— Je prends un contrat, dis-je. Et tu ferais bien de prier le ciel pour que je vive longtemps et pour que je meure tranquillement au lit de ma belle mort, Tewels, sans quoi ta vie professionnelle sera dans les choux et un de tes mômes sera transformé en passoire. C'est bien compris ?

— Oui, monsieur.

— N'essaie pas d'entrer en contact avec moi, dis-je. Je te verrai samedi en huit à Pullman, pendant le match de football

Stanford-Washington State. Attends-moi seul à côté de l'entrée principale, comme ça si tu as une difficulté avec un détail quelconque, tu pourras m'en avertir.

— Bien, dit-il. Samedi en huit.

— A présent, je vais arracher les fils du téléphone et rendre toutes les bagnoles inutilisables. Je laisserai le rotor de ta Land-Cruiser au pied de la pancarte qui se trouve à l'entrée du chemin. Si j'étais toi, j'attendrais une petite heure avant d'aller le chercher — le temps d'être un peu réchauffé. C'est vu?

— Oui, monsieur », dit-il, mais son regard était aussi froid que son cœur.

J'arrachai tous les téléphones de leurs prises murales et je les balançai au loin dans la neige, puis je me chargeai du balluchon d'armes et de l'attaché-case et je sortis. On ne prit pas la peine de se saluer, Tewels et moi. Après avoir refermé la porte de devant, je m'arrêtai juste le temps qu'il fallait pour me prémunir contre l'insincérité. Je dégoupillai une grenade et je la calai contre le battant de la porte. Après ça, je passerais un petit quart d'heure tapi dans une congère en face de la maison. S'il restait tranquille, très bien, je désamorcerais mon piège. Et dans le cas contraire — très bien aussi. Après avoir ôté le rotor du moteur de la Land-Cruiser et les têtes de distributeur des deux autres engins, je m'enfouis dans la neige à l'autre extrémité du parking.

Au bout d'à peine cinq minutes, Tewels se rua dehors en brandissant un fusil de chasse muni d'une lunette de visée. J'aurais dû visiter l'autre bureau. Je n'aurais pas dû menacer ses gosses. Il était tellement pressé de se lancer à mes trousses qu'il n'entendit même pas le claquement sourd de la cuiller qui se détendait. Peut-être que j'avais vu trop de cadavres ces derniers temps, peut-être que je ne voulais pas que ça se termine comme ça, en tout cas je jaillis de ma gangue de neige sans même réfléchir et je hurlai : « Jette-toi à plat ventre ! » Mais Tewels fit le mauvais choix ; il se tourna vers moi et me tira dessus sans même prendre la peine d'épauler ; la balle souleva de la neige à mes pieds et au moment où il actionnait le levier d'armement pour introduire la suivante dans le magasin, la grenade explosa. Il fut projeté au bas de la véranda, et je courus jusqu'à lui. Il gisait dans la neige, trempé et couvert de sang, et ses mains tâtonnaient encore à la recherche du fusil.

« Le marché est annulé, râla-t-il au moment où je m'agenouillais à côté de lui.

— L'embêtant, dans ta branche d'activité, c'est qu'il y a toujours quelqu'un qui est prêt à en refaire un », dis-je, mais je ne crois pas qu'il m'entendit.

13

Dans le Wyoming, à la sortie d'un patelin du nom de Pinedale il y a un petit lac qui s'appelle le lac Fremont, et il est supposé avoir près de trois cents mètres de fond. Après avoir appelé le numéro des urgences de nuit à l'E.Q.C.S., je finis par mettre la main sur l'adjoint du directeur des services de sécurité et je lui expliquai qu'il y avait eu un bain de sang à l'agence immobilière et qu'il ferait bien d'envoyer une équipe de nettoyage pour l'éponger ; puis je pris le chemin du retour, en faisant un crochet par le Wyoming.

Deux nuits plus tard, je me retrouvai assis à bord d'un canot pneumatique au milieu du petit lac dont un pâle croissant de lune éclairait à peine les eaux ténébreuses. Je balançai toutes les armes par-dessus bord, ainsi que les munitions, les grenades, le reste de la coke et une bouteille de peppermint encore à moitié pleine, et je les regardai s'engloutir dans l'eau noire et glaciale.

On m'avait raconté jadis qu'un de mes collègues de Californie, un privé du nom de Shepard, avait répondu à un journaliste qui lui demandait s'il travaillait armé : « Vingt dieux, non. Si quelqu'un veut descendre ce vieux Shepsy, il faudra qu'il apporte son propre flingue. »

Moi aussi, Shepsy, moi aussi.

Après quoi je regagnai le motel de Pinedale où j'étais resté terré en compagnie d'un poste de télé, d'une pile de journaux et d'un magnum de vodka non débouché qui trônait sur la commode. Certains des protagonistes de notre petite fantasia avaient eu les honneurs de la presse après que l'équipe de nettoyage s'était chargée d'en faire disparaître les reliefs. On avait retrouvé le yacht de Tewels dérivant sur le flanc au milieu du détroit de Juan de Fuca ; son propriétaire était porté disparu, ainsi que ses deux invités, le directeur des services de sécurité de l'E.Q.C.S. et un éminent homme d'affaires étranger.

Je laissai passer une autre journée avant d'appeler le numéro de Sarah à Meriwether. Gail décrocha, mais je reposai le téléphone sans rien dire; je n'étais pas encore prêt à leur parler.

Quelques jours plus tard, je repérai la trombine du directeur de l'Agence pour la protection de l'environnement parmi les photos de défunts qui ornaient la rubrique nécrologique du *Denver Post*. D'après la notice, il avait succombé à un arrêt cardiaque. Les autres victimes n'apparurent pas dans la presse; je supposai que les cadavres avaient eu droit à la concasseuse en même temps que les épaves de bagnoles avant d'être expédiés au Japon sous forme de petits blocs d'acier comprimés, ou bien qu'on les avait incinérés en haute mer à bord du crématoire flottant. Simmons — paix à son âme — avait certes mérité mieux que d'être traité comme un vieux rebut de ferraille puis intégré à la carrosserie d'une Toyota ou d'une autre petite chiotte du même genre. Mais il faudrait bien que je vive avec ça, que je passe le reste de mon existence à me dire que ce brave garçon s'en serait peut-être tiré si je n'avais pas été bourré de cocaïne jusqu'aux oreilles.

Le match Stanford-Washington State eut lieu au cours de mon séjour à Pinedale, mais la télé ne le retransmit pas, et je dus me contenter d'en lire le récit dans la presse. D'après les journaux, mon fils avait fait des prouesses : il avait été responsable à lui seul de six placages réussis, dont deux visaient le capitaine de l'équipe adverse, et il avait bloqué un coup franc. Le petit Tewels s'était bien débrouillé aussi; c'est lui qui avait marqué le but victorieux pour Stanford. Je souhaitais à ces deux garçons un monde meilleur que celui qu'avaient fait leurs pères.

Je passai encore une petite semaine à vagabonder à travers le Wyoming, le Colorado et l'Utah en laissant des photocopies, des cartes et des listes et une partie des Polaroïd ainsi que des bandes de magnéto auxquelles j'avais confié toute l'histoire dans des coffres de banque ou à des notaires de village. De temps à autre, j'appelais Goodpasture à Albuquerque pour voir s'il ne savait pas où la grosse dame chantait, mais elle ne s'était pas manifestée. Je n'avais toujours pas débouché la bouteille de vodka.

Je commençais à prendre un peu trop goût aux chambres de motel et à passer un peu trop de temps à fixer d'un œil hypnotisé les poils gris qui me hérissaient le menton et les joues dans les miroirs de leurs salles de bains. Il était temps que je remonte à l'air libre. J'appelai le nouveau directeur des services de sécurité de l'E.Q.C.S. et, après l'avoir félicité de sa promotion, je conclus un accord avec lui ; il différait quelque peu de celui que j'avais tenté de passer avec Tewels, car, depuis, j'avais vu la liste complète de leurs décharges illicites et leurs emplacements précis sur les cartes, toutefois, je ne me montrai quand même pas trop gourmand, sachant que ma mort prématurée ne les aurait pas forcés à fermer boutique : simplement, leurs bénéfices en auraient pris un coup dans l'aile.

C'était un blocage à la mexicaine, comme avec Charlie Two-Moons.

Finalement, quand j'appelai Goodpasture pour la quatrième ou la cinquième fois, il avait un numéro à me communiquer, et c'était un numéro que je ne connaissais que trop bien. Je pris donc la route du nord, mais je ne pensais qu'au Mexique.

Après mon retour à Meriwether, j'attendis quelques jours, jusqu'à ce que je sois sûr de les surprendre toutes d'un coup chez Sarah. C'était un de ces après-midi gris et immobiles où on aurait dit que la lumière blafarde était remontée en droite ligne de l'ère glaciaire, mais je distinguai tout de même leurs ombres qui dansaient derrière les voilages diaphanes du solarium. Je fis jouer le pêne de la serrure de la porte d'entrée à l'aide d'une carte en plastique et je montai l'escalier à pas de loup. Arrivé au palier, je humai une odeur douceâtre de marijuana, de tisane et de gâteau fraîchement cuit, et je les entendis qui riaient. C'étaient des rires de défoncées, ce rire sans cause ni objet dont j'avais tellement l'habitude moi-même. Et je devinai que ces dames avaient dû se retrouver dans les mêmes conditions, par un après-midi en tous points semblable à celui-ci, pour concocter leur plan dément. Elles sauveraient l'Amérique des déchets toxiques et de la corruption, et je serais leur pantin ; elles me feraient danser en m'abreuvant de mensonges mielleux, et je rêverais d'amour dans leurs bras. Je n'avais même plus le cœur à me mettre en colère.

Je me campai dans l'embrasure de la porte. Sans soleil, la vaste pièce avait l'allure funèbre d'un iceberg à la dérive. Carolyn fut la première à s'apercevoir de ma présence ; elle se leva d'un bond du canapé de rotin sur lequel elle était assise et esquissa un pas dans ma direction, puis elle bifurqua, se cacha le visage dans les mains et gagna une fenêtre, à l'autre bout de la pièce, d'où elle s'abîma dans la contemplation du jour gris. Cassie parut se passionner subitement pour les motifs compliqués du tapis d'Orient et Gail se mit à ramasser avec application des miettes de gâteau qui traînaient sur la table et à les porter à sa bouche avec des gestes très lents. Sarah Weddington fut la seule à avoir le courage de me regarder en face, mais ses yeux étaient tout de même bien fuyants.

« Bonjour, Bud, dit-elle d'une voix douce. Vous voulez boire quelque chose ?

— Non, madame, dis-je.

— Une explication, chéri ? demanda Cassie d'un ton léger en levant vers moi son adorable visage, un sourcil dressé en accent circonflexe.

— Ce n'est pas la peine, répondis-je.

— Otez votre manteau et installez-vous, offrit hypocritement Gail.

— Je ne reste qu'un instant, dis-je. Je suis juste venu vous expliquer ce que j'attends de vous, mesdames. »

Je m'avançai et je jetai la liste de noms et d'adresses sur la table basse, entre Sarah et Cassie.

« Qu'est-ce que c'est ? fit cette dernière. Je ne connais pas ces gens.

— Ce sont les victimes innocentes, dis-je. Les enfants. Je vous donne vingt-quatre heures, à Sarah et à toi, pour faire enregistrer officiellement des dons en fidéicommis à leurs noms, et tâchez de ne pas être trop pingres. Il faudra arranger ça de telle sorte qu'ils perçoivent des mensualités jusqu'à l'âge de vingt-cinq ans et que le reliquat leur revienne à ce moment-là. C'est entendu ?

— Mais bien sûr, mon petit Bud, fit Sarah en jetant un coup d'œil à la liste.

— Une seconde, Sarah chérie, protesta Cassie. Qu'il nous dise d'abord qui sont ces gens.

— Un adolescent qui vit à Denver chez ses parents adoptifs, expliquai-je. Deux gamines qui habitent à Casper, dans le Wyoming, deux garçonnets et une fillette atteinte d'un cancer à l'œil qui vivent sur l'île de Vashon...

— Rideout ! murmura Cassie. En somme, tu nous fais chanter ?

— Disons que c'est le prix que vous aurez à payer pour que votre conscience ne vous tourmente pas, dis-je. J'ai vu l'estimation de tes avoirs établie par une agence spécialisée dans les évaluations de crédit, mon petit cœur. Tu as largement de quoi.

— Il me faut d'abord une explication, chéri, dit-elle suavement.

— Impossible, dis-je. Si je te la donne, il ne te restera plus qu'à courir chez les flics, faute de quoi tu risquerais d'être accusée de complicité dans une bonne demi-douzaine de délits graves.

— Laissez Cassie en dehors de tout cela, dit Sarah, au bord des larmes. Je prends tout en charge, Bud, en souvenir de votre père. .

— Ne mêlez pas mon père à ça, s'il vous plaît, coupai-je, un peu plus sèchement que je n'aurais voulu.

— Ma conscience ne me tourmente pas », fit Cassie en effleurant d'un doigt léger sa belle gorge lisse. C'est tout juste si elle ne riait pas en disant ça.

« Je t'aiderai de mon mieux, me dit Carolyn depuis la fenêtre. Je n'étais pas dans le coup au début, mais j'aurais pu tout arrêter. J'aurais dû.

— Est-ce que vous pourrez jamais nous pardonner, Bud? interrogea Sarah d'une voix faible en se pétrissant les tempes des doigts.

— Je ne crois pas, dis-je. Vous avez été déterrer le souvenir de mon père, vieille femme...

— Au diable le sacro-saint souvenir de votre père! vociféra soudain Gail en se levant d'un bond et en heurtant du pied la table basse avec une telle violence que la tisane jaillit des tasses et éclaboussa le plateau. Le mien est en train de mourir... On meurt tous un jour, ce n'est pas le problème...

— C'est quoi, alors?

— Ces salopards qui empoisonnent l'air, répondit-elle, et qui polluent les nappes phréatiques. Des enfants en meurent, par milliers. Des morts inutiles, atroces. Vous n'avez jamais vu des photos? Leur peau s'en va par plaques, leur sang est attaqué, ils sont moribonds à la naissance. Mais peut-être que vous vous en fichez?

— Je ne crois pas, dis-je, mais tout ce qui m'importe pour l'instant, c'est qu'à cause de votre machination idiote j'ai vu mourir huit hommes sous mes yeux. Est-ce que certains d'entre eux le méritaient? Possible, mais ce n'était pas à moi d'en décider. Ni à vous. Vous avez créé un sacré merdier, et maintenant il faut payer les pots cassés.

— Huit? fit Cassie pensivement, avec un drôle de petit

sourire. Et sur ce nombre, combien en avez-vous zigouillé de vos propres mains, monsieur Milodragovitch ? »

Carolyn se détourna soudain de sa fenêtre. Elle semblait sur le point de dire quelque chose, mais elle se contint et serra les dents.

« Hein, combien ? insista Cassie d'une voix suave.

— Assez pour me durer toute la vie, dis-je.

— Huit ! Huit ! brailla Gail en se mettant à cavaler comme une folle autour de la pièce et en faisant résonner bruyamment le parquet sous ses brodequins à clous. Qu'est-ce que c'est que huit morts, en regard de huit cent mille ? De huit millions ? De toute la planète peut-être, hein ?

— Vous parlez comme un officier que j'ai connu en Corée, dis-je.

— Justement, bon Dieu ! C'est d'une guerre qu'il s'agit.

— En ce moment précis, dis-je, j'ai du mal à choisir mon camp.

— Si nous t'avons choisi, chéri, dit Cassie, c'est parce que c'est aussi ta guerre, parce que...

— Foutaises, dis-je. Vous m'avez choisi parce que je me prêtais à vos desseins, parce que vous saviez que vous n'auriez aucune peine à me manipuler. Avec tout le fric que vous avez, vous auriez pu engager un bataillon d'avocats et de détectives privés.

— Oh, elles ont essayé, fit Carolyn. Mais personne n'était très chaud pour se colleter avec un grand trust international.

— Et comment t'en es-tu tiré, chéri ? demanda Cassie.

— Pas trop bien, répondis-je. Je suis encore vivant. Vous êtes encore vivantes. Disons qu'on a fait match nul.

— Match nul ? Tu n'as rien découvert du tout ? »

Si je ne voulais pas rire, il fallait que je mente.

« Bon Dieu, ma belle, je ne suis même pas certain d'avoir saisi de quoi il retournait au juste.

— Tu veux le savoir ? dit-elle. Attends, je vais chercher mon manteau et je vais te faire voir de quoi il retourne.

— Une minute, dis-je, j'ai encore deux choses à régler. » Je sortis une enveloppe de ma poche et je la jetai sur les genoux de Sarah.

« Voici vos cartes de crédit, madame, ma note de frais, et votre facture.

— Sa facture ? protesta Cassie en se levant. Qu'est-ce que tu veux lui facturer ?

— J'ai fait le boulot pour lequel on m'avait engagé, dis-je. La gonzesse de la voiture louée, c'est toi, et elle n'a pas besoin que je lui en apprenne plus à ton sujet ; quant au type à la Corolla jaune, il s'appelle, s'appelait plutôt, John Rausche. Chauffeur routier. Ancien taulard. Il a été déchiqueté par une bombe à Elk City, dans l'Idaho, puis rôti. »

Je me retournai vers Cassandra Bogardus.

« Et c'est toi qui l'as tué avec ta petite entourloupe idiote. La première fois que tu l'as laissé toucher à ce corps fabuleux, tu as signé son arrêt de mort.

— Bah, fit-elle, ce petit ver de terre.

— Tu ne devrais pas laisser ta bouche traîner n'importe où ma belle, lui dis-je, et elle frissonna. A propos, Mrs. Weddington, repris-je, vous allez également recevoir une facture assez salée de la Société Haliburton. Ils ont passé pas mal de temps à vous chercher, Gail et vous, après votre disparition bidon.

— Je m'en charge, Bud, ne vous inquiétez pas, dit Sarah, le visage si gris que je me demandai brièvement si elle vivrait assez longtemps pour cela. Je me charge de tout, renchérit-elle.

— Bon, tu as terminé, à présent ? fit Cassie.

— Un dernier détail, dis-je. Je veux récupérer ma peau d'ours.

— Elle est toujours dans mon coffre », dit Carolyn.

Elle traversa la pièce et se dirigea vers la porte en évitant toujours mon regard. On lui emboîta le pas, Cassie et moi. Au moment où je franchissais le seuil, j'entendis la voix mourante de Sarah qui balbutiait mon nom et le claquement des brodequins de Gail qui se précipitait pour la réconforter. Cette dinguerie avait fait assez de victimes comme ça : je revins sur mes pas.

« Ne vous en faites pas, Sarah », dis-je en caressant sa joue baignée de larmes. Gail essaya de me repousser d'un coup d'épaule, mais je ne bougeai pas. « Ne vous en faites pas, répétai-je. Ce qui est fait est fait. Je vous appellerai d'ici une dizaine de jours, et on prendra le thé avec des petits fours, d'accord ?

— Oh ! Bud, je vous en prie, essayez de me pardonner.

— Bah, il n'y a rien à pardonner, dis-je. Votre cœur était du bon côté. Mais j'aurais préféré que vous jetiez votre dévolu sur quelqu'un d'autre que moi.

— Moi aussi, râla Gail. Pour ce que ça nous a avancées.
— Chut, fit Sarah en levant un doigt. Tais-toi, mon petit. »
Quand j'arrivai dans l'allée, Carolyn et Cassie étaient en train de se bagarrer rageusement avec la dépouille du grizzly. Je vins à la rescousse, et à nous trois on l'extirpa du coffre de la Mustang et on la hissa sur la plate-forme de mon camion.
« Bon, tu es prêt maintenant ? fit Cassie d'une voix tranchante. Tu veux que je t'emmène voir de quoi il retourne ? »
Je hochai mélancoliquement la tête.
« Il va falloir qu'on prenne des raquettes, dit-elle.
— Pas la peine, fis-je.
— Qu'est-ce qui n'est pas la peine ? dit Cassie en portant une main à sa joue.
— Si c'est à la décharge illégale de la mine abandonnée près de Camas Meadow que tu penses, dis-je, elle a été évacuée.
— Evacuée ? Comment tu le sais ?
— J'y suis allé hier, expliquai-je.
— Mais comment... ? Qu'est-ce qui... ?
— J'avais une liste complète de toutes leurs décharges illicites dans l'ensemble des Etats de l'Ouest, dis-je, et on a passé un marché.
— Un marché ?
— Tout juste, dis-je. Je leur ai restitué la liste, en échange de la promesse qu'ils feraient nettoyer cette décharge... »
Une fureur soudaine contracta les traits délicats de Cassie.
« Tu n'avais pas à faire cet échange, s'écria-t-elle.
— Mais comment donc, répondis-je. Je n'ai pas obtenu que ça, j'ai aussi sauvé ma peau, celle de Sarah, celle de Gail, et même ta peau de fille à papa pourrie jusqu'au trognon...
— Mais pourquoi est-ce que tu n'as...
— Je m'étais dit comme ça que ça me ferait peut-être jouir de voir la trombine que tu aurais faite devant les galeries de mine vides, ma belle. Mais ça ne vaut pas le coup de s'infliger une corvée pareille pour ça.
— Quelle corvée ?
— Celle qui consiste à passer deux heures enfermé dans un camion avec une petite merde comme toi.
— Espèce de salaud ! » fit-elle en m'assenant une baffe dans laquelle elle mit toute sa force. Je n'essayai même pas de

l'esquiver. Ça me ferait du bien, ça me nettoierait d'elle une bonne fois pour toutes, ça effacerait jusqu'au souvenir de ses caresses.

Carolyn pivota sur elle-même, et elle expédia à Cassie un swing du droit irréprochable qui l'envoya rouler dans la neige. On éclata de rire en la regardant se relever maladroitement et reculer à quatre pattes, terrifiée par cette violence pourtant bien minime et le minuscule filet de sang qui s'était formé au coin de sa bouche. Ses yeux de jade étaient devenus gris, et ils avaient perdu tout éclat.

« Et tu sais, Cassie, haleta Carolyn, si tu ne fais pas ce que Milo t'a demandé au sujet des gosses, je te collerai aux fesses et je te mettrai K.O. chaque jour jusqu'à la fin de ta vie puante. »

Cassie hocha la tête d'un air hébété, puis elle courut se réfugier dans la maison. Les joues plates de Carolyn étaient toutes rouges.

« Bon sang, dit-elle, ça m'a fait du bien ! Si seulement j'avais fait ça la première fois que j'ai découvert la combine insensée qu'elle avait ourdie.

— Je savais qu'on me faisait marcher, dis-je, mais j'espérais qu'elle serait au bout du chemin.

— Ah, les hommes ! cracha Carolyn avec mépris, après quoi elle ajouta : Bah, au fond, je me suis fait gruger aussi. Quand tu as refusé de me céder ta forêt — enfin, celle de ton grand-père —, Cassie m'a persuadé que tout ce qui t'arriverait serait de ta faute. Je suis désolée.

— Pas autant que moi, mon petit cœur.

— Et qu'est-ce que tu en dis, maintenant ? fit-elle soudain.

— De quoi ?

— Du marché que je t'ai proposé la dernière fois qu'on s'est vus.

— J'ai conclu mon dernier marché, dis-je, mais j'admire ta constance.

— Nous finirons par l'avoir, dit-elle. Tu sais bien que ça ne sert à rien de jouer au plus fin avec le gouvernement.

— Il faudra me passer sur le corps, dis-je.

— Bon Dieu, j'aurais dû faire une dérogation à ma règle, dit-elle. J'aurais dû rester toute la nuit, te baiser jusqu'à l'épuisement ultime de tes forces et m'arranger pour que tu me donnes ta parole dans un moment de faiblesse. C'est l'usage ici, au Far West, non ?

La parole d'un cow-boy, il paraît que c'est aussi solide que de l'or en barre.

— Trigger est empaillé, mon petit cœur, et Gene Autry s'est acheté une équipe de base-ball. Maintenant qu'ils ont nettoyé la mine, vous ne devriez pas avoir trop de mal à organiser ce troc en ce qui concerne les anciennes terres de la Compagnie du chemin de fer, mais je t'en donne ma parole de cow-boy : vous n'aurez jamais la forêt de mon grand-père.

— Tu vas éprouver de la rancœur au sujet de toute cette histoire, hein ? demanda-t-elle en posant une main froide sur ma joue. Ça te va bien, la barbe, ajouta-t-elle.

— Ça, ma vieille, tu peux en être sûre, que je vais éprouver de la rancœur, dis-je, et même une rancœur bien amère.

— Jusqu'à quand ?

— Le temps qu'il faudra.

— Et qu'est-ce que tu vas faire maintenant ?

— J'ai encore quelques besognes à accomplir, dis-je en écartant sa main. Après, je partirai dans le Sud, au Mexique, et je tâcherai de vieillir paisiblement au soleil.

— Alors tout ça n'aura servi à rien ?

— A presque rien, dis-je. Le directeur du bureau de Denver de l'Agence pour la protection de l'environnement, un nommé Sikes, est mort il y a quelques jours. Envoie là-bas quelques-uns de tes copains avocats qui meurent d'envie de se bagarrer pour la défense de l'environnement ; qu'ils examinent d'un peu près sa succession et les décisions qu'il a prises ces temps derniers. Ça devrait leur donner de l'ouvrage pour plusieurs années, et peut-être même qu'ils arriveront à faire nettoyer quelques cloaques par la même occasion.

— Sikes, dit-elle. Merci.

— De rien, mon petit.

— A ta guise, Milo.

— Et puis...

— Oui ? fit-elle en relevant la capuche de son anorak.

— Non, rien », dis-je.

La conversation en resta là et on partit chacun de son côté, en dépit du bon sens — ou à cause de lui. C'est toujours désolant d'être obligé de se séparer d'une nana chouette, qu'on aurait pu aimer longtemps, mais Carolyn voulait préserver la nature pour pouvoir l'admirer, tandis que moi... au fond, je n'étais plus très sûr de ce que je voulais. Peut-être simplement la fin de toute cette pagaille ?

J'allai frapper à la porte du pavillon de Tante Marie aux dernières lueurs d'un crépuscule blafard, et elle m'ouvrit vêtue d'une grosse robe de chambre en laine, avec des bigoudis dans les cheveux. Derrière elle, au fond de la pièce, j'apercevais l'écran de la télé allumée. Elle regardait une rediffusion d'un feuilleton ringard des années soixante dont les héros étaient des teenagers proprets et mignons. Elle me reconnut, vit mon regard tourné vers sa télé et dit :

« Il faut étudier la corruption pour mieux lutter contre.

— Et se délasser un peu des fatigues de la croisade », ironisai-je.

Elle eut un hochement de tête affirmatif, mais elle ne sourit pas.

« Qu'est-ce que vous voulez ? demanda-t-elle.

— Ce que je voulais de vous, je l'ai déjà eu, répondis-je, en lui tendant l'acte de donation portant sur les mille hectares de forêt de mon grand-père. Et voici ma part du marché.

— Qu'est-ce que c'est ?

— Camas Meadow, dis-je. La prairie où les ours dansaient.

— Hein ?

— Vous vous souvenez de notre marché, non ? Camas Meadow en échange du nom de Charlie Two-Moons.

— Ça, par exemple ! s'écria-t-elle en tirant ses lunettes de la poche de sa robe de chambre.

— Parfois, même les langues de coyote parlent sérieusement, dis-je. Et pas la peine de me remercier.

— Je n'y songeais même pas, dit-elle en posant sur moi ses yeux d'obsidienne.

— Bon sang, dis-je, vous étiez au courant pour la mine, n'est-ce pas ?

— La mine ? fit-elle, placide.

— Vingt dieux, ma petite dame, m'écriai-je avec admiration, quand ça se mettra à tirer, je veux être de votre côté. »

Elle eut un bref sourire, plus dubitatif qu'amusé.

« Je vais vous raconter une histoire, dit-elle. Dans l'ancien temps...

— Des histoires, je n'en ai que trop entendu tous ces temps-ci », coupai-je avant de m'en aller.

Elle était trop occupée à relire le texte de l'acte de donation pour faire très attention à mon départ, mais au moment où je bifurquais sur la route de South Fork pour aller passer une dernière nuit parmi les cendres de mon grand-père, j'aperçus Tante Marie dans mon rétroviseur. Elle était toujours sur son perron et, à cette distance, il me sembla qu'elle dansait.

La route avait été déblayée au chasse-neige tout le long de la ligne de crête et jusqu'à l'entrée de la mine, mais elle était encore hasardeuse. Je me délectai en imaginant ces salopards en train de patauger dans la neige pour poser des chaînes sur les roues de leurs bennes à ordures, jusqu'à ce que je réalise subitement que c'étaient de pauvres pue-la-sueur qui se cassaient le cul dans le froid tandis que les véritables ordures étaient assises dans leurs bureaux bien chauffés, les fesses calées dans des fauteuils de cuir moelleux. On ne pouvait pas dire qu'ils avaient fait un boulot épatant dans la mine, mais au moins les fûts fissurés étaient partis ailleurs et ils avaient écopé le plus gros des flaques de liquide toxique. Ce n'était pas une victoire, à peine un match nul, car Dieu sait combien de poison s'était déjà infiltré dans les nappes d'eau souterraines.

Je me garai devant l'entrée de la mine, et je sortis mes raquettes et mon bât de montagnard. Je m'arrimai la peau de grizzly sur le dos et je continuai la route à pied, en pataugeant dans la neige épaisse, ployé sous mon fardeau comme un coolie, jusqu'à la lisière de la prairie. Je creusai un grand foyer circulaire dans la neige aux reflets bleuâtres, puis je ramassai tout ce que je pus trouver de bois mort aux alentours et je bâtis un grand feu de joie. Je restai assis plusieurs heures à côté du feu qui se mourait lentement en tendant l'oreille aux sons de la nature sauvage, mais comme le loup le plus proche devait se trouver de l'autre côté de la frontière canadienne et que les coyotes étaient chaudement blottis au creux de leurs tanières, le seul bruit qui troublait le grand silence de la nuit était la crépitation de mon feu. Quand il n'en resta plus que des braises, je les dégageai avec ma pelle, puis je creusai un trou peu profond dans la terre ameublie par la chaleur, j'y jetai la peau du grizzly et l'enroulai à l'intérieur. Ensuite, je fis un autre feu par-dessus, et quand il fut réduit à l'état de tisons rougeoyants, je fis cuire sous la cendre des pommes de terre enveloppées dans du papier d'alu et je grillai sur les braises une belle côte de bœuf dont j'avais fait l'acquisition en ville. Mais je n'avais pas beaucoup d'appétit, si bien que je rejetai au feu la plus grande partie de mon dîner. J'avais accompli un rituel sacrificiel bien américain — le barbecue dans le jardin de banlieue.

Ensuite, je me fourrai dans mon sac de couchage et je dormis. Je ne sais pas à quoi j'espérais rêver — à des gaies farandoles, peut-être ? — mais si cette nuit à la belle étoile m'apporta des visions, elles ne me laissèrent aucun souvenir. A mon réveil, je me sentais plus purifié que jamais. Je pliai bagage et je retournai en pataugeant jusqu'à mon camion.

Au cours de la semaine suivante, j'accomplis mes ultimes besognes. Je vendis le terrain de ma maison au premier acheteur disposé à payer cash, et j'entamai le magot de Tewels pour confier au meilleur avocat criminel de tout le Nord-Ouest la défense de Billy Buffaloshoe et pour inviter Abner et Yvonne au restaurant. Ils avaient voulu se marier, mais ils s'étaient aperçus qu'un règlement absurde de la Sécurité sociale s'y opposait, et s'étaient donc résignés à vivre dans le péché. Je pris un thé soporifique et morne en compagnie de Sarah et d'une Gail morose. Sarah me montra les papiers des fidéicommis, et je n'y trouvai rien à redire. Elle me dit aussi que Cassie était en train de revenir à de meilleurs sentiments, mais pour autant que je le sache, son revirement n'eut jamais aucun effet tangible. Gail m'expliqua que le gouvernement s'apprêtait à publier le texte d'un décret qui interdirait définitivement le déversement de déchets toxiques liquides dans les décharges contrôlées, mais je lui ris au nez, et je lui dis qu'ils se pourvoiraient en justice et qu'ils forceraient le gouvernement à reculer. Là-dessus, elle se mit à rire à son tour, d'un rire déplaisant de petite fille butée qui fit venir des larmes dans les yeux de Sarah.

Sur ces entrefaites, je pris définitivement congé de Meriwether et je mis le cap sur le Mexique avec une cagnotte d'un peu plus de quarante mille dollars sur lesquels je comptais vivoter en attendant de palper l'héritage paternel.

Mais je fis tout de même un détour par Seattle avec une enveloppe contenant cinq mille dollars que j'avais mise de côté à l'intention de l'ex-Mrs. Rausche. Quand je vins me garer devant chez elle par un dimanche après-midi calamiteux, John Paul junior, vêtu d'un anorak rouge vif qui paraissait tout neuf, et la petite Sally, qui avait à présent un bandeau blanc sur l'œil, étaient en train de jouer à un jeu dont eux seuls connaissaient les règles, et qui consistait à courir d'un bout à l'autre de la véranda croulante et à se figer brusquement sur place.

En apercevant mon camion, le garçonnet accourut dans l'allée et m'adressa un salut militaire impeccable. Puis il me reconnut, malgré ma barbe.

« Vous êtes seulement soldat de première classe, dit-il. Vous êtes supposé me saluer le premier.

— Pardon, fis-je en obtempérant. Ta maman est là?

— Elle est allée au supermarché avec mon petit frère, répondit-il tandis que Sally venait se cacher derrière son dos.

— Tu veux bien lui remettre ceci? lui demandai-je, et Sally me jeta un œil timide par-dessous son bras. De la part des amis du capitaine Rausche. »

Il prit la grosse enveloppe que je lui tendais, la soupesa.

« Vous leur direz merci, hein? fit-il.

— Bien sûr », répondis-je et on échangea un autre salut.

Après quoi je repris la route du Sud en pantelant comme un daim blessé.

Mes intentions étaient des plus sérieuses, et j'avais tout un tas de bonnes raisons. Ma ville natale était morte en moi, et j'avais soif de soleil et de simplicité. Mais arrivé à Red Bluff, dans le nord de la Californie, je m'avouai battu, je rebroussai chemin et je rentrai chez moi où je me retrouvai au cœur de l'hiver le plus rigoureux que le Montana ait connu depuis bien des années. Il y a des choses qu'on peut changer, et d'autres qui perdurent. Quelques mois après la publication du décret prohibant le déversement des déchets toxiques liquides, le gouvernement décida de le suspendre « jusqu'à plus ample informé ».

Moi, j'ai toujours ma barbe, et je n'ai pas bu une seule goutte d'alcool depuis la nuit où Simmons est mort. Quand je m'aperçois dans le miroir d'un bar, il me semble que je ne suis plus que l'ombre de moi-même, et je m'y aperçois souvent puisqu'à présent je travaille chez Arnie's, en face du Deuce. Je tiens le bar pendant la journée, j'y fais aussi office de factotum et j'y dors la nuit. De temps à autre, le vieil Abner vient boire une petite bière, mais pas trop souvent parce qu'Yvonne lui fait des scènes. Raoul se pointe parfois pour échanger quelques plaisanteries avec moi, d'autres fois c'est le colonel qui vient me proposer du boulot, sans résultat. Carolyn est passée une fois et son offre à elle a été beaucoup plus difficile à repousser, mais j'y suis parvenu tout de même. Le malheureux facteur qui d'une certaine manière est à l'origine de toute cette histoire vient aussi de loin en loin, mais il a perdu son travail, sa femme l'a plaqué et une fois que j'ai refusé pour la troisième ou quatrième fois le petit coup qu'il m'offre, il ne trouve plus grand-chose à me dire. Je ne suis pas tenté. Je mène une vie simple, frugale, j'évite jusqu'aux apparences du mal, je suis d'une mansuétude infinie, je dors seul dans une minuscule alcôve d'homme de peine qui donne sur l'allée de derrière, je ne me mets rien dans le nez et je ne le fourre dans les affaires de personne.

J'ai appris deux ou trois choses. La vie moderne est une guerre sans fin : ne pas faire de prisonniers, ne pas laisser de blessés, manger les morts, voilà la meilleure manière de préserver l'environnement.

Mon cinquante-deuxième anniversaire se rapproche chaque jour et avec lui, la grosse galette paternelle. Alors je prends mon mal en patience, j'endure stoïquement les hivers et quand le pognon tombera, la dernière danse pourra commencer.

*La composition de ce livre
a été effectuée par Bussière à Saint-Amand,
l'impression et le brochage ont été effectués
sur presse CAMERON
dans les ateliers de la S.E.P.C. à Saint-Amand-Montrond (Cher)
pour les éditions Albin Michel*

AM

*Achevé d'imprimer en janvier 1985
N° d'édition : 8665. N° d'impression 2163-1556
Dépôt légal : janvier 1985*

Imprimé en France